EL SECRETO DE PARÍS

Planeta Internacional

BRYN TURNBULL

EL SECRETO DE PARÍS

Título original: *The Paris Deception*

Bajo el sello editorial PLANETA M.R.
Avenida Presidente Masarik núm. 111,
Piso 2, Polanco V Sección, Miguel Hidalgo
C.P. 11560, Ciudad de México
www.planetadelibros.com.mx

Primera edición impresa en México: junio de 2025
ISBN: 978-607-39-2922-6

Impreso en los talleres de Litográfica Ingramex, S.A. de C.V.
Centeno núm. 162, colonia Granjas Esmeralda, Ciudad de México

Impreso y hecho en México — *Printed and made in Mexico*

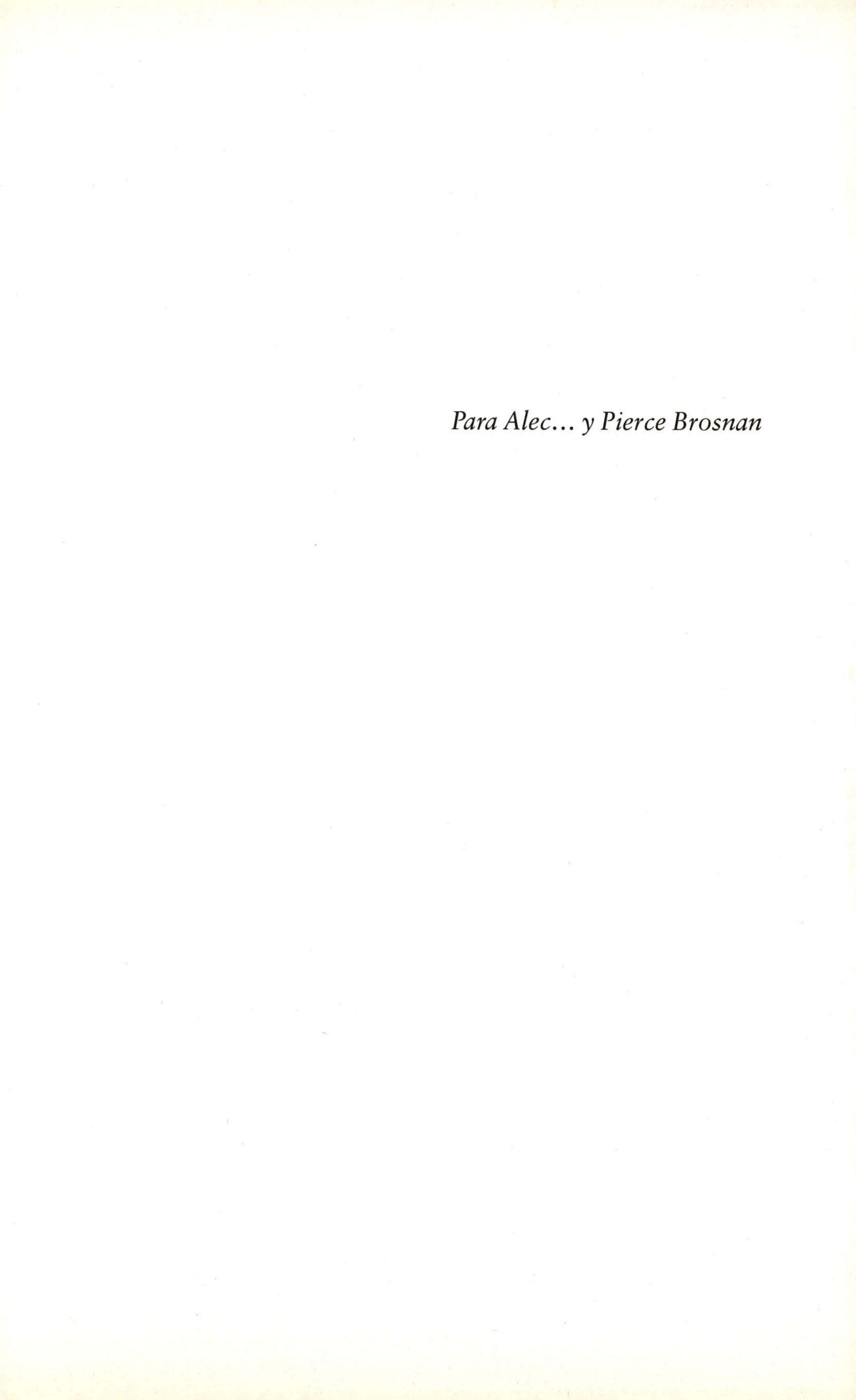

Para Alec… y Pierce Brosnan

Artículo 46. Deberán respetarse el
honor y los derechos de las familias,
la vida de las personas y la propiedad privada,
así como las convicciones y prácticas religiosas.
No podrá confiscarse la propiedad privada.

*—Extracto de "Leyes y costumbres de la
guerra terrestre..." de la
Convención de La Haya,
18 de octubre de 1907.*

PRÓLOGO

Marzo de 1939, Berlín

Las pinturas tardaban sólo algunos segundos en arder, pero horas en convertirse en cenizas.

Después de todo, el óleo tenía tendencia a quemarse: humeaba y se ampollaba como la piel, y las capas de pintura se desprendían solas a medida que los pigmentos —amarillo ocre y rojo cadmio, bermellón, chartreuse y siena quemada— se ennegrecían hasta convertirse en carbón. Las obras, que en otro tiempo fueron bellas, quedaron reducidas a lo más básico; iluminadas por las llamas, no eran más que piezas compuestas de destrucción, productos químicos, lino y madera, y cada una se consumía en la nada a medida que las llamas ascendían cada vez más.

Desde el lugar donde se encontraba en las sombras de la noche sin luna, Sophie observó cómo un libro surcaba el aire, mientras su cubierta se abría como las alas de un pájaro. Colgaba, suspendido, por encima del humo antes de caer en arco en la conflagración, mientras sus hojas se enroscaban a medida que las llamas besaban su lomo. Miró al hombre que lo lanzó: éste observaba fijamente el fuego de la hoguera, con cara de piedra, antes de inclinarse apresuradamente sobre la carretilla para tomar otro libro; su insignia de bombero refulgía mientras alimentaba las llamas. Si hubiera estado solo, Sophie habría corrido hacia él, le habría quitado la carretilla de las manos y habría salvado lo que hubiera podido, pero se trataba de una destrucción autorizada por el Estado y otros veinte bomberos también estaban alimentando el fuego, creando un monstruo de quince metros que devoraba las obras de arte de toda una generación. ¿Le molestaría —se preguntó ella, viendo cómo su rostro sudoroso se transformaba en las facciones de una gárgola a la luz de la lumbre—, estar provocando un incendio en lugar de apagarlo? Su solícita profesionalidad sugería que no; si le molestaba el trabajo que estaba haciendo, no lo dejaba ver.

El hedor de la pintura quemada llegó a la garganta de Sophie y, aunque sintió arcadas por el sabor acre, no se apartó. Como el resto de los que observaban desde detrás de la línea de rifles de los soldados, no estaba allí por fascinación morbosa, sino para la posteridad, memorizando la espantosa escena. Miles de obras de arte —millones de dólares— destruidas. Complejas pinturas cubistas, apasionadas obras expresionistas, beligerantes pastiches surrealistas y desconcertantes collages dadaístas: todo ello desapareció en el lapso de una noche. Como tantos otros espectadores —conservadores, conocedores y restauradores, los artistas y autores que aún no pasaban a la clandestinidad—, Sophie fue convocada por una red de rumores de especialistas simpatizantes que todavía operaban dentro de Alemania. A pesar de su juramento de no volver a poner un pie en el Reich, acudió para ser testigo de la destrucción del patrimonio cultural alemán por parte de Hitler.

La última vez que Sophie vio los cuadros fue en Múnich, dos años atrás, en la inauguración de la exposición *Entartete Kunst*. Asistió por curiosidad profesional, aplacando sus temores de viajar a Alemania para ver el odioso concepto en acción. *Entartete Kunst* —Arte Degenerado— había sido tan horrible como lo anticipó, una colección magistral de arte moderno expuesta en un cruel caos, la propaganda patriotera condenaba las piezas como obra de mentes enfermas, conspiraciones judías y perversión homosexual. Extraída de galerías públicas de toda Alemania, cada obra de arte se presentaba en términos deliberadamente obtusos por parte de un mojigato guía turístico que fruncía la nariz en un mohín mientras recitaba historias escandalosas sobre los artistas expuestos. Ella supo entonces lo que les esperaba a todas y cada una de las obras de arte moderno de los museos y bibliotecas de Alemania. Sabía perfectamente que muchas de las piezas fueron vendidas a coleccionistas del nuevo mundo dispuestos a ignorar el hecho de que sus compras engrosarían las arcas del régimen nazi, pero nunca imaginó que los nazis destruirían lo que no pudieran vender, que todo lo que no reflejara las retorcidas ideas de Hitler sobre el Reich y su pueblo sería arrojado al fuego. La mera idea iba en contra de la esencia del ser de Sophie.

Cuando los bomberos se apartaron de las cenizas, el sol comenzaba a salir, pero Sophie permaneció clavada donde estaba. Se volvió hacia el hombre que estaba a su lado: sus mejillas estaban manchadas de ceniza, salvo por un canal en la mugre donde habían corrido lágrimas. Sophie supuso que tenía marcas similares y, aunque no lo conocía, se acercó y entrelazó su mano con la de él. Bajó la mirada, sorprendido por la intrusión, pero luego, con el rostro desencajado, se encontró con la de ella. ¿Sería un artista, se preguntó ella, viendo su obra arder en llamas?, ¿un galerista, o un restaurador de bellas artes, como ella? No importaba: estaba allí para presenciar una trágica historia en ciernes.

Sophie apretó su mano y luego la soltó. Se alejó, con los hombros redondeados contra el repentino frío de la mañana.

PRIMERA PARTE

1

Junio de 1940

Sophie Brandt se inclinó sobre su escritorio, pasando un pequeño punzón por debajo del clavo oxidado incrustado en el bastidor de un cuadro. Levantó el clavo y retiró con cuidado el lienzo del borde destrozado del bastidor. El cuadro —una de las primeras obras de Gauguin— no había sufrido daños en la caída que rompió el bastidor, cuyos restos barrió del suelo de mármol de la galería, inspeccionando los escombros en busca de restos de pigmento que pudieran haberse desprendido por el descuidado estrépito de los tanques alemanes en la Rue de Rivoli.

Levantó el lienzo y lo dejó a un lado, retirando el bastidor roto antes de sacar uno nuevo, que fabricó a partir de las medidas del antiguo bastidor. Para Sophie, ésta era la parte más íntima del proceso de restauración: el lienzo, desprovisto de la musculatura que le proporcionaban el bastidor o los soportes, conservando sólo una sugerencia de su forma anterior. Trabajó con rapidez, clavando el lino al bastidor a mitad del cuadro antes de tensarlo sobre sus nuevos huesos. El cuadro parecía respirar mientras ella trabajaba, respondiendo a su toque con un gemido de alivio mientras fijaba las grapas del bastidor en su sitio.

Dio la vuelta al cuadro, satisfecha por su aspecto tenso. Paul estaría orgulloso. Sophie llevaba casi dos años como restauradora en el museo Jeu de Paume de París y, aunque hizo amigos en la comunidad artística francesa, quizá no había nadie tan cercano a ella como Paul Rosenberg. Hasta hacía poco, fue uno de los comerciantes de arte más preeminentes de París, especializado en el arte moderno, que era el que más le gustaba a Sophie. Se convirtió en el primer amigo verdadero de Sophie en París y, según sospechaba ella, habló con Monsieur Girard en el Jeu de Paume, lo que resultó en su oferta de trabajo.

Paul escapó de Francia tras los primeros fragores de la guerra y su bella galería cerró antes de que el éxodo masivo de parisinos dificultara la salida de la ciudad. Pero por los cuadros que consignó al Jeu de Paume para su custodia, era como si Paul Rosenberg nunca hubiera vivido en París.

Sophie recordó su última visita a su tranquila galería. Se habían detenido ante el retrato de Picasso de la esposa y la hija de Paul. Era un buen retrato, pensó Sophie, uno que captaba la presencia tranquila y firme de la señora Rosenberg, y la expresión sorprendentemente disgustada del rostro querúbico de la bebé.

—Llegarán pronto —dijo Paul, con su delgado bigote sobre sus labios severos. Se apartó del cuadro—. Sus compatriotas. Vienen a reclamar lo que les corresponde.

—No son mis compatriotas —contestó ella—. Hace mucho tiempo que no son mis compatriotas.

Paul encendió un cigarrillo.

—Valientes palabras —le dijo cerrando la tapa de latón de su encendedor—. Pero una vez que lleguen los alemanes, ¿será tan rápida en desvincularse de ellos?

Atrincherada en su laboratorio, Sophie escuchaba el ruido de las botas de goma fuera de las ventanas abatibles abiertas y el débil gruñido del alemán que resonaba a través de los altavoces metálicos del Arco del Triunfo.

Se acercó a la ventana para cerrarla y tiró del pestillo antes de volver a centrar su atención en el cuadro. Pensó una vez más en la pregunta de Paul.

Ahora que los alemanes estaban allí, ella no sabía la respuesta.

2

Una semana antes

El cielo de París estaba oscuro y el sol era una pálida moneda en el cielo que parpadeaba entrando y saliendo de foco tras las marejadas de nubes ennegrecidas por el hollín. En su ático, Fabienne abrió de un tirón la ventana, clavando el tronco de un pincel en el marco para mantenerla abierta mientras subía al alféizar.

Aunque las llamas ardían en las reservas de petróleo de la ciudad, a las afueras del pueblo, el humo se había abierto paso hasta las estrechas calles de la Ribera Izquierda, ahogando los apiñados adoquines con su acre hedor. Fabienne podía ver la lógica detrás de la decisión de la ciudad de quemar todo lo que se pudiera en lugar de dejar botín de guerra para el enemigo, pero la medida desató el pánico entre la población que huía. En las calles de abajo, observó cómo un hombre y una mujer discutían junto a un Peugeot detenido, con la parrilla cargada de maletas, y a un niño, llorando, mientras su padre lo arrastraba en una carretilla desbordada.

—¡Llegan demasiado tarde! —gritó Fabienne. Escondida seis pisos más arriba, en el alero del tejado abuhardillado de su edificio, Fabienne sabía que la pareja no podía oírla, pero de todos modos le sentó bien gritar—. ¡Estarán aquí esta tarde! —Volvió a meter la mano en la cocina para sacar una botella de vino tinto a medio beber—. ¿Para qué, si ya han ganado?

Los alemanes habían ganado, eso estaba muy claro; ganaron sin tener que disparar una sola arma dentro de los límites de la ciudad; sin haber lanzado una sola bomba incendiaria. La idea de que París se hubiera rendido sin luchar irritó a Fabienne. Seguro que alguien, en algún lugar, compartía su sensación de injusticia. París era la ciudad de la Révolution: la ciudad de las barricadas en las calles, cuyos ciudadanos luchaban y follaban y exteriorizaban sus pasiones con la convicción de los actores de una novela barata. Sin duda, París podría ofrecer algún atisbo de resistencia antes de volverse de espaldas ante el ejército alemán.

Chocó el cigarrillo contra el alféizar de la ventana y la brasa flotó hacia abajo, más allá de los modestos apartamentos del cuarto y quinto piso, donde podía oír a Madame de Frontenac suplicando a su calvo marido a través de la ventana abierta; más allá del elegante apartamento del segundo piso con su elegante balcón de hierro forjado. ¿Habían abandonado París los residentes del apartamento, los Lowenstein? Fabienne se imaginó a Madame Lowenstein, con sus trajes Chanel color crema y sus rizos planchados; a Monsieur Lowenstein, con su querido caniche miniatura blanco y negro metido bajo el brazo. Esperaba que hubieran podido salir; esperaba que la mayoría de los residentes judíos de la ciudad hubieran podido huir antes de que la larga fila de refugiados paralizara los ferrocarriles y las autopistas.

En pocos días, todo lo que Fabienne conocía, iba a cambiar: era inevitable una vez que París se convirtiera en una ciudad conquistada. ¿Qué quedaría de la Francia que había conocido toda su vida? ¿Qué quedaría de ella misma? Su talento, su valor, sus convicciones: todas las partes de sí misma que Dietrich amó alguna vez. ¿Qué quedaría al final de la guerra?

Observó la larga fila de vehículos serpenteando a lo largo del bulevar Saint-Germain y se volvió hacia la penumbra de su apartamento vacío, deseando poder sentir algo de aprecio por la gravedad del momento: miedo, pánico, preocupación. Ira ante la idea de que su amada ciudad quedara indefensa; desesperación ante la idea de que la hubieran dejado atrás para sobrevivir en una ciudad que giraba en torno al desagüe de la guerra.

Miró hacia atrás, al cuadro a medio terminar en su caballete, al lienzo que no podía finalizar desde hacía más de dos años; remolinos de color, negro sobre azul. Sobre el travesaño yacían pinceles desecados y el óleo seco de las cerdas coincidía con el tono exacto de los ojos de su marido.

No había nada que temer porque lo peor ya había ocurrido. Los alemanes no podían arrebatarles nada más.

3

Septiembre de 1940

Sophie bajó los escalones poco pronunciados de la entrada principal del Jeu de Paume, sorprendida por haber recibido una citación de la conservadora voluntaria, Rose Valland. Dos semanas atrás, el director del museo, Monsieur Girard, reunió a todo el personal en el gran vestíbulo y les despidió en masa. Sophie se tomó la noticia con estoica aceptación —¿qué necesidad había de restaurar arte durante una guerra?—, pero tardó en encontrar otro puesto. Llegó a París para trabajar en la Galería Nacional de Francia, la mayor colección de arte de Europa. Sin ese trabajo que la sostuviera, tenía poco que ofrecer a la Ciudad de las Luces.

Atravesó la puerta, conmocionada por el vacío que había en el interior. Largo y estrecho, el museo albergó las obras de arte moderno de la Galería Nacional en sus quince pequeñas galerías, repartidas en dos plantas, conectadas por una gran escalera de mármol; ahora las paredes del museo estaban en blanco, mientras que marcos vacíos y palabras escritas con tiza señalaban el lugar donde antes habían colgado obras maestras de Picasso y Dalí. Sophie participó, meses antes, en el traslado clandestino de los cuadros: la sustracción de la colección pública francesa al amparo de la oscuridad, una hazaña monumental realizada en tres largas noches gracias a la impecable planificación de Jacques Jaujard, director del Museo del Louvre. La colección del Jeu de Paume también formó parte de la operación: todo lo que podía transportarse con seguridad fue embalado y mandado a los castillos de la campiña, llevado por una amplia asamblea de personal del museo, estudiantes de arte y voluntarios enviados por mecenas de confianza.

Cruzó hasta la parte trasera de las galerías vacías del Jeu de Paume y bajó por la escalera para el personal hasta el cavernoso sótano del museo. Mientras que el espacio de la galería era relativamente modesto, el sótano era una madriguera de habitaciones que antaño había albergado la extensa colección permanente cuando no estaba expuesta. También alojaba las oficinas administrativas. Con la excepción del pequeño laboratorio de restauración de Sophie en el segundo piso, el Jeu de Paume tenía poco espacio desaprovechado.

Pasó por delante de los estantes de exposición y caballetes vacíos, preguntándose por la presencia de Rose Valland: junto con el resto del personal, la conservadora voluntaria fue despedida hacía semanas. Llamó antes de abrir la puerta del despacho de Rose: dentro, estaba recogiendo su escritorio, y había cajas de archivos y montones de papeles esparcidos por la pesada mesa de roble.

Rose levantó la vista.

—Sophie —dijo, señalando el asiento frente al suyo—. Gracias por venir.

Sophie se sentó, balanceando su bolso en el regazo. A pesar de ser voluntaria, Rose Valland era, en opinión de Sophie, la empleada más trabajadora del museo. Alta y sencilla, con gafas redondas y el pelo canoso que escapaba en mechones de un molote recogido apresuradamente, Sophie dudaba que Rose saliera alguna vez del museo; no podía imaginársela yendo a casa con un marido o una familia. Más de una vez, atrapada en la restauración de alguna que otra obra, Sophie salía del museo pensando que era la última del personal diurno que quedaba allí para luego oír el suave martilleo de una máquina de escribir que resonaba en el despacho de Rose.

Rose deslizó sus anchas manos por encima de su escritorio.

—Me han pedido que reabra el Jeu de Paume —dijo sin preámbulos—, y me gustaría que me acompañaras.

Sophie enarcó las cejas.

—¿De verdad? Estoy...

—¿Sorprendida?

Sophie sonrió.

—Pues sí —respondió—. ¿Por qué? ¿Y cómo?

Rose juntó los dedos en un gesto de negocios.

—Los alemanes —dijo poniendo un delicado acento en la palabra— se han interesado especialmente por nuestras instalaciones. ¿Has oído hablar del Einsatzstab Reichsleiter Rosenberg?

Sophie asintió. El ERR era un grupo de conservadores, historiadores del arte y expertos alemanes que establecieron su residencia en París, en apariencia, para supervisar la protección de la colección nacional de arte de Francia mientras durara la guerra. Pero se preguntaba qué forma adoptaría exactamente la supuesta protección del ERR: en ese momento, parecía que las actividades del ERR consistían en confiscar obras de arte de aquellas galerías desafortunadas que no participaron en la evacuación de medianoche de Jacques Jaujard.

—Parece que al ERR le ha quedado pequeña su actual sede en la embajada alemana —continuó Rose—. Me han preguntado si nuestro museo aceptaría albergar su creciente colección.

Sophie frunció el ceño. Bajo las suaves palabras de Rose, podía oír una corriente de algo eléctrico de fondo.

—Ya veo —dijo con cuidado—. ¿Y cómo me involucraría esta expansión?

Rose se sentó de nuevo en su silla.

—He aceptado trabajar como supervisora del Jeu de Paume —respondió—. Y me han dado permiso para incorporar a algunos miembros selectos del personal. El ERR destinará un equipo especializado para trabajar fuera del museo: el Sonderstab Bildende Kunst. Colaboraremos con ellos día a día, catalogando el contenido de la nueva colección y protegiéndolo mientras dure esta terrible guerra. —Rose parecía complacida—. Piénsalo. El museo volverá a llenarse de arte.

—¿Y cuál será la procedencia de ese arte? —Sophie frunció el ceño—. La colección nacional de Francia ha desaparecido ya, y Monsieur Jaujard no parece dispuesto a colaborar. ¿Qué les quedaría por llevarse?

Rose levantó un papel de su escritorio.

—Quizá no te hayas enterado. Además de proteger las colecciones públicas, el ERR ha recibido órdenes de salvaguardar todos los bienes culturales declarados apátridas en virtud de un decreto directo de Herr Hitler. —Pasó un documento de aspecto oficial por la mesa—. Como parte de mi personal, ayudarás al ERR a evaluar, catalogar y restaurar las obras que necesiten intervención. —Rose sonrió—. He visto tu trabajo. No confiaría a nadie más esta tarea.

Sophie leyó el decreto. En su mente, estaba de vuelta en casa, en Stuttgart, viendo a jóvenes con camisas marrones pasear frente a la escalinata de la universidad.

—Hice que Herr Rosenberg me lo tradujera. Hablo muy poco alemán —comentó Rose, observando cómo los ojos de Sophie recorrían la página.

—"Apátrida" —dijo en voz alta—. ¿Qué significa eso?

Rose vaciló.

—Se refiere a colecciones privadas. Mucha gente abandonó París en los primeros días de la ocupación... a menudo sólo con lo que llevaban puesto.

Sophie se detuvo un momento más ante la hoja, fijando su atención en una sola frase: «la salvaguarda de la propiedad judía». Volvió a dejar el papel sobre el escritorio de Rose mientras su corazón se agitaba al ponerse de pie.

—Lo siento, Mademoiselle Valland, pero debo declinar. —Aunque Sophie ansiaba volver a su trabajo en el museo, la idea de trabajar con alemanes, trabajar para alemanes, era más de lo que podía soportar—. Confiscar colecciones privadas, no puedo.

Rose también se incorporó.

—Sophie, por favor. Sé que te estoy pidiendo algo muy difícil —dijo—, pero es una oportunidad. ¿No lo ves? —Miró alrededor de su pequeño despacho—. Llevo quince años trabajando aquí y esto es lo mejor que han hecho por mí. Un puesto voluntario. Cuando pido algo más, me dicen que está fuera de su alcance ofrecerme algo que no sea el orgullo de trabajar para la colección nacional. —Negó con la cabeza y sus ojos grises se tornaron severos—. He dedicado mi vida y mi educación al arte, y aun así no pueden ofrecerme un salario adecuado. Esta es una oportunidad de ser reconocida por mi trabajo. Quiero esa oportunidad para ti también. —Miró a Sophie—. La guerra produce extraños compañerismos, lo admito, pero piensa en la oportunidad que crea para nosotros.

Sophie volvió a entrar en la habitación.

—¿Y de verdad te sientes cómoda con lo que están haciendo? —preguntó— ¿Quitándole obras de arte a gente que ha huido despavorida?

La expresión de Rose se tensó.

—Es arte —dijo—. Alguien tiene que cuidarlo. Al menos, si está aquí, podemos asegurarnos de que esté debidamente custodiado.

Sophie dejó escapar un suspiro. Aunque seguía horrorizada, tenía que admitir que veía razón en el argumento de Rose.

—¿Puedo tomarme un día para pensarlo?

Rose sacó una caja grande que tenía junto a su escritorio.

—Por supuesto —dijo—. Me mudaré al antiguo despacho de Monsieur Girard. Cuando hayas tomado tu decisión, puedes encontrarme allí.

Sophie salió del museo con las manos temblorosas mientras liberaba su bicicleta de la valla. Levantó un pie hacia el pedal y pateó el suelo, saboreando el momento de liberación mientras pedaleaba por la fácil pendiente hacia el Jardin des Tuileries. Con su cuidado césped y sus amplias avenidas, el Jardin des Tuileries siempre fue el lugar favorito de Sophie en París. Su aire histórico la atraía y, aunque las flores estaban en constante cambio, el parque nunca parecía cambiar. Las estatuas y el horizonte transportaban a Sophie al pasado, quizá no a una época más sencilla, sino a una más pintoresca, un mundo en el que los queridos cuadros que restauraba en su laboratorio acababan de ser terminados.

Para Sophie, el jardín exudaba permanencia, pero también mostraba las cicatrices del creciente conflicto. Ahora Sophie pasaba junto a soldados alemanes —metidos hasta las rodillas en la tierra—, que arrancaban el prístino césped para plantar hortalizas. La visión le rompió el corazón. Se mudó a París por la belleza de todo aquello, el ensueño de sus sinuosas calles empedradas y sus barrios de cuento de hadas, la entrañable devoción de los residentes por la mitología que la convertía en la Ciudad de las Luces. Sin embargo, la realidad comenzaba a filtrarse por las grietas del mundo de Sophie. Ahora, con la llegada del ejército de Hitler, las puertas que cerró con llave se habían abierto de par en par.

La idea de trabajar para los alemanes enfermaba a Sophie. Le molestaba pensar en sonreírle a hombres que vomitaban pseudociencia piadosa para justificar su lealtad ciega a un loco. Ella creció en Stuttgart durante los primeros días del ascenso de Hitler al poder; había visto la pobreza y la desesperación que condujo al éxito del partido nacionalsocialista, el alivio en los rostros de hombres y mujeres cuando él les daba a alguien a quien culpar de su desesperación. Pensó en su último año en la escuela integral, en los comentarios punzantes de los profesores cuyos rostros se arrugaban de burla ante sus ambiciones académicas, cuestionando si sus talentos no estaban mejor empleados al servicio de un marido. Recordó los disturbios provocados tras los mítines de los soldados de la SA: la aguda voz del Führer amplificada por el estruendo de un altavoz, dando a los jóvenes una inmerecida sensación de autoridad, de permiso para depredar a los débiles.

Cinco años atrás su lealtad pasó a una nueva patria. Al amparo de la oscuridad, ella y su hermano cruzaron la frontera de Estrasburgo y gastaron sus escasos ahorros en documentos falsos en los que figuraba como lugar de nacimiento Lausana, Suiza. Pocos conocían el pasado de Sophie, con excepción de Paul Rosenberg, que le había escrito una carta de presentación para el Louvre, nadie en su círculo profesional sabía que nació en Stuttgart.

Se bajó de la bicicleta para pasar por debajo del Arco del Triunfo del Carrusel, dirigiéndola por el manubrio mientras le compraba un bocadillo a un vendedor cerca del Museo del Louvre. Sophie llegó a París con la esperanza de trabajar en ese santuario sagrado y se había alegrado, aunque estaba un poco decepcionada, al recibir una oferta del modernista Jeu de Paume. En su mente resonaba, persistente, la voz áspera de Rose: «He dedicado mi vida y mi educación al arte, y aun así no pueden ofrecerme un salario adecuado».

Sophie desenvolvió el sándwich y del papel encerado surgió un penetrante olor a mostaza.

La voz de Rose resonó de nuevo en sus oídos: «La guerra produce extraños compañerismos». Una oportunidad similar nunca habría surgido en tiempos de paz, Sophie estaba segura de ello. Pero, ¿era esa razón suficiente para dar la espalda a sus principios? ¿Había sido razón suficiente para que Rose renegara de los suyos?

Apoyó su bicicleta en una farola, observando a un vendedor de periódicos que pregonaba el último titular: los bombardeos nocturnos habían comenzado en Londres, los alemanes volaban al amparo de la oscuridad para asolar la ciudad hasta someterla. Por fortuna, los alemanes libraron a París de un destino similar a cambio de su rendición. Por el momento, los alemanes iban ganado. ¿Qué otra cosa podía hacer Sophie sino intentar seguir con su vida?

Pero la idea no estaba exenta de riesgos. Aunque su pasaporte falsificado fue canjeado por documentos de identidad legítimos al comienzo de la ocupación, seguía existiendo el riesgo de que el ERR indagara en su pasado. Por muy amables que fueran los alemanes con los franceses conquistados, ella sabía que no se tomarían bien a alguien que rechazó al Reich.

Sophie suspiró, deseando que Dietrich estuviera sentado en el banco junto a ella, con sus ojos azules frunciéndose en una sonrisa. «Anímate, Sophette», le habría dicho, «lo único que tienes que hacer es mirarlo desde una nueva perspectiva».

Mordió su sándwich mientras pensaba en Dietrich y en su forma de tomar decisiones sin rodeos. Él le habría dado el consejo que ella buscaba yendo al meollo de la cuestión, analizando sus opciones con una clara distinción entre lo práctico y los principios. Le habría dicho que los principios eran lo que importaba al fin y al cabo; que los principios, por encima de todo, eran más importantes que nunca en tiempos de guerra. Después de todo, era por ellos por lo que se luchaba en las guerras.

Sophie cerró los ojos. Al final, ¿qué le aportaron los principios a Dietrich?

Una esposa que toleró su temeridad y le animó a convertirse en el rostro de un movimiento antifascista sin tener en cuenta su seguridad.

Una muerte lenta en el fondo de un callejón parisino, una tumba prematura.

Abrió los ojos, ahuyentando el pensamiento de su hermano condenado y su bohemia esposa. ¿Fabienne alguna vez amó de verdad a Dietrich o sólo le importaron los principios por los que luchaba?

Se levantó y se quitó las migajas del sándwich de la falda antes de volver a su bicicleta, luego pedaleó de vuelta al Jeu de Paume para darle a Rose su respuesta.

4

Septiembre de 1940

Fabienne se recostó en el grueso cojín acolchado de terciopelo del banquillo del Café Voisin, acomodándose un oscuro mechón de pelo recortado detrás de la oreja mientras observaba al joven con el que había estado hablando acercarse a la barra, con sus botas de piel de becerro relucientes. Levantó una mano para hacer una señal al camarero y Fabienne vislumbró una manga de camisa perfectamente almidonada. Su uniforme era tan impecable, tan nuevo, que ella dudaba que alguna vez hubiera visto acción antes de su traslado a París. Lanzó una mirada a los soldados que llenaban la sala como el moho: niños, hasta el último de ellos. Entraron por la puerta principal de una casa sin cerrar y, sin embargo, allí estaban, actuando para todos como si hubieran luchado heroicamente por el privilegio de cenar en una de las ciudades más bellas del mundo.

Se bebió el último trago de su Borgoña, sabiendo que estaba bebiendo demasiado rápido, de manera imprudente, y miró al otro lado de la habitación en donde Lotte, vibrante en un vestido amarillo sin espalda, seducía a un oficial con traje gris. Con su pelo rubio y su voluptuosa figura, Lotte —la inquilina de Fabienne— era la encarnación de la frase americana «bombón rubio». Fabienne, con su figura delgada como la de un riel y sus ojos de párpados pesados, no envidiaba a Lotte por su atractivo: en esos días, la belleza era una moneda más valiosa que el franco y París estaba lleno de alemanes más que dispuestos a pagar por el placer de la compañía de una mujer hermosa. Entre las dos, esas salidas nocturnas bastaban para darles el dinero que necesitaban para calentar su pequeña buhardilla ahora que los trabajos faltaban y la comida era más escasa.

El oficial sentado junto a Lotte le rodeó la cintura con un brazo y ella lo apartó con una risita. Sutilmente, ella lanzó una mirada por encima de su hombro para encontrarse con los ojos de Fabienne. Con un cabeceo apenas perceptible, Lotte volvió a centrar su atención en el oficial, y Fabienne se relajó. La mayoría de los soldados alemanes que habían sido enviados a París parecían ansiosos por demostrar que no eran una horda invasora, sonriendo mientras martillaban sus letreros alemanes en las esquinas de las calles francesas y repartían latas de Scho-Ka-Kola a los niños que no sabían qué hacer sino aceptarlas. Pero los otros —los oficiales que Fabienne conoció en el vestíbulo del Majestique o del Le Meurice— eran de los que había que desconfiar. Sonreían y engatusaban, pero eran fríos bajo el brillo y sus modales nacían del acero más que de la cortesía.

Le rugió el estómago y pensó en su despensa. Durante los primeros días de la ocupación intentó abrirse camino con descaro, saludando con dos dedos a los soldados de infantería que llevaban cascos de balde y bebían hasta que terminaban los largos toques de queda nocturnos. No obstante, el hambre, al parecer, era una fuerza más poderosa que los principios, sobre todo cuando sus opciones para conseguir un trabajo legítimo eran limitadas.

Apoyó las manos en la superficie de la mesa, recordando los días en que la pintura al óleo impregnaba su piel de tal manera que parecía que se la hubiera tatuado a todo lo largo de sus suaves palmas; cuando Dietrich, escabulléndose en su estudio después de terminar su turno, le arrebataba el pincel de la mano para estrecharla en un fuerte abrazo. Habían vivido lo mejor que podían entonces, gastando su dinero en lienzos y tinta china, botellas de vino y hogazas de pan; telas de colores para que Fabienne las convirtiera en espectaculares túnicas y pantalones para que los lucieran en fiestas que duraban hasta el amanecer. Entre la floreciente carrera de ella como artista y los turnos de él en la fábrica de Citroën, acumularon algunos ahorros decentes.

¿Quién habría imaginado que, con la devaluación del franco, los alemanes habrían arrasado por completo los cimientos de su cómoda vida?

Fabienne podía sentir la desesperación punzando en los márgenes de su mente. Levantó la vista para sorprender al camarero mirándola con el ceño fruncido. Ella podía burlarse de su hipocresía, como si alimentar a los alemanes no fuera menos colaboracionista que acostarse con ellos. Fabienne, al menos, sabía que ambas cosas eran igualmente transaccionales.

El soldado se dirigió de nuevo a la mesa, con una botella nueva de Borgoña en la mano. Fabienne esbozó una sonrisa y tomó su vaso, dejando que sus dedos se deslizaran hasta tocar los de él como por accidente.

En realidad, él era poco más que un niño, y ella lo dejó balbucear en un francés entrecortado. Todos esos alemanes querían lo mismo: decir a sus amigos en casa que se cogieron a una francesa. ¿Reemplazaba eso el haber hecho tan poco por conquistar la ciudad? Fabienne levantó la botella mientras lo veía fracasar con el remate de un chiste repetido. Dado lo mucho que había bebido, tendría suerte si llegaba a su habitación de hotel por sí mismo. Fabienne lo sostendría por debajo del hombro, le quitaría las botas y la camisa una vez que se desplomara en la cama, y esperaría hasta la mañana para que le preguntara con timidez si hicieron lo que había prometido pagar. Con la noche por delante y un sujetador medio roto bajo su vestido verde, Fabienne disfrutaría del tiempo que se tomaría para montar un cuadro convincente.

Fabienne miró al soldado por entre sus pesadas pestañas.

—Cuéntame más —le dijo llenándole el vaso hasta el borde.

5

Octubre de 1940

Sophie respiraba el aire apacible del laboratorio de restauración del Jeu de Paume, observando cómo las motas de polvo bailaban en el resplandor amarillo de las luces eléctricas. Llegó al museo tan pronto como le permitió el toque de queda. El sol aún no salía del todo sobre los tejados de la ciudad, a través de las ventanas arqueadas del laboratorio, Sophie sólo podía verse a sí misma, reflejada contra el cielo que se iluminaba lentamente. Cruzó hacia las dos amplias mesas de trabajo del laboratorio situadas para captar la luz del sol que pronto se colaría por la ventana sur. En las paredes se alineaban largas estanterías repletas de las herramientas del oficio de Sophie: disolventes y escalpelos, papel de morera y adhesivos de cola de conejo en tarros medio llenos; tubos de óleos y pinceles de pelo de jabalí de distintos tamaños. Al fondo de la sala, varios caballetes sostenían cuadros a medio restaurar: un Miró a la espera de una última capa de barniz; un Klee a mitad del proceso de revestimiento. Como la única restauradora de arte que quedaba en la plantilla, Sophie se acostumbró a trabajar sola. La mayoría de los días apenas hablaba, a menos de que Rose subiera del sótano para preguntar por alguno que otro cuadro. Pero aunque el ERR solicitó de manera formal el Jeu de Paume, no habían enviado ninguna pintura, por el momento; Sophie hacía lo que podía para mantenerse ocupada, ayudando a Rose a catalogar las pocas obras que quedaban en el sótano y trabajando lentamente en el puñado de cuadros que requerían intervención.

Por muy reacia que fuera a atribuirse el mérito de su trabajo, Sophie sabía que era una restauradora con talento. Su trabajo era arte del tipo más sutil e insuflaba nueva vida a los cuadros al reparar lienzos desgastados o pintura agrietada, renovando los verdaderos colores de una obra, perdidos bajo décadas o siglos de barniz descolorido. Más de una vez puso en práctica sus habilidades rectificando errores pasados de su propia profesión; incluso eliminó alguna que otra hoja de parra anacrónica pintada a modo de censura sobre figuras míticas por parte de victorianos demasiado concienzudos. En resumen, Sophie se consideraba en su mejor momento cuando era invisible: mediante la eliminación de un barniz viejo o la adición de una nueva capa de pintura, podía revelar la intención original del artista y convertir su propia obra en magistral gracias a su ausencia.

Encendió la radio y después tomó su adquisición más reciente del caballete: un Pissarro que empezó a limpiar el día anterior, cuya composición al pastel estaba oscurecida por la suciedad del tabaco atrapada en la capa de barniz.

Se ató el pelo castaño y se puso las gafas y los guantes, luego desenroscó la tapa de una solución disolvente que preparó el día anterior. Sintió una punzada química en la nariz mientras envolvía un pequeño trozo de algodón en una delgada vara y la sumergía en el disolvente. Colocó el algodón de manera suave, con delicadeza, sobre la pintura, apenas respirando mientras retorcía la vara. La suciedad se adhirió al algodón. Satisfecha de haber levantado el barniz sin dañar la pintura, Sophie siguió adelante, trabajando por partes a lo largo del lienzo.

Como ocurría muy a menudo cuando trabajaba sola, el eco de la voz de su padre susurraba en su mente: «Con cuidado, Sophie». Siendo también restaurador de arte, su papá le había enseñado a todo lo que sabía: cómo mezclar disolventes y revestir lienzos; cómo construir nuevos bastidores para los cuadros cuando el viejo estaba desgastado o dañado. A diferencia de su sociable hermano, que pasaba las horas después de clase en salones de té y salas de baile con sus amigos, Sophie prefería pasar su tiempo libre en el laboratorio de papá, subiendo a saltos los escalones de la Academia de Bellas Artes de Stuttgart hasta la sala donde su pesada constitución y sus modales bruscos no parecían importar, donde lo que importaba era la firmeza de sus manos, la agudeza de sus ojos.

Cerró los ojos, imaginando la luz del sol que entraba por la ventana del laboratorio de su padre, refractada por los frascos de disolvente y aceite de linaza; la fotografía del gran Otto Röhm, el héroe de papá, cuyos trabajos sobre las resinas acrílicas habían constituido la base de las propias investigaciones de su padre.

Sophie sonrió, recordando sus experimentos. Él estaba decidido a desarrollar una línea de pintura a base de petróleo específica para la restauración de obras de arte.

—Imagínate, Sophie —solía decir con los ojos brillantes mientras mezclaba resinas acrílicas con pigmentos sobre placas de cristal—, una pintura que parezca y se sienta como el óleo, pero que pueda ser identificada e incluso eliminada por futuras generaciones de restauradores sin dañar la obra original del artista. Röhm vio el potencial de la pintura acrílica para fines industriales, pero yo la veo como el futuro de nuestra profesión.

El sol había salido por completo cuando el picaporte de la puerta se agitó. Sophie levantó la vista, subiéndose las gafas por el puente de la nariz, cuando entró un hombre vestido con un traje oscuro que llevaba un gran maletín.

—Lo siento —dijo. Con las gafas puestas, el hombre era un manchón y Sophie observó el círculo pálido de su rostro barbudo—. Siento mucho interrumpir. Tenía la impresión de que el laboratorio estaba vacío.

—¿Quién le dijo eso? —preguntó Sophie. Se quitó las gafas y el hombre se enfocó. Era de estatura media, con hombros anchos, pelo canoso y un rostro bello y candoroso.

Se acercó, apoyando la pierna derecha mientras colocaba su maletín sobre la mesa frente a la de Sophie.

—Esperaba más bien instalarme tranquilamente, pero la estoy molestando en su trabajo —dijo en voz baja con su francés redondeado por un acento alemán—. Gerhardt Hausler. Antiguo miembro de la Gemäldegalerie Alte Meister.

Sophie se quitó los guantes y le estrechó la mano.

—¿Y qué lo trae desde tan lejos, desde Dresde, Herr Hausler?

Los ojos avellana de Hausler se entrecerraron mientras sonreía.

—He sido comisionado por el ERR —respondió—. Supongo que eso significa que usted y yo trabajaremos juntos, Mademoiselle...

—Brandt. —Ella sabía que el ERR llegaría un día al Jeu de Paume para apilar sus cuadros apátridas en las galerías, pero, ingenuamente, confió en que dejarían en paz su laboratorio—. ¿Entonces usted es restaurador?

Hausler abrió su maletín para mostrar botes de disolventes, pinceles y pigmentos.

—Sí —dijo mientras se pasaba una mano por la barba recortada—. Más bien pensé que me habían denunciado cuando me abordó la Wehrmacht... o peor, que habían decidido devolverme a la infantería, aunque me pregunté para qué serviría con una sola pierna. Imagine mi sorpresa cuando me dijeron que la restauración de obras de arte se consideraba una habilidad militar esencial. —Sacó los frascos uno a uno y los colocó a lo largo de la mesa—. No fingiré que esto no es preferible a estar en el Frente Occidental. Ya tuve bastante de ese tipo de cosas en el Somme.

Sophie lo observó mientras desempacaba.

—Supongo que hay más de ustedes abajo.

—Supone correctamente. Mis colegas están abajo, pero creo que no molestarán tanto como yo.

—Ya veo. —Sophie observó a Hausler un momento más, pensando en el día en que presentó su solicitud de ingreso a la Universidad de Stuttgart, junto con una carta de recomendación de su padre.

La universidad no tardó en responder con un rechazo educadamente redactado, citando la nueva política del gobierno alemán que restringía de forma drástica el número de estudiantes del sexo femenino admitidas en las instituciones de enseñanza superior.

—¿Me disculpa, Herr Hausler? —

Se desabrochó el abrigo y salió del laboratorio, dejando a Hausler desempacar en paz.

Sophie bajó la escalera de servicio, limpiándose el polvo de las manos con un pañuelo que había guardado en el bolsillo.

No debió haberse sorprendido, pero le asombraba que Rose no le hubiera avisado con antelación que los alemanes llegarían ese día. Cuando entró en la galería trasera, dos soldados vestidos de gris Luftwaffe pasaron a toda prisa junto a ella, llevando un alto lienzo envuelto en una sábana blanca. Cruzó hacia la gran galería que servía de vestíbulo al museo. Por la puerta principal, abierta, pudo ver una hilera de camiones de plataforma que estaban siendo descargados. Los soldados transportaban inmensas cajas en equipos de dos y cuatro, con cigarrillos metidos en las comisuras de sus bocas, mientras hombres vestidos de civiles —personal del ERR, supuso Sophie— los dirigían a las diferentes galerías.

Rose Valland estaba parada en medio de la gran galería, portapapeles en mano, mientras conversaba con un caballero alto, vestido con uniforme de sarga. Al volverse, Sophie pudo ver un destello rojo y negro prendido en su solapa de terciopelo, y se le revolvió el estómago: hacía años que no veía una esvástica de cerca.

Rose sonrió.

—Coronel Bohn, le presento a Sophie Brandt. —Apoyó una mano en el brazo de Sophie—. Sophie es nuestra joven y talentosa restauradora aquí en el Jeu de Paume. Ha accedido amablemente a seguir formando parte del personal.

Alto y severo, de ojos hundidos y pelo color sal y pimienta bajo el ala lustrosa de su sombrero, Bohn dedicó a Sophie una sonrisa con sus labios finos.

—Encantado de conocerla, Mademoiselle Brandt. Mademoiselle Valland me ha dicho que es usted indispensable para su trabajo.

—Ella es muy amable —respondió Sophie.

La educada sonrisa de Bohn aumentó.

—Su humildad le honra —dijo—. En el Reich reconocemos el talento y nos esforzamos por cultivarlo siempre que podemos.

Ella sonrió, sabiendo muy bien el valor que Bohn y sus asociados concedían a las trabajadoras. Si cerrara los ojos, sentiría el peso fantasmal de dos trenzas gemelas bajando por su espalda; un pañuelo alrededor de su cuello, retorciéndose con fuerza.

—Por supuesto —respondió, tragando bilis.

—Brandt —musitó Bohn—. ¿Tiene usted ascendencia alemana, Mademoiselle?

—Sophie es suiza —intervino Rose con desenvoltura.

Bohn frunció el ceño

—¿Sprechen Sie Deutsch?

Sophie miró de Rose a Bohn y viceversa. Apenas, imperceptiblemente, Rose sacudió la cabeza. Sophie miró hacia atrás, pero Rose tenía la mirada fija en las puertas del museo. ¿Habría sido su imaginación?

—No —respondió ella y la mentira cayó fácilmente de sus labios—. Pero puedo aprender si quiere.

La expresión de Bohn se relajó.

—No será necesario —dijo, y Sophie se sintió como si hubiera superado alguna prueba—, siempre que respete la política de neutralidad de su patria en todos los asuntos.

—El coronel Bohn es el director del Einsatzstab Reichsleiter Rosenberg —continuó Rose—. Trabajará desde el Jeu de Paume con su equipo de especialistas.

—Por supuesto —dijo Sophie—. De eso he venido a hablarle, Mademoiselle Valland...

Bohn soltó una carcajada.

—¡Oh, cielos! Hausler no está causando problemas ya, ¿verdad? No se preocupe, Mademoiselle. Habrá suficiente trabajo para ambos, se lo aseguro. —Suspiró, observando cómo los soldados amontonaban las cajas contra las paredes—. Muchas de las obras bajo nuestra jurisdicción se nos entregan en diversos estados de deterioro. Me temo que sus antiguos propietarios no siempre dieron a estas obras maestras el respeto que merecían.

Detrás de Bohn, un hombre vestido de civil siguió al último de los soldados hasta la galería. Los soldados llevaban otro lienzo alto amortajado bajo una sábana blanca que arrastraba, y el civil lanzó un grito de advertencia cuando la sábana serpenteó alrededor de los tobillos de uno de los soldados. Se lanzó hacia delante para apartar la sábana del cuadro y Sophie casi emitió un grito ahogado: el retrato de Paul de Madame Rosenberg miraba serenamente a Sophie desde el lienzo, con su hijo disgustado en brazos.

Sophie volvió a centrar su atención en Bohn y en su estómago se instaló una sensación de náuseas cuando el Picasso desapareció de su vista.

Bohn suspiró.

—¿Qué más se podía esperar? Los judíos no saben apreciar el valor intrínseco del arte. Sólo lo ven en términos monetarios. Es una desgracia, de verdad. Aquí daremos a estas obras maestras lo que merecen.

Sophie podía sentir los ojos de Rose quemándole la nuca.

—Estoy a su disposición, señor.

Aunque Sophie no pretendió que sus palabras fueran un cumplido personal, estaba claro que Bohn las había tomado como tal.

—El Führer ha insistido mucho en que protejamos París y sus tesoros de cualquier daño, pero me temo que no podemos contar con que nuestros adversarios ingleses sean tan precavidos.

Al mirar más allá de Bohn una vez más, Sophie observó cómo los soldados descubrían otras piezas: un Van Gogh de la galería de Paul; un Vermeer que Sophie sabía que había formado parte de la colección privada de los Rothschild. La sangre empezó a martillearle en los oídos, insistente y fuerte.

—Estoy seguro de que no hace falta decir, Mademoiselle, que el trabajo que estamos haciendo aquí es de vital importancia. —Bohn se acercó a Sophie y ella pudo oler su colonia, pesada y dominante—. Es por ello que exigiré la máxima discreción a todos los que trabajen entre estos muros.

Sophie dio un paso atrás.

—Y la tendrá.

Bohn sonrió.

—Muy bien —respondió—. Por favor, discúlpenme, señoritas. Debo hablar con el Dr. Gurlitt.

Sophie se volvió para dirigirse a Rose, pero ella ya se había marchado y sus robustos tacones repiqueteaban sobre el mármol mientras caminaba hacia una lejana sala de exposiciones.

6

Octubre de 1940

Fabienne atravesó las puertas dobles que daban al patio de su edificio de apartamentos, con su bolsa de cuerdas cargada de nabos y café de imitación. A pesar de lo agotada que estaba, Fabienne se alegró de haber tenido la previsión de llevar su cartilla de racionamiento a la cena de la noche anterior: esa mañana fue la primera en la fila de la carnicería y pudo elegir de entre las minúsculas porciones de ternera guisada que le permitía su boleto de racionamiento. Aun así, añoraba su cama. Se echó la boa de plumas sobre los hombros, deseando poder borrarse la sensación del soldado de infantería alemán con el que se quedó atrapada después del toque de queda. Inexperto y demasiado ansioso, sin cabeza para el vino, pero con una cartera que bien valía la pena vaciar.

Alejado de las miradas indiscretas de los soldados alemanes, el patio se convirtió en una especie de centro neurálgico para Fabienne y el resto de los residentes de su edificio. En un rincón, Monsieur Minci y su hijo reparaban el marco de la pequeña conejera que construyeron y cada golpe de martillo aterrorizaba a la familia de conejos que vivía dentro. Al otro lado, Madame de Frontenac fruncía el ceño a Fabienne antes de ocuparse de su pequeño huerto de zanahorias.

Cruzó el hueco de la escalera y subió los escalones de mármol, sintiendo cómo se desvanecía la ardiente mirada de Madame de Frontenac. Por mucho que detestara ser tema de conversación entre las chismosas del barrio, Fabienne sabía que no era la única que se ganaba la vida a costa de los alemanes. ¿Era justo que juzgaran a Fabienne por hacer lo que tenía que hacer para sobrevivir?

En el segundo piso, Madame Lowenstein salió de su apartamento con un sombrero sin ala entre sus rizos grises. Fabienne echó un vistazo a las generosamente repartidas habitaciones del interior antes de cerrar la puerta y su corazón se quebró: deseaba que los Lowenstein ya se hubieran marchado de París.

—Otra noche larga para usted y su inquilina. —Madame Lowenstein hurgó en su bolso para sacar un cigarrillo y un encendedor—. ¿De verdad es tan difícil acatar el toque de queda?

Fabienne se ciñó la boa al cuello. El marido de Madame Lowenstein era joyero, muy respetado por los modistos de París. En consecuencia, Madame Lowenstein iba siempre impecablemente vestida y era más atrevida en su sentido del estilo que otras mujeres de sesenta y tantos años. Si alguien podía darse cuenta de que el dobladillo que asomaba por debajo del abrigo de Fabienne pertenecía a un vestido de noche, sería Madame Lowenstein.

—Sé que las cosas han sido difíciles para ti desde el fallecimiento de tu marido —continuó en un tono bajo—, pero no necesitas recurrir a esto. Mi marido necesita trabajadoras y tú tienes ojo artístico. —Se sacó de la muñeca un brazalete de color crema y se lo tendió—. Baquelita —explicó Madame Lowenstein, y una chispa de orgullo matizó sus palabras—. Un producto de fábrica. Lev dice que es el futuro de la moda.

Fabienne tomó el brazalete, conteniendo las repentinas ganas de llorar. Escuchó que los alemanes aseguraron al nuevo gobierno de Vichy que la industria de la moda de París perduraría... pero también escuchó con horrorosos detalles los sucesos de la *Kristallnacht.* Ahora que los alemanes habían llegado, era sólo cuestión de tiempo para que allí se produjeran represalias similares. Como empresario judío, ¿cuánto tiempo se le permitiría a Monsieur Lowenstein seguir explotando su atelier?

—Debió haberse marchado —dijo Fabienne con gentileza, devolviéndole el brazalete a Madame Lowenstein— cuando tuvo la oportunidad. ¿Por qué no se fue?

Madame Lowenstein volvió a deslizar el brazalete sobre su muñeca.

—Tuvimos muchas conversaciones largas sobre esa misma cuestión —dijo, enderezándose el guante—. Lev traspasó el negocio a su socio; es protestante, así que el atelier estará seguro con él. Incluso habíamos reservado boletos a Nueva York antes de enterarnos de lo que les ocurrió a los pasajeros a bordo del SS St. Louis. Sin embargo, a fin de cuentas, no queremos que piensen que tenemos miedo... que tenemos motivos para avergonzarnos de lo que somos. París es nuestro hogar. Ha sido nuestro hogar durante generaciones. —Sonrió—. Ven al atelier y habla con Lev. Te mereces algo mejor que esto.

Fabienne se sentó en un banco frente al número 21 de la calle La Boétie, contemplando la fachada de filigrana del edificio que antaño había albergado la galería de Paul Rosenberg. Estuvo allí muchas veces como mecenas y una vez como artista. Si cerraba los ojos, podía estar de nuevo en la inauguración de su propia galería, contemplando sus creaciones, con Dietrich apretándole la mano mientras se encontraban con sus devotos admiradores. Aquella noche vendió cuatro cuadros y Dietrich sonrió de orgullo mientras Paul ensalzaba las virtudes de la obra de Fabienne: su toque sutil, su audaz uso del color y las formas.

Aquella noche fue el punto cumbre de su vida al ganar dinero como artista y tener a su amor a su lado.

Pero bueno, ése es el problema de un punto cumbre.

Miró hacia las ventanas de la galería de Paul, hacia el nuevo y nítido cartel que colgaba sobre las pesadas puertas de roble de la galería. L'Institut d'étude des Questions Juives. Por el edificio entraban y salían alemanes vestidos de negro, saludando con la cabeza a los guardias uniformados que se encontraban en el lugar donde Fabienne y Dietrich habían esperado una vez su taxi.

Le sigue inevitablemente una caída.

Fabienne se puso de pie y siguió caminando, recordando la ligereza de aquella tarde de antaño; los ojos azules de Dietrich. Lo había pintado mil veces, pero aun así sentía como si su marido se desvaneciera de su memoria. Ahora cada cuadro que intentaba pintar parecía marchitarse. Era una artista entonces... ¿lo seguía siendo ahora que cada lienzo se desmoronaba ante sus ojos?, ¿ahora que se ganaba la vida como juguete de los alemanes?

Collaboration horizontale. Todo parecía muy sencillo cuando Lotte lo sugirió: las dos eran viudas, después de todo, y buscaban ganarse la vida. «No se puede comer pintura», le dijo a Fabienne, arqueando su ceja perfectamente perfilada.

¿Qué diría Dietrich si supiera que ella se había reducido a eso para sobrevivir?

—¡Mademoiselle!

Fabienne levantó la vista. Sin darse cuenta, caminó hasta la Place de la Concorde. Al otro lado de la plaza, del Hôtel de la Marine ondeaban banderas escarlata y negro. Un soldado alemán trotó hacia ella, con el fusil al hombro.

—Papeles, Mademoiselle.

—Por supuesto. —Fabienne ordenó su bolso. Le expidieron un nuevo documento de identidad al principio de la ocupación, hizo cola durante horas en la prefectura mientras registraban todos los detalles posibles sobre ella: altura, color de ojos, nacionalidad. El agente de policía sonrió cuando le tomó la fotografía; y el funcionario del registro, detrás de él, selló la tarjeta con la perezosa prisa de un burócrata. «Si no tiene nada que ocultar, no tiene nada que temer», le dijo con calma. Pero observó a la familia que tenía delante recibir sus documentos de identidad, girándolos para examinar el pesado sello rojo que estropeaba la parte superior de sus páginas: Juif.

Los ojos del soldado pasaron de la tarjeta al escote de Fabienne.

—Usted es fotogénica, Mademoiselle —dijo—. ¿Puedo acompañarla a algún sitio? ¿A un café, quizá?

Fabienne movió la cabeza en dirección a la estación de metro Concorde.

—Me voy a casa —respondió—. Al otro lado de la ciudad. Sería un viaje en vano para usted.

La encantadora expresión del soldado se congeló.

—Sólo hacía mi trabajo.

—Y muy bien hecho, además —replicó Fabienne antes de alejarse. Le preocupó, por un momento, que el soldado pudiera seguirla, pero entonces se detuvo en seco.

Una mujer salió del metro cargando un gran maletín. Aunque su regordeta figura se ocultaba bajo una chamarra de tweed sin forma y una falda hasta las pantorrillas, Fabienne la reconoció al instante: con sus mejillas regordetas y sus ojos azules; sus rizos castaños que colgaban sin fuerza bajo el sombrero, como si no se los hubiera sujetado bien la noche anterior.

Fabienne no había visto a Sophie desde el día del funeral de Dietrich. Hacía todo lo posible por evitar los lugares que sabía que Sophie solía frecuentar: el Louvre y el Jeu de Paume, el Barrio Latino. Lugares que en otro tiempo significaron tanto para ella, lugares que borró de su corazón, igual que Sophie la borró de su vida.

Sophie subió a la acera y vio a Fabienne.

—Sigues aquí. —Sostenía su maletín con torpeza, como si deseara poder esconderse detrás de él—. No estaba segura. Pensé que quizá te habías marchado.

Fabienne temía por ese momento; Sophie, al parecer, también. Parpadeó sabiendo que Sophie también estaba pensando en aquella fatídica última noche: el cuerpo sin vida de Dietrich tendido sobre los adoquines mientras las voces de los alemanes se alejaban en la noche; panfletos políticos que caían como la nieve a la luz de una farola.

Al igual que entonces, a Fabienne se le revolvió el estómago con la certeza de que fueron sus ánimos, sus acciones, las que condujeron a aquel terrible momento.

—Bueno —dijo Sophie finalmente, echando un vistazo al Jeu de Paume—. No quiero llegar tarde.

Fabienne miró por encima del hombro de Sophie. Aunque el museo estaba oculto tras un pesado muro de piedra que separaba el Jardin des Tuileries de la Place de la Concorde, ella podía ver las imponentes columnas y los arcos de cristal de la fachada norte del museo. Dos soldados atravesaban un hueco en el muro, charlando con facilidad en alemán.

—Creí que el Jeu de Paume había cerrado —dijo mientras a Sophie se le ponía la cara colorada—. A menos de que...

—No es asunto tuyo —empezó Sophie, pero Fabienne la esquivó, siguiendo los pasos de los soldados mientras la sangre se agolpaba en sus oídos. «No puede ser», pensó para sí. «Ella no podría...».

Se detuvo, mirando fijamente a los soldados que vigilaban las entradas del museo.

—¿Trabajas para ellos? —Fabienne sintió como si el suelo hubiera cedido bajo ella— ¿Después de todo lo que ha pasado?

—No es lo que parece. —Sophie agarró a Fabienne del brazo, pero ésta se zafó de un tirón.

—¿Has vuelto a las andadas? —gruñó Fabienne. En algún lugar de lo más profundo de su mente podía oír su propia hipocresía, pero no le importó. De inmediato, la ira ardió en ella con un brillo furioso—. ¡Después de todo lo que pasamos, de todo lo que tú pasaste! Dietrich se estaría revolcando en su tumba.

Sophie se estremeció.

—No estaría en una tumba si no fuera por ti —le espetó.

Giró sobre sus talones y se encaminó hacia el museo, dejando a Fabienne con la sensación de haber sido abofeteada.

7

Sophie pasó su *Ausweis* al vigilante del museo con un temblor en la mano. Resistió el impulso de mirar a su alrededor. ¿Seguía Fabienne de pie en las escaleras de la estación de metro? Se erizó cuando la burla de Fabienne resonó en su mente: «¿Has vuelto a las andadas?». ¿Y qué pasaba con los otros miles de parisinos que habían tenido que encontrar trabajo en su recién ocupada ciudad? ¿Qué ocurría con el resto que tuvo que encontrar la manera de salir adelante?

El guardia devolvió a Sophie su Ausweis y ella atravesó las puertas, levantando la barbilla. Dado que Fabienne prácticamente empujó a Dietrich al foco de la atención, lo que lo convirtió en objetivo de los seguidores de Hitler, era ella quien tenía motivos para avergonzarse.

Con un portapapeles en la mano, Rose Valland estaba en la gran galería con Bohn mientras éste hablaba con Hildebrand Gurlitt. Pequeño y serio, con gafas redondas que reflejaban la curva de sus mejillas, Gurlitt era un visitante frecuente del museo.

Por su reputación, Sophie sabía que era especialista en el tipo de obras de arte moderno que el Jeu de Paume había expuesto antes de la ocupación. Ahora, al parecer, ayudaba al ERR en calidad de asesor: deambulaba de cuadro en cuadro, inclinándose de vez en cuando para decirle algo a Bohn.

Se detuvieron ante un paisaje de van Gogh, cuyas líneas atrevidas y colores brillantes le daban la apariencia de haber sido pintado en un sueño febril. Gurlitt sacudió la cabeza y, con un movimiento de muñeca, Bohn hizo que un soldado que deambulaba retirara el cuadro.

Mientras el soldado se llevaba la obra, Rose llamó la atención de Sophie y se apartó de Bohn y Gurlitt.

—¿Qué están haciendo?

—Preparando el museo para una exposición —murmuró Rose, garabateando algo en su portapapeles. Levantó la vista y se ajustó las gafas—. A principios de la semana que viene, vendrá un invitado a ver las obras, así que me temo que habrá que concentrarse. Sígueme.

—¿Una exposición? —Sophie miró a través de la estrecha puerta que daba a la galería situada detrás de la sala de exposiciones, donde dos soldados estaban desenvolviendo un espectacular Aubusson; detrás de ellos, les seguía otro con una maceta cargada en brazos— ¿Para quién?

—No estoy segura. Alguien de muy alto rango, si no, no cuidarían tanto los detalles. —Rose suspiró—. Nos han pedido que hagamos un esfuerzo. Monsieur Jaujard tuvo la amabilidad de enviar las alfombras del Louvre.

El corazón de Sophie se desplomó mientras seguía a Rose por el museo. Sin duda era un nazi y de alto rango. ¿Quién si no tendría al ERR en tal frenesí?

Rose condujo a Sophie a la galería más pequeña del museo, situada frente a la escalera de servicio que llevaba al laboratorio de restauración.

Entró en la sala, esquivando a un soldado que se tambaleaba sobre una alta escalera mientras atornillaba una barra de hierro a la entrada de la galería. Contra una de las paredes, estaba una mesa de exposición con patas pesadas, desocupada salvo por el van Gogh que Sophie vio antes salir de la galería delantera.

—Me han dicho que nuestro próximo invitado no es un admirador del arte moderno —empezó Rose—. Bohn ha pedido que traigamos aquí todas las piezas modernas para que nuestro invitado pueda explorar el resto de nuestra colección sin el estorbo de obras de arte degeneradas. Me gustaría que te encargaras de esa tarea. —Sacó un libro de contabilidad forrado en cuero de debajo de su portapapeles y se lo entregó a Sophie, que retrocedió ante la esvástica grabada en oro en su portada—. El ERR ha tenido la amabilidad de hacer un inventario de todo lo que hay en el museo. Puede que te resulte útil.

Sophie dudó, el trabajo le llevaría horas.

—No sé si mis talentos se extiendan al registro. No sabría por dónde empezar.

La expresión de Rose se tensó.

—Lo haría yo misma, pero mi trabajo con Bohn me lo impide, y el ERR ya está saturado. Sé que está fuera de tu ámbito, pero por favor, Sophie. —Miró su reloj, poniendo fin a la conversación—. Me temo que debo continuar, así que te dejaré esta tarea a ti. —Dejó el libro de contabilidad sobre la mesa y se retiró sin esperar la respuesta de Sophie.

Sophie abrió el libro de contabilidad. Dentro, el personal de Bohn había recopilado docenas de páginas de información en las que cada cuadro de la creciente colección aparecía catalogado por artista, técnica y descripción. Se detuvo en una delgada columna, se le revolvió el estómago, se trataba de una lista de nombres impresos en ordenadas letras mecanografiadas: Kahnweiler, Rothschild, Weil-Picard, Rosenberg. Los nombres de expertos y coleccionistas conocidos, familias judías a las que los cuadros pertenecían por derecho.

Cuadros apátridas; colecciones abandonadas. No había nada de «apátrida» en la colección de Alphonse de Rothschild; tampoco nada de «abandonada» en la amplia galería de arte modernista de Daniel-Henry Kahnweiler. ¿Acaso hizo que los alemanes se sintieran mejor con su robo al ocultar deliberadamente las condiciones en las que se incautaron esas colecciones: fingir que «salvaron» las posesiones de aquéllos a los que expulsaron por la fuerza de las costas de Francia?

Cientos de obras de arte figuraban ya en el libro y los equipos de redada de Bohn llevaban más cada día. Pasó el dedo por el libro, observando que ciertas obras de arte —piezas modernas— fueron marcadas con un código claro: EK.

Entartete Kunst.

Arte degenerado.

El partido nazi elaboró su teoría del arte degenerado al poco tiempo de ascender al poder. Buscando borrar la decadencia vanguardista de la República de Weimar, los nazis retiraron todo el arte moderno de las colecciones públicas alemanas, viendo en los lienzos disonancias ideológicas, modos de pensar peligrosos que llevaron a Alemania al fracaso en la Gran Guerra. Sólo la pureza ideológica, la pureza artística, podía prosperar con los nazis, el arte que representaba el mundo en líneas y formas clásicas, que sostenía un espejo ante el mundo y lo reflejaba tal y como era, sin interpretación ni originalidad.

Aturdida, tomó el libro de contabilidad y se dirigió a la galería más cercana para empezar a ordenar los cuadros alineados a lo largo de las paredes. El trabajo era lento y mientras pasaba de lienzo en lienzo, no podía evitar admirar cada uno de ellos: el juego de luces sobre el cuello de una mujer en un inigualable van Dyck; la audacia de las pinceladas en un pastoral Cézanne. En Alemania, los Cézanne serían tachados de degenerados y, sin embargo, su obra no era menos magistral que la de van Dyck. ¿Por qué los nazis se sentían tan amenazados por el hecho de que Cézanne eligiera romper las reglas del medio en lugar de seguirlas?

Porque presentaba una forma de pensar que no podían controlar. El objetivo de Hitler era crear un Reich milenario, cristalizado en ámbar. ¿Qué necesidad tendrían de innovar cuando el partido nazi ya había creado la perfección?

Siguió ordenando los lienzos y se topó con un pequeño cuadro de Ernst Ludwig Kirchner. Colorida y emotiva, su obra representaba Alemania tal y como fue antes de la guerra: malhumorada y pensativa, poblada de prostitutas y de miembros de la alta sociedad por igual. Este lienzo en particular mostraba a dos mujeres desnudas —prostitutas— en un momento de reposo.

Los nazis confiscaron más de seiscientos cuadros de Kirchner, veinticinco de los cuales se presentaban en su exposición Entartete Kunst como producto de una mente enferma. ¿Era enfermizo mostrar el impacto corrosivo de la guerra en el sentido de identidad de una persona? Como uno de los fundadores del movimiento artístico alemán conocido como Die Brücke, Kirchner se consideraba a sí mismo un titán de la República de Weimar; y, no obstante, con el ascenso del partido nazi, fue expulsado de la Academia de las Artes de Berlín, tachado de forastero y apátrida, ni alemán ni nada.

Los nazis dejaron claro que Alemania no tenía sitio para un artista como Kirchner, y él se había tomado su odio muy a pecho: aislado y desesperado, se pegó un tiro en 1938, convirtiéndose en una víctima temprana y silenciosa del régimen de Hitler.

Sophie dio la vuelta al cuadro para examinar un sello en el reverso que indicaba que la obra era propiedad de Paul Rosenberg.

—¿Necesita ayuda, Fräulein?

Se volvió para ver a un soldado de la Luftwaffe de pie en la puerta de la galería.

—Estos cuadros, aquí —dijo ella, señalando una pequeña pila de cuadros que incluía el Cézanne y el Kirchner—. Deben ir al... almacén frente a la escalera de servicio.

—Muy bien. —El soldado llamó a otros dos y entre los tres sacaron los cuadros de la galería.

Los vio retirarse, con sus brillantes botas que pesaban sobre el suelo de parqué, y la voz de Fabienne resonó una vez más en su mente: «¿Has vuelto a las andadas?».

Sophie vio una esvástica por primera vez en 1933, poco después del nombramiento de Hitler como canciller de Alemania. A los quince años, Sophie era demasiado joven para seguir de cerca la política, pero escuchó las frustradas diatribas de papá en la mesa del comedor, lamentándose de que los soldados de la SA interrumpieran las reuniones del ayuntamiento; había observado cómo la cara de mamá se descomponía ante los titulares sobre la recién creada Gestapo.

—Matones y bravucones —declaró papá, dándole un manotazo a la parte posterior del periódico de mamá—. Es sorprendente que Hindenburg no se dé cuenta de todo el numerito de hombre fuerte. Dietrich. —Al otro lado de la mesa, el hermano de Sophie, que hurgaba en un tarro casi vacío de mermelada con un cuchillo de mantequilla, levantó la vista—. Guarda un poco para tu hermana.

Mamá apartó la mermelada del alcance de Dietrich.

—La iglesia lo apoya —dijo—, y ha demostrado ser un baluarte formidable contra los comunistas. Mientras Hindenburg lo mantenga a raya, podría resultar un líder eficiente.

Papá suspiró.

—Bueno, no es de fiar —concluyó antes de besar a mamá en la mejilla y partir hacia su laboratorio de restauración en la Academia de Bellas Artes.

Sólo seis meses después, papá volvió a casa para cenar llevando un broche con una esvástica.

—Son negocios —explicó mamá, dejando sobre la mesa un plato rebosante de rollos de col—. Muchos miembros del consejo de administración de la universidad son nacionalsocialistas. Tiene sentido que su padre quiera impresionarlos.

—¿Nacionalsocialistas? ¿En una universidad? —Dietrich levantó la vista, incrédulo, pero papá esquivó su mirada.

—Y hemos inscrito a ambos en los grupos de las Juventudes Hitlerianas. Sus uniformes están en sus dormitorios y empiezan mañana. Sophie, pásame tu plato.

—¿Grupos juveniles? —La mirada de Dietrich se dirigió a Sophie. Los uniformes de los grupos juveniles se habían vuelto casi omnipresentes en los pasillos de su escuela integral, con el color marrón de las Juventudes Hitlerianas y el azul de la Bund Deutscher Mädel en cada esquina— ¿Sabías algo de esto?

Sophie se encogió de hombros, pensando en las chicas de la BDM de su clase, con sus uniformes a juego y su camaradería desenfadada. Con su falda de hilado áspero y sus suéteres cosidos a mano, Sophie se sentía fuera de lugar: fea cuando ellas eran hermosas; torpe cuando ellas eran seguras de sí mismas.

—Podría estar bien —sugirió—. Podríamos hacer amigos.

—Era de esperarse —dijo mamá—. Las mejores familias de Stuttgart matricularon a sus hijos hace meses.

Dietrich la ignoró.

—Papá, por favor. Tú mismo has dicho que Hitler no es de fiar. ¿De verdad quieres que nos hagamos amigos de sus seguidores?

—Tu madre y yo sospechamos que la afiliación será obligatoria. Si te ofreces voluntario, te estarás posicionando para ascender. —Papá levantó la vista—. Sólo pensamos en su futuro.

—Están pensando en tu carrera, más bien. ¿De verdad quieren que me convierta en uno de ellos y aporree judíos en las calles?

—¡Dietrich! —dijo mamá bruscamente—. No escucharé ese tipo de comentarios, muchas gracias.

—¡Pero es lo que hacen, madre! Acosan a los viejos y dicen las cosas más horribles. ¿Quieres eso para mí?, ¿para Sophie? —Miró a Sophie, que se contuvo. No quería echar leña al fuego dándole la razón a Dietrich o poniéndose del lado de mamá y papá.

—No te pedimos que renuncies a tus creencias, Dietrich. Te pedimos que ayudes a tu padre —respondió mamá—. ¡Piensa lo que quieras, pero hazlo! ¿Qué cambiará en realidad? Dirás algunas palabras, llevarás una camisa nueva. ¿Realmente importa?

—¿Recuerdan al doctor Bergmann, del Departamento de Antigüedades?, ¿o a la doctora Seidel? Vino a tu confirmación, Sophie —añadió papá—. Hablaron en contra de los nacionalsocialistas y ambos han sido destituidos de sus puestos.

Sophie levantó la vista alarmada. Seguir los pasos de su padre asistiendo a la Academia de Bellas Artes era su mayor ambición. ¿Qué significaría para su solicitud si papá era tachado de disidente?

—Todos sabemos que la doctora Seidel fue destituida de su cargo por ser judía —replicó Dietrich—. Su hijo, Harry, estaba en tu clase, ¿te acuerdas de él, Sophie? Nadie ha visto a ninguno de los dos en meses, y...

—¡Dietrich! —Mamá volvió a estallar, golpeando la mesa con su delicado puño con una fuerza sorprendente. Dietrich guardó silencio y las mejillas de Sophie ardieron al darse cuenta de que había estado tan preocupada con pensamientos sobre cómo encajar que no se percató de la ausencia de su compañero de clase.

—Eres demasiado joven para saber cómo fue la vida después de la guerra —continuó mamá con amargura mientras servía con una cuchara un segundo rollo de col en el plato de Dietrich—. Eres demasiado joven para ser algo más que un malagradecido. No tuviste que comer aserrín revuelto en el pan ni ver a tus padres pasar hambre, a tus hermanos muertos en el Frente... Este país estaba en llamas después de la Gran Guerra. Di lo que quieras de Herr Hitler: está volviendo a poner a Alemania a la altura de las circunstancias.

—Circunstancias construidas con base en el odio y la mentira —murmuró Dietrich.

—Circunstancias construidas para ofrecer lo mejor a nuestros hijos —replicó mamá—. Nunca les ha faltado nada en la vida. No tienen ni idea de lo buenas que son las cosas porque nunca han visto lo malas que pueden ser.

Dietrich apartó su plato sin tocar y se marchó furioso a su dormitorio, pero cuando Sophie bajó a desayunar a la mañana siguiente con su nueva y reluciente blusa de la BDM, Dietrich estaba en la mesa, enderezando hoscamente la esvástica del brazalete de su uniforme.

Sophie estaba examinando un gran Rubens cuando vio al coronel Bohn subir la escalera, Hildebrand Gurlitt asentía a su lado.

—El Vermeer, por supuesto, ocupará un lugar de honor —decía Gurlitt; detrás de ellos, Rose Valland se detuvo para dirigir a dos soldados que llevaban un Vasari a otra galería—. Y el Cranach de Goudstikker, *Venus und Amor*, quizá en una de las galerías más pequeñas para que pueda verse más íntimamente.

—Por supuesto, dejo todas esas decisiones en sus capaces manos —respondió Bohn.

Mientras Gurlitt avanzaba hacia la siguiente sala de exposiciones, Bohn se quedó atrás.

—El Vermeer y el Cranach, Mademoiselle Valland, confío en que les prestará la atención que merecen. —Suspiró, observando cómo los soldados subían por las escaleras un lúgubre lienzo de Isaac van Ostade, cuyos campos fangosos recordaban las lluvias primaverales—. Nunca he apreciado mucho el arte —murmuró, y Sophie llamó la atención de Rose—. Parece algo ridículo de lo cual preocuparse cuando hay una guerra en curso… aún así, el Führer es un artista, así que supongo que debe tener algún mérito.

—Bueno, van Ostade es más conocido por sus escenas invernales —respondió Rose sin aspavientos, apretando los dedos contra su portapapeles—. Debe sentirse honrado de que la colección despierte tanto interés.

—Siempre que mis superiores estén contentos. —Apoyó una mano en su pecho y se inclinó—. Estoy seguro de que, con su ayuda, Mademoiselle Valland, la exposición será un éxito rotundo. Le ruego me disculpe.

Bohn siguió a van Ostade; una vez que estuvo lo suficiente lejos, Sophie se acercó a Rose.

—Si este museo está destinado a salvaguardar colecciones privadas, ¿por qué organizamos una exposición? Seguro que hay mejores formas de emplear nuestro tiempo.

Rose empezó a bajar la escalera.

—Las obras serán enviadas a Alemania —dijo sin rodeos—. Herr Hitler pretende establecer el mejor museo que el mundo haya visto jamás. Algunas de las piezas almacenadas aquí constituirán la base de su colección.

Sophie se paralizó.

—No puede hacer eso —replicó—. Este arte no le pertenece. No nos pertenece. El ERR está resguardando las pinturas, pero siguen perteneciendo a las familias de las que fueron tomadas.

La expresión de Rose era casi de lástima.

—Ya no.

Sophie siguió a Rose bajando la escalera y atravesando las galerías, donde soldados en escalerillas colgaban cuadros de largas cadenas: un Tiziano y un Brueghel el Viejo, maestros holandeses y retratos renacentistas.

Rose aceleró el paso y Sophie la siguió. Al otro lado de la puerta de la pequeña galería que iba a ser el almacén de Sophie, alguien había colgado una pesada cortina de damasco, desplazada hacia un lado; dentro, la habitación ya empezaba a llenarse con las selecciones de Sophie, llevadas por los eficientes soldados de la Luftwaffe.

Ella rodeó con su mano el brazo de Rose.

—¿Cómo puedes decir eso? —preguntó— Los Goudstikker son buenas personas. Paul Rosenberg es un amigo. ¿Cómo puedes dejarles hacer esto?

Rose miró a Sophie con el ceño fruncido.

—No espero que lo entiendas —respondió—, pero éstas son las cartas que nos han tocado. Simplemente tenemos que jugarlas lo mejor que podamos. —Se zafó de Sophie y abrió la puerta de servicio del museo, dejando entrar un rayo brillante de sol—. Por favor, Sophie, no me des motivos para creer que mi confianza en ti fue infundada.

Con el estómago revuelto, Sophie se dio la vuelta y entró en el almacén. Dentro, los soldados habían alineado lienzos de tres y cuatro en fondo a lo largo de las paredes; pronto tendría que empezar a colgarlos para conservar espacio suficiente para moverse por la habitación.

En su imaginación, vio pasar a hermosas muchachas con sus uniformes azules, a Dietrich colocándose hoscamente una esvástica en el brazo; el reflejo pecoso de la propia Sophie en el espejo del gimnasio de su escuela levantando la barbilla, mientras un líder de la compañía de la BDM medía la distancia entre sus pómulos y la anchura de sus caderas.

8

Noviembre de 1940

«Fenol y formaldehído». Lev Lowenstein extendió el brazo, invitando a Fabienne a pasar detrás de la vitrina de cristal de su pequeña sala de exposiciones de la rue du Faubourg Saint-Denis. Bajo el cristal, sobre cojines de satén yacían varias piezas de joyería, pendientes, collares y pulseras de colores y formas vibrantes. «Combine fenol y formaldehído en la proporción adecuada y caliente a una temperatura baja y constante: ¡et voilà!». Se rio entre dientes, haciendo una pausa para acariciar a Hugo, su pequeño y gordo caniche, mientras dormitaba en un sillón demasiado mullido.

—Nosotros, los de la alta costura, no nos atreveríamos a admitir que les debemos mucho a los americanos, pero tenemos que agradecerles la joyería de resina. Es el producto del futuro.

Abrió una discreta puerta a un lado de la sala de exposiciones y Fabienne pasó, deteniéndose en lo alto de unas escaleras para admirar el taller del sótano de Monsieur Lowenstein. La sala de exposición, con sus elegantes vitrinas y su suntuoso mobiliario, era claramente un espacio concebido para impresionar a la clientela del atelier, mientras que el taller de abajo era un lugar limpio y utilitario, con largas mesas ocupadas por mujeres inclinadas sobre brazaletes y botones, que pulían los bordes lisos de las pulseras o soldaban la parte posterior de los pendientes. En el aire se arremolinaba polvo con olor a alcanfor, que se levantaba mientras una mujer alta y morena con un pañuelo de color rubí sobre la boca y la nariz pulía un anillo en una lijadora de banda: el ruido era un zumbido lejano, secundado por el sonido de una radio inalámbrica.

—Por supuesto, Dufy, mi socio, se ocupa de la sala de exposiciones: clasifica los encargos y lleva la contabilidad —decía Monsieur Lowenstein mientras Fabienne seguía bajando la escalera—. Yo prefiero el lado creativo de las cosas: trabajar con nuestros clientes para hacer realidad sus visiones artísticas. —Llegaron al final de la escalera e hicieron sitio para que Hugo, que de pronto se había puesto alerta, pasara a toda velocidad—. Es una pesadilla cada vez que Chanel y Schiaparelli tienen a bien visitarnos el mismo día. Ninguna de las dos puede soportar siquiera la alusión de la otra. Schiaparelli declaró en una ocasión que podía saber que Chanel estuvo allí antes que ella por el olor al Nº5 que flotaba en el aire.

Fabienne sonrió con satisfacción, observando una mesa desocupada en la que había barrenos eléctricos de distintos tamaños.

—Seguro que tienen una estética tan diferente que apenas hay competencia entre ellas.

Lev volvió a reír.

—Le sorprendería lo que esas dos pueden convertir en una competencia.

Continuaron avanzando hacia una oficina con fachada de cristal.

—Nuestro oficio solía ser la orfebrería: piedras semipreciosas, joyas, broches —prosiguió—, pero la Depresión cambió por completo nuestra industria. Los principales ateliers, Chanel y Schiaparelli, entre ellos, empezaron a buscar formas de atraer nueva clientela, no sólo a las adineradas doyennes de París. —Hizo una pausa para secarse la brillante frente con un pañuelo bordado—. Nuestro reto consistía en encontrar un producto sencillo, bello y lo suficientemente duradero como para satisfacer incluso a los gustos más exigentes. Discutimos varias opciones, y entonces ¡voilà! Fundimos joyas de resinoide: baquelita, para el común de los mortales. —Se detuvo junto a una mesa de trabajo donde la mujer del pañuelo rojo pulía un anillo en un pulidor motorizado—. Myriam, ¿puedo?

—Por supuesto. —Myriam se apartó de la cara el pañuelo que estaba utilizando para protegerse del polvo y sonrió a Fabienne, encontrándose con sus ojos color miel. Le tendió el anillo, un simple orbe mitad negro y mitad blanco.

—Desde luego, las posibilidades de la baquelita son infinitas: teléfonos y fichas de póquer, piezas de automóvil y productos para el hogar —continuó Lev mientras Fabienne admiraba el anillo—. Aquí nos centramos en las posibilidades que tiene como objeto estético: botones, pulseras, broches y adornos para el pelo. Puede imitar el aspecto de casi cualquier material natural: coral, jade, azabache, marfil...

Myriam le ofreció a Fabienne otra baratija, una pulsera hecha de delgadas capas de color anilladas y fundidas entre sí.

—Sublime, n'est-ce pas.

Fabienne admiró la innegable belleza del brazalete. Para su sorpresa, era cálido al tacto, con una profundidad de color que hacía difícil creer que fuera un producto artificial. También el trabajo artístico iba más allá de la ornamentación natural, su naturaleza flexible permitió a Myriam tallar un llamativo diseño geométrico en la pulsera multicolor. No era recargado como algo que se pondría la madre de Fabienne. Mirándolo, pudo ver por qué Lev Lowenstein llamaba a la baquelita la joyería del futuro.

Se lo puso en la muñeca y Lev rio entre dientes.

—¿Y bien?

—Es arte —respondió ella mientras devolvía la pulsera a Myriam—. Pero no lo entiendo. ¿Por qué los alemanes no han cerrado el atelier?

La expresión alegre de Lev se desdibujó.

—Todos quieren que sus esposas tengan lo mejor que París puede ofrecer —dijo—. Lucien Lelong presentó un argumento sólido a favor de mantener abiertos los ateliers. Aguantamos el desagrado de pensar en nuestra nueva clientela... —A sus pies, Hugo se sacudió bruscamente como si estuviera deshaciéndose de una mosca, y el sonido de su collar enjoyado pareció sacar a Lev de su repentina melancolía. Miró a Fabienne y sonrió—. Al menos mis trabajadoras pueden alimentar a sus familias. Y ahora eso te incluye a ti. Vamos a buscarte una mesa.

9

Noviembre de 1940

Las ventanas recién limpiadas del Jeu de Paume relucían bajo la luz del sol otoñal. La brisa fresca hacía que las hojas doradas se agitaran bajo los camiones aparcados entre los castaños. De pie, hombro con hombro con Rose Valland y Gerhardt Hausler, Sophie echó un vistazo a la corta fila de curadores y soldados que esperaban a lo largo de la extensa fachada del museo. Aunque podía oír los sonidos de París tras las altas puertas del Jardin des Tuileries, Sophie se sentía como si fuera miembro del personal de algún lejano castillo campestre esperando con el resto de los miembros de la casa el regreso del señor que se había marchado hacía tiempo.

Desde las escaleras del museo, Bohn echó un vistazo a su reloj de bolsillo. Dio un paso adelante, como si fuera a decir algo, pero entonces dos Mercedes oscuros doblaron la esquina, aplastando las hojas de castaño bajo sus neumáticos.

Para sorpresa de Sophie, los coches no llevaban marcas: de sus capós no ondeaban banderas, ni había vehículos militares a su paso mientras avanzaban por la curva en herradura que conducía al museo desde la Dársena Octogonal. A su lado, Rose se inclinó hacia ella.

—Me han pedido que acompañe a nuestro invitado a recorrer la colección. Te agradecería que nos acompañaras —murmuró.

Sophie observó cómo Bohn se acercaba a los coches, flanqueado por dos soldados.

—Ya voy retrasada con mi trabajo —susurró ella—. ¿Por qué yo en particular?

—Me han dicho que a nuestro invitado le gusta la compañía de mujeres atractivas. —Rose miró de reojo a Sophie—. Me dijeron muchas cosas en mis tiempos, pero nunca guapa.

De pie en el lado opuesto de Sophie, Hausler se aclaró la garganta.

—No pasa nada, Mademoiselle Valland lo aclaró todo conmigo.

Sophie dejó escapar un suspiro, irritada porque Rose considerara a Hausler su superior.

—¿Y ése es mi valor para esta exposición, verdad? ¿Mi cara bonita?

Rose parecía contrariada.

—Por favor, Sophie —empezó, pero Sophie volvió a centrar su atención en el coche.

Reconoció de inmediato al hombre que aparecía en las portadas de los periódicos de Stuttgart; en las revistas que se pasaban entre su tropa de la BDM, que lo promocionaban —con sus anchos hombros y sus pómulos afilados, su historial como el mayor piloto as de Alemania— como el ideal ario, el héroe del héroe. Sin embargo, mientras que el Hermann Göring de la imaginación de Sophie lucía como si hubiera bajado de un pedestal diseñado por Albert Speer, el Hermann Göring que estaba ante ella había perdido su impresionante físico: los botones de su abrigo le apretaban la barriga y sus ojos —dos zafiros— se asomaban por encima de la carnosa elevación de sus mejillas.

Tocó el ala de su fedora en señal de saludo a Bohn, empuñando un bastón ornamentalmente tallado en su enjoyada mano.

—Reichsmarschall —dijo Bohn, levantando la mano en un saludo con los brazos rígidos cuando un hombre alto vestido con un traje de doble botonadura salió de la puerta opuesta del Mercedes—. Es un honor tenerle aquí.

Göring le dio a Bohn una cordial palmada en la espalda y Bohn se estremeció ante el contacto demasiado familiar.

—Amigo mío, no estoy aquí como comandante, sino como amante de las artes. —Echó un vistazo al personal reunido y su mirada se posó en Sophie durante un estremecedor instante—. Hay demasiadas obligaciones que exigen tiempo a un Reichsmarschall, así que hoy estoy de incógnito, como un simple estudiante curioso. Es un privilegio tener esta colección sólo para mí.

Sophie levantó las cejas. Salvo el propio Hitler, el Reichsmarschall Hermann Göring era el hombre más reconocible del alto mando nazi. ¿De verdad esperaba que la gente no supiera quién era?

Bohn chasqueó los dedos y su secretaria se apresuró a acercarse con un libro forrado en piel entre sus pulcros dedos.

—Mi personal se tomó la libertad de compilar un inventario de todas las obras que van a ver hoy. Es una especie de souvenir.

Göring sonrió.

—Qué amable… pero, bueno, los mejores restaurantes siempre ofrecen un menú. —Agitó la mano mientras los rubíes brillaban en sus dedos, y su acompañante se adelantó para recibir el libro—. Tengo la seguridad de que el Dr. Richter lo encontrará muy interesante. —Miró con nostalgia hacia el museo—. Debo confesar que estar tan cerca de una colección de tanto prestigio sin verla es… una agonía. ¿Podríamos entrar?

—Por supuesto. —Bohn condujo a Göring hacia la entrada y Rose miró a Sophie con expresión preocupada. Por un momento, Sophie consideró la posibilidad de rechazar la petición de Rose, pero luego giró y siguió la estela perfumada de colonia del Reichsmarschall.

Aunque Sophie había ayudado antes a organizar exposiciones en el museo Jeu de Paume, incluso ella podía admitir que las quince galerías del edificio tenían un aspecto inmaculado, con Rembrandts, van Dycks y Steens dispersos por las numerosas paredes de la galería. Complementados por esculturas y vidrieras, caballetes y palmeras en macetas, los cuadros parecían haber formado siempre parte de la colección del museo, expuestos de la mejor manera posible a la luz de la mañana.

—Este piso alberga piezas de la colección de los Rothschild —decía Bohn mientras sus lustrosas botas se hundían en la alfombra y guiaba a Göring escaleras arriba. Rose y Sophie los siguieron, con el hombre de Göring, Richter, detrás de ellos—. Mis hombres tuvieron muchísimos problemas para localizarlos, déjeme decirle. Estos judíos tienen escondites muy ingeniosos... Dudo que hayamos encontrado siquiera la mitad de la colección de los Rothschild.

Göring llegó a lo alto del rellano, respirando agitadamente por el esfuerzo.

—Lo que importa es que fueron encontrados, mi querido amigo. —Se quitó la fedora y Sophie supo que, a pesar de lo odioso que era, su veneración por el arte era genuina—. Debo elogiarlo por su dedicación, Bohn.

Bohn inclinó la cabeza.

—El honor es enteramente mío, señor —comenzó, pero Göring lo interrumpió con una palmada en el brazo al divisar un cuadro colocado en un caballete frente a la escalera.

—¿Eso es...?

—Tiene buen ojo, Reichsmarschall. —Bohn se acercó al caballete y Richter levantó la mirada de su libro de contabilidad—.

El astrónomo de Vermeer. La joya de la colección de Edouard de Rothschild.

Junto con el resto de la comitiva, Sophie contuvo la respiración cuando el Reichsmarschall se acercó despacio al cuadro, como si se tratara de una reliquia sagrada —lo cual, al ser uno de los pocos lienzos preciosos pintados por el maestro holandés Johannes Vermeer, prácticamente lo era—. Retrataba a un hombre estudiando un globo celeste, con una mano delicadamente doblada sobre el borde de la mesa mientras se inclinaba hacia un haz de luz que se colaba por una ventana de múltiples cristales. Aunque pequeño, parecía brillar y la riqueza del pigmento invitaba al espectador a entrar en el momento privado de iluminación del astrónomo.

—Extraordinario —susurró Göring, y a Sophie le pareció como si se hubiera topado con un momento íntimo: el Reichsmarschall sorprendido en algo privado, obsceno—. Simplemente extraordinario. —Levantó la vista—. Richter, querido amigo, acérquese.

El doctor Richter dio un paso adelante, metiéndose el libro de contabilidad bajo el brazo. Alto y de cara alargada, parecía inteligente —un apuesto recordatorio, quizá, del viril joven que el propio Göring había sido en otro tiempo.

—Magistral —murmuró Richter—. ¿Ve cómo capta la luz? Y cómo cae el tapiz justo así... —Se enderezó—. Supongo que marcaremos esto para llevarlo a Carinhall, Reichsmarschall.

Göring suspiró.

—Lamentablemente, el Führer ha dado a conocer su preferencia por un Vermeer —respondió—. Tal vez se lo enviemos como regalo de Navidad. Un regalo, para el museo de Linz.

Rose se aclaró la garganta.

—Debo protestar —dijo ella en voz baja pero con firmeza—. Como única representante del pueblo francés, nuestro gobierno se opondrá en los términos más enérgicos posibles a que un Vermeer abandone suelo francés.

Göring se inclinó hacia Bohn, cambiando del francés al alemán.

—Pensé que tenía este museo totalmente bajo su control —murmuró, y aunque sonreía, el brillo de sus ojos se volvió bastante tétrico—. ¿Por qué ha contratado los servicios de forasteros?

—Consideramos que era mejor emplear a nuestros propios expertos en los equipos de redada —respondió Bohn—. Los soldados que ha puesto a nuestra disposición requieren cierta supervisión por parte de profesionales que comprendan el valor de lo que encuentran. Tenga la seguridad de que las mujeres tienen poca importancia.

Göring inclinó la cabeza.

—Procure que sigan así. —Se volvió hacia Rose y cambió de nuevo al francés con una sonrisa—. Mi querida Madame... ¿su nombre?

—Soy Mademoiselle Rose Valland. Curadora adjunta. Y mi colega, Sophie Brandt.

La sonrisa de él se ensanchó aún más.

—Madame Valland. Sé lo terriblemente complicado que debe parecer todo esto, pero debe comprender que esta obra saldría de Francia para servir a un propósito más elevado. —Se acercó al Vermeer, rozando el marco con los dedos—. Como parte de una colección privada, esta obra maestra estaba escondida, era vista sólo por unas cuantas personas. Estaba encerrada, olvidada. Era incluso pasada por alto por aquellos para quienes su belleza se había convertido en algo habitual. —Sus facciones se ensombrecieron durante un segundo y Sophie supo que estaba pensando cosas horribles sobre los Rothschild—. Por supuesto, el arte debe estar en posesión de aquéllos que en verdad aprecian su valor. Gente como usted, mi querida Madame. Pero, ¿no es mejor que una obra así pertenezca al pueblo y no a una persona?, ¿que sea apreciada y admirada por el mundo en lugar de por una sola familia?

Göring hablaba con voz melosa, con el encanto condescendiente de un hombre acostumbrado a conseguir lo que quería. Dijera lo que dijera, Sophie sabía que el objetivo final de Göring para El astrónomo de Vermeer no era en absoluto altruista. Veía su valor como un peldaño, un peón a canjear por más: más arte, más influencia, más lujo.

Göring se apoyó en su bastón y asintió de forma paternalista. Detrás de él, Bohn miraba fijamente a Rose, con expresión amenazadora.

—Eso es lo que pretende hacer nuestro Führer, querida. Quiere compartir este trabajo con toda la gente del Reich.

—Aun así —respondió Rose, y aunque su voz era firme, Sophie pudo ver cómo le temblaban los dedos—, los franceses no permitirán que una obra así salga del país.

Göring sonrió.

—Fronteras, restricciones... ¿qué importan cuando todos formamos parte del mismo Reich milenario? —Le dio unas palmaditas a Rose en el brazo—. Aprecio su pasión, estimada, pero en este caso está fuera de lugar. Tenemos un glorioso propósito que cumplir todos juntos.

Se volvió hacia Bohn y se dirigieron a la siguiente galería, Richter los seguía de cerca.

Para cuando Göring terminó de recorrer el museo, las sombras de los castaños se alargaban en el Jardin des Tuileries. En total, Göring seleccionó para sí veintisiete cuadros, además de cinco vitrales, cuatro tapices, tres esculturas y un sofá antiguo. El Vermeer de Rothschild, por supuesto, estaba destinado al museo de Hitler en Linz, junto con docenas de otras obras maestras.

—Volveré mañana. Aún no he tenido ocasión de ver lo que hay en el sótano —dijo Göring mientras descendía la escalera. En la galería de abajo, un pianista tocaba una elegante melodía de Brahms mientras soldados de la Luftwaffe sostenían copas de champán en bandejas de plata—. Gurlitt ha dejado escapar que uno de los Brueghels quedaría especialmente bien en mi comedor.

Sophie se quedó en lo alto de la escalera. Ver a Göring y a sus acompañantes registrar las pertenencias de los Rothschild había sido una de las experiencias más descorazonadoras de su vida. Hablaban de los Rothschild como si hubieran abandonado su impresionante colección de arte en unos castillos empapados por la lluvia antes de huir para salvar sus vidas a América cuando en realidad la colección estuvo resguardada en algunas de las bóvedas bancarias más seguras de Francia.

¿Cómo iban a recuperar en ese momento los Rothschild lo que habían perdido?

—Luce cansada, Mademoiselle. —Sophie levantó la vista. Junto a ella estaba Richter, la mano derecha de Göring—. Me temo que nos hemos quedado demasiado tiempo en nuestra bienvenida, pero el Reichsmarschall es muy apasionado. Me atrevería a decir que hoy estaba más entusiasmado que cuando conquistó Polonia.

Sophie no devolvió la sonrisa a Richter.

—El Reichsmarschall tiene un gusto excelente.

Richter estiró el cuello por encima de la barandilla, observando debajo la cabeza de Göring cubierta por su fedora..

—Tiene buen gusto. Más bien creo que se inclina demasiado por los maestros holandeses, pero, ¿qué coleccionista no tiene sus preferencias? —Sonrió una vez más y le tendió la mano—. Konrad Richter. Siento no haber podido presentarme antes.

—Sophie Brandt. —Ella estrechó su mano—. Trabajo en el laboratorio de restauración.

—Ah... una buena mujer a quien conocer. —Sin invitación alguna, posó su mano en la parte baja de la espalda de Sophie y la guió escaleras abajo—. ¿Gusta una copa de champán?

—Realmente no debería, no mientras estoy en el trabajo...

Richter tomó una copa de una bandeja cercana y una película de burbujas se elevó hasta la parte superior de la misma.

—Vamos, ha sido un buen día. Tenemos muchos motivos para celebrar.

Sabiendo que era más fácil ceder, Sophie aceptó la copa.

—Quizá debería decírselo al pianista. Sus selecciones son un poco lentas.

Richter soltó una risita.

—Cuando los músicos franceses tocan para un público alemán, piensan que lo único que queremos oír es a Wagner, Brahms y Beethoven. Según ellos, perdimos el buen gusto en la década de 1880.

«¿No es así?». Sophie dio un sorbo a su champán, esperando que surgiera una excusa adecuada para poner fin a la conversación.

—Pero supongo que no es inesperado. Esta gente quiere sentirse superior en algo. —Richter se llevó la copa a los labios—. Por supuesto, tiendo a guardarme estas opiniones para mí mismo entre gente culta, pero usted también es forastera, ¿no?

—Soy de Suiza —respondió Sophie, y Richter sonrió.

—Lo sé. Debo confesar que le pregunté a Mademoiselle Valland por usted. Espero que no le importe.

—¿Acaso debería importarme? —Bebió de golpe el resto de su champán, con la esperanza de disuadir a Richter de su línea de cuestionamientos sólo con su tozudez.

—Mademoiselle, me temo que la he ofendido. —Se acercó un poco más—. Espero que usted y yo podamos ser amigos con el tiempo. No quisiera pensar que no estamos en el mismo bando.

Aunque el tono de Richter era perfectamente cordial, algo en su forma de hablar heló la sangre de Sophie. Se acercó y sacó de su chaleco una cigarrera plateada.

—He observado en el inventario de Bohn que se mencionan muy pocas obras modernas —continuó, ofreciéndole un cigarrillo a Sophie.

Sophie lo rechazó y Richter se inclinó aún más mientras colocaba un cigarrillo en la comisura de sus labios. Ella pudo notar que se trataba de pura pose, de un intento deliberado de generar una sensación de complicidad que en realidad no existía.

—Nos dijeron que al Reichsmarschall no le gustan las obras de arte degeneradas, así que las excluimos de la exposición —respondió—. Han... han sido trasladadas a otro lugar del museo.

—Claro que el Reichsmarschall no puede admitir su amor por el arte moderno. ¿Quién podría hacerlo siendo que el Führer se ha esforzado tanto por condenarlo? —Se sacó el cigarrillo de la boca con una sonrisa pícara—. Pero él y yo compartimos cierta admiración por las obras impresionistas. Tengo entendido que usted se ocupa personalmente de catalogar la colección degenerada. ¿Podría mostrármela? Discretamente, por supuesto.

Sophie no respondió de inmediato. ¿Cómo podría negarle al brazo derecho de Göring el acceso a lo que quería?

—Discretamente, entonces —respondió ella.

—Discretamente —repitió él—. De verdad, Mademoiselle, no hay motivo para que se ponga nerviosa. Usted y yo somos colegas.

10

Noviembre de 1940

Fabienne se apresuró a volver a casa por el bulevar Saint-Germain, con la mente puesta en el calor de su apartamento en el ático. Cuando salió hacia el atelier aquella mañana, el día era bastante templado; sin embargo, a última hora de la tarde había empezado a caer una fría lluvia y Fabienne maldijo su falta de previsión. Se apretó el cuello del abrigo, sabiendo que encontraría algo de alivio contra el frío en su pequeño desván —«el aire caliente sube», recordaba que decía Maman en años anteriores—, no obstante, llamó su atención un cartel pegado en el lateral de una columna del Morris y se detuvo, mientras todo pensamiento de comodidad se borraba de su mente.

El cartel anunciaba una exposición que se presentaba en el Palais Berlitz, un cine que Fabienne recordaba haber visitado en tiempos más felices para ver a actores que sobreactuaban enzarzados en apasionados abrazos ficticios. Ahora le parecía que el teatro ofrecía ficción de un tipo más oscuro: apartó la mirada de la odiosa imagen que representaba para leer el título.

Le Juif et la France.

Los judíos y Francia.

Temblorosa, arrancó el póster de la columna y dejó que la raída tira de papel cayera en el charco que tenía a sus pies, hundiéndola en el agua con la punta del zapato por si acaso.

En la pequeña cocina, Lotte se ocupaba de una tetera a punto de chirriar sobre una llama de queroseno; su pelo aún estaba recogido en rizadores, y la espalda desabrochada de su vestido de noche dejaba ver la «v» color crema de una bragas de seda.

—Hola —dijo mirando por encima del hombro mientras Fabienne arrojaba las llaves sobre el diván—. ¿Te divertiste pasando otro día matándote en el trabajo, con la nariz pegada a la rueda de molino?

—Al menos la rueda es cálida —replicó Fabienne, imaginándose el horno de curado utilizado para solidificar las joyas de resina del atelier—. Lev dice que no podemos permitir que se nos agarroten los dedos cuando estamos haciendo un trabajo tan fino.

—Sabes que hay otras formas de mantener el calor. —Lotte vertió agua caliente en una cafetera con una mueca en los labios.

Fabienne dejó su bolso.

—¿Es eso...?

—¿Café de verdad? —respondió Lotte mientras el embriagador aroma se esparcía en el aire—. Como siempre te digo, la amistad con los alemanes tiene sus ventajas. —Inclinó la cafetera, dejando que se vertiera un chorro oscuro en dos tazas.

—El atelier tiene sus propias ventajas —replicó Fabienne, y para su sorpresa descubrió que lo decía en serio. Pensó en sus pinturas al óleo, que apenas había tocado desde la muerte de Dietrich. Si no podía animarse a pintar, al menos su trabajo en el atelier le abría la posibilidad de hacer arte de otra forma, lo que avivaba su mente con las posibilidades de la creación tridimensional—. Es realmente asombroso lo que puede hacer este plástico.

—Ya me lo has dicho: fenol formaldehído. —Lotte cruzó hacia el espejo y empezó a quitarse los rizadores del pelo—. No necesito una lección de ciencias cada vez que vienes a casa. ¿No es el formaldehído líquido para embalsamar? ¿Era seguro tener productos químicos peligrosos en manos de alguien como Lev Lowenstein?

Fabienne observó a Lotte a través del vapor serpenteante de su café.

—¿Qué quieres decir?

—Bueno... —Lotte se encogió de hombros, soltando sus rizos para que se posaran cerca de sus hombros como espuma de mar—. ¿Realmente podemos confiar en sus afinidades? Alguien con sus afiliaciones...

—Querrás decir que es judío. —Fabienne dejó su taza y su mente volvió a revolotear en torno al póster que arrancó de la columna del Morris—. Te pareces mucho a esos amigos alemanes tuyos.

Lotte se volteó y la astucia se disipó de su mirada.

—Por supuesto que no me refiero a nada de eso.

—Entonces no digas esas cosas —espetó. Lotte se volvió, pero no antes de que Fabienne viera el dolor en su expresión—. He tenido un largo día y estoy segura de que no deseas hacer esperar a tu oficial...

—Por supuesto. —Lotte volvió a centrar su atención en el espejo, luciendo tan aliviada como se sentía Fabienne por haber evitado una confrontación. Se inclinó para aplicarse el labial y su pose exageró las curvas de su figura de reloj de arena—. Disfruta de tu café. ¿Por qué no sacas esas pinturas tuyas? —Su reflejo se encontró con la mirada de Fabienne—. Podrías hacer un cuadro de Hans y yo bailando en La Rotonde. Allí es donde me va a llevar esta noche.

—No con tu vestido así, no lo hará —suspiró Fabienne, adelantándose para ayudar a Lotte con la cremallera. No era la primera vez que deseaba haber encontrado a alguien un poco más mundano como inquilino que Lotte, con sus ojos grandes y su indolencia, sus prejuicios de usar y tirar. ¿Cuántas Lottes había en París, contentas de dejar que la propaganda de los alemanes se extendiera sin oposición por la ciudad?

«Aun así», pensó mientras la cremallera se ceñía a la cintura de Lotte, «la ingenuidad puede encubrir todo tipo de pecados». ¿Cómo podía ser que todo el mundo en París estuviera perdiendo peso como consecuencia del racionamiento y, sin embargo, Lotte se las hubiera ingeniado para engordar dos kilos?

Se apartó, dejando la cremallera a medio subir.

—Estás embarazada —dijo—. ¿Cuánto tiempo llevas?

—¿Se nota? —Fabienne sujetó la cremallera una vez más, pasándola por la parte rebelde de la cintura de Lotte para subirla por completo. Ella volteó con las mejillas sonrojadas—. Esperaba poder ocultarlo un poco más.

Fabienne cerró los ojos, sintiendo durante una fracción de segundo las manos de Dietrich sobre su vientre; luego ahuyentó la sensación.

—¿Cuánto tiempo tienes?

—Cuatro meses.

—¿De quién es?

Lotte se mordió el labio.

—¿Acaso importa?

—Si piensa hacer lo correcto, sí. —Fabienne respiró de nuevo para calmarse. ¿Cómo podía Lotte haber sido tan tonta?

Lotte se sentó en el diván para abrocharse los zapatos, dejando caer un mechón de rizos sobre su rostro.

—Lo correcto... si hubiera hecho lo correcto, estaría de vuelta en Stuttgart con su mujer y sus hijos.

Fabienne se dejó caer en un sillón.

—Merde, Lotte. Si nuestros vecinos se enteran de que tienes un bastardo nazi...

—No uses esa palabra —replicó Lotte—. Hans no es un verdadero nazi. Es un contador. Y se va a divorciar. Me lo dijo.

Fabienne podía ver cómo se le escapaba su recién resuelta vida. Tendría que echar a Lotte de casa, ¿y luego qué? Y Lev Lowenstein estaría en su derecho de despedirla del atelier, dado su mal juicio con sus inquilinos. Ya era un milagro que Lotte hubiera escapado de la atención de la avispada Madame de Frontenac.

—¿Cómo es posible que no hayan tomado las debidas precauciones?

—Lo hicimos, pero ya sabes cómo pueden ser estas cosas. Y Hans es realmente diferente a los demás. —Lotte puso una mano sobre su vientre, con los dedos redondeados en el vacío como si imaginara el bulto que habría allí dentro de algunas semanas—. Queremos este bebé. De verdad, Fabienne.

Fabienne también quiso tener a su bebé. Hacía casi un año que había estado contando los días para dar a luz, hasta que la conmoción por la muerte de Dietrich hizo que perdiera al bebé, quizá a causa de su dolor, o simplemente como resultado de un trágico destino inminente. Sólo llevaba unos tres meses, no lo suficiente para sentir el tirón de un niño acelerándose en su vientre como un pez en un sedal, una cometa en una cuerda. Llegó a la conclusión de que el aborto fue una maldición: su última conexión con Dietrich cortada como una arteria cauterizada. Pero dado que la guerra había comenzado sólo unos meses después, quizá la pérdida de su hijo fue una bendición disfrazada.

—Tendremos que esperar —murmuró. Quizá Lotte compartiera la bendita maldición de Fabienne y abortara antes de poder llevar un hijo al mundo durante una guerra—. Esperaremos a ver qué pasa.

11

Noviembre de 1940

—¿Cómo te fue?

Sophie colgó su abrigo y se volvió para encontrar a Gerhardt Hausler aprovechando la luz del sol de primera hora de la mañana para añadir una capa de repinte a una obra de Breitner

—En el recorrido de ayer.

Sophie exhaló mientras se dirigía a su mesa de trabajo.

—Estuvo bien —respondió, inspeccionando su obra en curso. Reparaba un desgarro en la esquina de un Giordano mediano, una herida punzante hecha por uno de los hombres de Bohn cuando sacaban el lienzo de la colección Weil-Picard. Remendó el desgarro, uniendo lo mejor que pudo las fibras del lienzo nuevo y del viejo. Ese día comenzaría el laborioso proceso de aplicar la pintura que faltaba.

Desenroscó la tapa de uno de sus tarros y Hausler levantó la mirada.

—Por Dios, qué penetrante. —Dejó el escalpelo y rodeó el banco de Sophie, luego tomó el frasco para mirarlo más de cerca.

—¿Le molesta?

—¿Cuál es el medio aglutinante en eso? ¿Gasolina? —Hausler observó cómo Sophie revolvía la mezcla con una vara de madera—. Nunca había olido algo así en toda mi vida.

—Petróleo. —Sophie extendió un poco de la mezcla en un plato de cristal y empezó a revolverla con un toque de pigmento—. Es una resina acrílica mezclada con aguarrás mineral, petróleo, y pigmento. Se seca rápidamente, pero se puede retirar del lienzo sin dañar el óleo original.

Hausler se apoyó en la mesa, observando con interés.

—Una pintura que permite eliminar la obra del restaurador en lugar de la del artista... eso es bastante ingenioso. ¿La fórmula es suya?

—Leí sobre ella en los trabajos del Dr. Martin Dix —respondió ella.

—No creo haber oído hablar de él. ¿Dónde reside?

Sophie hizo una pausa, imaginándose la sonrisa de su padre.

—En Stuttgart.

Por el rabillo del ojo, vio que Hausler se movía.

—¿Estaría dispuesta a mostrarme sus métodos?

—Si lo desea.

Ella casi no notó el tono juguetón de Hausler mientras éste volvía a su caballete.

—No es muy conversadora, ¿verdad?

—No cuando hay trabajo que hacer, Dr. Hausler.

Varias horas después, unos golpes en la puerta la apartaron de su trabajo. Levantó la vista, su espalda protestó por el repentino cambio de postura, y se encontró a Konrad Richter de pie en el marco de la puerta.

Él sostenía un pequeño libro encuadernado en tela.

—Mi disertación sobre la obra de Jacob Philipp Hackert, Mademoiselle Brandt. Pensé que podría resultarle de interés.

Ella dejó su pincel y dio un paso adelante, limpiándose las manos en su abrigo antes de tomar el libro.

—Qué considerado.

—Por favor, disculpe la intromisión. Quería agradecerle lo de anoche —dijo, y aunque Sophie sabía que se refería a su visita a la colección degenerada, no pudo evitar sonrojarse por la insinuación que había entre líneas.

—Ah, por supuesto. Dr. Richter, le presento al Dr. Gerhardt Hausler.

—Nos conocimos en Berlín. En el 37 —intervino Hausler, acercándose para tenderle la mano.

—Por supuesto —respondió Richter, y aunque sonrió, no estrechó la mano de Hausler—. Me temo que ésta es sólo una parada rápida. Simplemente quería darle las gracias, Mademoiselle. Espero volver a verla pronto.

—Desde luego —respondió Sophie mientras Richter se retiraba por la escalera de servicio. Miró a Hausler: su breve intercambio con Richter era otro recordatorio de su posición privilegiada en los círculos artísticos nazis y, sin embargo, el ambiente entre ambos hombres resultó francamente frío.

—Un tipo formidable —murmuró Hausler, volviendo a centrar su atención en su caballete.

Sophie pensó en la noche anterior: en Richter levantando la cortina que cubría la puerta del almacén como si fuera la noche de estreno en la ópera; en ella deslizándose bajo su alta figura.

—Supongo que sí.

—¿Disfrutó él de su visita?

Sophie dejó que el ruido metálico de la radio inalámbrica se interpusiera entre ellos. La noche anterior guió a Richter hasta la parte trasera del museo mientras el sonido del piano se desvanecía a cada paso. Incómoda, pensó en lo que podrían pensar los demás si la vieran escabullirse por los rincones oscuros del museo con el

Dr. Richter. ¿Tenía ella motivos para cuestionar sus intenciones? No. Al igual que Göring, Richter estaba demasiado cegado por la promesa del beneficio personal como para dejar que algo tan bajo como los impulsos físicos lo disuadieran.

Sophie volvió a centrar su atención en el laboratorio.

—Herr Hausler, ¿participó usted en la exposición Entartete Kunst?

Hausler se enderezó y dejó su paleta, desplazando el peso de su pierna postiza.

—¿No estuvimos todos? Causó bastante revuelo. —Se quitó las gafas y su rostro, habitualmente agradable, se tornó serio—. No puedo fingir que estoy de acuerdo con la postura del partido sobre el arte moderno, pero, ¿qué iba a hacer? ¿Qué debía hacer mi institución cuando se nos pidió que entregáramos nuestra colección?

Sophie no respondió. En su mente, veía el humo negro que salía de la hoguera frente al Reichstag, con la pintura ampollándose sobre el lienzo carbonizado.

Hausler se limpió las gafas con el dobladillo de la camisa.

—Seguro que se enteró de lo que ocurrió con la colección cuando terminó la exposición. La idea de semejante destrucción... Fueron mártires. Cada artista; cada lienzo. Fueron mártires de la ideología del Reich.

Aunque se le había pedido a Sophie que tratara la pequeña galería del piso de abajo como un almacén, no pudo evitar dar a la colección moderna cierta apariencia de orden. Expuso lo que pudo en las paredes y colgó los lienzos tan apretados como si fueran estampillas en un álbum de recortes: arlequines y prostitutas estaban apiñados junto a madres e hijas, paisajes urbanos y botellas de vino. Mientras que el resto del museo —con su espacio negativo y su juiciosa selección de tesoros— exhibía lo mejor de la composición clásica, las obras allí fragmentaban la figura humana, ampliaban los temas más allá de las constricciones de las dos dimensiones, tomaban las leyes que regían las academias de Bellas

Artes y las rompían, las reorganizaban y las volvían a construir. Sin lugar a dudas, Sophie sabía que esa sala contenía la colección de obras de arte moderno más importante de Europa. Incluso en su momento cumbre como institución pública, el Jeu de Paume nunca las habría expuesto todas en un solo espacio: Picasso, Braque, Matisse, Modigliani; Dalí y Degas, Cézanne, Toulouse-Lautrec y Mondrian, Kandinsky y Kirchner. A lo largo del riel para cuadros en el centro de la habitación, Sophie había colocado docenas de lienzos más pequeños, unos encima de otros en un exceso de tesoros, cada uno esperando a ser admirado.

Al igual que la propia Sophie, Richter parecía abrumado por lo que se le ofrecía en el almacén. Dio un paso, y luego otro, hacia los cuadros expuestos.

—Mein Gott —respiró —. ¿Y Bohn no ha hecho provisiones para ninguno de éstos?

—Que yo sepa, no —respondió Sophie—. Pero no hay nada que hacer con ellos, ¿verdad? No cuando se oponen a la estética del Reich.

—Qué desperdicio —murmuró Richter. Se inclinó para examinar Cisnes que se reflejan como elefantes de Dalí. Sin enmarcar, estaba en la barandilla junto al pequeño Kirchner que mostraba a dos prostitutas en reposo. Lenta y suavemente, pasó los dedos por el marco del Kirchner—. Supongo que todos debemos hacer sacrificios.

Ella miró a Hausler mientras la sangre se le helaba en las venas a medida que el eco de la voz de Richter se desvanecía de su mente.

—Mártires —repitió en automático.

Rose Valland separó las obras de arte moderno del resto de la colección, ocultándolas de los ojos indiscretos y los dedos codiciosos de Göring, con la esperanza de que la ambición de éste lo cegara ante la presencia de la sedición en su entorno. Ella había ocultado las obras demasiado peligrosas para aquellos a los que el partido nazi exigía lealtad ciega, fe ciega, devoción incondicional: pinturas que cuestionaban lo estático, que exigían un cambio; arte que desafiaba las normas establecidas, apuntaba al dogma y lo ensartaba en su corazón.

Rose confió en Sophie para que ayudara a salvaguardar esas obras de arte, sabiendo que representaban una nueva forma de pensar, una que los alemanes conquistadores ya habían quemado de raíz en su propio país.

Y Sophie condujo a un león directo al corazón del santuario.

12

Diciembre de 1940

Las ventanas de la buhardilla estaban empañadas por el frío, oscureciendo la vista de la calle de abajo. Tirando del puño de lana de su suéter exterior, Fabienne frotó la condensación para eliminarla y ver cómo los copos de nieve errantes bailaban en el resplandor ámbar de la farola. Abajo, un grupo de jóvenes soldados alemanes ebrios tropezaba por los adoquines y cantaban villancicos.

Se apartó de la ventana cuando se oyeron los acordes de O Tannenbaum. Aún faltaban días para Navidad y, a pesar de los esfuerzos de los alemanes por convertirla en una fiesta como las demás, levantando abetos en las plazas de todo París, Fabienne sabía que recordaría las Navidades de 1940 por una razón: eran las primeras que pasaría completamente sola.

Se sirvió vino tinto en un vaso y se hundió en el diván, imaginándose el apartamento tal y como fue dos diciembres atrás. Dietrich había decorado con guirnaldas, esparciéndolas por todas las superficies disponibles; nadie sabía de dónde sacaba semejante cantidad y Fabienne no se molestaba en preguntar. Ella sólo ayudó colocando las guirnaldas sobre la nevera y el armario, haciendo que el apartamento pareciera el escenario de alguna producción surrealista de El Cascanueces.

Por aquel entonces, durante los días inquietantemente tranquilos en los que los gobiernos del mundo intentaban mantener a Hitler callado cediéndole territorios a las afueras de Alemania, aún no ocurría nada: ni invasiones, ni bombas que iluminaran el cielo nocturno, ni cuotas que impidieran a los niños judíos asistir a la escuela ni a sus padres ganarse la vida. No obstante, Dietrich y Fabienne sabían lo que se avecinaba. Dietrich estaba muy ocupado con su carrera de agitador político, hablando a grupos comunistas y socialistas sobre la amenaza que la Alemania nazi suponía para el mundo, y la posibilidad de la guerra se asentaba como la niebla sobre cada uno de sus pensamientos. Pero aquella noche, aquella Navidad, se permitió olvidar la tormenta que se avecinaba.

Hicieron el amor aquella noche, en silencio, susurrando bajo las sábanas en un intento por no despertar a Sophie, que fue a cenar y cayó desmayada por la borrachera en el diván. Pero ella no habría despertado aunque desde el edificio de al lado se hubieran oído disparos, y a la mañana siguiente la niebla descendió de nuevo cuando Dietrich se dispuso a hacer sonar la alarma.

Los disparos llegaron, aunque brevemente, pero para entonces Dietrich ya se había ido.

La puerta del segundo dormitorio se abrió con un crujido y Lotte salió con cara de piedra. Detrás de ella, Hans atravesó la puerta, llevando las dos maletas con las que Lotte se mudó.

—Bueno, ésa es la última de mis cosas —dijo ella con una corriente nerviosa bajo su tono práctico. Se puso un abrigo de visón blanco sobre los hombros—. He dejado el alquiler de la última semana en el colchón.

Fabienne se levantó del diván.

—¿Y la llave?

Lotte abrió la boca, pero luego pareció pensarse dos veces lo que planeaba decir. En lugar de eso, rebuscó en su libro de bolsillo y un rubor rojo subió a sus mejillas color crema.

—Sabes, estoy decepcionada de ti —dijo—. Pensé que serías más comprensiva. De verdad que sí.

Fabienne suspiró, no estaba dispuesta a enzarzarse en una discusión que habían tenido innumerables veces en las últimas semanas. En su cabeza podía oír el eco de las súplicas de Lotte la noche anterior : «¿No ves que hay una ventaja en mi situación? Cuando acabe la guerra, estarás suplicando tener un hijo alemán propio».

—Debes comprender que no hay manera de evitarlo —respondió Fabienne. Por supuesto, Hans se ocuparía de Lotte, igual que del bebé: sin duda, les encontraría algún apartamento elegantemente decorado que hubiera pertenecido a uno de los habitantes ricos de París, un apartamento donde los antiguos ocupantes hubieran celebrado alguna vez cenas de Shabat. Se imaginó el abrigo blanco de Lotte manchado de rojo, su buena fortuna empapada en la sangre de las víctimas de Alemania... pero Lotte, por supuesto, sólo vería el brillo, el destello de un mundo al que no tenía derecho.

Lotte dejó caer su llave sobre la mesa, luego echó hacia atrás sus rizos rubios.

—Piensa lo que quieras de mí, pero sé que elijo el amor —declaró.

Fabienne se volvió hacia la ventana.

—Buena suerte, Lotte. Lo digo en serio.

Pudo oír el resoplido de indignación de Lotte y el raspar de las maletas cuando Hans las recogió del suelo.

—La necesitarás más que yo —replicó Lotte, cerrando la puerta con un firme golpe.

Fabienne exhaló pesadamente y se desplomó sobre el diván. Estaba hecho, tenía que hacerlo. Sin embargo, a pesar de su convicción, Fabienne no pudo evitar lamentar la pérdida de alguien a quien alguna vez consideró una amiga... su única amiga en los últimos meses.

Se llevó el vaso a los labios y sus dedos se crisparon alrededor del tallo como ocurría habitualmente cuando estaba disgustada, buscando un pincel con el cual desahogar sus frustraciones. Hans velaría por el bienestar de Lotte, pero, ¿qué pasaría con el de Fabienne? Había hecho números una y otra vez, e incluso con su trabajo en el atelier apenas podría costear su apartamento sin el alquiler de Lotte. ¿Cómo se las arreglaría para salir adelante?

Levantó su copa de vino una vez más, observando la sala distorionada a través de la base de la copa vacía. Las Navidades anteriores, Lotte le servía de distracción para su dolor, abriendo botella tras botella de vino y dejando que Fabienne se entregara a su propia imprudencia —quizá ésa era la razón por la que Fabienne estaba tan ciega a su verdadera naturaleza—. Pero, ¿era en realidad Fabienne tan diferente? Claro que vio el error en sus actos, pero se hizo de la vista gorda ante la constante conducta de Lotte porque eso le permitía llevar una vida cómoda. Se estremeció al darse cuenta de ello. Habría continuado ignorando la conducta de Lotte si ésta no hubiera sido tan descarada al respecto. Pero, ¿no había sido siempre ésa su manera de evitar las verdades desagradables, de eludir las consecuencias de sus actos? Aun así, el resultado de la tardía muestra de principios de Fabienne fue precisamente lo que ella intentaba evitar: la pérdida del apartamento que compartió con Dietrich, el único lugar en el que se había sentido realmente como en casa.

Tal vez ésa era su penitencia.

Dio la vuelta mientras la habitación giraba ligeramente al escucharse un golpe seco y agudo en la puerta. Sin duda, Lotte se disponía a decir la última palabra. Por mucho que no deseara otra discusión, Fabienne odiaba la idea de que Lotte intentara montar una escena. Se imaginó a sus vecinos abriendo sus puertas y asomando la cabeza por el hueco de la escalera para ver el espectáculo.

Abrió la puerta, preparada para una última confrontación, y se mordió la lengua al ver a la mujer en el rellano.

El abrigo de Sophie estaba empapado a la altura de los hombros y la cresta de copos de nieve que arrastró desde los adoquines formaba dos charreteras húmedas sobre la sarga desgastada. Bajo el ala de su sombrero cloche, las mejillas de Sophie estaban sonrosadas, mordidas por el frío —y por el esfuerzo, sin duda—, de subir seis pisos de escaleras con un maletín estropeado.

Sophie la rebasó bruscamente con el hombro y Fabienne, desconcertada y desequilibrada, tropezó con el marco de la puerta para evitar chocar con su cuñada, de la que estaba distanciada.

Sin preámbulos, Sophie dejó el maletín sobre la mesa de la cocina. Fabienne miró el charco que se formaba a los pies de Sophie mientras ésta abría los broches. El maletín se destapó de golpe y Fabienne dio un paso adelante.

Sobre las botellas de disolvente de Sophie descansaba un cuadro, un pequeño lienzo envuelto en lino. Sophie apartó el lino para revelar a dos mujeres desnudas, una encorvada y otra inclinada hacia atrás, con los rostros pintados en amplias franjas azules y verdes. Incluso en su estado de cansancio, Fabienne reconoció el lienzo. Es un Kirchner, pensó, sintiéndose extraña e injustificadamente triunfante.

—Fabienne. —Sophie levantó la vista y la luz se reflejó en sus lentes empañados—. Necesito de tu ayuda.

SEGUNDA PARTE

13

Junio de 1936

Las largas y abovedadas galerías del Louvre amplificaban cada susurro, y cada pisada era audible mientras centenares de personas circulaban entre obras maestras, pero para Fabienne, que retorcía su pincel en la pintura como si girara la perilla de una radio inalámbrica, todo ruido se atenuaba cuando aplicaba color al lienzo.

—Lleva horas en ello —oyó susurrar a alguien, y por el rabillo del ojo vio que había reunido algo de público. Era de esperar. El Louvre era un espacio público, después de todo, y la novedad de la creación era tan fascinante para los visitantes del museo como las propias obras terminadas. Era una práctica alentada por sus instructores en la Académie des Beaux-Arts: recoger su maltrecha caja de pinturas y plantarse frente a un lienzo, intentando aprender la maestría del artista reproduciendo el cuadro lo más fielmente posible. No le importaba que la gente la observara mientras pintaba, ni siquiera cuando hacían comentarios sobre su trabajo; al menos, no hasta que algún hombre la interrumpía inevitablemente con algún insulso intento de coqueteo. ¿No se daban cuenta de que estaba trabajando?

Mezcló amarillo cadmio y viridiano con blanco zinc, añadiendo el más leve toque de cerúleo en su espátula en un intento por aproximarse al pálido tono de verde que van Gogh había utilizado para pintar un olivo en un bosquecillo de trigo ondulante, lamentando, por un momento, la textura de sus pigmentos baratos. Hubiera preferido comprar pinturas de mejor calidad: Old Holland o Mussini, óleos mezclados de forma personalizada de Sennelier en la ribera izquierda. Por anticuada que fuera la práctica, incluso soñaba con mezclar sus propias pinturas, comprando pigmentos molidos —polvos brillantes hechos de minerales y materia vegetal cuya vitalidad se extraía de la tierra en todas sus formas— y mezclándolos con aceites de su elección: linaza, nuez y amapola, cada uno con sus propiedades de secado que conferían a los pigmentos su aspecto y tacto únicos. Pero Fabienne seguía siendo una estudiante, con el bolsillo de una. No podía permitirse ser tan exigente con sus materiales.

Frotó la pintura en su lienzo y luego apartó su atención del olivo para observar la composición en su conjunto, satisfecha con su trabajo. *El Campo de trigo con cipreses* de van Gogh era un estudio sobre el arte del movimiento, por encima de todo, y ella sentía que lo había captado, al menos en una pequeña parte: la imprevisibilidad del viento mientras acariciaba las nubes carmesí y corría a través de un mar de trigo dorado. Sin embargo, sus colores estaban ligeramente apagados en el bosquecillo de cipreses. Frunció los labios, comparando su reproducción plana con el efecto tridimensional que van Gogh logró en el original.

Cargó su pincel una vez más y añadió ligeros toques de amarillo y verde a la arboleda. «Ya está», pensó satisfecha mientras los árboles parecían redondearse bajo su pincel, con sus pinturas espesas y brillantes. Volvió a fijarse en el olivo, añadiendo toques de oscuridad en su retorcido tronco.

—Hermoso trabajo —oyó por encima de su hombro, y aunque Fabienne estaba acostumbrada a ignorar los cumplidos ocasionales, algo en la expresión, silenciosa y amable, con un ligero acento la hizo levantar la mirada.

Aunque no era el hombre más guapo que Fabienne había visto en su vida, su rostro era uno que de inmediato anheló pintar: joven, con profundos ojos azules y una nariz llena de pecas que, sospechaba, se rompió al menos una vez. Su traje quedaba demasiado grande a su delgada complexión, y Fabienne podría haberlo confundido con un joven de no ser por las arrugas que surcaban profundamente sus mejillas y las esquinas de sus párpados.

Él sonrió, y Fabienne no pudo evitar sentir cómo las comisuras de sus propios labios se levantaban en respuesta.

—Gracias —respondió ella, retirando el exceso de pintura en el borde de su paleta. Esperó a que él continuara. Los hombres que le hablaban siempre lo hacían añadiendo alguna frase predecible: «¡Pero el arte no es tan bello como la artista!».

—Mi hermana me dice que usted es la más destacada de las estudiantes de la academia que pintan aquí. Espero que no le importe, tenía que verlo por mí mismo.

—¿Y tenía razón? —preguntó Fabienne.

Se acercó para examinar su caballete y luego miró el van Gogh.

—La tenía.

Fabienne soltó una risita.

—Por lo que tengo entendido, las hermanas suelen tener la razón —dijo—. Aunque, al no ser yo una, no puedo asegurarlo.

Él inclinó la cabeza e hizo ademán de darse la vuelta, y para sorpresa de la propia Fabienne, ella le habló.

—Tengo que preguntar, ¿qué le da a su hermana tanta autoridad sobre las propuestas de los estudiantes de la academia?

Sonrió.

—Es estudiante en la École du Louvre —respondió y se acercó una vez más—. Historia del arte, aunque planea ser restauradora. Está aquí casi todas las tardes, como usted, para estudiar a los grandes.

Fabienne abrió su caja de pinturas: tubos a medio exprimir y docenas de pinceles, trapos y botes de aguarrás. Hundió su pincel en un tarro de aguarrás, enturbiando el líquido limpio.

—Así que ya me ha visto antes por aquí, ¿verdad?

—Me reúno con ella aquí cuando puedo. Le gusta contarme lo que ha aprendido —explicó mientras Fabienne limpiaba y guardaba el pincel—. Me siento como si yo mismo hubiera asistido a sus clases con todo lo que me ha enseñado.

—Dos alumnos por el precio de uno —sugirió Fabienne—. Quizá debería matricularse también usted.

—Uno es todo lo que podemos costear por el momento, así que nos conformamos —dijo él, y Fabienne hizo una pausa mientras cerraba su caja de pinturas. ¿Se habría ofendido?

Él rio entre dientes.

—Nunca me gustaron los libros de cualquier manera. Esa era la especialidad de Sophie, pero ella me cuenta lo que ha aprendido y parece que se me queda, de algún modo, mejor que cualquier cosa que yo haya aprendido en un aula. Dietrich Brandt —dijo, rodeando el caballete para ofrecer su mano—. Encantado de conocerla.

Fabienne se limpió apresuradamente los restos de pintura de los dedos.

—Fabienne —respondió. Por el rabillo del ojo le pareció que el campo de trigo de van Gogh se balanceaba como en una repentina ráfaga, presa de la corriente ascendente creada cuando se dieron la mano.

14

Diciembre de 1940

Fabienne bajó la mirada hacia el maletín abierto y su mente enloquecida se aquietó de repente. El cuadro parecía devolverle la mirada con las dos chicas representadas en el lienzo inclinándose la una hacia la otra, como si rieran de forma conspiradora ante el desconcierto de Fabienne. Desde la calle, oyó la risa entrecortada de un soldado, tambaleándose con sus compatriotas por los adoquines.

—¿Es un...?

—Kirchner. Sí. —Sophie se apoyó en el fregadero—. No te sobra ni un trago, ¿verdad? Es que ha sido un día muy largo.

«Para ti y para mí», pensó Fabienne mientras cruzaba hacia el armario para sacar dos vasos. En muchos sentidos, el cuadro no era tan impactante como la llegada de la persona que lo llevó. La última vez que Sophie estuvo allí, dejó claro que nunca volvería, y mucho menos con un cuadro de valor incalculable consigo. «Un Kirchner», volvió a pensar Fabienne mientras servía dos copas de Borgoña. ¿Cómo se las había arreglado Sophie para conseguirlo?

Sophie tomó la copa de vino que se le ofrecía, pero no devolvió el brindis somero de Fabienne. Estaba claro que se sentía tan desconcertada como ella. Fue una visitante frecuente en otros tiempos, junto a los amigos artistas de Fabienne y los colegas políticos de Dietrich, que discutían los méritos de las experimentaciones de Picasso y Braque con las formas. Estuvo allí la noche en que Fabienne invitó a André Breton, que asintió con aprobación ante los cuadros de Fabienne antes de que Dietrich dijera algo para ahuyentarlo.

—¿Qué haces aquí? —preguntó Fabienne— Me dijiste la última vez que te fuiste…

—Que nunca volvería. Lo recuerdo. —Sophie se cruzó de brazos, apoyando su copa de vino en el pliegue de su codo—. Pero no estoy aquí para desenterrar el pasado. —Clavó una dura mirada en Fabienne, cuya expresión se ensombreció aún más a causa de la única bombilla desnuda que colgaba sobre la mesita de la cocina—. Este cuadro, ¿podrías reproducirlo?

Fuera lo que fuera, lo que Fabienne esperara oír, seguramente no era eso.

—¿Podría qué?

—Reproducirlo. —Sophie golpeó su vaso con impaciencia—. No te hagas la inocente. Sabes lo que te pido. No me hagas decirlo en voz alta.

Fabienne se inclinó sobre la maleta y Sophie se apartó de la luz mientras levantaba el cuadro para estudiarlo más de cerca. Dos figuras, pintadas con pigmentos vibrantes y pinceladas sueltas... bueno, eso era característico de Kirchner, supuso. Las dos muchachas miraban fijamente al espectador, una de ellas con una media sonrisa en la cara, ambas a contraluz por el sol que entraba por la ventana detrás de ellas, con sus extremidades plasmadas como franjas verdes, rosas y amarillas, exageradas y angulosas. Como la mayoría de los cuadros de Kirchner, el lienzo tenía más que ver con el sentimiento que con la forma y capturaba la esencia indefinible de un momento más que el momento en sí.

—Supongo que es posible —murmuró, pero era la propia simplicidad de la pieza lo que la convertía en un reto. ¿Cómo podría reproducir un sentimiento?

—¿Supones? —Fabienne levantó la vista para ver cómo Sophie encorvaba los hombros bajo su húmedo abrigo. Tardíamente, se dio cuenta de que debió ofrecerse a colgarlo—. Necesito algo mejor que eso.

Fabienne había olvidado los modos directos de Sophie: era una cualidad que admiró alguna vez, cuando eran íntimas.

—No sé qué quieres que te diga, Sophie. Apareces aquí después de tanto tiempo y quieres que... ¿que falsifique este cuadro? Me sorprende que merezca la pena decirlo, pero es ilegal, y sabes tan bien como yo que es imposible vender una réplica exacta. —Inclinó el cuadro para estudiar mejor el ángulo de las pinceladas—. Podría pintar un... un estudio, para esta pieza, de una de las chicas, tal vez, pero, ¿qué querrías hacer con él?, ¿venderlo en el mercado negro?

—No sería para el mercado negro. ¿Por quién me tomas? —Sophie se encogió de hombros para quitarse la chaqueta húmeda y Fabienne alcanzó a ver su forro raído. «Tal vez debería vender en el mercado negro», pensó, y la idea repentina no sonó tan mal: inundar el mercado con Rembrandts y Vermeers falsificados para los codiciosos oficiales alemanes, aprovechándose de sus abultados bolsillos y devaluando a la vez sus adquisiciones—. Aquellos días, allá en el Louvre, tú eras la mejor en lo que hacías, la mejor reproduciendo obras de arte...

—Eran bastante buenos, Sophie, pero nunca intenté hacerlos pasar por otra cosa que no fueran estudios.

El labio de Sophie se curvó.

—Ahí está: ese pequeño atisbo de fibra moral.

—Si no recuerdo mal, fuiste tú quien irrumpió aquí y me pidió ayuda. —Miró fijamente a Sophie durante un largo rato, esperando que se marchara enfadada, pero entonces Sophie suspiró.

—Tienes razón —dijo—, y lo siento por ello. A decir verdad, desearía tener otra opción. Desearía poder decirte más, pero sí te doy mi palabra de que lo que estoy haciendo no es turbio...

Fabienne resopló ante la flagrante mentira.

—En otro tiempo, tu palabra me habría bastado —dijo, aunque ya estaba pensando en cómo abordaría el reto de reproducir el cuadro. «Ese tono de rojo podría ser complicado, pero con la mezcla adecuada de pigmentos...»—. ¿Es ilegal?

Por el rabillo del ojo, vio que Sophie se movía.

—Se podría argumentar que la legalidad es un concepto algo fluido en tiempos de guerra.

—Podría ser. —Fabienne dejó el cuadro—. ¿Es peligroso?

—Para mí más que para ti —respondió Sophie—. Muy pocas de las personas con las que interactúo estos días conocen nuestra... conexión, y pretendo que siga siendo así.

«Las personas con las que interactúo». La mente de Fabienne rememoró el momento en que vio a Sophie a la puerta del Jeu de Paume: guardias alemanes rodeaban el edificio.

—Puede que la legalidad sea un concepto fluido en estos momentos, Sophie, pero no seguirá siendo así... no por mucho tiempo, si Dios quiere. ¿Podrías prometerme que nuestras acciones caerán en el lado correcto de la historia cuando todo esté dicho y hecho?

Sophie dejó escapar un suspiro profundamente contenido. Encaramada en la encimera de la cocina, con un pie doblado debajo de ella y el otro tocando el suelo para mantener el equilibrio, con un vaso de vino en la mano, parecía, incongruentemente, un vaquero en alguna película americana: un pistolero en una cantina, esperando a que los problemas entraran por la puerta.

—Te doy mi palabra. Si él estuviera aquí, si Dietrich siguiera vivo, aprobaría lo que te he pedido que hagas.

Fabienne no había pronunciado su nombre en voz alta desde el funeral. Durante una fracción de segundo, casi se sintió como en los viejos tiempos, cuando Fabienne y Sophie compartían confidencias al calor de una botella de vino, pero con la mención de Dietrich, la realidad volvió de golpe. Fue un golpe bajo, y estaba claro que Sophie también lo sabía. Evitó los ojos de Fabienne, mirando en su lugar el cuadro mientras esperaba su respuesta.

—Bueno —dijo Fabienne con amargura—, en ese caso, ¿cómo podría negarme? —Puso las manos sobre la mesa y miró fijamente el cuadro, con el recuerdo de Dietrich insoportablemente presente de pronto, como si él también estuviera mirando el lienzo desde encima de su hombro—. Necesitaré conservar el original mientras trabajo.

Sophie se enderezó.

—Por supuesto. Tienes hasta el próximo lunes. No más tarde del lunes, ¿entendido? Lo recogeré por la mañana, cuando se levante el toque de queda.

Fabienne acompañó a Sophie hasta la puerta, tan deseosa de que se fuera como Sophie parecía estarlo de irse. Entre su inesperada llegada y la difícil partida de Lotte, Fabienne se tambaleaba: ansiaba quedarse sola en su departamento durante el tiempo que le quedara.

Su departamento.

—Una última cosa —dijo de forma repentina—: espero una compensación cuando vengas a recogerla. El riesgo que estoy corriendo, por no hablar del trabajo que supone... Necesitaré que me pagues por lo que estoy haciendo.

Sophie se volvió en el umbral. Por un momento, pareció cabizbaja, pero luego asintió.

—Por supuesto.

Con los hombros casi secos, Sophie empezó a bajar las escaleras, pero a su pesar, Fabienne no pudo evitar hacer una última pregunta.

—¿Por qué yo?

Sophie hizo una pausa.

—Seguro que conoces a otros artistas —continuó Fabienne—. Tú misma tienes talento. ¿Por qué tengo que hacerlo yo?

Sophie se giró.

—Confío en ti —dijo finalmente—. A pesar de todo lo que ha pasado entre nosotras, sigo confiando en ti.

15

Sophie bajó la escalera, moviéndose tan rápido como podía. Aunque habían pasado años desde que estuvo allí, aún podía recordar dónde estaban desgastados los antiguos escalones de piedra, dónde los clavos de hierro de la redondeada barandilla atravesaban la madera. Atravesó el pequeño patio y a Sophie le pareció como si la memoria muscular la impulsara hacia delante, bajo la ropa tendida que se balanceaba sobre tendederos de alambre, y atravesó la puerta de roble que daba al bulevar Saint-Germain.

Había perdido la cabeza: eso estaba claro y Sophie lo sabía mientras avanzaba hacia la acera.

¿Qué otra cosa podría explicar su desesperada petición? Se imaginó la expresión de asombro en el cetrino rostro de Fabienne, sabiendo que incluso mientras lo pedía estaba exigiendo lo imposible. Nadie podía recrear una pintura al óleo en poco más de una semana. Y eso suponiendo que Sophie pudiera devolver la falsificación al museo antes de que alguien se diera cuenta de que el original estaba desaparecido. ¿En qué habría estado pensando?

Sophie cruzó la calle vacía, pisando aguanieve café antes de llegar a la acera de enfrente. No, no pensó en las consecuencias mientras sacaba el Kirchner del almacén y lo subía al laboratorio de restauración. No pensó en el riesgo mientras cubría el lienzo cuidadosamente con lino y lo colocaba en su maletín, agradecida por la breve ausencia de Gerhardt Hausler mientras lo cerraba. No, pensó en las llamas frente al Reichstag hacía tantos años, en el calor en sus mejillas mientras el fuego consumía el patrimonio cultural de Alemania.

Porque ése era el destino final que aguardaba a los Kirchner, junto con el resto de las obras del almacén —la Sala de los Mártires, como ella llegó a pensar—: la destrucción, una vez que la colección se volviera demasiado difícil de manejar, para demostrar la supremacía de la ideología nazi sobre la raza, la cultura y el pensamiento mismo. El resto de las obras del museo —las que Göring y sus compinches señalaban y enviaban al Reich— podrían recuperarse una vez ganada aquella terrible guerra y cuando los nazis tuvieran que rendir cuentas de sus crímenes. Pero, ¿y el arte moderno?, ¿el arte degenerado? Todo sería consignado a las llamas si Hitler se salía con la suya.

Caminó hacia el este, observando las *brasseries* a lo largo de la Rue Monge mientras los camareros subían las sillas a las mesas vacías. Miró su reloj de pulsera a la luz difusa de una cafetería: sólo faltaban veinte minutos para que entrara en vigor el toque de queda, y Sophie sabía que no debía entretenerse. Su suerte ya había durado mucho más de lo que ella esperaba.

Sí que habría consecuencias para Sophie si se descubría su robo. ¿Y qué derecho tenía ella a arrastrar a Fabienne a su mal concebido plan? Se estremeció al recordar lo que dijo en la conversación, cómo Fabienne se cerró por completo ante la mención de Dietrich. Tal vez fue injusto de su parte sacarle su nombre a relucir, pero Sophie sabía que él habría aprobado sus acciones, aprobado y prestado su apoyo de alguna forma u otra.

Llegó a su edificio y se deslizó hasta el patio en ruinas, luego subió la escalera a toda velocidad antes de abrir la puerta con manos temblorosas. Consultó su reloj una vez más —sólo faltaban cinco minutos para el toque de queda— y se dirigió a la ventana, sin detenerse a encender una luz. Conocía su pequeño departamento de memoria, sabía mover la cadera para no tropezar con el mullido sofá de dos plazas al pasar junto a la mesa de la cocina. Conocía cada cuadro de las paredes, reproducciones de pinturas que colgaron en el Jeu de Paume antes de la guerra.

También conocía la vista que había fuera de su ventana del tercer piso: la *boulangerie* de la esquina de enfrente, con el banco donde dormían los indigentes antes de que la guerra los empujara a todos hacia el sur. Miró por encima de los tejados la cúpula ensombrecida de la *église*, dos manzanas más lejos. Incluso en el pálido resplandor de la media luna habría reconocido los balcones curvilíneos del edificio de enfrente y las estrechas ventanas de los apartamentos abandonados desde el éxodo masivo del mayo anterior.

¿Qué haría si abriera la ventana y se encontrara con las furgonetas sin matrícula que estaban paradas frente al Jeu de Paume esperando abajo para llevársela? Se estremeció, imaginando a Bohn y sus hombres derribando su puerta y arrastrándola en la noche, la furgoneta avanzando por el bulevar Saint-Germain y los soldados saliendo frente al edificio de Fabienne.

¿Podría vivir con la muerte de Fabienne en su conciencia si ello llegara a ocurrir?

Pero entonces, si se descubría el papel de Fabienne en la falsificación, Sophie dudaba que ella misma estuviera en condiciones de arrepentirse de nada en absoluto.

16

Junio de 1936

Fabienne y Dietrich paseaban por el Jardin des Tuileries en el crepúsculo cada vez más denso, con el maletín de pinturas de Fabienne colgando del brazo de Dietrich. Ella miró hacia las ventanas iluminadas del Louvre, asombrada por la paciencia de Dietrich. Aunque había seguido trabajando en su van Gogh hasta la hora de cierre del museo, Dietrich estuvo de pie frente a la entrada, esperándola con la oferta de acompañarla a casa.

La noche estaba perfumada con el aroma de la hierba cortada y las lilas al tiempo que pasaban parejas y niños, cuyos rasgos apenas se distinguían en la penumbra.

—Así que eres artista —señaló Dietrich mientras pasaban junto al Grand Bassin mientras las fuentes salpicaban alegremente en la oscuridad.

—Eso es afirmar lo obvio —replicó ella con ligereza—, dado que la única razón por la que no te tomo de la mano es por miedo a manchar de trementina esa chaqueta tuya.

Sin bajar la mirada, Dietrich entrelazó sus dedos con los de ella, ralentizando su paso para igualar el de ella.

—¿Y es eso lo que quieres hacer con tu vida? ¿Pintar?

A Fabienne le habían hecho esa misma pregunta con más frecuencia de la que le hubiera gustado admitir, casi siempre acompañada de un trasfondo de burla —¿Pintar?, ¿en serio?—, pero Dietrich hablaba sin ningún atisbo de juicio.

—A mis padres les horrorizaría oírme admitirlo, pero así es —respondió.

—¿Por qué se opondrían?

Ella se encogió de hombros, rehuyendo a una puerta que prefería mantener cerrada.

—Son campesinos. Simplemente no le ven sentido —respondió.

Dietrich le apretó la mano.

—No siempre es fácil para los padres comprender a sus hijos —dijo—. ¿Viven en París?

—No —contestó ella con la intención de dejar su respuesta en eso... pero entonces se sorprendió a sí misma dando más detalles—. Vengo de un pequeño pueblo al este de la ciudad... una aldea, en realidad. Vitivinícola, ya sabrás. Estaba comprometida para casarme, pero unos días antes de la boda... hice las maletas y me marché. Vine a París con diez francos en el bolsillo y una caja de pinturas.

—Lo siento —respondió Dietrich en voz baja—. ¿Qué pasó?

Ella suspiró, imaginándose el vestido de novia que dejó colgado en su dormitorio, iluminado por un resplandor de luna mientras se escabullía en la oscuridad.

—Crecí. Supongo que suena desalmado —continuó, levantando la barbilla en un intento de despreocupación—. Él es un buen hombre y será un buen marido. Sin embargo, yo sabía que estaba destinada a estar aquí, en París.

Dietrich asintió.

—Querías una vida diferente y elegiste buscarla —dijo él despacio—. ¿Cómo podría algo así ser despiadado cuando permanecer juntos les habría causado dolor a ambos? Hace falta valor para conocer tu camino y permanecer fiel a él cuando el mundo te dice que hagas lo contrario.

Fabienne pudo sentir que algo se aflojaba en su pecho: una opresión que no sabía que estaba ahí.

—¿Tú crees? —Se quedó callada, pensando en su joven y apuesto prometido con el pelo oscuro y su sonrisa torcida—. Supongo que ahora todo forma parte del pasado. Él probablemente esté casado y tenga diez hijos, y yo estoy aquí vendiendo mis estudios para pagarme la escuela... y pintando obras originales cuando tengo tiempo.

—Estás persiguiendo tu sueño —replicó Dietrich, y Fabienne lo miró con recelo. ¿Alguna vez alguien la había entendido de forma tan inmediata, tan completa?—. ¿Cómo son tus obras originales?

Fabienne levantó la mirada, reflexionando sobre la pregunta. Aunque el jardín estaba demasiado iluminado para que el cielo nocturno fuera visible, pudo distinguir un puñado de estrellas en lo alto, salpicando tenuemente el azul.

—Se ven... modernos —concluyó pensando en los bucles y remolinos que componían su obra, con su paleta de tonos azules y verdes que daban a sus sujetos un brillo casi acuático—. No los he expuesto propiamente. Sólo a amigos.

—Quizá me los puedas mostrar a mí algún día —dijo Dietrich, pero luego negó con la cabeza—. Perdóname, no quiero ser atrevido.

—Está bien. —De hecho, a Fabienne le complacía la idea de acercarse lo suficiente a Dietrich como para mostrarle su trabajo—. Quizá lo haga.

Prosiguieron su camino y el silencio entre ellos, mientras pasaban bajo el susurro de las hojas de los castaños, resultó agradable. Desde algún lugar cercano, oyeron el sonido de cascos sobre la tierra compacta, era el trote de un caballo y su jinete.

—¿Y tú? ¿Qué haces para mantenerte ocupado todos los días?

—Soy mecánico —respondió—. Trabajo en vehículos municipales. Autobuses y tranvías. Siempre me he imaginado concejal, pero quizá eso sea algo para el futuro. Soy representante sindical en la fábrica de Citroën.

—¿Un sindicalista? —preguntó Fabienne— Entonces, ¿te interesa la política?

—Toda mi vida —respondió él sin dar más detalles.

—A mí también —respondió Fabienne—. Formo parte de la organización de estudiantes socialistas de la academia.

—Socialismo. —El tono de Dietrich se animó—. ¿Tienes opiniones firmes al respecto?

—Lo suficientemente firmes como para creer en los derechos de los trabajadores. Lo suficiente firmes para saber que es la mejor alternativa a lo que ofrece la derecha. —Fabienne sabía que el socialismo era poco digerible para mucha gente, pero hacía tiempo que dejó de moderar sus opiniones para adaptarse a las sensibilidades ajenas, sobre todo tras las elecciones del mes anterior que llevaron al poder a una coalición de partidos de izquierdas—. Ahora tenemos un primer ministro socialista, y mira todo lo que ya ha conseguido: fortalecer los sindicatos, plantar cara a la extrema derecha... —Su corazón se inflamó ante las brillantes posibilidades e hizo eco del eslogan del nuevo gobierno—. *¡Tout est possible!*

—Una artista, una socialista y una optimista —concluyó Dietrich—. ¿Hay algo fuera de tu alcance?

Ella sonrió mientras pisaba un adoquín suelto del camino.

—No sé si me llamaría optimista. Una realista, quizá. Veo lo que está ocurriendo en otros lugares de Europa como Alemania y España, y creo que unirnos es la única forma de que nuestro país siga avanzando.

Miró a Dietrich.

—Pero quizá tú tengas una opinión más informada sobre el asunto que yo.

—¿Por mi acento? —Dejó escapar un suspiro, ladeando la cabeza a modo de reconocimiento—. Mi hermana me dice que sea más discreto, pero me temo que la discreción es algo con lo que siempre he luchado. Dejamos Alemania hace un año. No veía futuro allí. Sigo sin verlo, no con Hitler en el poder. Está llevando al país por un camino oscuro.

—¿Y por eso viniste a Francia?

Él levantó la mirada, entrecerrando los ojos, hacia una farola iluminada por el gas.

—Pudimos haber ido a cualquier parte. Mi hermana eligió Francia por los museos, pero yo he llegado a apreciar mucho más esta ciudad. He podido construirme una vida aquí. Sophie ha recibido educación. —Frenó, girando para mirar a Fabienne de frente—. Espero que puedas comprender que no comparto esta información contigo a la ligera. Tendemos a decirle a la gente que somos suizos para evitar conversaciones incómodas.

Que Dietrich le confiara esa parte de él hizo que un millar de preguntas se agolparan en la mente de Fabienne, pero de momento, apoyó un dedo sobre sus labios.

—Tu secreto está a salvo conmigo.

Reanudaron su paseo y la mano de Dietrich constituía un peso cálido y reconfortante en la suya. Ella ansiaba saber más: cómo abandonaron Alemania, si tenía familia que aún viviera allí. Incluso entonces, tantos años después de la Gran Guerra, las acciones de Alemania proyectaban una larga sombra sobre Francia, y las recientes actividades de Hitler como canciller —reforzando el ejército alemán, haciendo beligerantes afirmaciones sobre la política exterior y la población judía de Alemania— hicieron que su sombra se extendiera una vez más. No culpaba a la hermana de Dietrich por ocultar la verdad de sus orígenes.

Él dejó escapar un suspiro melancólico y, al encontrarse con la mirada de Fabienne, todos los pensamientos del pasado se esfumaron de su mente.

—No podía ver un futuro en Alemania. En cambio, en París, sueño con lo que me deparará la vida.

Llegaron al extremo más alejado del Jardin des Tuileries; a ambos lados se alzaban dos caminos en una ligera curva en herradura hacia el Musée de l'Orangerie y el Musée Jeu de Paume. Más allá de las puertas abiertas del jardín, los coches circulaban por la Place de la Concorde, arremolinándose alrededor del obelisco de Luxor como hojas atrapadas en una corriente de aire.

Fabienne se permitió ir más despacio. Había algo diferente en Dietrich: sus modos firmes; su sonrisa de lenta maduración. Otra mujer podría impacientarse ante su falta de pretensiones y sus cuidadosos silencios, pero Fabienne lo condujo a la plaza, imaginándose el tranquilo rincón de una brasserie cercana donde podrían continuar su conversación.

Ella quería saberlo todo sobre Dietrich Brandt, y tenían todo el tiempo del mundo.

17

Diciembre de 1940

Sobre las ventanas de cristal del atelier caía una fuerte capa de escarcha, pero la sala de trabajo era cálida, ya que la calentaba un horno de curado y una docena de trabajadoras estaban sumidas en la concentración. Fabienne pasó su escoba por el suelo, levantando partículas de resina que se arremolinaban en el aire. Aunque anhelaba la oportunidad de probar suerte con unos pendientes, sabía que no debía pedir una tarea más complicada que la que le encomendaron. Su mente estaba demasiado fija en la cuestión de la falsificación de los Kirchner como para que pudiera ser de alguna utilidad más allá del trabajo que ya había hecho mil veces.

Barrió el polvo formando un montículo mientras pensaba en los aspectos técnicos necesarios para terminar un cuadro en el plazo de una semana. Tras marcharse Sophie, Fabienne contempló el Kirchner durante horas, y aunque confiaba en poder replicar sus trazos ensayados, sabía que la verdadera prueba de una falsificación no residía en la capa superior de la pintura, sino en las innumerables pinceladas debajo: las capas de impasto acumuladas que daban a un cuadro su profundidad.

Pasó la escoba por el montículo de polvo, destruyendo el ordenado montón. Aunque el polvo se extendía ahora por el suelo, las partículas individuales yacían unas sobre otras, creando una pequeña elevación en las baldosas. «La pintura al óleo tarda meses en secarse», pensó para sí, «incluso cuando se pinta finamente». El Kirchner fue pintado hacía más de veinte años: aunque Fabienne creara una reproducción perfecta, la pintura permanecería húmeda durante semanas o incluso meses. Cualquiera con un bastoncillo de algodón, alcohol etílico y un mínimo de sentido común, descubriría la ilusión con facilidad. Si alguien realizara un examen siquiera superficial del cuadro, sabría en cuestión de segundos que se trataba de una falsificación.

Suspiró pensando en el equipo que utilizó en su apartamento para probar diferentes composiciones de pintura: sus pigmentos molidos y los tubos de pintura al óleo preparada comercialmente; sus pequeños tarros de aceites, de linaza y lila, de nogal y lavanda. Ciertos aceites tenían la capacidad de secarse más rápido que otros, pero aunque mezclara el más rápido de sus aceites con pigmentos, tampoco tenía esperanzas de que la pintura se secara en una semana. Incluso si tuviera un mes, estaría húmeda al tacto.

—*Pardon.* —Myriam pasó junto a ella con una bandeja de botones.

Fabienne se puso a su lado.

—¿Puedo ver?

Myriam hizo una pausa y sostuvo la bandeja para que Fabienne pudiera admirar su contenido. Contenía docenas de botones de baquelita rematados con brillantes y el plástico era liso y de color crema.

—Qué bonitos.

—*Merci* —respondió Myriam—. Son para un encargo de Rochas. Estoy a punto de curar la resina para que los brillantes se mantengan firmes. ¿Te importaría?

—Por supuesto —respondió Fabienne, apresurándose a abrir la puerta del horno de curado.

—El calor debe ser bajo y constante —explicó Myriam mientras deslizaba la bandeja—, o de lo contrario la resina líquida podría hacerse quebradiza. Estaré encantada de mostrarte cómo trabajar con ella si lo deseas.

Aunque llevaba ya un mes en el atelier, a Fabienne le seguía pareciendo asombroso que la industria de la alta costura de París continuara operando en plena guerra. Incluso con la reducción del número de casas de moda —y la introducción de las cartillas de racionamiento de la alta costura, que establecía nuevos y estrictos límites en el tipo de ropa que se podía comprar—, la moda de París perduraba. No obstante, la guerra acarrearía sin duda cambios en la industria. La semana anterior, Dufy, socio de Lev, había mencionado que los modistos dependían de sus suministros de textiles de antes de la guerra para sacar sus colecciones de 1941. Las colecciones del año siguiente tendrían que ser *ersatz*, creadas a partir de productos fabricados con nombres desconocidos para todos: rayón y fibrana, creados a partir de pulpa de madera y linaza.

De baja estatura y redondo, con el pelo prematuramente blanco y una disposición ecuánime, Dufy era normalmente una presencia alegre en el atelier, pero sus pesadas cejas se habían fruncido por la preocupación ante la idea de que sus joyas fueran utilizadas en materiales de calidad inferior.

—Será un día oscuro, ciertamente, cuando tengamos que poner nuestros botones a una blusa de rayón —dijo ominosamente Dufy.

Observó cómo Myriam volvía a su puesto de trabajo, sabiendo que la fibrana era la menor de sus preocupaciones. Si el rayón y la fibrana mantenían su atelier funcionando, Fabienne vestiría esos materiales sin protestar.

Se dirigió al bote de la basura y se quedó mirando la resina de la estación de trabajo de Myriam, pensando en sus pinturas mezcladas. Si ella mezclara sus pigmentos con resina e indujera de algún modo la pintura a endurecerse...

Sacudió la cabeza, la pura practicidad la detuvo en seco.

Incluso si tomara resina líquida del taller y la mezclara con sus pigmentos, ¿cómo haría para solidificar la mezcla?

Fabienne fue extraída de sus pensamientos por el sonido de gritos procedentes del piso de arriba. Instantes después, la puerta se abrió de golpe y un gendarme bajó furioso, seguido de cerca por Dufy, que subía los escalones de dos en dos.

—¡Debo protestar en los términos más enérgicos posibles! —bramó Dufy cuando el gendarme llegó al piso de la sala de trabajo. Detrás de Fabienne, Myriam dejó escapar un leve ruido poco más fuerte que un chillido—. ¿Con qué autoridad...?

Ignorando las continuas protestas de Dufy, el gendarme se metió la gorra con visera bajo el brazo y se dirigió a Fabienne y a sus desconcertadas compañeras.

—Buenas tardes, señoritas. Como muchas de ustedes ya sabrán con seguridad, el gobierno de Vichy promulgó varias leyes nuevas relativas al estatus de los judíos en Francia. —Hizo una pausa. En lo alto de la escalera, Lev Lowenstein observaba con cara de piedra—. Una de esas leyes se refiere a los residentes extranjeros de raza judía. Documentos, por favor.

Dufy dio un paso adelante y la cadena de su reloj de bolsillo se balanceó sobre su vientre.

—Señor, no le permitiré que acose a nuestro personal de esta manera...

—Si no me deja seguir con mi trabajo, lo arrestaré por obstruir el curso de la justicia —espetó el gendarme, y Dufy, conmocionado, guardó silencio—. Se los pediré de nuevo. Documentos, todas. Cuanto antes obedezcan, antes podré permitirles volver a su trabajo.

Junto con el resto del personal, Fabienne dio vueltas para recoger su bolso mientras su corazón latía con fuerza en la fila ante el gendarme. «Residentes extranjeros». Nunca había oído que se refirieran a la gente en términos tan crudos.

El gendarme se tomó su tiempo para examinar los documentos de identidad de Fabienne.

—Nací en Épernay —dijo, y aunque sabía que el gendarme no tenía motivos para señalarla, no pudo evitar el escalofrío de terror que le recorrió la espina dorsal.

Le devolvió su documento de identidad con una inclinación de cabeza.

—*Merci*, Madame.

Fabienne se apartó, aliviada, mientras el gendarme se volteaba hacia Myriam. Ella miró a Lev, que seguía de pie en lo alto de la escalera. Sus papeles, sin duda, ya habían sido examinados. La expresión de angustia en su rostro tenía que ver con su personal de abajo. Estuvo muy orgulloso de incorporar a Fabienne a su pequeño círculo de trabajadoras: Myriam, Beatrice y Lea, trabajadoras a las que él y Dufy podían mantener empleadas durante la incertidumbre de la ocupación.

Las palabras de Madame Lowenstein resonaron en la mente de Fabienne, procedentes de una conversación de hacía mucho tiempo. «París es nuestro hogar. Ha sido nuestro hogar durante generaciones». Lev aún no era el objetivo de las pesquisas de los gendarmes. Sin embargo, si la policía francesa estaba interrogando a judíos de ascendencia extranjera, ¿cuánto tardaría su mirada en dirigirse hacia los nacidos en Francia?

El gendarme se aclaró la garganta.

—Madame, tendrá que venir conmigo.

—No-no lo entiendo. —La voz de Myriam temblaba mientras miraba alrededor de la sala de trabajo con sus ojos marrones muy abiertos—. Nací en Argel y, según el decreto Crémieux, soy ciudadana francesa.

El gendarme le rodeó el brazo con la mano.

—Ya no lo es.

De un salto, Lev bajó para impedir el paso al pie de la escalera, con Hugo ladrando, feroz, pegado a sus talones.

—¡Cómo se atreve a maniatar a una de mis trabajadoras!

—El decreto Crémieux fue abolido a principios de octubre. Como judía argelina, esta mujer ya no es ciudadana francesa y ya no está protegida por la ley gala —replicó el gendarme, pasando bruscamente por delante de Lev con Myriam sujeta. Detrás de él, Dufy gritó en señal de protesta, siguiendo de cerca los pasos del gendarme—. Estoy obligado a llevarla para interrogarla en la prefectura...

—Monsieur, he vivido aquí toda mi vida. ¡Por favor!

—Myriam, enviaremos un abogado —gritó Lev cuando llegaron a lo alto de las escaleras—. ¡No toleraremos esto!

—Por favor, Monsieur, estoy segura de que debe haber alguna manera...

—¡Déjela ir!

—Escribiré personalmente al mariscal Pétain para expresarle mi indignación —bravuconeó Dufy—. ¡Seguramente el León de Verdún rectificará este grosero abuso de poder!

La expresión del gendarme fue casi de lástima cuando miró de nuevo a Dufy.

—El mariscal Pétain firmó la orden personalmente. —Apretó con fuerza el brazo de Myriam y tiró de ella hacia la puerta, dejando el atelier alborotado.

18

Enero de 1941

Sophie salió del museo y ciñó su grande abrigo demasiado tan fuerte como pudo alrededor de su cintura. Podía oír la voz de Dietrich en su cabeza, burlona y exasperada mientras la reprendía por su falta de estilo —«Bien podrías llevar un mantel»—, pero agradeció el exceso de tweed cuando el aire frío de la tarde golpeó sus mejillas. Se dirigió al Jardin des Tuileries, desenvolviendo el trozo de queso que llevó para almorzar, deseando tener un pedazo de jamón —o, mejor aún, una baguette mullida— para acompañarlo, pero el vendedor que antaño vendía esas delicias en el parque hacía tiempo que se marchó, ya sea ahuyentado por la penuria o bien, arrestado.

Bajó los escalones detrás del museo, deseando tener tiempo para descansar bajo los árboles, pero Hildebrand Gurlitt se presentó con una lista de varias obras de arte dañadas que quería reparar a tiempo para otra visita de Hermann Göring. Si bien en la última exposición se exhibieron piezas de la colección privada de Edouard de Rothschild, Gurlitt pidió que se expusieran varias piezas de la galería de Alphonse Kann, entre ellas una obra de Greuze que resultó dañada durante la última incursión de Bohn. Se necesitaría un trabajo rápido por parte de Sophie para restaurarla a tiempo para la llegada de Göring. Su mente estaba muy concentrada en cómo podría reparar un desgarro en el lienzo que casi pasó por delante de la mujer que estaba de pie bajo la sombra de una morera con el ala ancha de su sombrero color vino calada sobre los ojos.

—¿Vino? —siseó Sophie cuando Fabienne se puso a su lado—. Pensé que tenías mejor sentido común para presentarte aquí luciendo como una... una...

—¿Una qué? —Vestida con una chaqueta a juego y tacones, Fabienne destacaba como un faro: tiró la colilla de su cigarrillo al suelo y se ajustó el calce de sus guantes de piel de becerro—. Primera regla del engaño, Sophie: si uno tiene algo que ocultar, más vale que lo haga a la vista de todos.

—Creí que habíamos acordado minimizar los indicios de nuestra... afiliación —susurró Sophie entre dientes apretados. Resistió el impulso de mirar a su alrededor, aterrorizada de llamar la atención de los soldados que paseaban por los jardines—. ¿Qué haces aquí?

Fabienne se adelantó.

—Se trata de tu encargo. Me temo que no puedo gestionarlo.

Sophie casi se detuvo en seco.

—¿Cómo que no puedes lograrlo? ¡Me dijiste que se podía hacer!

—Lo sé —respondió Fabienne, instando a Sophie a continuar avanzando con un movimiento de su brazo cargado con el bolso—. Pero con el plazo que has fijado, es imposible. ¿Un cuadro al óleo en el lapso de una semana? —Bajó la mirada, reacomodando su guante—. Debes admitir que fue una petición poco razonable.

—No te estoy pidiendo una-una recreación forense —espetó Sophie—. Sólo quiero algo que pueda engañar a los ojos.

—Los ojos de algunos de los comerciantes de arte más reconocidos que quedan en la ciudad. —Fabienne giró delicadamente para encarar el museo, señalando la fachada con un movimiento de la barbilla—. Llevo toda la mañana observando las idas y venidas. Hildebrand Gurlitt no se dejará engañar con facilidad.

Sophie exhaló, sintiendo como si mil pares de ojos la observaran desde las cercanas ventanas del hotel Le Meurice, ocupado por los alemanes.

—Puedo darte más tiempo. Me dijiste que se podía hacer.

—Sé razonable. —Fabienne se acercó más—. ¿Sabes por qué mis reproducciones son buenas? Porque tienen vida. Tienen el tipo de profundidad que sólo se consigue con capas y capas de pintura, y tú sabes tan bien como yo que esas capas tardan en secarse: meses, años, dependiendo de lo espeso que sea el impasto. —Se cruzó de brazos y dio un paso atrás, encogiéndose de hombros—. Lo siento, pero no se puede hacer. En el momento en que alguien mire de cerca la pintura… Si intentara frotarla con un hisopo con alcohol…

—Lo sabrán. —Sophie se imaginó a Gurlitt estudiando el cuadro, con sus remolinos brillantes reflejados en los cristales redondos de sus gafas, o a Richter, pasando sus elegantes manos sobre el marco.

Miró de nuevo hacia el Jeu de Paume.

—Puede que tenga una solución —dijo—. Puede que no sea perfecta, pero puede que funcione. Tengo que volver al museo. ¿Puedes reunirte conmigo en Les Deux Magots?, ¿a las seis?

19

Aunque en el bulevar Saint-Germain no había automóviles, Les Deux Magots estaba abarrotado con hombres y mujeres sentados mejilla con mejilla bajo la serena mirada de las dos alquimistas de escayola situadas en lo alto del pilar central del café. Pese a que los días del famoso *chocolat chaud* del café quedaron atrás, Fabienne movía los dedos en torno a una copa de Sancerre, observando a los camareros mientras serpenteaban entre las mesas.

Fabienne dejó escapar un suspiro cuando la figura de Sophie, vestida de tweed, apareció al otro lado de la ventana de cristal. Se acercó a la puerta y el peso de una modesta maleta la desequilibró al entrar en el café. Se acomodó un mechón de pelo detrás de la oreja con los dedos cubiertos de barniz, y Fabienne recordó el gesto de años pasados. Siempre había algo desaliñado y distraído en Sophie. En años anteriores, Dietrich solía bromear con ella diciéndole que aunque llegara a un evento en traje de noche, aún tendría manchas de pintura en el dobladillo.

¿Tendría amigos esos días, algún amor? Sin Dietrich para sacarla de su caparazón, Fabienne sospechaba que no. Recordaba a una joven del Sindicato de Estudiantes Socialistas de la Sorbona que siempre pareció encender las mejillas de Sophie cada vez que asistía a alguno de los mítines de Dietrich...

Pero tras el asesinato de Dietrich, quizá Sophie, como Fabienne, cortó todos los lazos con su vida anterior.

Mientras Fabienne había perdido a su marido, Sophie perdió a su hermano. En todos los largos y oscuros días que siguieron a la muerte de Dietrich, fue lo que Fabienne tendió a olvidar.

Levantó la mano, indicando a un camarero que le llevara una segunda copa de vino mientras Sophie se dirigía a la mesa.

—¿Te vas de fin de semana? —preguntó Fabienne mientras Sophie se acomodaba en la silla de enfrente.

Ella hizo una mueca, empujando la maleta debajo de la mesa.

—Tus provisiones... tus pinturas —murmuró, asintiendo apresuradamente cuando un camarero le tendió una minúscula copa de vino blanco—. Quizá hubiera sido mejor hacer esto en otro lugar. El Bois de Boulogne...

—Fuiste tú quien eligió este lugar, no yo —replicó Fabienne, levantando su copa—. A la vista de todos, ¿recuerdas?

—¿Desde cuándo tienes experiencia en subterfugios?

Fabienne enarcó una ceja.

—Si la tuviera, difícilmente te hablaría de ella, ¿no? —Se daba cuenta de que estaba sacando de quicio a Sophie, pero no pudo evitarlo: adoptar un enfoque mordaz parecía más fácil, de algún modo, que adoptar el miedo rígido de Sophie—. Ahora bien, ¿qué hace que estas pinturas sean más adecuadas que mis óleos para la tarea que tenemos entre manos?

Sophie chocó su copa contra el de Fabienne.

—He mezclado los pigmentos en una solución de resina acrílica y petróleo. Tendrá un aspecto y un tacto similares a los de la pintura al óleo, pero su tiempo de secado será mucho más rápido. —Suspiró, tamborileando con los dedos contra el cristal—. No será perfecto, pero podrás pintar varias capas en cuestión de horas. Debería resistir un escrutinio básico.

Fabienne frunció el ceño.

—¿Puedo mezclar los pigmentos?

—Sí. Aunque tendrás que trabajar deprisa. Te digo que secan rápido... —Sophie echó un vistazo a la habitación, con los hombros encorvados—. Te recomendaría que abrieras una ventana mientras trabajas. Estas pinturas tienen un... olor fuerte.

Fabienne dio otro sorbo a su vino mientras su corazón palpitaba ante la idea de trabajar con las pinturas de Sophie.

—Interesante. ¿Petróleo y...?

—Resina acrílica —respondió Sophie—. El método general se utiliza desde hace algunos años como una alternativa más barata para las pinturas industriales, pero hay algunos artistas en Sudamérica que lo han adaptado para fines artísticos. Mi padre estudió cómo podría utilizarse para desarrollar una línea de pinturas específicas para la restauración... —Sophie cerró los ojos mientras se frotaba la frente—. Es todo muy técnico, lo sé.

—No —dijo Fabienne. Debajo de la mesa, acercó el maletín a sus piernas, deseando examinar los tarros que estaban dentro, estudiar la textura de la pintura, ver cómo se sentiría en su pincel. Pensó en la resina líquida utilizada para crear las hermosas joyas del atelier de Dufy. ¿Cómo se secaba la resina acrílica de Sophie sin utilizar un horno de curado?—. Es ingenioso.

—Es más que ingenioso. —Sophie miró a Fabienne—. Es revolucionario.

No pudo evitar admirar la pasión de Sophie.

—Rectifico —respondió ella—. ¿Cuánto me has dado?

—Lo suficiente para que empieces.

Fabienne asintió.

—Veré lo que puedo hacer. —Se levantó y sonrió a modo de disculpa a la mujer sentada en la mesa de al lado mientras salía del banquillo. Sophie esparció algunos francos por el mantel y la siguió.

El sol se escondió detrás de la *église* frente al café, y Fabienne se apretó las solapas de su chaqueta color vino tinto contra el frío que arreciaba.

—Bueno —dijo Sophie. Jugueteó con sus guantes, como si deseara llevar aún la maleta que Fabienne dejó en la acera—. Supongo que será mejor que te deje seguir...

—Sólo algo más. Anteriomente tocamos el tema del pago. —Fabienne bajó la voz—. Hay una pareja que vive en mi edificio y necesita papeles.

La mirada de Sophie se desvió hacia la calle.

—No puedes estar hablando en serio. —Fabienne resopló. ¿De verdad tenían que pasar por toda ese juego?— Llevas años viviendo de papeles falsos. Sé que puedes conseguirlos.

—De un-un contacto en Estrasburgo, tal vez, pero no puedo subirme a un tren. Te pagaré con dinero, boletos de racionamiento...

Fabienne apretó su bolso, dejando que Sophie fanfarronease un momento más. Miró las ventanas iluminadas del café. ¿Quién podía asegurar que no estaban siendo observadas por alguien en una mesa de esquina?

—Así es como funciona —dijo finalmente—. Tú quieres mi ayuda. Esto es lo que yo quiero a cambio. —Recogió la maleta, oyendo el tintineo de los tarros de cristal en su interior mientras se tocaba el ala del sombrero—. Después de todo, no es como si estuviera haciendo esto para forjar mi propia reputación. Estás contratando los servicios de una artista profesional, *chérie*. Espero que me paguen por mi trabajo.

20

Enero de 1941

El tren avanzaba a toda velocidad por los túneles en forma de panal del metro de París y Sophie cerró los ojos, el vaivén del movimiento la adormiló antes de que el compartimento diera un bandazo al doblar una esquina. Se despertó de un sobresalto y, presa de un pánico repentino, se aferró a un asidero, no sin antes tropezar con los pies de la persona que estaba a su lado. Al levantar la vista, su corazón se encogió al encontrarse con los ojos de un oficial alemán.

—¿Se encuentra bien, Mademoiselle? —Apoyó con firmeza su mano en la cintura de ella mientras el vagón del metro se enderezaba sobre sus rieles, y Sophie sintió que sus mejillas enrojecían.

—Estoy bien —murmuró ella, apartándose mientras el tren se acercaba a su parada.

La aglomeración de gente a su alrededor se movió en la corriente creada por la puerta abierta del compartimento, y el oficial inclinó su gorra antes de salir girando junto con una pareja que llevaba pesados abrigos color canela y una mujer con bastón.

Sophie se dejó caer con un suspiro en el asiento que la mujer dejó libre. No se esperaba semejante aglomeración en el metro un domingo por la mañana. Desde la ocupación, los habitantes de París parecían más inclinados a asistir a los servicios religiosos semanales, ya fuera por un nuevo sentido de la fe o por una necesidad de consuelo, Sophie no estaba segura. Ella no compartía sus rutinas. Aprendió hacía demasiado tiempo a no depositar su confianza en ninguna autoridad superior a ella misma.

Al llegar a la siguiente estación, salió a la mañana nublada y caminó por el boulevard Edgar Quinet, siguiendo las enredaderas marrones de los muros revestidos de hiedra hasta la entrada de piedra caliza del cementerio de Montparnasse. Al igual que en el Jardin des Tuileries, los sonidos de la ciudad parecían perderse entre los muros de ladrillo del cementerio, pero mientras las extensas hectáreas del jardín eran verdes y frondosas, ese espacio estaba atestado y gris, con parcelas de piedra caliza colocadas una al lado de la otra en una proximidad que no concordaba. Sophie sintió una breve satisfacción por la permanencia que le otorgaba la muerte. A diferencia de los parques y jardines de París, de sus edificios administrativos y viviendas evacuadas, todos transformados por la ocupación, los cementerios de la ciudad eran inmunes a los duros cambios impuestos por los soldados alemanes.

Giró por una callejuela empedrada entre mausoleos antiguos, serpenteando hacia un rincón tranquilo junto al muro más al oeste del cementerio. Más adelante estaba un hombre bajito con el físico de un boxeador ante una modesta lápida, sosteniendo un ramo de eléboro envuelto en papel periódico.

Levantó la vista cuando Sophie se acercó y se quitó la gorra de paje, dejando al descubierto una media luna de barba incipiente muy bien afeitada por encima de las orejas.

—Hacía tiempo que no presentaba mis respetos —dijo. Extendió las flores encogiéndose de hombros y las colocó en la base de la lápida con sus botones púrpuras que contrastaban con el brillo de la nueva piedra—. Las arranqué de un jardín en el Dieciséis; me asombra que sobrevivieran a las heladas. —Dio un paso atrás y se colocó el gorro en la cabeza—. La casa fue tomada por algún alemán. Mejor que estén aquí que adornando la mesa de algún *Hausfrau* nazi. Creo que él lo habría aprobado.

Sophie miró las modestas letras de la lápida: *DIETRICH DIX*.

—Lo habría hecho. —Podía sentir el peso de las lágrimas amenazando detrás de sus ojos y apartó la mirada, deseando alguna señal, un pájaro posado sobre su cabeza, la repentina irrupción de la luz del sol a través de las nubes, algo que le indicara que su hermano estuviera escuchando—. No me di cuenta en ese momento... Fabienne eligió un buen lugar para él.

—Aquí, entre los artistas y los soñadores. —Él sacudió su pulgar cubierto por un guante por encima de su hombro—. Baudelaire no está muy lejos. Le habría gustado.

—*La plus belle des ruses du diable est de vous persuader qu'il n'existe pas* —murmuró Sophie pensando en la elegancia de la sonrisa de Göring.

—Y ahora vivimos en una ciudad de demonios. —Él le tendió la mano y Sophie la estrechó—. Me alegro de verte, Sophie.

—Y yo a ti, Louis. —Permanecieron juntos, con las manos agarradas, frente a la tumba de Dietrich.

—¿Cómo están los niños?

Louis rio disimuladamente.

—Ruidosos. —Recorrió casi todo el cementerio; más adelante, un grajo se posó en lo alto de un estrecho mausoleo y los observaba con ojos vidriosos—. Toinou ya tiene casi seis años y Madeline no soporta cuando intenta seguirla. Uno pensaría que dos años de diferencia no significan mucho, pero díselo a una niña de ocho años. —Sonrió con cariño—. Es la viva imagen de su madre, y gracias a Dios por ello. Toinou no tendrá tanta suerte. Me temo que ha heredado mi nariz.

—Tu nariz no tiene nada de malo —replicó Sophie. Aunque hacía casi un año que no veía a Louis, le sorprendió, le alegró, lo rápido que retomaron el ritmo de la amistad, cómo las mismas bromas e historias trilladas mantenían el compás de la conversación—. Dale mis saludos a Eline.

Louis hizo una pausa para encender un cigarrillo.

—Podrías dárselos tú misma durante la cena, si quieres —dijo—. Te ha echado de menos. Todos lo hemos hecho.

Sophie observó cómo el grajo abría las alas y emprendía el vuelo, planeando en picada sobre los árboles de la emperatriz.

—Te lo agradezco —dijo finalmente—, pero dudo que sea muy buena compañía.

Louis dejó escapar un resoplido.

—¿Crees que no lo echamos todos de menos? Era el mejor de nosotros, Sophie. —Dio unos golpecitos a su cigarrillo, dejando caer la ceniza sobre una lápida cercana antes de quitarla con la puntera de su bota—. Aún recuerdo el primer día que Fabienne lo llevó a una de nuestras reuniones. Parecía tan callado... Pasaron años antes de que se abriera sobre su vida en Alemania, pero cuando por fin empezó a hablar, pensé que nunca se callaría. Antes de que él llegara, todos éramos movimientos separados con nuestras propias agendas: comunistas, socialistas, anarquistas. Estábamos tan ocupados peleando entre nosotros que nos cegamos ante la necesidad de un cambio real. —Levantó la mirada y su sonrisa se suavizó—. Estudiantes, idealistas y filósofos. Sin embargo, Dietrich nos hizo dejar a un lado nuestras diferencias. Aquella primera noche que habló en público... le puso rostro a la amenaza que suponía el fascismo. Nos hizo darnos cuenta de que nuestras diferencias podían esperar.

Sophie se aclaró la garganta, pensando en Dietrich de pie sobre una tribuna improvisada frente al Sindicato de Estudiantes de la Sorbona mientras su público guardaba un lúgubre silencio al escuchar su relato de las crudas realidades de la vida durante el mandato del canciller Hitler.

—Y tú... has seguido adelante, ¿verdad?

Louis negó con la cabeza.

—Dietrich hablaba en nombre de todos nosotros, pero nuestra solidaridad se disolvió en el momento en que empezamos a discutir sobre qué hacer con los hombres que lo mataron. Los anarquistas fueron los primeros en separarse. Los comunistas les siguieron poco después. —Dejó caer la colilla de su cigarrillo—. Habríamos podido unirnos si te hubieras quedado con nosotros. Si hubieras recogido la linterna de Dietrich.

Ella continuó avanzando.

—Dietrich siempre fue el más persuasivo.

Louis suspiró.

—Las cosas empeoraron tras la protesta estudiantil en los Champs-Élysées el pasado noviembre. La mayoría del resto de los agitadores han sido deportados a Alemania. Me temo que ahora estamos dispersos entre los cuatro vientos. —Se quedó en silencio y la grava crujía suavemente bajo sus botas—. Sophie, me alegro de verte, pero, ¿de qué se trata todo esto?

Sophie tomó aire; a lo lejos, una pareja caminaba entre los mausoleos y sus figuras oscuras desaparecían tras las alas de un ángel de piedra.

—Tengo que pedirte un favor, Louis —dijo—. Necesito papeles.

Louis no interrumpió su marcha.

—¿Papeles de identidad?

—Dos juegos.

—Los papeles son difíciles de encontrar hoy en día. ¿Qué te hace pensar que sé a dónde dirigirme?

Ella bajó la voz.

—Sabes que Dietrich y yo conseguimos nuestros papeles en Estrasburgo, pero no puedo viajar hasta allá, no en estos días. Conoces a todos los que hay que conocer en París.

Louis se detuvo para encender otro cigarrillo.

—Bueno, no puedo decir que no me halague que pensaras en mí, pero lo que dije iba en serio, Sophie. El movimiento está acabado. Estos días mantengo agachada la cabeza e intento hacer lo mejor para mi familia.

—No puedo creerlo —replicó Sophie—. Dietrich y tú eran tan unidos como hermanos, trabajaste tan duro como él para que el fascismo nunca se arraigara en París.

—Puede ser, pero perdimos, Sophie. Ahora que los alemanes están aquí, no queda nada por lo que luchar. Stalin se ha puesto del lado de Hitler, y los ingleses han huido al otro lado del canal. Es sólo cuestión de tiempo para que el resto de Europa caiga...

—No puedo creerlo. No puedo creer que abandones tus convicciones tan radicalmente. —Se imaginó a Louis cuando lo conoció en su época de estudiante en la Sorbona, el fogoso joven socialista y pendenciero que se convirtió en la mano derecha de Dietrich—. Todo por lo que has trabajado, todo por lo que has luchado, ¿y simplemente te has rendido?

Podía sentir cómo la mirada de Louis se endurecía.

—Eso parece un poco excesivo viniendo de ti.

Siguieron caminando en silencio y, aunque a Sophie le ardía su reproche, sabía que Louis tenía motivos para decirlo. Tras la muerte de Dietrich, se refugió en su trabajo y su dolor, abandonando a los amigos —los amigos de Dietrich, sus amigos— que se convirtieron en recordatorios demasiado dolorosos de la vida que alguna vez tuvo.

¿Habría hecho Fabienne lo mismo? Debía haberlo hecho, de lo contrario, ella misma habría pensado en pedir ayuda a Louis.

—Bueno, ya estoy de vuelta, y no pienso rendirme otra vez. —Apoyó la mano en el brazo de Louis—. Esta gente necesita papeles, Louis. Si puedes ayudarme, por favor, hazlo. Si no, despidámonos como amigos.

Louis guardó silencio durante un largo rato, con los labios apretados formando una delgada línea.

—Si supiera de alguien que pudiera ayudar, y eso es un gran «si», tenlo en cuenta, ¿dónde podría encontrarte?

Ella sintió una oleada de triunfo.

—Iré a verte. Puedo pagar —añadió rápidamente.

—Digamos que es un favor entre amigos. Estaremos en contacto. —Louis se dio la vuelta para marcharse y el sol se abrió paso a través de la capa de nubes mientras miraba hacia atrás por encima del hombro—. Realmente crees que Dietrich fue el persuasivo, ¿verdad? Créeme. —Sonrió, acomodándose el ala de la gorra—. Se te da mejor de lo que crees.

21

Septiembre de 1937

Fabienne subió corriendo la escalera flanqueada por lámparas que unían la calle Muller con la basílica de arriba, siguiendo el sonido de las risas hacia La Savoyarde, una *brasserie* con paneles de madera que presumía de unas vistas de París que casi rivalizaban con las del mismísimo Sacré-Coeur. Salió al patio, se escurrió entre las mesas hasta llegar a la puerta principal y la abrió, liberando una nube ondulante de humo de puro hacia el cielo del atardecer.

Dentro, la *brasserie* estaba abarrotada, con las mesas y los banquillos ocupados por comensales y bebedores que disfrutaban del final de otro largo día de trabajo. Los brillantes rayos anaranjados del atardecer iluminaban el bar a través de los cristales, reflejándose en las copas y las joyas baratas, bañando con un resplandor dorado los bordes de los abrigos de lana hilada y los polvorientos sombreros de fieltro.

Se adentró en el establecimiento, pasando por delante de la barra de mármol, para buscar en el segundo comedor, que era más pequeño.

Quería llegar una hora antes, pero el mitin antifascista en la Sorbona se alargó; como una de las representantes del grupo de Estudiantes Socialistas de la Académie des Beaux-Arts, consideró que su deber era quedarse hasta el final.

Pensó en la pésima asistencia a la manifestación. Aunque invitaron a grupos de estudiantes de cada una de las principales universidades de París, sólo acudieron un puñado de personas atraídas por la promesa de comida y bebida gratis más que por el animado debate que Fabienne esperaba. Aunque el país seguía gobernado por la coalición de izquierdas conocida como «Frente Popular», los recientes tropiezos —incluida la destitución del primer ministro Blum— agotaron el impulso inicial del movimiento. A Fabienne le parecía como si la verdadera razón de ser de la coalición hubiera quedado en el olvido entre las consideraciones cotidianas de la gestión del gobierno. Los socialistas discrepaban con los comunistas y los comunistas con los radicales socialistas, discutiendo sobre la sindicalización, las horas de vacaciones y la inflación salarial: problemas insignificantes comparados con lo que realmente estaba en juego. Dependía de los estudiantes recordar al gobierno —y al pueblo francés— del peligro inminente que suponían los hombres fuertes fascistas que ocupaban cargos en toda Europa.

Si al menos pudieran dejar de pelearse entre ellos. Apretó los labios, imaginándose la sala donde montaron una tarima para el discurso de Louis. Aunque Louis —amigo y ferviente comunista— se nombró a sí mismo portavoz del mitin, Fabienne sabía que su falta de experiencia como orador público no ayudaba a su causa: divagó, más preocupado por las minucias de las diferencias políticas que por generar interés entre los posibles nuevos miembros.

Un camarero se detuvo para dejar pasar a Fabienne, mirando con atención sus manos manchadas de pintura, y ella las escondió impaciente en los pliegues de su abrigo. Con Montmartre y sus artistas *plein air* a sólo unos pasos, Fabienne sabía que no era la primera persona que cruzaba el umbral de La Savoyarde apestando a trementina.

En el extremo más alejado de la sala, Dietrich salió de un banquillo con paneles, saludando con la mano para llamar la atención de Fabienne. Ella llegó a la mesa y Dietrich la acercó para rozarle la mejilla con los labios.

—Lo has logrado —dijo él, pasando la mano por la curva de su espalda.

—Apenas —respondió Fabienne—. Siento mucho llegar tarde. Me temo que a mi amigo le puede el sonido de su propia voz. Estaba en un mitin —dijo a modo de explicación a la mujer que estaba al lado de Dietrich—. El arte y la política son perfectos amantes, me parece. Tú debes ser Sophie.

Ella sonrió.

—Y tú eres Fabienne. Dietrich no para de hablar de ti.

Fabienne le dio un codazo a Dietrich.

—¿Ah, sí?

—Ella exagera —dijo él sonrojándose—. Fabienne, ¿una copa?

—Cualquier cosa menos champán. ¿Y Dietrich? —Ella le entregó su abrigo y se deslizó en el banquillo— Mis amigos han estado diciendo lo mismo de ti.

Lo observó colgar su abrigo en un perchero cercano y dirigirse hacia el abarrotado bar antes de volver su atención hacia Sophie. Era bajita y guapa, con las mejillas carnosas y el tipo de tez rubicunda que hablaba de una infancia vivida al aire libre, pero su atuendo monótono y sus hombros redondeados daban a entender que hacía tiempo que dejó atrás esa infancia.

—Me alegro de conocerte por fin —dijo ella—. Dietrich me ha hablado mucho de tus estudios. Me ha dicho que aspiras a un puesto en el Jeu de Paume.

Tomó un sorbo de jerez.

—Sólo cuando haya terminado mis estudios, pero dudo que haga mucho más que limpiar retratos.

Mientras que Dietrich era encantador y exuberante, Sophie era cohibida y su francés era el resultado de años de cuidadosa adaptación para eliminar cualquier indicio de sus raíces alemanas.

—Sin embargo, sería un primer empleo respetable.

—No según tu hermano. Oyéndolo hablar, vas camino a un puesto de directora en el Louvre. Está muy orgulloso de tus logros.

Sophie sonrió, enderezándose en su asiento.

—También son sus logros. Me ha estado apoyando en la universidad, ¿sabes? Turnos de noche, horas extras... Significa mucho para él verme graduada.

—Eso suena a Dietrich. —Fabienne miró al otro lado de la sala. En la barra, Dietrich había entablado conversación con un hombre bajo y delgado, con el pelo negro tinta cada vez menos abundante; él volteó, y ella se dio cuenta con sobresalto de que era el galerista Paul Rosenberg.

—¡Paul! —Sophie se puso de pie y su expresión educada se tornó en una alegría desprevenida cuando Rosenberg y Dietrich, que llevaban una botella de vino precariamente inclinada y cuatro copas vacías, regresaron a la mesa.

Fabienne se deslizó por la banqueta para hacer sitio a Dietrich, enmudecida mientras Sophie saludaba a Rosenberg con besos en ambas mejillas. ¿Cómo conocían Dietrich y su hermana al comerciante de arte más eminente de París?

Rosenberg se hundió en el asiento frente a Fabienne mientras Dietrich empezaba a servir vino.

—Fabienne, me gustaría presentarte a Paul Rosenberg. Paul...

—No necesita presentación. —Ella extendió una mano, rezando para que él no notara el temblor—. Su trabajo con Picasso...

—Pablo es quien hace el trabajo. Yo me limito a exponerlo —respondió Paul, rechazando el cumplido de Fabienne con un elegante ademán con la mano—. Fue un afortunado giro del destino el que nos unió.

Fabienne se mordió el labio, asombrada de oír al hombre que descubrió no sólo a Picasso, sino a muchos de los artistas en activo más importantes de Europa, atribuir su éxito a un mero golpe de suerte.

—Prácticamente arrastré a Dietrich a ver el Guernica.

—¿No es increíble? El que se me escapó. —Rosenberg sonrió, y aunque su reputación aún dejaba a Fabienne estupefacta, sus amables modales la tranquilizaron un poco—. Me habría encantado añadirlo a mi colección, pero Pablo tiene mucha razón al utilizarlo para sensibilizar a la opinión pública sobre el fondo de ayuda español. Se expondrá en Oslo el año que viene.

Fabienne asintió, pensando en la campaña de bombardeos que inspiró la creación del cuadro: aldeanos inocentes bombardeados por las fuerzas alemanas en nombre del general Franco en la Guerra Civil española que se estaba librando.

—Una tragedia —dijo ella mientras su mente volvía una vez más al anémico mitin.

Dietrich terminó de servir un vaso de vino para Sophie con expresión sombría.

—Es más que una tragedia, es una atrocidad —dijo—. ¿Sabías que fueron aviones alemanes los que bombardearon Guernica? Junkers equipados con todas las bombas incendiarias que podían transportar.

—Me temo que Herr Hitler ha dejado bastante claro que no piensa dejar que algo como las fronteras soberanas obstaculicen la expansión de su retorcida ideología —dijo Rosenberg, llevándose la copa a los labios—. Considera ventajoso brindar su apoyo a la causa de Franco.

—Por eso tenemos que estar en guardia contra el fascismo aquí —replicó Fabienne. Podía oír el discurso de Louis de horas antes resonando en su cabeza, con su sólida figura balanceándose sobre un barril de vino mientras se esforzaba por hacerse oír—. Unamos nuestras fuerzas, no permitamos que eche raíces.

—Eres apasionada. Eso me gusta —declaró Rosenberg.

—Es una pensadora original. —Dietrich pasó un brazo por encima del hombro de Fabienne, estrechándola contra sí—. Una pensadora original y una artista original. Deberías echar un vistazo a su obra, Paul, si estás buscando al próximo Picasso.

Fabienne se sonrojó al encontrarse con los ojos de Sophie. Sophie le lanzó una mirada y se encogió de hombros a modo de disculpa, con una expresión de comprensión fraternal: «Ya sabes cómo es».

—*Monsieur* Rosenberg, nunca me atrevería a compararme con Picasso...

—Yo lo haría. —Dietrich sonrió, apretándola más mientras Fabienne, mortificada, intentaba hundirse bajo la mesa—. Es magnífica.

—Es cierto. He visto sus cuadros en el Louvre —dijo Sophie—. No sus originales, por el momento, pero sus capacidades técnicas son insuperables.

Rosenberg observó a Fabienne con renovado interés.

—Estaré encantado de echar un vistazo a tu trabajo.

—No si usted no quiere —contestó ella rápidamente.

Rosenberg rio.

—Querida, yo no pierdo mi tiempo, y desde luego no perdería el tuyo. Si no es de mi gusto, te lo diré. Pero tengo suficiente fe en el juicio de *Mademoiselle* Brandt como para sentirme intrigado. —Dio un sorbo a su vino mientras en la comisura de sus labios jugueteaba una sonrisa divertida—. ¿Me permites ofrecerte un consejo? No te precipites con la humildad, querida. No suele ser un rasgo común entre los artistas exitosos.

Más tarde, esa misma noche, Fabienne y Dietrich bajaron por la empinada escalera tras haber dejado a Sophie y Rosenberg discutiendo sobre los méritos de Paul Klee. Al llegar a un rellano de hormigón, Fabienne aprovechó para golpear a Dietrich con su bolso.

—No puedo creerlo —dijo, sonriendo a su pesar—. ¿Hablarle a Paul Rosenberg de mi arte? ¡Pude haber muerto!

—Bueno, no ibas a hacerlo —protestó Dietrich—. ¿Y no puedo estar orgulloso de mi chica? Eres una artista extraordinaria. Ya es hora de que compartas tu trabajo con el mundo.

Fabienne le permitió que la abrazara, mientras respiraba el aroma amaderado de su colonia.

—¿Quién dice que soy tu chica?

—Yo lo digo. —Dietrich la besó—. Pero espero poder contar con tu consentimiento en el asunto.

Apaciguada, Fabienne negó con la cabeza mientras reanudaban el descenso hacia la calle Muller.

—Paul Rosenberg —murmuró—. ¿Cómo demonios lo conoces?

—Sophie lo conoció cuando nos mudamos a París —respondió Dietrich. En el exterior de los tres cafés de la intersección del camino, los clientes estaban en las sillas y las mesas, disfrutando de la fresca tarde de otoño—. Se ha portado bien con ella, tanto él como Madame Rosenberg. Sé cuánto echa de menos a nuestros padres, a papá, sobre todo.

Fabienne imaginó la sonrisa comedida de Sophie. «También son logros de Dietrich». Dietrich le dijo a Fabienne que su padre era restaurador de arte en la Universidad de Stuttgart. ¿Sabía él que ella decidió seguir sus pasos?

Ella volvió su atención a la calle. Bajo el toldo de rayas rojas de una de las brasseries, había un anciano sentado fumando en pipa, pasando sus dedos nudosos sobre las piezas de un juego de ajedrez. Por lo que pudo ver, el hombre parecía estar jugando a ambos lados del tablero: extendió la mano hacia el lado más alejado y retiró un alfil de marfil para sustituirlo por un caballo negro.

—¿Qué pasó con sus padres? Siguen en Alemania, ¿verdad?

Dietrich no respondió de inmediato.

—Así es.

Fabienne se quedó callada mientras su estómago se retorcía al pensar de nuevo en Guernica: aviones alemanes sembrando la destrucción en un pueblo pacífico.

—¿Ellos... ellos apoyan...?

—¿Quieres saber si son nazis? —Hizo una pausa, mirando las ventanas iluminadas de los edificios de viviendas que los rodeaban, antaño grandes departamentos divididos con el paso de los siglos para hacer sitio a familias e individuos y amantes. Tras la cortina ondulante de una ventana del tercer piso, Fabienne vislumbró un medallón de yeso desconchado en el techo, con sus bordes, en otro tiempo impolutos, opacados por los años—. Se unieron en 1934. Papá pensó que era la única manera de poder hacer algo en la universidad.

El estómago de Fabienne se revolvió una vez más. Tuvo sus sospechas y evitó deliberadamente hacer preguntas sobre el pasado de Dietrich. No obstante, la pregunta se volvió ineludible; la respuesta, en cierto modo, inevitable.

—A nosotros también nos hicieron alistarnos —continuó Dietrich cuando el silencio de Fabienne se prolongó demasiado—. Sophie y yo, las Juventudes Hitlerianas, la BDM. Todas las mejores familias tienen a sus hijos en las Juventudes Hitlerianas —continuó con dureza, alzando la voz en un tono burlón que sin duda pretendía ser el de su madre—. La afiliación se volvió obligatoria poco después.

—Ay, Dietrich —dijo Fabienne cuando él metió la mano en el bolsillo de su chaqueta y sacó un cigarrillo para encenderlo con manos temblorosas. Ansiaba estrecharlo entre sus brazos, pero la imagen de él con una esvástica en el brazalete era tan aborrecible, tan chocante, que no se atrevía a hacerlo—. Eran niños. ¿Qué opción tenían?

—Era lo suficiente mayor como para saber que cada palabra que salía de sus bocas era mentira —replicó Dietrich—. Las cosas que nos hacían decir... las cosas que nos hacían hacer. Los chicos más jóvenes se lo tomaban todo a broma: cada acusación horrible, cada noción ridícula sobre por qué habíamos perdido la última guerra. Querían convertirnos en máquinas, autómatas irreflexivos y acríticos que pudieran apuntar a cualquier enemigo que se les antojara. —Levantó la vista—. Yo era lo bastante mayor como para verlo todo tal y como era, o lo suficientemente consciente, quizá. Demasiada gente mucho mayor que yo se negó a ver a Hitler cómo era.

Siguieron avanzando y la voz de Fabienne resonaba en su cabeza con cada pisada. «Fascista, fascista».

—Son los chicos más jóvenes que yo los que más me preocupan. Ahora les hacen alistarse desde pequeños. Empiezan a alimentarles con este odio desde que empiezan a hablar. Puedo recordar un mundo anterior a Hitler, pero para ellos, el fascismo es todo lo que han conocido.

—¿Qué les hizo marcharse?

Dietrich levantó la mirada, entrecerrando los ojos, hacia una farola.

—El otoño después de haberme hecho demasiado mayor para las Juventudes Hitlerianas, me reclutaron en la Wehrmacht. Me resigné a ser carne de cañón... Mejor muerto que al servicio del Führer. Después del entrenamiento básico, nos enviaron a Nuremberg para asistir a uno de los mítines de Hitler. Sophie también estaba allí, con la BDM. Las chicas mayores eran enviadas a los mítines como si fueran a un campamento de verano. —Se alejó, su expresión se ensombreció, y Fabienne supo, sin lugar a dudas, que no debía husmear más.

—¿Sabes lo que el plan de estudios nazi enseña a las niñas? —preguntó Dietrich repentinamente—. Punto de cruz. Eliminaron las matemáticas del plan de estudios y las sustituyeron por el punto de cruz. ¿Para qué necesitaría una mujer las matemáticas cuando su función es producir niños para el Reich? —Negó con la cabeza, asqueado—. Mi hermana era, es, brillante. Siempre lo fue. Pero los educadores nazis nunca le vieron sentido a una mujer académica. —Dio otra calada a su cigarrillo y la brasa iluminó los huecos de su cara—. Tal y como yo lo veo, estaba destinado a morir en la Wehrmacht. Podía vivir con ello. Sin embargo, nunca habría podido estar tranquilo sabiendo que Sophie estaba viviendo una vida para la que nunca estuvo destinada. No podía permitir que se convirtiera en una *Hausfrau* nazi casada con un bruto ideológico. Simplemente no podía hacerlo.

—¿Y sus padres?

Dietrich dio un golpecito a su cigarrillo para que la brasa cayera entre los adoquines.

—Quieres que te diga que cambiaron de opinión —dijo—. Quieres que te diga que nuestra partida les hizo ver a Hitler como es, o que se quedaron para ayudar a reconducir a Alemania hacia un futuro democrático. La verdad es, Fabienne, que simplemente ven lo que el partido quiere que vean. ¿Y por qué no habrían de hacerlo? Es más fácil someterse que luchar. Cualquier revolucionario te lo diría.

Fabienne siguió caminando mientras la revelación de Dietrich seguía resonando en su mente. «Fascista, fascista».

—Fabienne, di algo. Por favor. —Ella levantó la cara, encontrándose con la expresión inquieta de Dietrich. Él parecía más joven y más vulnerable de lo que ella lo había visto nunca: el niño que fue alguna vez, un adolescente desgarbado al que enseñaron a odiar.

Todos los niños de Alemania eran obligados a asistir a los grupos juveniles nazis, torciendo sus mentes y enseñándoles a aceptar, sin cuestionar, la voz de la autoridad. ¿Cuántos de ellos consiguieron, como Sophie y Dietrich, librarse de las enseñanzas de Hitler?

¿Cuántos fueron lo suficientemente sabios como para ver la verdad detrás de las mentiras?

—Hay que contarle a la gente —dijo ella finalmente— cómo es vivir bajo un gobierno fascista, cómo es que tu mente se vuelve contra ti.

Dietrich negó con la cabeza.

—Soy un desertor, Fabienne. Si la Wehrmacht supiera dónde estoy...

—Sophie, entonces. —Tomó a Dietrich de las manos y su convicción se reforzó con cada palabra—. Aquí, en Francia, no sabemos lo que es vivir bajo un régimen fascista; no podemos saberlo en realidad. No como ustedes.

—Ése es el problema, Fabienne. No lo saben —replicó Dietrich liberando sus manos del agarre de Fabienne—. Si lo supieras, no me pedirías que me arriesgara, que arriesgara a mi hermana.

—La extrema derecha se está movilizando en Francia, al igual que en países de toda Europa —replicó Fabienne, imaginándose el patético mitin de la tarde—. ¿Quieren vernos convertidos en otra España?, ¿en otra Alemania? Creemos que estamos a un mundo de distancia de tales problemas, pero España está sólo a una frontera de aquí. Alemania está a una frontera de aquí. —Dio un paso adelante, deseando que él comprendiera—. Seguro que percibes el peligro.

—Claro que lo percibo —replicó Dietrich—, pero creo que no te das cuenta de lo que pides. Sophie y yo nos pondríamos en riesgo, en un riesgo terrible.

Por las venas de Fabienne corrió hielo ante la mirada de Dietrich, pero prosiguió.

—Si hay algún riesgo, lo afrontaremos juntos —dijo—. No puedo decirte cómo vivir tu vida, pero en algún momento me dijiste que querías marcar la diferencia, crear un mundo mejor. Este es tu momento, Dietrich. Así es como se hace ese cambio. —Apretó sus manos contra el pecho de él, sabiendo, más allá de toda sombra de duda, que era lo correcto, que el ablandamiento de los hombros de Dietrich era una señal de que estaba entrando en razón, de que podía sacar fuerzas de la firmeza inquebrantable de su propia convicción.

—Tendría que hablar con Sophie —dijo él finalmente, y Fabienne lo tomó por las solapas y le estampó un beso triunfal en los labios.

—Ven a una reunión —respondió ella, segura de que si él asistía, no permanecería mucho tiempo en silencio.

—Ven a conocer a Louis, habla con los otros organizadores. Si no quieres decir ni una palabra, no tienes por qué hacerlo. —Jaló a Dietrich hacia la sombra de un callejón cercano y la oscuridad fue un refugio adecuado para su repentina oleada de deseo—. Ven a una reunión y escucha lo que tenemos que decir. Luego me dirás si no quieres ayudarnos a cambiar el mundo.

22

Enero de 1941

Fabienne estaba de pie ante su caballete con una espátula bailando en la mano. Había trasladado el caballete a la cocina y apoyado el Kirchner cerca de la ventana para captar mejor la luz del sol matutino. Aunque estudió el lienzo durante horas, algo seguía impidiéndole poner el pincel a pintar.

Subió la pesada manga de la bata carmesí de Dietrich, y el peso de la espátula en su mano le resultó familiar y extraño a la vez. «Concéntrate», se dijo a sí misma con severidad, aspirando el tenue aroma de la colonia de Dietrich que desprendía el cuello de terciopelo. Comprada originalmente como regalo de bodas, la bata se había convertido en los últimos meses en la prenda favorita de Fabienne, tan cómoda como un abrazo. Incluso en ese momento, sentía como si Dietrich estuviera detrás de ella, susurrándole palabras de ánimo mientras observaba el lienzo en blanco.

Dio un paso adelante para estudiar de nuevo el Kirchner, pero, ¿qué más tenía que ver? Examinó cada centímetro cuadrado del lienzo, identificó los colores que él utilizó para sus capas de base, estudió cada pincelada, cada pigmento, el grosor del empaste. No le quedaba nada más por hacer que pintar.

Entonces, ¿por qué su espátula estaba sin nada?

«Concéntrate», se dijo de nuevo, pero esta vez era la voz de Dietrich la que resonaba dentro de su cabeza. Cerró los ojos, escuchando las pisadas de él detrás de ella y la sensación de su mano en su hombro.

Miró los frascos de pintura que Sophie le dio, las docenas de pigmentos etiquetados con la prolija letra de Sophie: rojo cadmio, ultramarino, blanco titanio. Abrió el primer tarro y el olor aceitoso del petróleo fue suficiente para que se sintiera mareada; dejó el cuchillo y abrió la ventana, luego se cubrió la boca y la nariz con un pañuelo de cachemira desgastado. Irresistiblemente pensó en Myriam y su pañuelo rojo rubí mientras el polvo de alcanfor flotaba alrededor de su figura de sauce.

Podía sentir cómo la duda sobre sí misma se apoderaba de su mente mientras abría el resto de los frascos. ¿Por qué era ésa la parte del proceso que amaba y detestaba por igual? Se imaginaba el cuadro ya terminado, con cada pincelada planeada ejecutada a la perfección; sin embargo, la intención no era un indicador seguro del éxito.

¿Alguna vez su habilidad había significado tanto como ahora, empleada en la salvación de una obra maestra?

No menos que para la niña que había sido, que pintaba el resquebrajado papel tapiz de su dormitorio para escapar de la aburrida pobreza de su vida; no menos que para la joven que había sido, que cambió la certeza de un tranquilo matrimonio en el campo por la oportunidad de alcanzar la grandeza artística.

Se quitó el pañuelo de la nariz y cruzó a su dormitorio, abriendo la mesilla de noche para sacar un frasco de perfume, el último de la colonia de Dietrich, del que apenas quedaba un poco en el envase. Lo roció sobre la tela de cachemira, se lo anudó alrededor de la boca una vez más, y fue Dietrich quien expulsó de su estudio el olor dulzón y enfermizo del petróleo, fue Dietrich quien le sostuvo la mano.

«Concéntrate».

Extendió la pintura de Sophie sobre su tabla, impresionada por la riqueza de la textura. Sophie las mezcló bien, observó con rencorosa admiración.

Echó más pintura sobre la tabla y empezó a mezclar su paleta, trabajando deprisa, con brío, antes de poner el pincel sobre el lienzo.

Sophie llegó al apartamento a la mañana siguiente, tan temprano que al principio Fabienne confundió la llamada a su puerta con parte de un sueño multicolor. Se levantó, sorprendida de encontrarse acurrucada en un sillón. Con un momento de pesar, se dio cuenta de que una mancha de pintura cayó del pincel, clavado en su pelo sobre el respaldo de la silla.

—Has estado ocupada —comentó Sophie cuando Fabienne abrió la puerta. Se hizo a un lado para hacer espacio para Sophie y su maletín, sintiéndose como si aún estuviera saliendo de un sueño.

—¿Café? —Pasó junto al caballete hasta la cocineta, hurgando en la alacena en busca de la tetera—. O lo que sea que lo sustituya en estos días...

—Fabienne.

—Sólo endivia, me temo, pero supongo que es lo único que podemos conseguir...

—¡Fabienne!

Ella levantó la mirada mientras las tazas de té tintineaban en sus manos.

—¿Eh? —Sophie miraba fijamente al caballete con una expresión inescrutable en el rostro, y Fabienne redobló sus esfuerzos por salir de su niebla creativa. Hacía años que no estaba tan poseída, años que no pasaba horas y horas en su trabajo, ajena al mundo que la rodeaba. Incluso en ese momento, no estaba segura de si el plato de manzanas doradas y queso que tenía a su lado era el mismo que puso cuando empezó a pintar el fondo, o si Dietrich lo reabasteció en silencio por la noche. Podía oler su colonia. ¿Habría salido a recoger el desayuno? Pero entonces recordó.

—Me quedé sin ultramarino, así que no pude igualar del todo el tono de rojo —dijo—. Aunque como los cuadros no se verán uno al lado del otro, espero que nadie note la discrepancia.

—Es extraordinario —suspiró Sophie. Se acercó y tocó ligeramente el lienzo reluciente de la esquina—. De verdad, Fabienne, es... asombroso.

Fabienne asintió, pasando los dedos por el pesado tejido de la bata.

—Estoy encantada con cómo ha quedado.

—¿Y las pinturas?

—Funcionaron de maravilla. Secaron rápido, se extendieron fácilmente. —Se frotó los ojos, deseando poder disipar la sensación de papel de lija bajo sus párpados—. La única pregunta que queda...

—¿Resistirán el escrutinio? —Sophie sacó un frasco de su maletín, junto con una vara envuelta en algodón. Abrió el tarro y el aroma a alcohol isopropílico inundó la habitación—. Si las pinturas han funcionado como se supone, este cuadro debería estar completamente seco —dijo, sumergiendo la vara en el alcohol—. Éste es el método con el que la mayoría de los expertos en arte comprueban si una obra es falsa. Si el alcohol levanta algún color, indica que la pintura aún no está seca. Pero si el algodón sale limpio...

Fabienne contuvo la respiración mientras Sophie pasaba la vara por la esquina del cuadro. «Cuidado», pensó, viendo cómo la vara giraba bajo los hábiles dedos de Sophie.

Sophie levantó la vara limpia y Fabienne soltó una carcajada ahogada.

—Sinceramente, Fabienne, es una maravilla. Creo que tenemos una oportunidad real. Una oportunidad real de... de salvar este cuadro.

Fabienne asintió, vertiendo agua caliente en la cafetera.

—¿Cómo vas a devolverlo al museo?

—Con mucha suerte. —Sophie puso su maletín sobre la mesa y lo abrió, sacando frascos, pinceles y escalpelos, pegamento de cola de conejo y papel de arroz. Una vez vacío, pasó las manos por el espacio vacío del maletín y luego metió una uña bajo el cuero para revelar un falso fondo—. No estaba segura de que esto fuera a funcionar —murmuró, envolviendo con cuidado el cuadro en lino antes de colocarlo en el hueco—. Pero la necesidad es la madre de la invención. —Colocó separadores de madera en las esquinas del hueco para evitar que el falso fondo tocara el lienzo—. Sobre tu... pago. He hablado con un amigo que quizá pueda ayudarte. Tendrás que conseguir fotografías de los... sujetos, pero podría... podría lograrlo.

Fabienne pudo sentir cómo se hundían sus hombros mientras el alivio la recorría. Podía ayudar a los Lowenstein: aunque no podía protegerlos del todo, podía proporcionarles un manto adicional de seguridad en París.

—Conseguiré las fotografías —dijo—. ¿Cómo encontraste a alguien tan rápidamente?

—Mejor no conocer los detalles, ¿no te parece? —Con el falso fondo restaurado, Sophie volvió a empacar la maleta.

Fabienne le entregó un bote de pegamento.

—¿Qué piensas hacer con el Kirchner?

—Aún no estoy segura. Lo dejaré aquí de momento, si no te importa. Puedo venir a recogerlo esta misma semana. —Cerró la maleta, abrochando los pestillos antes de ponerla en posición vertical—. Después... me lo llevaré a mi apartamento. A ver si encuentro algún sitio donde esconderlo.

—Es una idea terrible. —Fabienne se frotó la pintura que se acumuló en los surcos de sus dedos—. Trabajas en el Jeu de Paume. Serás una de las primeras personas de las que sospecharían si descubren que ha sido robado.

—No es robar…

—Si ya es robado. Lo sé. —Fabienne vaciló—. Podría llevarlo a un lugar seguro fuera de la ciudad.

—¿Podrías salir de París sin ser detectada? Los trenes ya están repletos de alemanes.

—¿Dudas de mí? Te lo dije antes y te lo repito. El mejor lugar para esconderse es a plena vista.

Sophie se quedó mirando a Fabienne un largo rato.

—Bien —dijo finalmente—. Te avisaré cuando... cuando todo esto haya terminado para que lo recojas. —Una vez concluidos los negocios, Sophie se dirigió hacia la puerta—. Supongo que procede mi agradecimiento.

—No fue nada —respondió Fabienne, y a pesar de su ambivalencia hacia Sophie, no quería verla marchar. Impulsivamente, Fabienne tiró de ella para abrazarla, besándola rápidamente en ambas mejillas—. Tráeme esos papeles, ¿quieres?

23

Sophie salió del metro, entrecerrando los ojos en la brillante mañana mientras se dirigía hacia el Jeu de Paume. Se metió por la entrada lateral del Jardin des Tuileries y, aunque su maletín parecía pesar más a cada paso, no se atrevió a detenerse: sería demasiado fácil, demasiado instintivo, dar media vuelta. En lugar de colarse en el museo tan pronto como se lo permitiera el toque de queda, Sophie decidió dejar que el caos de la inminente visita de Göring le proporcionara una distracción adecuada mientras regresaba al museo con el Kirchner falsificado.

En el interior, las galerías del museo estaban en proceso de remodelación y los curadores del ERR dirigían a los soldados mientras colgaban los nuevos cuadros que Göring vería dentro de algunas semanas. Con el maletín chocando contra su pierna, se dirigió hacia la escalera principal, respirando el aroma del betún de limón en la barandilla. En la parte superior, Konrad Richter observaba cómo un hombre esbelto vestido con un traje a rayas ajustaba un Tiziano recién colgado en la pared.

—Mademoiselle Brandt —dijo Richter—. ¿Podría concederme un momento de su tiempo?

«Maldita sea».

—Me temo que no puedo detenerme a hablar, doctor. Me he desmayado de camino al trabajo esta mañana y eso me ha retrasado mucho el día de hoy. Estoy segura de que lo entiende.

Richter sonrió, siguiéndole el paso mientras Sophie cruzaba a la siguiente galería.

—Me temo que no —respondió él—. Tengo un automóvil que me lleva de aquí para allá, pero en cualquier caso prefiero caminar. El aire fresco me recuerda mis días en las Tropas de Asalto. —Levantó el brazo para lanzar una jabalina imaginaria, con sus largas extremidades y su pose exagerada que hacían pensar a Sophie en una estatua de Arno Breker—. Gané el oro en el pentatlón, ¿sabe?

—Vaya logro, doctor. —Sophie recordó sus propios días en el atletismo patrocinado por el Estado con el sudor cayéndole por la cara mientras seguía a sus compatriotas de la BDM por la pista bajo un sol abrasador—. ¿En qué puedo ayudarle?

Él se metió las manos en los bolsillos.

—No sé si conoce a Gustav Rochlitz; era él quien estaba en la otra habitación con el espectacular Tiziano. Pertenece a su galería, pero esperamos llegar a algún tipo de acuerdo. Sé que el Reichsmarschall le echó el ojo hace tiempo. —Se inclinó más cerca mientras pasaban a la siguiente galería, dejando que su mano se desviara, como por accidente, hacia la espalda de Sophie—. ¿Recuerda nuestra conversación sobre las obras degeneradas de la colección del Jeu de Paume? Me gustaría llevarlo a verlas. Usted realizó hace poco un inventario de las obras, ¿no es así? ¿Podría acompañarnos con el inventario?

A ella se le revolvió el estómago, pero sabía que no debía negarse.

—Por supuesto. Sólo permítame instalarme primero. —Aceleró el paso y la sangre le retumbaba en los oídos a cada paso. Que ella supiera, nadie estuvo en la Sala de los Mártires desde que retiró el Kirchner, y difícilmente podría devolver la falsificación teniendo a Richter y Rochlitz esperando abajo. Estaría a salvo, oculta en su maletín, hasta que ella regresara, pero, ¿notaría Richter su ausencia?

Tras dejar su abrigo en el laboratorio de restauración, Sophie descendió a la Sala de los Mártires por la escalera de servicio, llevando el libro de contabilidad forrado en piel que contenía los detalles de todos los cuadros que allí se conservaban. A través de la cortina cerrada pudo oír el sonido de las voces de Richter y Rochlitz, que conversaban en alemán.

Apartó la cortina y se deslizó en la habitación.

—Gracias de nuevo por el préstamo del Tiziano para la visita del Reichsmarschall. Es un gran admirador.

Rochlitz, agachado ante un pequeño Degas apoyado sobre una mesa, con una pipa sin encender en la mano, se enderezó.

—El Reichsmarschall y tantos otros —respondió—. Me complace saber que el cuadro podrá disfrutarse en un escenario tan ilustre.

Richter sonrió.

—Mi querido amigo, no me andaré con rodeos. El Reichsmarschall me ha autorizado adquirir el Tiziano para su colección personal... por supuesto, si usted está dispuesto a llegar a algún tipo de acuerdo.

Rochlitz apretó el cuenco de su pipa, apisonando el tabaco con el pulgar romo.

—Toda obra de arte tiene su precio, por supuesto... pero debo decirle que no me desprenderé de ella por menos de lo que vale.

—Ni siquiera se me ocurriría —replicó Richter, metiendo la mano en el bolsillo para ofrecer a Rochlitz el uso de su encendedor—. Sin embargo, en estos tiempos de guerra, al Reichsmarschall lo que más le preocupa es apoyar como pueda al ejército y al pueblo alemán. Pone sus considerables habilidades, inteligencia y recursos al servicio de la gloria del pueblo alemán. —Hizo una pausa—. Estoy seguro de que puede comprender que gastar dinero en una obra maestra podría enviar un mensaje equivocado. —Hizo otra pausa y luego señaló el Degas—. Magnífico, ¿verdad? *Madame Camus al piano*, pintado en 1869. Es magistral.

—Lo es —murmuró Rochlitz en voz baja.

Richter se volvió hacia un Matisse cercano.

—*Naturaleza muerta: flores y piñas* —continuó y sus dedos se posaron momentáneamente en el marco antes de señalar un Picasso colgado en la pared—. *Mujeres en las carreras*. Sabe tan bien como yo que entre estas paredes se esconde una fortuna, Rochlitz. Si alguna de estas piezas le llamara la atención, el Reichsmarschall estaría muy dispuesto a negociar... a cambio del Tiziano. Y la escena de caza que tiene de Jan Weenix.

Aunque Sophie luchó por evitar que sus facciones se vieran atravesadas por una repentina oleada de furia, no pudo impedir levantar la vista. Un trueque, pues: la perspectiva era profundamente desagradable. Sabía que el Kirchner falsificado de Fabienne tendría que resistir el escrutinio de los curadores de la ERR. ¿También tendría que pasar el examen de uno de los mejores comerciantes de arte de París?

—Un intercambio con Göring... —Rochlitz se sobó la mandíbula—. Perdóneme, pero, ¿no son estos cuadros propiedad del ERR? ¿Tiene el Reichsmarschall autoridad para hacer tal intercambio?

Richter sonrió satisfecho.

—Es mejor que no se preocupe por los detalles. Tenga la seguridad de que todo es bastante legal. Mademoiselle Brandt —continuó, pasando por un momento al francés—. Herr Rochlitz y yo necesitamos el inventario de los cuadros de esta colección. Suiza —explicó, volviendo al alemán cuando Sophie le pasó el libro de contabilidad—. Ni una palabra de alemán, pero pasa el examen como secretaria cuando hace falta.

—Ojalá todas las mujeres fueran tan dóciles —comentó Rochlitz entre risas, pero Sophie apenas lo oyó entre el bullicio de su propia mente. Allí, en el museo, Sophie podía hacer un seguimiento minucioso de todos y cada uno de los cuadros, pero si Rochlitz adquiría algo de la Sala de los Mártires y luego lo vendía a sus clientes, no había garantía de que supiera dónde podían acabar. Las ventas de arte podían ocultarse tras varios estratos de intermediarios y comerciantes, sobre todo si se realizaban a través de fronteras internacionales a personas que no sabían ni les importaba que los cuadros hubieran sido robados a sus propietarios judíos.

—Es una colección impresionante —concedió Rochlitz mientras él y Richter se inclinaban sobre el libro de contabilidad—, pero no puede negar que ha perdido su valor. ¿Qué necesidad tienen mis clientes de ver arte degenerado hoy en día? —Se acarició la barba, y Sophie no estaba segura de si realmente estaba protegiendo sus intereses o simplemente disfrutaba de la insignificante pose de la negociación—. Ninguna casa respetable exhibiría arte como éste, no dentro del Reich.

Richter sonrió satisfecho.

—Pero usted y yo sabemos, Rochlitz, que su clientela se extiende mucho más allá del Reich —replicó—. Puede que los dirigentes de nuestro país no aprecien el valor del arte moderno, pero usted y yo somos conocedores, amigo mío. Ambos sabemos que un Picasso o un Dalí serán algún día tan invaluables como un Tiziano.

—Puede ser, pero tengo una reputación que cuidar. ¿Por qué Göring no dice simplemente su precio y ya está? Preferiría una venta directa que un intercambio.

—El Reichsmarschall está bastante decidido a realizar un intercambio —replicó Richter con suavidad—. Y, para el caso, usted también debería estarlo. Puede que el Reich no aprecie a los maestros modernos, pero, ¿qué hay de Suiza?, ¿y España? No me diga que ha perdido todos sus contactos en América, Gustav, y menos cuando los coleccionistas privados de cualquier costa pueden encontrar razones para obviar sus escrúpulos.

Rochlitz titubeó, pero Sophie pudo darse cuenta de que flaqueaba. Levantó la vista hacia un Renoir que representaba a una mujer con un vestido de verano, cuyos colores eran brillantes y atrayentes, mientras metía la pipa entre sus labios.

—¿Y estos cuadros se tasarían adecuadamente antes de que acordáramos cualquier intercambio?

Richter sonrió.

—Mi querido amigo, usted obtendrá la mejor parte del trato. Göring y Bohn quieren que desaparezcan, de una forma u otra; mejor que acaben con usted, seguramente, que en una hoguera como sus primos en Alemania. Nos haría un favor, en realidad. —Se inclinó más cerca y su tono era deliberadamente informal—. Además, buen hombre, ¿le parece realmente una buena idea rechazar a Hermann Göring?

Rochlitz palideció. Se quitó las gafas y limpió el cristal con un pañuelo, dedicando a la tarea más tiempo del estrictamente necesario.

—Diez obras de arte, Richter, nada menos —dijo finalmente.

La sonrisa de Richter se ensanchó.

—¿Qué le parece que sean once?

24

Febrero de 1941

Entre las cerchas de hierro forjado de la Gare de l'Est revoloteaban palomas que se posaban en los carteles recién pintados en alemán que dirigían a los pasajeros por la estación. En sus numerosos andenes, los trenes silbaban con el vapor mientras los oficiales alemanes ayudaban a sus esposas vestidas en pieles a bajar de los vagones de primera clase, sonrosadas y radiantes ante la perspectiva de unas vacaciones parisinas.

Fabienne entregó sus papeles a un soldado que la esperaba, viendo cómo se acercaba hacia ella una nube de condensación procedente de una máquina de vapor que aguardaba. Aunque el tren para el que compró boleto tenía como destino la Bélgica conquistada, ella viajaría a la campiña francesa... siempre y cuando le permitieran embarcar. El soldado estudió el boleto de Fabienne y levantó la mirada, que se desvió significativamente hacia el cuadro sin enmarcar que Fabienne tenía en los brazos.

Ella le lanzó una sonrisa deslumbrante y le tendió el Kirchner.

—¿No es horrible? Mi hermano se cree artista, pero creo que le va mejor su trabajo de escayolista. Sin embargo, a mis padres les gusta apoyarlo cuando pueden, ¡benditos sean! Son los únicos que pagarían una buena suma de dinero por sus dibujitos. Dígame, ¿sabe mucho de arte, soldado?

El soldado levantó la vista, dejando que en su rostro se dibujara una media sonrisa. No en vano, Fabienne se acercó al más joven de los revisores.

—Müller —respondió, y un rubor subió por sus mejillas antes de volver a centrar su atención en los papeles de Fabienne.

—Müller. Bueno, soldado Müller, lo que sé de arte podría caber en una cucharita, pero sé lo que me gusta y no creo que tenga futuro, ¿y usted? —Su corazón latía desbocado mientras esperaba a que el joven soldado terminara de examinar su boleto. Fue una apuesta arriesgada abrirse paso descaradamente por la Gare de l'Est con el Kirchner a la vista, pero contaba con que el soldado de infantería promedio no supiera de arte: por lo que Dietrich le dijo, las actividades culturales no ocupaban un lugar muy importante en el plan de estudios de las Juventudes Hitlerianas.

Por el momento, el riesgo había merecido la pena: Müller le devolvió sus papeles con una inclinación de cabeza.

—Disfrute de su viaje, Mademoiselle.

Se dirigió hacia el tren, con las manos temblorosas mientras depositaba el Kirchner y su mochila en el portaequipajes de un compartimento vacío. «Primer obstáculo superado», pensó mientras observaba a soldados y civiles arremolinarse en el andén de abajo. «Quedan muchos más».

Varias horas más tarde, el tren se detuvo en Bar-sur-Aube y Fabienne descendió del vagón, con el Kirchner metido una vez más bajo el brazo. A pesar de haber transcurrido sin incidentes, el viaje no había hecho nada por aliviar su sensación de inquietud, y al pisar el andén se quedó mirando el interminable mar de enredaderas que estaba más allá de la estación.

—¿Puedo ayudarla, Mademoiselle?

Giró y se encontró con el jefe de estación, con un aspecto más gris y cuidado que la última vez que lo había visto.

Ella sonrió, pero estaba claro que él no la reconocía.

—Gracias. Voy a Château Dolus. ¿Tendría una bicicleta que pudiera prestarme?

El jefe de estación entrecerró los ojos, como si intentara ubicarla.

—Las bicicletas prestadas rara vez vuelven hoy en día.

—Alquilada, entonces. —Ella dio un paso adelante y metió la mano en su cartera—. No tardaré mucho. Dudo incluso que me quede esta noche.

El jefe de estación resopló.

—Guarde su dinero. Una joven que viaja sola tiene mejores cosas en las que gastarlo. —Se volvió, haciendo un gesto a Fabienne para que lo siguiera—. La bicicleta de mi hijo está en la parte de atrás. Dada la situación de la gasolina en estos días, la única forma de volver a París es en tren. Espero que me la devuelva cuando se vaya.

Salió de la estación poco después, con su bolsa y el cuadro atados a la rueda trasera de la bicicleta. Aunque hacía años que no recorría el pueblo en bicicleta, sentía que aún podía hacerlo con los ojos cerrados. El tiempo, al parecer, siempre transcurría más despacio en Bar-sur-Aube que en el resto de Francia. Los mismos graneros derruidos y las mismas casas de tiza bordeaban las calles empedradas, los mismos árboles ralos se extendían hacia el mismo cielo azul. Pasó por delante de su escuela primaria, casi esperando ver a las mismas monjas embozadas aguardando en la puerta para reprenderla por su tardanza, pero siguió adelante, volando por delante de la modesta entrada de la Église Saint-Pierre hacia el río.

Dobló otra esquina hacia el jardín del pueblo y se detuvo, sobresaltada al ver las banderas rojinegras que colgaban de las ventanas amarillo mantequilla de la *mairie*. Al otro lado del prado, un par de soldados alemanes entraron en una panadería, con sus rifles colgados al hombro mientras sujetaban la puerta a una anciana que llevaba una baguette.

Ella pasó tan rápido como se lo permitió su artrítica osamenta.

Fabienne apartó la mirada y tensó los dedos sobre los manubrios. El tiempo pasaba despacio en Bar-sur-Aube, pero, a pesar de todo, la guerra había alcanzado al pueblo.

Aceleró una vez cruzado el río, siguiendo la orilla hacia el sur, hacia los viñedos pardos que rodeaban el pueblo por todos lados. En años anteriores, Fabienne habría pedaleado entre camiones y tractores cargados de uvas y barriles, cargamentos de botellas y puré, pero en aquel momento los caminos estaban vacíos; aunque se movía demasiado deprisa para ver, sabía que las hileras ordenadas de vides a sus lados permanecían adormecidas, a la espera del deshielo primaveral. Siguió adelante, con las piernas doloridas mientras la memoria muscular la impulsaba más allá del pueblo y un antiguo proverbio resonaba en su mente: «Dios envía una mala cosecha para anunciar la guerra». Dejó escapar un suspiro: la guerra y todo lo que conllevaba.

Pedaleó más hacia las apacibles colinas que rodeaban el pueblo mientras el sudor le pegaba la blusa a la espalda. No se había dado cuenta de lo fuera de forma que se puso durante sus años en París. Con todo accesible a pie o en metro, no necesitaba andar en bicicleta, y la falta de práctica se notaba. Apretó los dientes y siguió adelante, sabiendo que si se detenía podría simplemente girar las ruedas y regresar al pueblo.

Se detuvo al llegar a un camino de grava flanqueado por un par de rejas abiertas y oxidadas que se adentraban en un valle poco profundo, cuyo letrero blanqueado por el sol en los rayos de hierro estaba descolorido casi hasta el punto de la ilegibilidad: Château Dolus. Abajo se alzaba un destartalado castillo enclavado en un patio ruinoso cuyas polvorientas ventanas captaban el sol de la tarde.

Fabienne soltó un suspiro, agarrando con más fuerza los manubrios mientras sorteaba los baches. No creía posible que Dolus tuviera peor aspecto que seis años atrás, pero se demostró que estaba equivocada. Pollos roñosos picoteaban el suelo gris, escabulléndose bajo la mole oxidada de la maquinaria de labranza. Estaban ahí unos viejos tractores, prensas de uva y tanques de fermentación tirados descuidadamente en el jardín con la parte superior serrada para recoger los charcos viscosos de la lluvia.

Se bajó de la bicicleta, tomó su mochila y el Kirchner, espantando a un gallo curioso con el pie antes de subir por el ala de aspecto más sólido de la escalera imperial en ruinas. Se detuvo ante la puerta, indecisa entre tocar o permitirse entrar, pero luego levantó el puño, sabiendo que hacía tiempo que perdió el privilegio de la familiaridad.

Fabienne tocó dos veces, preocupada de que si golpeaba demasiado fuerte correría el riesgo de romper los goznes de la antigua puerta. Volvió la mirada hacia las gallinas antes de dirigirla hacia arriba para estudiar la piedra que se alzaba. En el pasado creyó que la esperanza era lo que mantenía el castillo en pie, pero ahora sospechaba que siempre había sido el rencor. ¿Qué otra cosa podría haberlo mantenido en pie durante tantas generaciones?

Desde el interior pudo oír el eco de unos pasos a través del pasillo de mármol y dio un paso atrás, mareada ante la perspectiva de volver a ver a su madre después de tantos años...

La puerta se abrió de golpe y reveló a un joven alto y ancho de hombros, moreno y de ojos verdes, vestido con una camisa de lino arrugada. Aunque envejecido, con nuevos toques de canas en las sienes, Fabienne lo reconoció al instante, hasta la expresión de asombro y dolor de su rostro cubierto de una barba incipiente.

—Fabienne —dijo atónito—. ¿Qué demonios haces aquí?

25

Primavera de 1935

El Château Dolus —Château Mentira— estaba maldito.

Fabienne lo sabía desde hacía años; lo supo desde que era una niña, cuando miraba la figura sonriente del dios griego sobre el dintel que daba nombre a la morada, o cuando escuchaba en la oscuridad de su cavernoso dormitorio cómo crujía el suelo debido al peso de su cama de cuatro postes, cómo aullaba el viento a través de las rendijas del alféizar.

Estaba maldito desde el momento en que su bisabuelo se lo ganó a un noble caído en desgracia. Por qué el hombre eligió apostar algo tan trascendental como la casa de su familia era algo que cualquiera podrra preguntarse, y aunque nunca supo con certeza si su oponente hizo trampas, el noble maldijo al bisabuelo de todos modos, marchándose de los terrenos con una maldición en los labios por el tejado almenado y los suelos de mármol, las enredaderas y los edificios anexos, antes de encontrar su destino en la punta de una guillotina parisina.

Para Fabienne estaba claro que la maldición perduraba, pues aunque al bisabuelo le entregaron las llaves de una de las casas de champán con más éxito de la región, sólo hicieron falta tres generaciones para que la finca se hundiera en el caos. Muchos años de mala gestión pasaron factura y, poco a poco, acre a acre, el negocio se perdió, dejando a los padres de Fabienne con poco más que sobras cuando ella nació: el propio castillo y un puñado de vides que fueron arrasadas, primero por la guerra y luego por la plaga. De niña, Fabienne vio cómo las fincas vecinas compraban el equipo de la bodega del *château*, cómo papá negociaba los precios de sus escasas cosechas con las casas de champán de más éxito de la región; vio cómo sus padres vendían los tapices y los muebles, susurrando hasta altas horas de la noche sobre dinero. Para Fabienne, el Château Dolus era el hermano que nunca quiso, el padre que nunca pidió, la prioridad absoluta que la eclipsaba a los ojos de sus padres, que les quitaba su tiempo y su atención de la propia Fabienne: en nombre, al menos, la única hija de sus padres.

Había odiado el castillo desde que era pequeña, cuando la lluvia se filtraba por las ventanas y las velas titilaban en sus soportes. Y aunque otros niños podrían haber visto magia en la elegancia ruinosa de la finca, Fabienne sólo veía el costo del mantenimiento, la soledad de las noches en que sus padres se dejaban caer, exhaustos, en sus sillones, demasiado cansados para hacer otra cosa que suspirar cuando ella pedía que la llevaran a la ciudad a ver los cuadros o a visitar galerías de arte. Odió el champán desde el día en que le entregaron una cubeta y le dijeron que ya era mayor para ayudar en la vendimia, soportando el agotador trabajo de recoger uvas que apenas podían utilizarse para otra cosa que no fuera para hacer vinagre. Se derrumbó, una y otra vez, bajo la antigua sombra del castillo, mientras la maldición familiar resonaba en sus oídos al contemplar un futuro predeterminado como heredera a su pesar: una vida transcurrida dentro de los menguados terrenos de la finca, la sucesora en una estirpe de viticultores fracasados, de agricultores fracasados.

No era de extrañar, pues, que la familia también hubiera fracasado. La salvación, para Fabienne, fue su amor por el arte y, paradójicamente, por el champán mismo, en la figura del conde Robert-Jean de Vogüé, el jefe de la enorme finca Moët et Chandon, que durante mucho tiempo compró uvas a papá. Mientras la familia vendía cuadro tras cuadro de la colección del castillo, Fabienne colgaba sus propios lienzos para ocultar las paredes desnudas del estudio de papá, y cuando Fabienne tenía diecisiete años, de Vogüé se fijó en ella: le maravilló su uso del color y las líneas, y un día llegó a la casa con una oferta.

—Permítame convertirme en mecenas de su hija —le dijo a papá mientras Fabienne escuchaba con la oreja pegada a la puerta cerrada del despacho—. Es una prodigio. Sencillamente, no hay otra palabra para describirlo. No tengo ninguna duda de que podría ser aceptada en la Académie des Beaux-Arts.

Papá declinó en nombre de ella, utilizando la excusa del propio Dolus: la familia no podía costear dejarla ir y menos cuando ella era el futuro de la finca y necesitaba aprender de su funcionamiento, no con su boda con un joven y talentoso viticultor prevista para dentro de un mes. El dinero de la familia —su atención, sus energías, sus socios y sus pasiones— tenía que estar a disposición del negocio familiar. No había lugar para los sueños de Fabienne: no cuando los sueños de tantos antes que ella se sacrificaron en el altar del Château Dolus.

Fabienne siguió a de Vogüé fuera de la casa, con los puños apretados por la ira al rojo vivo ante la negativa de su padre.

—¿De verdad cree que puedo hacerlo? —preguntó mientras el corazón le latía desbocado en el pecho.

De Vogüé hizo una pausa, haciendo girar su bombín entre las manos.

—Lo creo —respondió—. Tienes un talento natural, querida.

Fabienne echó un vistazo al coche parado de de Vogüé, cuyo chófer esperaba junto a la puerta abierta.

—El talento natural no significará nada si no aprendo a utilizarlo.

De Vogüé rio entre dientes.

—Hablas como una verdadera artista —respondió—. Te propongo un trato. Si consigues el permiso de tus padres, y el de tu marido, en el plazo de un año, te ofreceré mi patrocinio una vez más. No será mucho, como comprenderás, pero te bastará para mantenerte cómoda en París. —Se colocó el bombín en la cabeza y extendió su mano enguantada—. Consideraría un honor apoyar a una artista como tú en los inicios de su carrera.

Fabienne vio cómo el coche de Vogüé desaparecía por el largo camino de entrada mientras sus ruedas despedían nubecillas de polvo que surcaban el caluroso cielo de verano. La maldición del noble resonó en su mente una vez más, y observó cómo papá bajaba a trompicones las escaleras, desapareciendo por el lateral de los muros derruidos del castillo.

Aquella tarde, Fabienne abandonó el castillo al anochecer, llevando consigo un bolso y un puñado de francos que reunió a lo largo de los años, y colocando con cuidado su anillo de compromiso —un trozo de diamante engarzado en una estrecha sortija— sobre su tocador. Sabía que no debía poner en peligro la relación de Vogüé con papá aceptando su generosa oferta; sabía que no debía suplicar a sus padres ni intentar dar explicaciones a su prometido. Incluso con un año de discusiones en sus oídos, sabía que nunca la apoyarían, no cuando sus sueños para el Château Dolus eran lo más importante.

Condujo su bicicleta hasta el camino de entrada y miró hacia atrás, hacia las paredes ensombrecidas, mientras colocaba su bolso en la cesta de la bicicleta.

Aunque le llevara un año o toda una vida, se haría una vida por sí misma, una vida elegida por ella misma en lugar de una al servicio del sueño de otra persona.

26

Febrero de 1941

Fabienne agarró el asa de hueso de su bolsa de viaje, sintiendo como si las losas bajo sus robustos talones fueran a ceder. «Concéntrate», se dijo a sí misma mientras apretaba el Kirchner con un brazo, acercándolo a su costado.

—Sébastien —dijo disimulando pobremente su sorpresa bajo una sonrisa superficial—, qué sorpresa.

El agarre de Sébastien del picaporte parecía casi tan firme como el de ella de su bolso. La miró fijamente, con los ojos muy abiertos: durante una fracción de segundo, le pareció que iba a cerrarle la puerta en las narices, pero entonces se aclaró la garganta.

—Podría decir lo mismo —respondió—. Supongo que querrás entrar.

Ella sonrió, intentando canalizar el encanto indiferente de una de las estrellas de la gran pantalla: Marlene Dietrich, ganándose a un público quisquilloso con clase y bravata.

—Si no es mucha molestia —respondió antes de lanzar lo que esperaba que fuera una mirada melancólica hacia el castillo—.

Todo este aire de campo... es un cambio radical respecto a la ciudad. Había olvidado cómo era.

Sébastien se hizo a un lado con los labios apretados formando una delgada línea mientras ella cruzaba el vestíbulo.

Dentro, el castillo tenía exactamente el mismo aspecto que ella recordaba, con su pesada escalera de roble y sus gastadas alfombras, mientras la ventana en forma de media luna del rellano de la escalera arrojaba un único rayo de luz lleno de polvo. Sébastien cerró la puerta principal, sumiendo a Fabienne en la oscuridad: aunque la puerta estaba flanqueada por ventanas abatibles, Fabienne sabía que las cortinas fueron corridas para proteger el descolorido papel tapiz victoriano.

Se quitó los guantes, prefiriendo encontrarse con los ojos vidriosos de un búho disecado colocado en lo alto de un armario antes que soportar la mirada desaprobadora de Sébastien.

—Todavía no se ha encontrado el plumero, por lo que veo —empezó a decir juguetonamente, pero se detuvo en seco cuando Sébastien pasó de largo junto a ella hacia la parte trasera del edificio.

Recogió sus pertenencias y lo siguió con las mejillas encendidas mientras trotaba para alcanzarlo. Llegó a Château Dolus esperando una mala recepción, pero jamás se habría imaginado que Sébastien sería quien le abriría la puerta, que seguiría allí, en el hogar que tan vívidos recuerdos guardaba para ambos. Mientras lo seguía hacia la parte trasera del edificio, se imaginó a Sébastien tal y como lo había conocido: alto y enjuto, con el pelo largo sobre la frente bronceada mientras se encaramaba al manubrio de su antigua bicicleta. Los ojos verdes de él, fijos en el castillo, buscaron el rostro de ella en las ventanas oscurecidas por el largo resplandor dorado del atardecer.

Sébastien, arrodillado a la sombra de su castaño, prometiendo toda una vida de devoción.

Fabienne extendiendo su mano temblorosa en busca de un anillo que nunca le quedó bien.

Llegaron al inmenso salón del castillo y Sébastien lo cruzó con largas zancadas al tiempo que sus botas hacían ruido sobre el parqué sin revestimiento al abrir de par en par las puertas dobles que daban a una terraza antaño elegante. Más allá, el exterior era como siempre fue: un jardín formal cubierto de maleza y delimitado por muros de ladrillo, cuyas jardineras elevadas hacía tiempo que se habían convertido en pardas huertas de hortalizas mientras las parras aletargadas se alzaban en las ligeras laderas del fondo. A lo lejos, podía ver los tejados caídos de dos viejos graneros de piedra situados uno frente al otro a través de un patio polvoriento: los establos y la bodega.

—Están en la bodega —dijo él sin detenerse mientras seguía bajando por los escalones poco pronunciados de la terraza—. Espera aquí.

Mientras Sébastien se adentraba en el jardín, Fabienne dejó sus cosas en la sala de estar y sintió que el corazón se le aceleraba al ver la figura encorvada de Sébastien desaparecer entre las paredes de ladrillo.

—Contrólate —murmuró, sintiéndose como si volviera a tener diecisiete años, diecisiete e inquieta, anhelando más de lo que la ruinosa finca estaba dispuesta a darle. Podía sentir el lugar, lúgubre y alerta, juzgando el corte de su elegante traje y su cabello corto, sus labios pintados. Sus cortinas mohosas parecían respirar con petulante satisfacción sobre las ventanas abatibles, lanzando una mirada crítica sobre los esfuerzos que hizo para dejar atrás a la granjera que alguna vez fue. «¿Otra vez de vuelta?».

Se estremeció y siguió a Sébastien al exterior.

Fabienne se adentró en la oscuridad del granero, respirando un aroma demasiado familiar a vino rancio y tierra seca, un siglo de historia industrial profundamente arraigado en las paredes de tiza del edificio. A ambos lados de las puertas dobles estaban unas cajas de madera alineadas, vacías, pero a la espera de la vendimia de la temporada, y aunque el suelo compacto estaba seco, pensó en años anteriores: chapoteando en el granero con botas de pescador y el jugo corriendo en riachuelos desde la antigua prensa vitivinícola de madera. Pasó delante de la prensa y se sorprendió al ver que alguien se había esforzado en reparar el radio roto desde hacía tiempo que hacía girar la rueda.

Pudo oír el sonido de susurros acalorados procedentes de la parte trasera del edificio y se dirigió hacia las estanterías de barriles. Demasiado viejas para alcanzar un buen precio, ahora estaban vacías, desprovistas de los barriles que en otro tiempo habían sido ideales para los juegos infantiles del escondite. Irresistiblemente, Fabienne pensó en ponerse de puntitas entre los estantes para buscar los rizos oscuros de Sébastien.

—¿Hola?

Sébastien levantó la mirada de detrás de la pesada silueta de un tractor. A su lado, una mujer delgada con pantalones beige daba vueltas con una llave inglesa en la mano; sobre el tractor, un hombre de pelo blanco y barba canosa miraba hacia arriba.

—*Bonjour, Maman. Papa.* —Dio un paso adelante, con el estómago revuelto ante las expresiones idénticas de asombro en los rostros de sus padres.

«Han envejecido», pensó incómoda, reparando en la blancura de la barba de papá; en las canas de los mechones de pelo que se habían desprendido del pañuelo de la cabeza de Mamá. De niña, Fabienne se burlaba de sus padres llamándoles el señor y la señora de la mansión. Y, aunque en un sentido muy real lo eran, mamá y papá nunca llevaron una vida aristocrática. Mamá, con su figura esbelta y sus rasgos aguileños, podría haber adornado la portada de cualquier revista parisina, pero prefería pasar sus días vestida con camisas de gran tamaño y pantalones pesados, con el pelo recogido bajo pañuelos de cachemira mientras podaba vides y conducía tractores. Papá, por su parte, era fornido y rubicundo, un ingeniero por naturaleza que pasaba los días jugueteando con maquinaria agrícola o motores de segunda mano, siempre buscando formas de aliviar la carga de la agricultura a su reducido personal. De forma tardía, Fabienne pensó en los peones que habitualmente adornaban el terreno. Incluso en los tiempos de vacas flacas, papá siempre contrataba a uno o dos trabajadores para ayudar a que la finca no se les viniera abajo.

No presagiaba nada bueno darse cuenta de que la propia Fabienne fuera una de las cuatro personas presentes.

—Creí haberte dicho que esperaras en la terraza —señaló Sébastien, pero papá se bajó del tractor, limpiándose las manos con un trapo grasiento.

—Te abrazaría —dijo levantando el paño en una especie de gesto de bienvenida a medias— si no me preocupara ensuciar ese bonito traje tuyo.

Él sonrió y Fabienne luchó contra el repentino y absurdo impulso de arrojarse a sus brazos. Aunque se vistió con esmero esa mañana, decidida a volver al Château Dolus triunfante, de repente deseó haberse puesto algo menos ostentoso, menos parisino. Miró a mamá, cuya mirada pasó de sus tacones de dos tonos a su *chapeau* de ala ancha. Mamá nunca había valorado la belleza. ¿Por qué habría pensado Fabienne que semejante alarde sería recibido con algo que no fuera desdén?

—¿Trajiste a ese *boche* de marido contigo? —preguntó mamá, y cualquier ínfima esperanza que Fabienne pudiera haber tenido de una tierna reunión familiar se esfumó en el aire perfumado de vino.

—Está muerto —respondió ella con dureza.

Al menos mamá tuvo la delicadeza de aparentar estar apesadumbrada.

—Bueno —murmuró—, lamento escucharlo.

—No, no lo lamentas —replicó Fabienne, y mamá se dio la vuelta, blandiendo la llave inglesa como si fuera la batuta de un director de orquesta.

—Seis años, Fabienne, seis años sin una visita, sin apenas una carta, y entras aquí esperando lo peor de mí...

—¿Qué otra cosa debería esperar cuando cada conversación que tenemos acaba en gritos?

Papá se interpuso entre ellas, metiendo su trapo oleoso en el bolsillo caído de su overol.

—Nuestra hija está en casa —dijo suavemente, y tanto mamá como Fabienne se callaron. Detrás de él, Sébastien resopló, abriendo la tapa del motor del tractor con un movimiento fluido—. Volvamos a la mansión para tomar una copa de champán. Quizá podamos ahogar nuestras duras palabras y empezar de nuevo.

El rostro de Mamá se tensó una vez más y Fabienne se tragó otro estallido de ira desesperada.

—Estoy segura de que nuestra hija recuerda que la cosecha no espera a nadie, y nuestro trabajo tampoco —replicó—. Ustedes dos empiecen sin mí.

Mientras Fabienne se abría paso entre las vides dormidas, el sol se extendía a lo largo del viñedo y el suelo se sentía duro bajo sus pies descalzos. Allí, el paisaje más allá de los modestos terrenos de la finca se había entregado a las vides, y cada larga vista estaba compuesta por robustas hileras de pinot noir y chardonnay, divididas por matorrales de bosque que daban a toda la escena un efecto de mosaico que Fabienne odiaba desde hacía tiempo: la entrega de la naturaleza al crecimiento forzado, al orden forzado. Pero había algo en la escena que Fabienne quería pintar: las colinas ondulantes y el atardecer dorado, los tejados de pizarra cubiertos de musgo que formaban el tejado del castillo.

Se sentía extraño estar en los campos sin un juego de cizallas en la mano para podar las vides aletargadas, caminando con un par de las viejas botas Wellington de papá, sin nada más que una copa en una mano. La extendió sobre las vides, y papá, que caminaba por el surco contiguo, le tendió una botella de champán medio llena. Ella observó cómo las burbujas bailaban en la copa, y aunque el champán le desagradaba por una cuestión de principios, era bebible, y eso era lo único que importaba. Abajo, en el terreno entre el establo y la bodega, pudo ver a mamá y a Sébastien atando un caballo solitario a una carreta antigua.

Bebió un sorbo, dejando que las burbujas se deshicieran en su lengua antes de engullir.

—¿Qué ha pasado con el resto de los caballos?

Papá suspiró.

—Fueron requisados por los alemanes —respondió, y Fabienne sintió una punzada de pesar por los establos llenos que en otro tiempo disfrutó. Recordó al manso ruano y a la yegua gris moteada, al potro de patas temblorosas que ella misma crió y bautizó como Rembrandt—. Pero Lutin era demasiado viejo para que se lo llevaran. Supongo que habrás visto los banderines en el pueblo.

—No me percaté... —respondió ella, pensando en los soldados que se paseaban tan arrogantemente por la calle principal—. Pensé que tal vez podría olvidar, aquí en el campo, lo que ocurría en París.

—Difícilmente. Los alemanes han entrado con fuerza. Han nombrado a un... lo llamamos Weinführer, que está poniendo a trabajar a toda la región. Dada la cantidad de botellas que pide cada semana, parece que Göring mantiene a la Luftwaffe hidratada sólo con champán. Es un milagro que consigan que sus aviones despeguen de la pista. —Papá entornó los ojos hacia el sol poniente—. Supongo que tuvimos suerte de que sólo se llevaran los caballos. Llegaron a la conclusión de que el castillo no era apto para ser habitado, así que decidieron no alojar a ningún oficial con nosotros. ¿Puedes creerlo? «No apto para ser habitado».

Aunque Fabienne estaba conmocionada por las revelaciones de Papá, estaba decidida a no demostrarlo.

—La maldición del Château Dolus por fin juega a tu favor.

Papa asintió.

—Antes creía que no era más que un cuento, pero ahora... la plaga, las filoxeras —dijo, y Fabienne recordó las historias de las pestes que diezmaron las viñas en los años anteriores a la Gran Guerra—. Parece como si acabáramos de recuperar la salud de nuestras vides y ahora otra guerra las amenazara de nuevo. Es difícil no creer en la maldición en estos tiempos.

Fabienne pensó en los años de su infancia: creciendo con las viñas maltrechas, viendo a sus padres preocuparse por el dinero, por el castillo en ruinas, por la supervivencia. El constante asedio de la finca a medida que papá vendía acre tras acre; aquel triste día en que papá decidió vender lo último del equipo de vinificación, transformando Dolus de una casa de champán en un viticultor por contrato.

—Château Mentira —dijo Fabienne en voz baja mientras bajaban por la ligera pendiente—. No me extraña que no nos haya hecho felices a ninguno.

Papá se volteó para mirar a Fabienne.

—¿Quién dice que no soy feliz? Tu madre y yo tenemos todo lo que necesitamos. ¿La maldición nos habría enviado a Sébastien? Él nos ha mantenido a flote.

Fabienne bajó la mirada.

—Debería estar agradecida de que se haya quedado, después de todo —replicó, y sabía que era cierto. Había estado deseosa de que su regreso a Château Dolus fuera algo sencillo: una reconciliación con sus padres, un escondite para el Kirchner. Pero Sébastien...

—Deberías hablar con él —dijo papá con gentileza—. Explícale tus razones para irte.

—¿Explicárselas a él? —Ella miró a papá—. ¿O a ti?

Papá inclinó la cabeza en señal de aceptación.

—Sé lo duro que fue para ti, crecer aquí y sentirte responsable de todo esto.

Fabienne negó con la cabeza.

—Cuando pensaba en mi vida aquí, simplemente... no podía. La idea de hacerme cargo del viñedo, vivir en el mismo lugar en donde nací... No era lo que quería.

—¿Crees que no lo sabíamos?

—¿Lo sabían? —Fabienne levantó la mirada, incrédula—. Te oí aquel día con de Vogüé. No querías que me fuera. Sabías que me sentía miserable y no querías que me fuera.

—No es tan sencillo —replicó papá—. Cuando trabajas toda tu vida para construir algo... quieres saber que quedará en las manos adecuadas.

—Era tu sueño, papá. No el mío. —Bebió otro sorbo de champán, sorprendida de lo agradable que era. ¿Había dejado de Vogüé una caja?

—Ya lo acepté —respondió papá—. Y, por si sirve de algo, lo siento. No debí poner ese tipo de expectativas en ti. Sin embargo, lo que no puedo entender es por qué te fuiste como lo hiciste.

Fabienne pensó en la noche en que se escabulló de casa. Había mirado atrás, sólo una vez, hacia las piedras desmoronadas del hogar de su familia; recordó la ola de terror que sintió ante la perspectiva de dejarlo todo atrás por un futuro incierto.

—Tu madre y yo... lo hemos aceptado —continuó Papá—, pero Sébastien...

—¿Qué hace todavía aquí, papá?

Papá suspiró.

—Después de que cancelaras la boda, le pregunté si quería marcharse. Le habríamos dado una buena referencia, por supuesto, pero eligió quedarse. Eligió apoyarnos, apoyar los viñedos. No nos pareció correcto despedirlo.

Fabienne recordó la primera semana de Sébastien en la granja. Con catorce años y de aspecto desgarbado, se aficionó a la viticultura como un pato al agua, yendo constantemente detrás de mamá y papá, haciéndoles las preguntas que a Fabienne nunca le importaron, como, por ejemplo, cómo mantener las plagas alejadas de las uvas y cuándo remover la tierra en el año nuevo. Admiraron su resolución, su determinación para aprender el arte de la viticultura y la elaboración del vino. ¿Por qué le habían celebrado forjar su propio camino mientras negaban a Fabienne esa misma opción?

—Por supuesto que no —respondió ella con amargura—. ¿Por qué alterar sus planes trazados desde hacía tiempo?

—Eso no es justo. —Papá se sirvió otra copa de champán—. Construyó su vida en torno a este viñedo, en torno a ti, desde que era un niño. Esta finca es tanto su hogar como el tuyo.

—¿Y nunca sintió la necesidad de marcharse? ¿Ni siquiera después de que yo me fuera?

—Cuidado, querida, o alguien podría acusarte de arrogante —replicó Papá—. Lo ha hecho bien, Fabienne. Rescató nuestras viñas de la ruina. Tiene ideas para el futuro.

—Siempre fue un soñador —murmuró Fabienne, y papá negó con la cabeza.

—Los sueños respaldados por el trabajo duro son planes, Fabienne, y él tiene planes. Hace tiempo que se ha ganado su lugar aquí, con nosotros.

Fabienne se apartó, golpeando una bola de tierra dura con el dedo del pie.

—Y él... ¿nunca se ha casado?

Papá negó nuevamente.

—Lo que pasó entre ustedes dos... le dio algo de perspectiva, creo. Madurez. Es un buen hombre, Fabienne. Como lo fue tu marido, espero.

El rostro de Dietrich relampagueó ante ella, pero lo rechazó, sintiendo que desviarse por ese camino en la conversación arriesgaba un grado de confianza con su padre que no estaba segura de haberse ganado.

—Pudiste haberle dado una despedida apropiada, *chérie* —dijo papá con dulzura—. Pienso que se lo debes.

Fabienne guardó silencio. En aquel momento, justificó sus acciones diciéndose a sí misma que era lo más amable que podía hacer, marcharse sin dar explicaciones; después de todo, se decía que una herida limpia cauterizaba más rápido. Pero incluso entonces supo que le debía a Sébastien más que eso, que fue la cobardía, y no la amabilidad, lo que la llevó a marcharse sin decir palabra.

—Necesito un lugar donde quedarme —dijo finalmente, inclinando su copa vacía para dejar que las últimas gotas de champán cayeran al polvo—. Sólo por esta noche. Quizá dos. ¿Está bien?

—Por supuesto —respondió Papá—. Ésta es tu casa. Siempre serás bienvenida aquí.

Fabienne miró hacia el castillo. Más abajo, Sébastien se subió a la carreta tirada por caballos y saludó a mamá con la mano antes de poner el caballo al trote. Ella levantó la barbilla en dirección a la nube de polvo que Sébastien había levantado en el cielo.

—¿Estarían de acuerdo contigo en eso?

—Dales tiempo —replicó papá con gentileza—. Es todo lo que necesitan. Sólo un poco de tiempo.

Aquella noche, Fabienne se levantó de la cama, con los dedos de los pies fríos sobre el suelo de madera mientras se despojaba de las mantas. Miró por la ventana en la oscuridad total y encendió una vela, no confiaba en ser capaz de recordar cada recodo de los pasillos del castillo en la oscuridad. Abrió la puerta de su dormitorio y bajó con sigilo las escaleras, intentando recordar qué tablas del suelo solían crujir mientras iba por el Kirchner.

La cena fue un asunto tenso, pues Mamá le lanzaba miradas fulminantes al otro lado de la mesa. Sébastien ni siquiera se presentó. ¿Seguiría viviendo en el lugar?

La cocina estaba tranquila, aún cálida por el persistente calor del horno, mientras ella cruzaba hacia una pequeña puerta de madera que conducía a una de las cuatro torrecillas del castillo. En su interior había una escalera de piedra que conducía al sótano, y Fabienne agarró con fuerza el Kirchner mientras descendía, con cuidado de que no crujieran las bisagras de la puerta.

En otro tiempo, las bodegas del Château Dolus estuvieron repletas de vino, con pesados estantes de hierro llenos de botellas oscuras enclavadas en cada nicho abovedado de los cimientos del castillo. Recordaba haber bajado allí de niña, encargada de rotar las botellas de champán, girándolas un cuarto de vuelta cada vez a la luz de una bombilla eléctrica descubierta. No se molestó en encender la luz mientras caminaba: su pequeña vela que titilaba en las profundas bóvedas era suficiente para iluminar.

Le sorprendió, cuanto más se adentraba en el sótano, encontrar muebles en los nichos: ¿serían, tal vez, piezas bajadas para salvaguardarlas de los soldados alemanes? Papá dijo que los alemanes habían optado por no requisar el edificio en sí, pero quizá eso no se extendió a su mobiliario; allí abajo, las pocas piezas antiguas que sobrevivieron a varias purgas financieras estaban a salvo de las miradas indiscretas.

Dio una última vuelta y llegó al último nicho del sótano; allí había barras de hierro taladradas en la entrada para poder utilizarlo como cámara acorazada para guardar la plata de la familia. En la pequeña habitación ahora estaba un estante para vinos con una docena de botellas de champán y un armario empotrado contra la pared del fondo. En medio del espacio, una *chaise longue* en un ángulo irregular y su seda de damasco, brillaba a la luz de la vela de Fabienne.

Abrió las puertas del armario, preguntándose por un momento cómo Sébastien y Papá se las arreglaron para bajarla solos por la estrecha escalera. Dentro, unos cuantos vestidos colgaban de una barra de hierro, y Fabienne los apartó para apoyar el Kirchner, envuelto en su sábana, contra la pared del armario.

Suspiró, mirando el bulto antes de cerrar la puerta una vez más. Los sótanos eran una maravilla de la ingeniería excavados en las profundidades del suelo calcáreo, y su ambiente húmedo era ideal para almacenar champán, pero no tanto para guardar obras de arte maestras, pero era mejor que nada. A Sophie le habría dado un ataque si hubiera sabido que el cuadro se quedaba en tales condiciones de humedad, pero para Fabienne el sótano era una solución temporal, y con su carrera de restauradora de arte, Sophie podría rectificar cualquier daño que sufriera el Kirchner.

Tomó aire, pensando en Sébastien y en sus padres, en Sophie y en Dietrich, y luego se giró para subir de nuevo a su dormitorio abuhardillado.

27

Febrero de 1941

Sophie estaba de pie en la Sala de los Mártires, cuaderno en mano, mientras Richter, envuelto en una nube de humo de cigarrillo, ojeaba el libro de contabilidad.

—Estamos de acuerdo, entonces, en el Braque, el Cézanne y el Degas —dijo mientras Rochlitz analizaba los innumerables cuadros de la mesa de caballete—. Y un Picasso…

—Dos Picassos —respondió Rochlitz sin voltear. En las otras galerías, el personal del ERR se preparaba para otra visita de Göring; como el Reichsmarschall llegaría por la noche, montaron un bar en la gran galería, con cubetas de champán relucientes junto a pequeñas torres de refulgentes platos de postre.

Richter levantó la vista.

—Por supuesto. Dos Picassos. Mademoiselle Brandt, ¿podría ayudarnos con su experiencia? Hay algunos cuadros que podrían encajar. UNB 327, tal vez, y LI 52.

Sophie empezó a ordenar los cuadros alineados a lo largo de las paredes de la sala, buscando los códigos alfanuméricos asignados por el ERR a cada obra de arte. En las últimas semanas, su conocimiento de la sala le había resultado útil a Richter: dado que la colección alcanzaba varios centenares de piezas, Richter necesitaba de su ayuda para guiarse a través de ella mientras analizaban despacio los cuadros para su intercambio con Rochlitz. No obstante, ella sabía que su insistencia en tenerla presente iba más allá de los requisitos profesionales. Le gustaba tener una mujer que le siguiera a todas partes.

«Mientras eso sea todo lo que espere de mí», pensó con amargura. Aunque le molestaba la presunción de Richter, valoraba el encargo. Sabía que no podría detener el intercambio de los cuadros, pero esperaba que conocer de cerca las negociaciones le resultara útil una vez terminada la guerra. Mientras anotaba los detalles de cada intercambio para Richter en su minucioso manuscrito, memorizaba cada dato. Aquella noche volvería a escribirlo todo en sus propios registros, cada vez más numerosos, con la esperanza de que sirvieran de punto de partida para recuperar los cuadros después de la guerra.

—Gracias, Mademoiselle Brandt —dijo Richter mientras Sophie le pasaba la primera pieza que le pidió, uno de los collages de Picasso—. No sabe lo útil que ha sido. —Hizo una pausa, sosteniéndole la mirada un momento de más, pero entonces Rochlitz se adelantó, y Sophie aprovechó la distracción para crear distancia entre ellos mientras colocaba el segundo Picasso, un óleo, en un caballete vacío.

—Encantador —declaró Rochlitz, y Sophie estuvo de acuerdo. Era una obra de los inicios, pintada antes del cambio de siglo en un estilo modernista que casi podría calificarse de poco original: representaba a varias mujeres, cuyas figuras de reloj de arena se veían realzadas por polisones y boas de plumas, con escandalosos sombreros plasmados en apresuradas pinceladas sobre cartón que indicaban que Picasso lo pintó en *plein air*.

—Me llevaré el cuadro —declaró finalmente Rochlitz—, pero tentado como estoy por el collage, preferiría otro óleo. —Miró los cuadros colgados en la pared y su atención se posó en el retrato de Picasso de la mujer y la hija de Paul Rosenberg—. ¿Podríamos ver más de cerca esa obra?

El corazón de Sophie dio un vuelco. Esperaba que el retrato escapara a la atención de Rochlitz, pero Richter se adelantó para verlo más de cerca.

—Ah, sí. Creemos que es un retrato de la amante de Picasso, Marie-Thérèse Walter, y su hija, Maya. —Richter se quedó mirando el cuadro un momento más y, a pesar del temor que sentía ella por la obra de arte, no pudo evitar experimentar una punzada de satisfacción por el hecho de que el gran Konrad Richter hubiera errado al identificar a las modelos del cuadro—. Anótelo para el intercambio, Mademoiselle Brandt.

Ella tomó nota en su libreta. ¿Habría alguna manera de sacar el cuadro de la Sala de los Mártires antes de que Rochlitz se lo llevara? No sin grandes dificultades.

Al otro lado de la puerta encortinada, Sophie pudo oír el sonido de pesados pasos. Richter se apartó del Picasso y cerró bruscamente su libro de contabilidad, chocando los talones mientras Hermann Göring entraba en la habitación.

—Reichsmarschall —dijo Richter dando un paso adelante para estrechar la mano de Göring—. No esperaba verlo hasta la recepción de esta noche.

Göring sonrió e, instintivamente, Sophie dio un paso atrás cuando el olor de su colonia, floral y abrumador, le llegó a la nariz. Vestido con un impecable uniforme de doble botonadura repleto de medallas, Göring llenaba la habitación como una rana toro sobrealimentada, y su rostro enrojecido brillaba por la transpiración.

—Sólo será una brevísima visita, mi querido Richter, antes de continuar hacia mi hotel —dijo Göring mientras sus ojos azules pasaban de un cuadro a otro—. Pero me enteré en el tren de que cierto Tiziano había llegado al Jeu de Paume, y sencillamente debía verlo por mí mismo... Rochlitz, mi buen amigo, me alegro mucho de que parezcamos haber llegado a un acuerdo. —Lanzó al comerciante de arte una sonrisa jovial—. ¿Quién dijo que en la guerra no hay lugar para la diplomacia? Espero que encuentre algunas piezas de su agrado.

Rochlitz se rio entre dientes.

—Más que algunas, la verdad sea dicha. En esta habitación tenemos el rescate de un rey.

—El rescate de un Führer, quizá. —Göring le dio una palmada en el hombro a Rochlitz—. Pero dado que sus negociaciones con Richter no han terminado, quizá deberíamos dejarlo así, ¿no? —Se inclinó hacia él, apretando con más fuerza el hombro de Rochlitz—. Sin embargo, volvamos al asunto que nos atañe, mi buen amigo. He pasado una larga semana en Berlín, contemplando el mismo paisaje aburrido en el estudio del Führer por horas. ¿Podría complacerme con una muestra privada del Tiziano? Mi atención se verá desviada en muchas direcciones distintas en la recepción de esta noche, pero esta tarde quiero centrarme por completo en usted. ¿Champán? Seguro que podemos convencer a Bohn para que abra una botella o dos un par de horas antes...

Sophie vio cómo Göring, charlando amistosamente, dirigía a Rochlitz hacia la puerta, dejándola a solas con Richter.

Él abrió una vez más el libro de contabilidad.

—A veces es como un niño en una juguetería.

Sophie pensó en el Reichsmarschall, con sus costosas chucherías y sus aires afables, su campaña de meses para doblegar a una Gran Bretaña desafiante bombardeando su capital.

—Trabaja muy duro, estoy segura —respondió ella con cuidado.

—Trabaja duro y se siente con derecho a pequeños lujos como resultado de ello. —Richter se encontró con los ojos de Sophie—. Y es mi trabajo proporcionarle dichos lujos. Le agradezco su ayuda en todo esto, Mademoiselle Brandt. Antes de que vuelva Rochlitz, me gustaría tener algunas piezas más preparadas para que él las estudie. —Miró el retrato de Madame Rosenberg y sus facciones se tensaron—. Lástima lo de ese Picasso. Tenía otros planes para él. Aun así, negocios son negocios.

—Negocios son negocios —repitió ella. «Saqueo es saqueo».

Él consultó el libro de contabilidad.

—Ahora, a nuestra tarea. Veamos si podemos localizar el NR 28, el Matisse del inventario de Burdeos de Rosenberg, y el UNB 324, ese pequeño y encantador Renoir.

Al cabo de un cuarto de hora, Sophie y Richter habían sacado una docena más de obras de arte para que Rochlitz las examinara, la mayoría de ellas de la colección de Paul Rosenberg. Ella oyó que él llegó a Nueva York. ¿Habría abierto alguna nueva galería? A pesar de sus intentos por averiguarlo, no estaba segura.

Richter chasqueó los dedos y Sophie levantó la vista.

—Debería haber un Kirchner —dijo él—. No es uno particularmente grande, es un cuadro de dos mujeres. Por supuesto, hay muchas posibilidades de que simplemente lo hayamos pasado por alto, pero según los archivos, está aquí en alguna parte.

Sophie palideció.

—Un Kirchner.

—Sí. —Richter inclinó el libro de contabilidad para mostrarle la fotografía en blanco y negro que acompañaba la ficha del cuadro, con los vivos tonos verdes y rosas que Sophie conocía tan bien reproducidos en grises apagados—. ¿La ha visto?

Ella se aclaró la garganta.

—Por supuesto. Está en el laboratorio, la obra fue manipulada indebidamente, maltratada, en su traslado al museo. Necesitaba reparaciones menores.

Richter frunció el ceño.

—¿Bajo las órdenes de quién?

—Bajo las-las… del coronel Bohn.

—¿En serio? —Richter pareció ligeramente sorprendido—. No lo habría considerado lo suficientemente instruido en restauración de arte como para tomar una decisión así.

—Bueno, hasta un lego sabe que un bastidor roto debe ser sustituido —replicó ella mientras su corazón latía con tanta fuerza que le sorprendió que Richter no pudiera oírlo.

—Pero para que él se interesara tanto...

Sophie sonrió, esperando que apelar a la arrogancia natural de Richter pudiera apaciguar sus sospechas.

—Ambos sabemos que Bohn no sabe distinguir —replicó ella—. ¿Y quién era yo para decir lo contrario mientras reprendía a sus propios hombres por su descuido?

La expresión de Richter se tranquilizó.

—Bueno, su equipo no es precisamente conocido por su delicadeza —dijo—. Muy bien, vaya a buscarlo, pero cualquier otra intervención a la colección degenerada deberá ser aprobada por mí.

Salió casi corriendo por la escalera de servicio y la adrenalina corría por sus venas cuando abrió la puerta del laboratorio de restauración. Hausler, afortunadamente, no estaba, y sus herramientas estaban pulcramente apiladas en su banco de trabajo. ¿Habría bajado a echar un vistazo al legendario Tiziano? Se movió rápidamente, prestando atención al sonido de los pasos mientras extraía el falso fondo de su maletín para revelar la falsificación de Fabienne. La pintura brillaba bajo una capa de barniz espesa y reluciente. ¿Notaría Richter alguna diferencia? ¿Lo haría Rochlitz?

Descendió la escalera lentamente, recordándose a sí misma que debía respirar. El cuadro en sí era una falsificación lo suficientemente hábil como para superar el escrutinio de Richter, estaba segura de ello. Era la propia Sophie la que corría el riesgo de ser descubierta: su astucia y su miedo podían dar a Richter motivos suficientes para sospechar.

Pensó en Fabienne con su traje color vino, su despreocupada confianza y su actitud displicente. «Esconderse a plena vista», le dijo Fabienne. ¿Era Sophie capaz de semejante engaño?

Regresó a la Sala de los Mártires y descorrió la puerta encortinada de la galería.

—El Kirchner —dijo, llevándolo ante Richter.

Él asintió.

—¿Dónde se hizo la reparación?

Le dio la vuelta al cuadro. En la parte posterior del lienzo, Fabienne había pegado la etiqueta del cuadro original del ERR. «Debió arrancarlo con una hoja de afeitar», pensó Sophie con admiración.

—Bastidor nuevo —dijo y apoyó el cuadro sobre la mesa—. Afortunadamente, la parte delantera de la pieza tenía muy pocos daños: apenas una pequeña porción de pintura despostillada.

—Afortunadamente —respondió Richter, observando más de cerca el cuadro.

Sophie imitó su movimiento, apenas respirando mientras dejaba que su hombro rozara el de él. Fue un gesto lo suficientemente sutil como para que pudiera explicarlo como un accidente, pero por el rabillo del ojo vio que Richter giraba la cabeza apenas lo justo para que ella mantuviera el contacto entre ellos.

Richter estudió el cuadro y su mirada recorrió de arriba a abajo a las dos mujeres pintadas en trazos verdes y rosas, cuyas piernas desnudas brillaban en el lienzo.

—¿Asistirá a la recepción de esta noche? —preguntó él, y Sophie dejó que una sonrisa calculada se dibujara en sus labios.

—Eso depende —respondió ella en voz baja—. ¿Le gustaría que lo hiciera?

Richter volvió a mirar el cuadro, pero Sophie sabía que no estaba viendo las espirales de pintura: estaba viendo carne y aliento, las posibilidades de un placer que Sophie sabía que nunca le daría.

—Sí me gustaría, Mademoiselle Brandt.

28

Marzo de 1941

—Papeles.

Fabienne suspiró y buscó en su bolso. Sacó su documento de identidad, con la cubierta arrugada por el uso frecuente, y se la entregó al oficial alemán que bloqueaba su camino al trabajo.

—¿Sabe?, hay formas más fáciles de llamar mi atención —dijo ella mostrando lo que esperaba que fuera una sonrisa ganadora, pero la expresión pétrea del oficial se endureció. A diferencia de su joven colega de la Gare de l'Est, estaba claro que se trataba de un soldado experimentado, poco propenso a distraerse con una cara bonita.

—Fabienne Brandt —dijo él poniendo un delicado énfasis en su apellido de casada—. ¿Y adónde va esta mañana, Mademoiselle?

—Madame —lo corrigió Fabienne—. Voy a trabajar. Atelier Dufy, está justo al final del camino. En el lado opuesto de la calle.

—¿Dirección exacta?

Fabienne le dio el número de la calle, deseando contra toda posibilidad que el agente no decidiera visitar el atelier junto a ella.

Era lo último que necesitaba Lev —lo último que necesitaba cualquiera en el taller— y, para alivio de Fabienne, le devolvió los papeles y se alejó.

Ella los guardó en su bolso y se marchó sin mirar atrás. Era la cuarta vez en dos días que la paraban por sus papeles, y la vigilancia constante la irritaba. ¿Qué esperaban encontrar?

Cruzó la calle, rehuyendo la innegable respuesta a su propia pregunta. Esperaban encontrar a gente como Myriam: judíos residentes en París que ya no tenían la ciudadanía francesa para protegerse de los alemanes, o aquellos que nunca tuvieron la ciudadanía para empezar. Pensó en las familias judías de los países que Alemania invadió antes de llegar a Francia —Polonia, Dinamarca, Austria— y en los residentes dentro de la propia Alemania. ¿Cuántos habían huido a Francia creyendo que era un refugio más seguro?

«Empieza con el silencio», pensó, y la voz en su cabeza sonaba como la de Dietrich la primera noche que le llevó a uno de los mítines de Louis. Fabienne aún podía recordar el calor de la sala: el olor a cerveza rancia y a sudor; a Louis tambaleándose encima de dos mesas empujadas una contra otra mientras Dietrich cuidaba una botella de Jenlain al fondo.

Habían pasado meses desde que Myriam fue sacada del taller y, por lo que Fabienne sabía, nadie tenía noticias de ella desde entonces. Dufy y Lev hicieron todo lo posible por encontrarla, incluso se procuraron los servicios de un abogado e intentaron localizar a su familia distanciada, pero Myriam, con sus cálidos ojos marrones y sus notables habilidades, parecía haberse desvanecido literalmente.

«Empieza con el silencio», pensó de nuevo al llegar al atelier, «para aquellos demasiado impotentes para resistirse». ¿Y quién en París podría ser más impotente que una joven sin familia, condenada al ostracismo tanto por su religión como por su lugar de nacimiento?

Entró en el atelier y Dufy, de pie tras el mostrador, la miró con una sonrisa.

—Fabienne. ¿Qué tal el viaje de vuelta?

Ella hizo una pausa.

—Fue... educativo —respondió—. ¿Alguna noticia sobre Myriam?

La sonrisa de Dufy se apagó.

—Pobre Myriam. Recién esta mañana tuvimos noticias de nuestro abogado. Parece que se la han llevado a Pithiviers. Han instalado allí un campo de internamiento.

—¿Un campo de internamiento?

Él asintió con solemnidad, jugueteando con la cadena de su reloj de bolsillo.

—El abogado nos asegura que es sólo una medida temporal. Lo más probable es que se enfrente a la deportación, de vuelta a Argel o a algún otro lugar. No estamos del todo seguros.

Deportación. Ella siguió bajando las escaleras.

Dejó su bolso y cruzó el taller mientras el polvo de resina flotaba en el aire cuando llamó a la ventana que separaba el despacho de Lev de las mesas de trabajo. El sonido provocó un coro de ladridos de bienvenida por parte de Hugo, y sin levantar la vista de su trabajo, Lev le hizo señas para que entrara.

Él estaba en su escritorio rodeado de una pila de hojas sueltas, un libro de contabilidad abierto y virutas de lápiz. Apilados sobre una segunda mesa, empujada contra la pared, había moldes de joyas: réplicas en madera de piezas que los compañeros de Fabienne fundirían más tarde en plata y oro o darían forma con resina de colores.

Ella se acercó al escritorio, inclinando la barbilla para ver mejor en qué estaba trabajando él mientras se hundía en su silla.

—¿Es un nuevo encargo?

Se frotó la frente que se le estaba quedando calva.

—Nina Ricci está diseñando un vestido para la duquesa de Windsor. Quiere un broche de plata para acompañarlo. —Le pasó el boceto a Fabienne con los dedos cubiertos de plomo. El broche, representado en grafito bidimensional, sería espectacular cuando estuviera terminado.

—Precioso —respondió ella mientras Hugo olfateaba a sus pies.

Lev inclinó la cabeza, sonriendo.

—Me gusta trabajar con resina fundida, pero la plata es mi primer amor —dijo—. ¿Hay algo en lo que pueda ayudarle?

Miró la puerta del despacho, asegurándose de que la había cerrado bien.

—Dufy me contó lo de Myriam. Qué horror.

Lev suspiró. Como si hubiera oído por casualidad la angustiosa noticia, Hugo rodeó la mesa y saltó, sin ser invitado, al regazo de Lev.

—La familia de Myriam abandonó Argel hace décadas. Dudo que le queden parientes cercanos allí. Si la deportan, tendrá que empezar de cero... igual que cuando llegó a París. —Se quitó las gafas para frotarse los ojos con el dorso de la mano—. Odio pensar en ella en esa situación otra vez.

La voz de Dietrich resonó una vez más en su mente, con más insistencia. «Empieza con el silencio para aquellos demasiado impotentes para resistirse». De no ser por Lev y Dufy, ¿alguien se habría dado cuenta de la desaparición de Myriam? ¿Habría alguien luchando por conseguir su liberación?

—Te dije cuando empezaste a trabajar aquí que considero a mi personal como mi familia —continuó Lev—, ¿y qué es la familia si no hago lo que puedo para mantener a salvo a mi gente?

Era un sentimiento conmovedor, pero hacía que lo que Fabienne había ido a decir fuera aún más difícil de transmitir.

—Monsieur Lowenstein, estoy preocupada por Myriam... pero también estoy preocupada por usted —dijo—. Cuando vuelvan los gendarmes, ¿quién nos garantiza que no vendrán por usted y su esposa? —Ella vaciló—. Si tuviera una... conexión que pudiera conseguir papeles falsos para ustedes dos, ¿qué dirían?

Para sorpresa de Fabienne, Lev sonrió.

—Gracias por tu preocupación, querida. Sylvie y yo hemos discutido nuestras opciones y ambos estamos de acuerdo en que nos quedaremos en París.

—¿Pero por qué? ¿Después de lo que le pasó a Myriam?

Él se reclinó en su silla.

—Tengo la esperanza de que conseguiremos la liberación de Myriam de Pithiviers antes de lo previsto. Pero Sylvie y yo somos ciudadanos franceses. Nuestros derechos están protegidos por la ley.

En su mente, Fabienne vio a Dietrich levantarse de su mesa al fondo del bar mientras Louis se tambaleaba en su improvisado escenario. «Empieza con el silencio», dijo, «y luego crece. El silencio de los que no estamos dispuestos a aceptar lo que está ocurriendo ante nuestros ojos... El silencio mientras destrozan los cimientos de la vida de otra persona».

«¿Lo están realmente? Vichy trabaja en colaboración con los alemanes. Pétain derogó el decreto Crémieux. ¿Qué le dice que no eliminará sus derechos después para apaciguar a los alemanes?»

Lev bajó la mirada hacia el boceto mientras su lápiz planeaba sobre el diseño.

—Somos muy conscientes de los riesgos —dijo en voz baja—, pero Sylvie y yo estamos de acuerdo en que nuestro lugar está aquí. Myriam no es la única joven que ha perdido la nacionalidad francesa. Si no nos quedamos a luchar por los que son como ella, ¿quién lo hará? —Dejó el lápiz y pasó la mano por el pelo rizado de Hugo—. La generación más joven tuvo razón al huir, de eso no tengo ninguna duda. No obstante, no abandonaremos a aquellos de entre nosotros que necesitan a su comunidad ahora más que nunca.

«Pero no me pasará a mí... no puede pasarme a mí, te dices a ti mismo incluso mientras el sonido de sus herramientas se vuelve más fuerte: chip, chip, mientras derogan leyes e implantan otras nuevas y más brutales diseñadas para dividir». La sala se quedó en silencio mientras Dietrich se abría paso entre las mesas con pasos lentos, deliberados, y la mirada fija en Louis. «Chip, chip, escuchas, y te pones las manos sobre los oídos para acallar el ruido, das la vuelta al periódico antes de tener que enfrentarte a la realidad en sus páginas: la expulsión de alumnos de tu clase, la desaparición de vecinos en plena noche».

—Y eso por no hablar de mi responsabilidad con ustedes, mi personal. —Lev miró hacia la sala de trabajo y su expresión se relajó al ver a las compañeras de Fabienne: Beatrice, lustrando botones en una rueda pulidora; Lea, fijando piedras preciosas de resina en estuches de plata—. Tú, sin un marido que te cuide. Lea, que tiene un hijo que mantener. Si no mantengo abierto este atelier, ¿cómo se ganarán la vida?

«Chip, chip, escuchas, y el ruido se vuelve tan cotidiano que es el fondo de todo lo que haces, tan cotidiano que te olvidas de que lo estás escuchando; es sólo el ritmo de la vida, la realidad del mundo que te rodea. Chip, chip... hasta que un día miras hacia abajo y te das cuenta de que la vida que están destrozando es la tuya».

—Querida. —Lev levantó la cara, y en su sonrisa Fabienne pudo ver que hacía tiempo que ya había tomado una decisión—. Gracias por tu preocupación, de verdad, pero será mejor que vuelvas a tu trabajo.

La creatividad llegó lentamente a Fabienne aquella tarde mientras en sus oídos resonaba su conversación con Lev. Había nobleza en su negativa a abandonar París, y aunque estaba segura de que Lev no se hacía ilusiones sobre lo que podrían hacer los alemanes, Fabienne odiaba la idea de que él y su mujer pudieran ser víctimas.

¿Pero víctimas de qué? Como Lev señaló, Francia no estaba deportando a sus ciudadanos judíos... aún. Sin embargo, la detención de Myriam era un claro indicio de que las leyes podían cambiarse, de que en el momento en que Pétain necesitara los favores de Hitler, no dudaría en quebrantar esas leyes en algún intento equivocado de asumir el liderazgo.

Pensó en el Kirchner, escondido en las entrañas del Château Dolus, esperando a que su dueño regresara a París. ¿Qué sentido tenía intentar salvar las obras de arte si no podía salvar a las personas a las que pertenecían?

Un golpe en la puerta, débil pero persistente, interrumpió el hilo de pensamiento de Fabienne. Fue a atenderla, dejando el lienzo en blanco sobre el caballete como monumento a su fracaso.

Afuera se encontraba Sylvie Lowenstein en el rellano, con un suntuoso albornoz melocotón y sus dedos enredados en los hilos de un largo collar de perlas.

Sonrió, pero el gesto fue poco entusiasta en el mejor de los casos.

—¿Puedo pasar?

—Oh... por supuesto.

—Siento mucho venir a una hora tan avanzada y en semejante estado de-de desnudez —dijo apretando con fuerza el cuello de su bata mientras entraba—. Pero Lev está durmiendo y no he podido escaparme antes.

—En absoluto —respondió Fabienne apresuradamente, recogiendo la ropa tendida en el diván—. ¿Puedo ofrecerle algo de beber, Madame Lowenstein, una copa de vino quizá, o una taza de té…?

—Llámame Sylvie, por favor. —Echó un vistazo a la habitación, observando el apartamento de Fabienne: sus pinceles y su caballete colocados junto a la ventana de la cocina, los lienzos que cubrían las paredes—. No quiero entrometerme, pero, ¿estamos solas?

Fabienne se sentó en la silla frente al sofá y sus mejillas enrojecieron ante la insinuación.

—Así es.

—Bien. Siento preguntar, pero nunca se es demasiado precavida. Lev me habló hoy de tu... oferta. Quería darte las gracias.

—No es nada —empezó Fabienne, pero Sylvie la interrumpió con una mirada penetrante.

—Sí es algo, es mucho.

Fabienne jugó con el brazo deshilachado de su silla.

—En realidad, no es nada —dijo finalmente—. Aunque aceptaran los papeles, no habría garantía de que sirvieran de algo...

—No estoy de acuerdo. —Sylvie se acomodó en los cojines del sofá. Con la puerta cerrada, parecía tranquila y segura—. Lev sigue creyendo que podemos superar estos tiempos terribles. Siempre optimista.

—Es un buen hombre —respondió Fabienne—. Con todo lo que hizo por mí, todo lo que intenta hacer por Myriam...

—Y es ese sentido de la responsabilidad lo que lo hace sentir que debe quedarse. —Sonrió más genuinamente que antes—. ¿Sabes?, cuando Lev y yo nos casamos, él acababa de empezar con el Atelier Lowenstein... Atelier Dufy ahora, supongo. Lo dieron de baja del ejército y tenía un año más de aprendizaje que terminar con un orfebre, pero decidió que era momento de empezar por su cuenta. Dedicó cuatro años a la guerra y siempre se consideró un empresario. Solía poner los ojos en blanco cuando me contaba sus planes: tantos jóvenes sueñan con abrir tiendas, poner sus nombres en letras grandes sobre la puerta... Siempre se nota cuando es una cuestión de orgullo. —Soltó una risita—. No para Lev. Recuerdo que me llevó al atelier por primera vez antes de que hubiera contratado a nadie, con todas esas mesas en la sala de trabajo. Recuerdo que pensé que sería un milagro que pudiera costear llenarlas todas de trabajadores. —Levantó la cara y su mirada era aguda y tierna a la vez—. ¿Te has preguntado alguna vez por qué

Lev sólo contrata mujeres? Por la misma razón por la que tenía tanta prisa por abrir su propia tienda al acabar la guerra. Me dijo que demasiadas mujeres se quedaron viudas. Demasiadas mujeres que se quedaron sin maridos que las mantuvieran.

Fabienne cambió de posición en su asiento, pensando en Dietrich.

—Lev y yo tuvimos suerte de haber superado aquellos terribles años y de seguir teniéndonos el uno al otro —continuó Sylvie—. Pero Lev quería hacer lo que pudiera por los que no eran tan afortunados. Quería asegurarse de que pudieran alimentar a sus hijos, de que tuvieran un oficio del que pudieran depender una vez que los hombres volvieran a ocupar sus puestos en los bancos y las fábricas. —Sonrió—. Otra mujer podría haber sospechado, pero yo nunca tuve motivos para preocuparme. Ni una sola vez en cuarenta años.

Fabienne se aclaró la garganta.

—Por favor, Madame Lowenstein... Sylvie, no quiero parecer alarmista, pero sé de lo que son capaces los alemanes. Lo he visto de primera mano.

—Nosotros también —respondió ella con amabilidad—. Hemos estado trabajando con nuestra sinagoga para sacar a las familias jóvenes del país... para ayudar a los que se han llevado, como a Myriam. Sabemos lo que se avecina. Lev cree que le debemos la responsabilidad a las generaciones más jóvenes de quedarnos y ayudar a los demás como podamos.

Volvió su atención al bolsillo de su bata, dando tiempo a Fabienne para serenarse. No obstante, no tenía motivos para llorar cuando Sylvie era quien estaba en peligro.

—Lev cree que podemos salir de esta guerra, y espero que tenga razón. Hitler será derrotado algún día. Comparto el optimismo de mi marido en eso, al menos. —Sacó del bolsillo dos pequeñas fotografías de ella y Lev, colocadas contra fondos lisos, del tamaño y la forma adecuados para los documentos de identidad estándar.

Le extendió las fotografías y Fabienne las tomó con las manos temblorosas.

—¿Sabe... sabe Lev algo de esto?

—No, y preferiría no decírselo. —Se levantó, alisando los pliegues de su bata—. Pero me gustaría dejarnos esta opción abierta.

Fabienne también se puso de pie.

—No sabe cuánto me alegro —dijo—. No estoy segura de cuánto tardarán en hacer los papeles, pero se los haré llegar tan pronto como pueda.

—Gracias. —Sylvie se dirigió hacia la puerta y luego se detuvo—. Lev siempre ha sido de los que resuelven los problemas de los que considera su familia —dijo—, pero me preocupa que esto supere incluso sus capacidades.

Sin pensarlo, Fabienne cruzó la sala y estrechó a Sylvie en un fuerte abrazo. Le estaba ofreciendo un parche, la más pequeña de las soluciones. Incluso con papeles falsos, los Lowenstein tendrían que atravesar Francia hasta la neutral Suiza o incluso más lejos antes de poder considerarse realmente a salvo, pero era un comienzo, al menos, por si las condiciones empeoraban todavía más en París.

—Pero ese es el objetivo de la familia —dijo finalmente—. Está allí para ayudar cuando una carga parece demasiado pesada para llevarla uno solo.

29

Marzo de 1941

En las paredes de la galería del Jeu de Paume resonaba el sonido de voces alemanas, un idioma familiar e inquietante a la vez. Para Sophie, el alemán fue el idioma en el que le enseñaron a amar: el idioma de los cuentos antes de dormir y de los de hadas, el de las bromas a Dietrich mientras corrían por la Selva Negra en las vacaciones familiares; el de mamá susurrándole palabras de consuelo mientras la alzaba en brazos después de una pesadilla; el de papá enseñándole a Sophie a estudiar cuadros en la *Staatsgalerie*.

También era el idioma en el que a Sophie le enseñaron a odiar: el de sus profesores que explicaban tranquilamente cómo los defectos genéticos debilitaban a los que no formaban parte de la raza superior alemana; el de las concentraciones juveniles y los soldados de la SA que gritaban obscenidades a los viejos rabinos en la calle; el de los juramentos prestados a los locos cuyos ojos brillaban bajo el resplandor de las antorchas de cien mil fervientes seguidores.

Esa noche, Sophie escuchó el timbre de las voces alemanas mientras Göring y sus compañeros de saqueo, ocultos tras las ventanas con cortinas del Jeu de Paume en un apagón parisino, intercambiaban historias de valentía perdida hacía mucho tiempo con palabras pulidas hasta la perfección a lo largo de cientos de narraciones.

—Allí estaba yo —dijo Göring, y su vozarrón resonó por sobre el sonido del Ravel tocado por un pianista en un reluciente Steinway—. A tres mil pies sobre Alsacia-Lorena en un Albatros D.II, con humo saliendo del motor. ¿Qué hago? —El pianista levantó las manos de las teclas y Göring sonrió, disfrutando de la embelesada atención de su silencioso público: Bohn, cuyo anillo de boda brillaba mientras pasaba el brazo por encima del hombro de su secretario; Konrad Richter e Hildebrand Gurlitt, que observaban con los ojos muy abiertos—. Utilizo el impulso del choque a mi favor —concluyó Göring, subrayando su propia brillantez al cerrar su mano en un reluciente puño—. Sigo disparando mientras hago un descenso controlado, derribando tres Sopwith Camel a mi paso. Sabía que, si había llegado mi hora, me llevaría conmigo al infierno a tantos ingleses como pudiera.

Bohn se sacó un puro de entre los labios.

—¡Y ahora mostrándoles a esos bastardos por qué debieron acabar el trabajo en el 17! —gritó, y estalló una ovación entre los admiradores de Göring.

Göring enrojeció de satisfacción.

—Fui condecorado con el León de Zähringer poco después —terminó mientras el pianista reanudaba la interpretación.

—Toda una historia de proezas. —Sophie se volteó. Detrás de ella, Gerhardt Hausler, con el pelo engominado en una elegante cofia, se apoyaba pesadamente en su bastón—. Es un privilegio, ¿verdad?, ser agasajado por *Der Eiserne* en persona.

Sophie miró de nuevo a Göring.

—La verdad es que no pude entenderle —dijo despreocupada—, aunque me gusta pensar que mi dominio del idioma está mejorando. A ver, ahora, ¿*Der Eiserne...*?

—«El hombre de hierro» —tradujo Hausler. Se inclinó y su sonrisa se transformó en una mueca—. Se supone que se refiere a su firme voluntad, pero dadas todas esas medallas que insiste en llevar, probablemente necesite una columna vertebral de hierro sólo para mantenerse erguido. ¿Ha oído la de su visita al Vaticano?

—No —susurró ella, acostumbrándose al tono desenfadado de Hausler.

—Una vez allí, envió un telegrama a Hitler: «Misión Cumplida. Papa Expulsado del Sacerdocio. Vestiduras Pontificias Perfectas».

Ella se llevó la copa a los labios para ocultar su sonrisa al imaginarse a Göring desfilando por Roma con las joyas papales mientras el Papa lo seguía abatido. Dado el carácter extravagante y la afabilidad manifiesta de Göring, era fácil olvidar el poder que ejercía no sólo sobre el arte en el Jeu de Paume, sino en toda la Europa ocupada.

—He oído que mandó a Hitler hacerle un juego de medallas de goma —le susurró— para que pudiera ponérselas en el baño.

La sonrisa burlona de Hausler se ensanchó; con un guiño, levantó su vaso y se alejó.

Sophie volvió a centrar su atención en la sala. La multitud que rodeaba a Göring se disolvió y los sonidos de Ravel se intensificaban a medida que la gente recorría las galerías. En el bar, Richter volvió a llenar su copa de vino. Cerca de allí, Göring paseaba con Gustav Rochlitz mientras Rose Valland contemplaba un espléndido Cranach.

El pianista cambió de melodía, pasando suavemente del Ravel a la «Rapsodia en azul» de Gershwin. Por el rabillo del ojo, Sophie vio que Göring se ponía rígido.

Giró sorprendentemente rápido sobre sus talones mientras se dirigía furioso hacia el piano de cola. Atrapado por la melodía americana, el pianista no notó la expresión de furia en el rostro enrojecido de Göring cuando éste plantó su fornida mano sobre la tapa abierta del piano y la cerró de golpe con tal fuerza que el palo del puntal se astilló.

El pianista levantó la mirada, con el rostro helado de terror abyecto; entonces, como si recordara la compañía en la que se encontraba, Göring soltó una carcajada.

—¡Vamos, no hay necesidad de ponerse tan dramático! —Dio una palmada en el delgado hombro del pianista y los faldones de la chaqueta del hombre temblaron con el movimiento—. Considérelo como si fuera la opinión de un crítico, mi buen amigo, y elija piezas más patrióticas en el futuro.

Se hizo el silencio, y entonces la secretaria de Bohn se echó a reír con una voz aguda y estridente antes de que Bohn se sumara a la carcajada, y luego Richter. Göring se dio la vuelta, sacudiendo la cabeza con diversión teatral mientras se reunía con Rochlitz. Al poco rato, el sonido de la conversación alemana volvió a llenar el aire, acompañado de una débil y tintineante interpretación de «El Danubio azul» de Strauss.

Sophie dejó su copa de champán con los dedos temblorosos. Necesitaba salir de la sala, estar en cualquier sitio menos allí, en compañía de nazis y monstruos, hombres que se deleitaban con la violencia casual y el odio. Salió rápidamente de la gran galería, pasando junto a una Rose Valland de rostro serio. ¿En qué había estado pensando al aceptar un puesto con hombres como ésos?

La galería trasera estaba casi desierta salvo por unos cuantos miembros del personal del ERR que Sophie conocía sólo de vista, y se deslizó junto a ellos, sintiendo como si el pecho le fuera a estallar si no encontraba algún momento de soledad. Inhaló profundamente, tratando de sofocar la marea que amenazaba con vencerla. Luchó por superar el temblor incontrolable mientras su cuerpo se desbordaba por la necesidad de rabiar, de huir, de luchar... pero, ¿contra qué podía rabiar, allí, en ese museo? ¿Cómo podía huir cuando los guardias de Göring estaban apostados en la puerta? ¿Contra quién podía luchar cuando los alemanes ya habían triunfado?

Se dirigió a la Sala de los Mártires con la esperanza de poder aprovechar el espacio tranquilo para serenarse. Aunque no fumaba por norma, apartó las cortinas mientras hurgaba en su bolsillo en busca de un paquete de cigarrillos, y sacó uno de su arrugado envoltorio, buscando en sus bolsillos un encendedor, un juego de fósforos...

De pie junto a la barandilla de los cuadros, Gerhardt Hausler volteó, con las cejas levantadas en cortés indagación.

—Escuché que Rochlitz había hecho su selección —dijo tranquilamente, echando un vistazo a los cuadros que ahora se alineaban en la barandilla. Eran once en total: Picassos, Braques y Matisses destinados a ser embalados y enviados a la galería de Rochlitz—. Quería verlos por mí mismo antes de que salieran del museo. Once cuadros para un Weenix y un supuesto Tiziano. Yo diría que Rochlitz se llevó la mejor parte del trato.

Sophie se quedó en la puerta mientras Hausler caminaba despacio a lo largo de la fila de cuadros, haciendo que el talón de su bastón golpeara despacio el suelo.

—No me había dado cuenta de que estaba aquí, Dr. Hausler. Lo dejaré...

—Por favor, no se vaya, Mademoiselle Brandt. —Levantó la mirada—. Quédese conmigo. Compartimos laboratorio, pero parece que nunca tenemos ocasión de charlar como es debido. —Sonrió y su tono era relajado y conspirativo—. No le diré a nadie lo del cigarrillo si eso es lo que le preocupa.

Si tan sólo lo supiera. Aunque su anterior sensación de terror empezaba a disiparse, algo en el tono de Hausler la mantenía en guardia, con una tensión punzante en la nuca. ¿Era la intuición la que le decía que corriera, o estaba confundiendo la cordialidad genuina de Hausler con peligro?

Encendió el cigarrillo, disipando una nube de humo del aire que la rodeaba.

—Bien —dijo Hausler—. Me alegro de que se quede, Sophie. ¿Puedo llamarla Sophie?

—Por supuesto —contestó ella.

—Y me gustaría que me llamara Gerhardt. —Se acercó a la parte trasera de la mesa para admirar un Dalí en la pared—. No conozco a mucha gente en París que pueda llamarme Gerhardt. Es difícil hacer amigos hoy en día, pero creo que usted sabe algo de eso.

Sophie inhaló profundamente, dejando que el tabaco calmara sus nervios agitados.

—¿Algo de qué?

Él se encogió de hombros.

—Mudarse a una nueva ciudad. Hacer nuevos amigos. Recuérdeme, Sophie, ¿dónde creció?

A ella se le partió el corazón.

—Lausana —respondió ella, intentando dotar de convicción a su tono.

—Por supuesto. —Hizo sonar un nudillo en el marco de un Matisse cercano—. Se sabía que Henri visitaba Lausana. Pablo también.

—Es un paraíso para los artistas —respondió ella con cuidado.

—En efecto. —La sonrisa de Hausler menguó—. Me pregunto si alguna de estas piezas llegará a Lausana. Me han dicho que Rochlitz tiene una lista de clientes bastante extensa en Suiza.

—Razón de más para disfrutarlas mientras podamos —replicó Sophie, y Hausler la miró con una expresión peculiar.

—Debo decir que estoy bastante impresionado con el Dr. Richter. Nunca he pensado mucho en él, pero aquí tiene el comienzo de un negocio lucrativo si sigue gozando de la simpatía de Göring. Después de todo, no es como si Bohn supiera qué hacer con la colección degenerada.

El cuello de Sophie volvió a punzar. Desde el fondo del pasillo, podía oír el sonido de la estruendosa risa de Göring y el lejano murmullo de una conversación. ¿Había todavía comisarios del ERR en la galería cercana, o habían vuelto a la fiesta?

Eligió sus palabras con cuidado.

—No hay lugar para la degeneración en el Reich.

—No hay lugar para la degeneración. —Hausler suspiró y luego consultó un reloj de oro en una cadena—. Debo decir que Rochlitz tiene buen gusto, aunque su ojo deje que desear.

Sophie levantó la cara bruscamente.

—¿Qué quiere decir?

Guardó el reloj de bolsillo e hizo un gesto con la barbilla en dirección a la barandilla de los cuadros.

—El Tiziano del que está tan orgulloso es un presunto Tiziano en el mejor de los casos. Y ese Kirchner... Bueno, no es exactamente un Kirchner, ¿verdad?

Sophie palideció, y en el rostro delineado de Hausler se dibujó una expresión de triunfo.

—Ya me lo imaginaba —dijo él y dio un paso adelante para rodear con sus dedos el brazo de Sophie—. Vamos a dar un paseo hasta nuestro laboratorio, Mademoiselle Brandt, y luego le sugiero que me lo cuente todo.

30

Septiembre de 1935

El vagón resonaba con canciones y risas, y el ruido de un centenar de niñas ahogaba el traqueteo de las ruedas del tren mientras éste avanzaba a toda velocidad hacia el noreste a través de la campiña iluminada por el amanecer. Para Sophie, sentada a mitad del vagón, la energía alborotada de sus compañeras de grupo parecía suficiente para propulsar el tren sin necesidad de carbón. ¿Cómo no iban a estar entusiasmadas ante la perspectiva de asistir a su primer *Reichsparteitag* en Nuremberg? Observó cómo Ella, una musculosa líder de la compañía de pelo dorado con una insignia negra y plateada prendida en su blusa marinera, dirigía una entusiasta interpretación de la canción de «Horst Wessel», agarrándose de vez en cuando del respaldo del asiento más cercano para mantener el equilibrio mientras avanzaba por el oscilante vagón.

Sentada a su lado, Greta dio un codazo en el brazo de Sophie, lo que provocó una sacudida de electricidad que se disparó directamente al vientre de ésta última.

—No estás cantando de verdad —siseó Greta, dedicándole a Sophie una sonrisa repleta de pecas, y Sophie, que había estado murmurando la letra en silencio, se unió a ella. Greta se echó a reír y el corazón de Sophie se animó cuando la canción alcanzó su emocionante *crescendo*. Por muy acomplejada que estuviera por su voz al cantar, por su pelo rebelde y su tez manchada, por sus modales torpes y su falta de gracia, habría hecho cualquier cosa por hacer sonreír a Greta.

Ella levantó la mano.

—Muy bien, muy bien, cálmense —dijo, pero poco pudo hacer para sofocar la sensación de emoción cuando el campo empezó a dar paso a las dispersas afueras de la ciudad—. ¡Tranquilas, chicas! Sé que todas estamos ansiosas por asistir al *Reichsparteitag*, pero antes de llegar quiero que me prometan que se comportarán. ¿Entendido? Es un honor representar a la Bund Deutscher Mädel en un acontecimiento tan histórico, especialmente en las ceremonias de apertura de hoy, y sé que ninguna de ustedes deshonrará el nombre de Stuttgart... ¿Me estás escuchando, Frieda? —Levantó la voz juguetonamente, y una chica de la parte trasera del vagón soltó un complaciente graznido de protesta—. Sé que todas ustedes me harán sentir orgullosa. Pórtense bien e incluso podrían llamar la atención del Führer.

El vagón se llenó de murmullos.

—¡El Führer! —Greta apretó la mano de Sophie—. ¿Te lo imaginas? ¿Qué le dirías si llegaras a conocerlo?

Sophie negó con la cabeza, disfrutando del contacto con Greta.

—No —dijo con rotundidad—. ¡De ninguna manera el Führer hablaría con nosotras! Es demasiado importante.

Greta se inclinó y apoyó su cabeza trenzada en el hombro de Sophie para observar el paisaje que pasaba.

—Te escucharía. Siempre tienes cosas importantísimas que decir.

Sophie apenas escuchó el cumplido de Greta. ¿Cómo iba a hacerlo cuando el aroma del perfume de Greta era tan embriagador?

—Seguro que sólo lo veremos de lejos. Además, lo que más quiero es visitar a mi hermano.

—Dietrich —murmuró Greta en señal de acuerdo, el balanceo del tren la adormecía.

Dietrich. Sophie no lo veía desde su decimoctavo cumpleaños, cuando comenzó su entrenamiento obligatorio con la Wehrmacht. Él le había escrito, por supuesto, y ella le contestaba, pero este mitin, que reunía a todos los partidarios del Führer de todo el Reich, era la primera oportunidad que tenía de verlo en seis meses, y a juzgar por el tono amargo de sus cartas, Sophie tenía muchas noticias de las que ponerse al día. Pero por muy emocionada que estuviera por pasar tiempo con Dietrich, no podía negar que parte del atractivo del viaje de una semana de su compañía a Nuremberg era éste: la posibilidad de pasar tiempo con Greta, compartiendo confidencias con las que Sophie sólo había soñado hasta ese momento.

El tren desaceleró a medida que se adentraba en la ciudad y Sophie apoyó la cara en el cristal para divisar las torretas medievales del castillo de Nuremberg, de color marrón siena contra el cielo azul cerúleo. Con sus edificios de entramado de madera y sus torres redondas, el castillo fue en su momento un ejemplo clásico de arquitectura gótica, pero la nueva y fresca identidad de la ciudad como sede del partido nazi dio lugar a una reciente reconversión. El castillo fue desmantelado y modernizado, despojado de siglos de ampliaciones en un intento de hacerlo útil de nuevo.

«El futuro siempre toma del pasado», pensó para sí con pesar, deseando haber podido ver las ampliaciones del siglo XIX antes de que las hubieran eliminado todas. «Sin embargo, el progreso no puede ser frenado por algo tan básico como el sentimentalismo». Eso, al menos, era lo que le habían dicho tanto los profesores como los líderes de la compañía BDM desde que su solicitud de ingreso en la Academia Estatal de Bellas Artes de Stuttgart fue rechazada: que el progreso se lograba a partir del sacrificio individual, en nombre del bien común.

Aún le dolía pensar que sus sueños de convertirse en restauradora de arte estaban prácticamente acabados. ¿Cómo no iban a estarlo cuando el bien común exigía que se convirtiera en esposa y madre? Hizo lo posible por aceptar lo que el destino le tenía reservado, pero sentada allí, con la cabeza de Greta sobre su hombro, no podía evitar imaginarse una realidad diferente.

El resto del día pasó de forma confusa, y Sophie se tragó su melancolía mientras caminaba del brazo de Greta por las calles repletas de esvásticas de Nuremberg, cuyos edificios medievales contrastaban pintorescamente con la magnífica modernidad del Campo Zeppelin. Junto a miles de chicas de otros cientos de compañías de la BDM, Sophie interpretó un baile al glorioso unísono para inaugurar oficialmente el mitin de Nuremberg, arremolinándose bajo la mirada de su líder mientras éste permanecía de pie en lo alto de un poderoso podio, con un brazo extendido en un enérgico saludo. En ese momento, incluso Sophie pudo admitir que el bien del colectivo superaba el dolor individual. ¿Qué importaba si era infeliz mientras pudiera enorgullecer a su país, a su Führer?

Aquella noche, Sophie se sentó en el suelo junto a una litera mientras Greta se recogía el pelo en dos gruesas trenzas. Habían sido invitadas a un baile con miembros de la Wehrmacht —hombres de verdad, según les contó Ella con entusiasmo mientras todas se preparaban en su dormitorio de treinta camas dentro de los muy inclinados muros de la Torre Luginsland.

—Nuestra primera fiesta —susurró Greta por encima del hombro de Sophie—. ¿Con quién bailarás?

En su mente, Sophie le tendió la mano y Greta la estrechó.

—No lo sé —dijo mientras se imaginaba bailando mejilla con mejilla con Greta—. Con quien me lo pida, supongo.

Greta terminó de hacerse las trenzas y palmeó el hombro de Sophie.

—Bailaré con cualquiera que tenga un rango de *Unteroffizier* o superior. —Buscó en su bolsillo, mirando subrepticiamente a su alrededor para asegurarse de que la atención de Ella estuviera en otra parte antes de sacar una maltrecha polvera de colorete—. Vamos —susurró—. Me aseguraré de que Ella no lo vea.

Apresuradamente, Sophie metió un dedo en el colorete y se lo untó por las mejillas, utilizando el pequeño espejo de la polvera para ver un centímetro de su piel a la vez. Sabía que su jefa de compañía las reprendería a ambas si llegaba a ver el colorete —para una buena chica alemana, un cutis sano se conseguía con actividad y ejercicio más que con artificios—, pero quizá si Sophie era sutil, Ella no notaría la diferencia.

Greta frunció los labios.

—Tienes... tienes que difuminarlo más, creo —dijo, y sujetó la cara de Sophie. Suavemente, empezó a extender el colorete en las mejillas de Sophie con el pulgar, con un toque tan ligero como un susurro.

—Ya está —dijo en voz baja, con los dedos sobre las mejillas de Sophie un poco más de lo necesario.

Reacia a dejar pasar el momento pero demasiado consciente de que alguien más —otro miembro de la compañía o la propia Ella— podría verlo, Sophie se soltó del agarre de Greta.

—El... aquí —murmuró, devolviéndole la polvera.

Greta la tomó y sus mejillas se enrojecieron repentina y furiosamente sin la ayuda del maquillaje. Se dio la vuelta, afanándose con la polvera; algo cambió en el momento en que Sophie se alejó, y Sophie se odió por ello. ¿Acaso no era la atención de Greta lo único que había deseado siempre?

En el otro extremo de la sala, Ella se aclaró la garganta.

—Ya sé que están todas emocionadas por el baile —dijo con indulgencia, y Sophie vio a varias de sus compañeras de compañía retorcerse alegremente en sus asientos—, y espero que todas se comporten de acuerdo con los deseos del Führer.

Hizo una pausa, y Sophie se preparó para un sermón que ya había oído demasiadas veces en sus diecisiete años en las aulas y en los grupos juveniles, en los años anteriores a su ingreso en la BDM: «Compórtate como una dama», le dijeron cuando tenía trece, quince años. «Los hombres se aprovecharán si se los permites».

Ella sonrió.

—Sin duda, escucharán este discurso muchas veces a lo largo de esta semana, pero nunca está de más volver a oírlo. Para algunas de ustedes, ésta es su primera vez en Nuremberg. —Sophie y Greta intercambiaron miradas—. Y quiero que sepan el privilegio que supone estar aquí. Cuando se unieron a mi compañía, pasaron a formar parte de las filas más antiguas de la Bund Deutscher Mädel, y eso significa que ustedes, mis niñas, son las personas más importantes de todo el Reich.

Sophie metió la mano por detrás y apretó la rodilla de Greta.

—Como saben, es nuestro deber, nuestro destino, ayudar a que el Reich se convierta en la patria fuerte y pura que un día fue y volverá a ser —continuó Ella mientras caminaba entre las literas—. Esta concentración ofrece una oportunidad como ninguna otra para cumplir ese destino. —Extendió un brazo hacia la ventana abuhardillada de la habitación, donde el resplandor dorado del atardecer recorría el suelo—. Esta semana se han reunido los mejores jóvenes de Alemania para celebrar el poderío de nuestro país. Estamos aquí para celebrarlo con ellos y para ayudar a construir el futuro de Alemania.

—En el baile de esta noche, y en todos los eventos que le sigan, conocerán a algunos de los hombres racialmente más puros que el Reich puede ofrecer. Es su deber, nuestro deber, aprovechar esta reunión para empezar a construir la próxima generación del *Volk* alemán. —Miró alrededor de la sala, sonriente—. Un *Volk* racialmente puro, una generación libre de impurezas. Una generación de *Übermenschen*.

El fulgor del atardecer había alcanzado el rostro de Ella, dando a sus ojos ambarinos un brillo avaricioso mientras observaba a la compañía.

—Esta semana, deberán cumplir sus destinos como madres del Reich. Vuelvan a casa con un niño en el vientre para el Führer y habrán cumplido con su glorioso deber.

* * *

El *Ballhaus* era grande y estaba tenuemente iluminado, lleno de soldados huraños y compañías de chicas que, como Sophie, acudieron vestidas con las faldas largas y los pañuelos de la BDM. En un nicho revestido de madera, una orquesta de metales tocaba una sedada selección de éxitos de salón de baile en la que el canturreo de la cantante resultaba benditamente familiar en medio de la extrañeza del primer baile de Sophie. Unas cuantas parejas ya habían empezado a girar sobre el desgastado parqué —los hombres más atrevidos con las chicas más valientes—, mientras que un grupo de soldados vestidos de gris de la Wehrmacht permanecía de pie junto a la mesa de ponche, rellenando sus tazas de té de cristal con tragos de licor procedentes de frascos maltratados.

Todavía de pie en el umbral de la puerta, Sophie tomó aliento mientras Greta pellizcaba sus mejillas dándoles más color.

—Te has abrochado mal la camisa —dijo despreocupadamente, y Sophie giró, mortificada, para ponerse de cara a la pared mientras la arreglaba—. ¿Por dónde crees que deberíamos empezar? Me gusta bastante el aspecto de ese grupo en la mesa del ponche... aunque, si quieres dar una vuelta rápida por la sala para ver si Dietrich está aquí, también está bien.

Por supuesto, Dietrich. Sophie seguía tan aturdida que olvidó por qué le entusiasmaba acudir al baile en primer lugar. Ella le dio a cada una un vasito de aguardiente antes de salir del hostal, pero el licor hizo poco por adormecer los nervios de Sophie: nunca había besado siquiera a un chico, ni estaba del todo segura de querer hacerlo nunca. ¿Cómo podía cumplir con su deber para con el Reich cuando implicaba mucho más de lo que jamás imaginó?

—De acuerdo —dijo Greta con una mirada malhumorada—. Puedes quedarte ahí, pero yo me voy.

Sophie miró alrededor de la habitación buscando algo —cualquier cosa— que la distrajera. Dietrich: ¿estaría allí, en alguna parte?, ¿sería uno de los innumerables soldados con uniforme oficial y ojos azules de rigor? De pie, junto a la ponchera, la líder de la compañía, Ella, se sirvió un trago, paseando su brillante mirada por la sala. Divisó a Sophie y ésta alargó la mano para agarrar el brazo de Greta.

—¿Esto-esto te parece adecuado? —dijo.

Greta respondió con la mirada perdida.

—No estoy segura de lo que quieres decir, *Schnucki* —dijo con dulzura, y luego se perdió entre la multitud.

Sophie pudo sentir que alguien la observaba fijamente y miró a su alrededor. Todavía en la mesa de refrescos, Ella indicó, con un rígido tirón de cuello, a Sophie que siguiera a Greta a la pista de baile.

Dio un paso, y a Sophie le pareció como si estuviera avanzando por arenas movedizas. Algunas de las integrantes de su compañía ya habían empezado a bailar. Cerca de la orquesta, Frieda daba pasos rápidos con un soldado de infantería, y su uniforme era muy infantil, muy juvenil, al lado de la impecable chaqueta de vestir de él. Le pasó una mano por el brazo, riendo, y Sophie se volteó, imaginándose la blusa azul de Frieda abultada por un avanzado embarazo, presumiendo triunfante mientras se entregaba a un hombre al que apenas conocía; ofreciendo a su hijo, su precioso *Übermensch*, al Führer. Sophie se reconcilió con la idea de renunciar al trabajo de sus sueños por el bien del Reich, pero, ¿renunciar a su cuerpo?, ¿a su corazón?

¿A su vida?

Un soldado tropezó con ella entre la confusión, y estaba claro, por sus ojos vidriosos y sus mejillas rubicundas, que ya había bebido mucho.

—¿Bailas conmigo? —le preguntó, tendiéndole una mano. Era unos años mayor que Sophie, pero un niño todavía. Con sus mejillas sin afeitar y su físico de cachorro gordo, estaba claro que era un nuevo recluta. ¿Era su estado de embriaguez el resultado de su propio intento de quitarse los nervios?

Por encima de su hombro, Ella se encontró con sus ojos y asintió.

—Por supuesto —respondió ella y permitió que él la condujera a la pista de baile.

El aliento del soldado calentaba su hombro mientras bailaban, y sus dedos gruesos se aferraban a su cintura mientras intentaba con insistencia acercarla. Ella giró la cabeza para inspeccionar la sala. ¿Dónde estaba Dietrich?

Unas parejas más allá, Greta bailaba con un *Unteroffizier*, y Sophie sintió un piquete de pesar. La mirada de su rostro era tan tierna, tan amable como lo fue cuando apoyó la cabeza en el hombro de Sophie en el tren. Se encontró con la mirada de Sophie y se sonrojó antes de volver a prestar atención a su pareja.

Sophie se zafó del agarre del soldado, disculpándose por encima del hombro mientras se abría paso entre la multitud.

—Lo siento mucho. Necesito un poco de aire...

En el exterior, la noche sin luna resplandecía a la luz de las farolas amarillas, y el aire helaba sus mejillas ardientes mientras se alejaba del *Ballhaus*. «Respira», se dijo a sí misma, deseando contra toda esperanza que Ella no hubiera visto su brusca salida del salón de baile. Se metió en un callejón cercano, y el muro exterior del *Ballhaus* le resultó benditamente fresco mientras se apoyaba en él, hundiendo la frente en la piedra para dejarse sucumbir, sólo por un momento, a las lágrimas que tanto se esforzó en ocultar.

Podía marcharse, fingir que conoció a algún apuesto soldado y escabullirse de vuelta al hostal, fingir dormir cuando Greta regresara, para susurrarle detalles de sus aventuras con el *Unteroffizier*. Con veinte chicas bajo su supervisión, ¿se daría cuenta Ella de la desaparición de una? Era lo que ella quería, después de todo, que sus chicas se escabulleran por los oscuros rincones...

Se imaginó la ruta de vuelta al hostal, a sólo unas cuantas curvas por tranquilos caminos empedrados. Por encima de los tejados, podía ver los muros inclinados de la Torre Luginsland, iluminados por los mismos focos fríos que proyectaban columnas blancas alrededor del lejano Campo Zeppelin. Podría estar de vuelta en su litera en veinte minutos si no se entretenía. Tal vez vería a Dietrich en el desfile militar del día siguiente, o bien, le escribiría una vez que estuviera en casa, en Stuttgart, para disculparse por no haberlo visto.

Volteó, sacándose el pañuelo del cuello para secarse las lágrimas.

—¿Por qué tan triste, *Fräulein*?

Un grupo de soldados había salido del salón de baile y llevaban las túnicas desabrochadas mientras se pasaban una cantimplora de plata. Ella se secó las mejillas una vez más y, haciendo una bola con su pañuelo manchado de colorete en la mano, empezó a caminar en dirección contraria.

—¡*Fräulein*! ¡Eh, *Fräulein*! —Uno de los soldados se separó del grupo y se acercó trotando, rodeándola para cortarle el paso. Extendió las manos, con su rostro hermoso, cándido y alerta a la vez.

—Sólo quiero asegurarme de que esté bien —dijo, y por sobre el sonido de la banda musical que resonaba en las puertas abiertas del *Ballhaus*, pudo oír pasos detrás de ella.

El terror inundó sus venas, borrando toda emoción que no fuera el impulso primario de huir.

—Déjeme pasar —dijo en voz baja.

—No hasta que sepa que está bien —respondió el soldado, metiendo la mano en su bolsillo—. ¿Qué clase de caballero sería si no velara por la seguridad de una dama? Esta es una gran ciudad, *Fräulein*, y no somos los únicos en ella. Judíos, subhumanos... harían casi cualquier cosa por poner sus manos sobre una cosa tan bonita como usted. —Le tendió un paquete verde, y por el rabillo del ojo ella pudo ver a sus amigos, rodeándola como lobos en torno a un ciervo—. ¿Un cigarrillo?

—Déjenme pasar —repitió ella con más fuerza, y se lanzó hacia adelante, pero el soldado dejó caer sus cigarrillos para atraparla con ambas manos.

—¿Esa es la forma de tratar a uno de los valientes defensores de Alemania? —Empujó a Sophie contra la pared y se inclinó hacia ella, pareciendo deleitarse con sus intentos de liberarse—. Cuando lo único que queremos es ayudarla a cumplir con su deber. —Llevó una mano a su cuello para inmovilizarla mientras jugueteaba con la hebilla de su cinturón, y Sophie pudo sentir su aliento caliente en su mejilla mientras sus amigos lo azuzaban—. Un niño para el Führer...

En un instante, tan rápido que Sophie sólo lo percibió como algo borroso, el soldado desapareció, y allí, respirando agitadamente, estaba Dietrich. Miró a Sophie con el rostro como un trueno, antes de girar hacia el grupo de soldados. El líder del grupo estaba tendido sobre los adoquines, con su otrora perfecta nariz torcida y chorreando sangre, pero sus amigos, que se dispersaron por un momento, se reagruparon.

Dietrich extendió un brazo para proteger a Sophie a su espalda, y en su mano libre, ella pudo ver el destello de una navaja.

—Lárgate de aquí, Schmidt —gruñó, y dos de los miembros del grupo se lanzaron hacia delante para arrastrar al líder, cuyas brillantes botas chocaban contra los adoquines mientras se retiraban por el oscuro camino.

Volteó y jaló a Sophie a sus brazos. Con una especie de distancia, se dio cuenta de que él temblaba casi tanto como ella.

—¿Estás herida? Sophie, ¿estás...?

—Estoy-estoy bien, Dietrich —balbuceó ella—. Estoy bien.

Él dio un paso atrás y la miró como asegurándose con sus propios ojos de que estaba ilesa, respirando como si hubiera corrido una maratón.

—¿Dónde está tu hostal? Tenemos que irnos, empaca tus cosas.

—¿Empacar? Dietrich, no puedo... mañana hay desfile...

—Nos vamos —dijo él con rotundidad. Tomó la mano de Sophie y comenzó a subir furioso por el camino—. Schmidt está en mi regimiento, y es un bastardo despiadado, pero si no es él, será otro el que pruebe su suerte. Si crees que voy a dejar que te arrojen a esos monstruos otra vez... Subiremos al próximo tren, cualquier lugar es mejor que aquí...

—¿Irnos de Nuremberg? —Ella soltó su mano de la de él—. Dietrich, no podemos. Todo tu regimiento está aquí. Estarías desertando.

—Tanto mejor. —Miró fijamente a Sophie y, a la luz de una farola cercana, ella pudo ver lo pálido que se había puesto, lo demacrado que estaba—. Sabes que nunca he creído en todo esto. Esta... esta locura, este megalómano dirigiendo nuestro país... Las cosas que nos enseñaron en las Juventudes Hitlerianas y ahora en la Wehrmacht, todo está construido para dividir, Sophie, para dividir y cegar.

Miró por encima del hombro y Sophie supo que su tiempo era limitado. Entre la líder de su compañía y los soldados que Dietrich espantó, alguien iría a buscarlos en poco tiempo.

—Estuve preocupado por ti todos los días desde que me reclutaron. Sin embargo, en tus cartas parecías feliz, haciendo amigos. No me sentía con derecho a quitarte eso sin motivo, pero lo que acabo de ver, lo que acabo de oír... Lo que ocurría en ese salón de baile... Es una secta, Sophie. Es una secta, y no puedo soportar la idea de que seas una de sus víctimas.

Ella dio un paso adelante.

—¿A dónde iremos?

—A cualquier sitio que no sea éste. No puedo seguir viviendo en esta pesadilla. —Hizo una pausa—. Dime que eres feliz aquí, dime que ésta es la vida que quieres y te dejaré en paz, pero tú debes decidir.

Ella pensó, arrepintiéndose por un momento, en la tierna sonrisa de Greta, en sus mejillas pecosas.

—No es la vida que quiero.

Dietrich le tendió la mano y juntos desaparecieron entre las sombras.

31

Marzo de 1941

La mente de Sophie iba a toda velocidad mientras Gerhardt Hausler la escoltaba por la escalera de servicio hasta el laboratorio. Podía huir, por supuesto, pero, ¿hasta dónde llegaría si estaban Göring y sus subordinados en las galerías y había soldados patrullando el Jardin des Tuileries?

Él la arrastró al laboratorio de restauración y cerró la puerta con llave.

—Un momento. —Pasó junto a Sophie mientras ésta se apoyaba, con las piernas débiles, en su mesa de trabajo—. No quiero que me escuchen —murmuró, abriendo la puerta del armario de suministros para revelar un desorden de herramientas y cajas adicionales—. Se sabe que Bohn y su secretaria son bastante aventureros en este edificio. No podemos ser suficientemente cuidadosos... Ahora. —Se colocó contra el borde de su propio banco de trabajo y miró a Sophie, mientras sus dedos jugueteaban con el mango de su bastón—. El Kirchner.

«Piensa», se dijo Sophie, esforzándose por ocultar lo profundo de su pánico tras una fachada de sosiego.

—¿Qué le hace pensar que hay algo mal en él?

—El tono de rojo utilizado para la figura de la izquierda no es el adecuado —respondió—. Está cerca, muy cerca, pero no es el correcto.

—Ya veo. —Sophie se agarró del borde de la mesa—. ¿Y pudo distinguir de un vistazo que el rojo no era el correcto? Cualquier cosa pudo haberlo oscurecido: daños por el humo, exposición a la luz, oxidación...

—Le eché más que un vistazo. —Al otro lado de la puerta cerrada, Sophie podía oír el lejano barullo de la fiesta que se estaba llevando a cabo—. Estoy bastante familiarizado con la pieza. ¿Por qué lo hizo?

—¿Quién dice que yo hice algo? —replicó Sophie—. Estoy tan sorprendida como usted. Venía de un coleccionista privado, quizá se dejó engañar por algún criminal...

—Paul Rosenberg se volaría el pie de un tiro antes que confundir un Kirchner —espetó Hausler—. Examiné esta pieza cuando llegué al Jeu de Paume hace meses y, a menos de que sus métodos de conservación sean muy diferentes a los míos, los colores de ese cuadro han cambiado. Así que debo concluir que ha sustituido el original por una falsificación. —Se cruzó de brazos mientras la luz se reflejaba en un anillo de oro con un sello que llevaba en el dedo más pequeño—. Es una buena falsificación, lo admito, pero una falsificación al fin y al cabo. Me sorprende que Richter no lo viera. Con todo el entusiasmo de su trabajo con Göring, está perdiendo su toque.

Hausler la había superado, eso estaba claro. Aunque quizá aún pudiera cambiar la situación a su favor.

—Usted sabe lo que los nazis hicieron con el resto de las obras de Kirchner —dijo ella con fiereza—. Sabe lo que le harán a ese cuadro si se apoderan de él. —Su mente se dirigió a Rose Valland. Se sentiría muy decepcionada al saber que Sophie no era más que una vulgar ladrona. ¿Le permitiría Hausler llevarse sus provisiones cuando la despidiera o la posibilidad de ser despedida era más de lo que podía esperar?—. Es uno de los artistas más importantes de nuestro tiempo. No podía permitir que siguieran destruyendo su legado. Simplemente no podía hacerlo.

—Fue —respondió Hausler.

Sophie levantó la vista.

—¿Perdón?

—Fue uno de los artistas más importantes de nuestro tiempo. —Hausler se enderezó, ciñendo su chaleco a su esbelta figura—. Éramos amigos, ¿sabe? Ernst y yo. Y Emil Nolde. Otto Müller. Todos los miembros de Die Brücke, en realidad, en los días de mi caprichosa juventud. —Su expresión se relajó momentáneamente mientras pasaba una mano por su plateado cabello—. Yo formaba parte de su círculo o, más bien, anhelaba formar parte de él. Todos ellos fueron mis héroes, creaban arte que buscaba dar forma al futuro en lugar de reflejar el pasado. —Se quitó los lentes y sacó el pañuelo para limpiar los cristales con brusca eficacia—. Yo tenía un... amigo especial entre los admiradores de Ernst, un joven...

Se entretuvo, absorto en la tarea de limpiar sus lentes, y Sophie pensó, irresistiblemente, en Greta con su sonrisa llena de pecas y su pelo trenzado que brillaba a la luz del sol de verano.

Hausler se aclaró la garganta.

—Die Brücke se separó durante la Gran Guerra, por supuesto, todos nosotros nos separamos con nuestros regimientos. Ernst se alistó como conductor en un regimiento de artillería de campaña, pero tuvo un... episodio en 1915 y nunca volvió a ser el mismo después de eso.

Sophie había oído hablar de la crisis de Kirchner. Fue internado en un sanatorio y pasó gran parte del resto de su vida entrando y saliendo de instituciones. ¿Lo habría visitado Hausler durante aquellos oscuros años posteriores a la Gran Guerra?

—Nunca abandonó por completo ese campo de batalla, ¿sabe? Yo tampoco, supongo. Yo me fui a la academia de Dresde para formarme como restaurador, mientras que Ernst acabó en Davos. —Sonrió—. Un poco lejos para visitarlo regularmente, pero mantuvimos correspondencia hasta el final de su vida.

Sophie se aclaró la garganta.

—¿Y su... su amigo especial...?

La sonrisa de Gerhardt desapareció.

—Nos alistamos juntos en 1915, justo antes de que Ernst recibiera licencia por invalidez —dijo—. Willi me salvó la vida más de una vez. Me sacó de un cráter después de que una bomba británica me hiciera volar por tierra de nadie. Era... más valiente que yo, por mucho. —Se hizo el silencio entre ellos, y sus implicaciones fueron tan tiernas y significativas, como si Hausler hubiera puesto sus sentimientos en palabras.

Finalmente, se aclaró la garganta.

—Seiscientas obras de Ernst Kirchner fueron destruidas cuando los nazis tomaron el poder y lo tacharon de degenerado. Ernst nunca se recuperó del insulto que supuso todo aquello. Die Brücke se fundó con la promesa de crear un arte nuevo para Alemania, para un mundo nuevo y moderno. Pero Hitler vio la obra de Ernst como degenerada.

—Junto con la de tantos otros —intervino Sophie, y Hausler asintió lentamente, atrapado, sospechaba ella, en la bruma de recuerdos dolorosos.

—El arte de Ernst estaba destinado a dar forma al futuro. Al final no pudo soportar en qué se había convertido el futuro. —Se puso de pie con el delineado rostro sombrío—. Su esposa, Erna, sigue allí, creo, en Frauenkirche. No muchos de nosotros pudimos viajar hasta allá para presentar nuestros respetos.

Sophie se llevó una mano a los labios. Conocía, a grandes rasgos, la historia de Kirchner —que su muerte fue declarada suicidio—, pero oírla de boca de un amigo personal dio un color vívido a la auténtica tragedia de los últimos días del artista. Se imaginó a la viuda de Ernst y, en su mente, a Erna con las facciones afiladas de Fabienne, de pie y sola junto a su tumba, viviendo en la casa que antaño llenaron de arte y recuerdos.

—¿Cómo puede trabajar para ellos? Sabiendo lo que le hicieron a su amigo... ¿cómo puede soportarlo?

—¿Cree que tuve elección en el asunto? —Hausler volvió a colocarse los lentes en el puente de la nariz—. Willi y yo vivíamos en Berlín, en un pequeño departamento con dos habitaciones, para guardar las apariencias. Pero alguien, un vecino, nos delató a las autoridades. Los soldados de la SA llegaron en mitad de la noche. Nos llevaron a la comisaría. A Willi lo llevaron a un campo de concentración, junto con otros... otros hombres como nosotros. Junto a los artistas, los judíos, los gitanos y los disidentes políticos...

El anillo con el sello de Hausler relucía mientras ajustaba la empuñadura de su bastón. ¿Habría Willi llevado uno similar cuando se lo llevaron por la noche, otra alma, otra historia, otra víctima?

—Me retuvieron en esa comisaría durante días para darme tiempo, supongo, a pensar en mis opciones. Tenía talentos, decían, que eran útiles para el Reich. Podía unirme al partido, al ERR... o podía irme con Willi a Sachsenhausen. —Cerró los ojos y su rostro se retorció de angustia—. Pensé que... pensé que podría hacer más, como parte del partido... que podría... salvar a Willi; tener alguna medida para influir en su destino, quizá hacer que... hacer que lo llevaran a otro lugar, fuera del Reich, donde pudiera... vivir... —Levantó la mirada, suplicando a Sophie como si ella pudiera cambiar el resultado de lo que sucedió hacía tantos años—. ¿Qué habría hecho usted si le hubieran dado a elegir?

Ella se inclinó hacia adelante y tomó sus temblorosas manos entre las suyas. ¿Habría encontrado Greta a alguien con quien compartir el afecto que se le escapó entre los dedos a Sophie?, ¿o se habría resignado al destino de una ideóloga, aplastada bajo los obtusos ideales de la feminidad nazi?

En cierto modo, Sophie esperaba que Greta hubiera optado por lo segundo, pues tal elección significaría al menos la vida.

—El día que firmé mi juramento de lealtad, me dijeron que Willi... murió allí. Sin mí. —La voz de Hausler se quebró y por sus mejillas corrieron lágrimas—. Mi elección debió haber sido sencilla. Debí haberlo seguido a ese campo, debí haber muerto a su lado, pero Willi murió pensando que yo lo abandoné... y así fue.

—No lo hizo —replicó Sophie con firmeza—. La elección no era suya. Lo que les hicieron a Willi y a usted fue monstruoso, pero no fue culpa suya, Gerhardt.

—Si no fue mía, ¿de quién? —Hausler sonrió con tristeza—. Abandoné al hombre que amaba, dejé que lo tacharan de degenerado como a Ernst... como a mí. —Respiró profunda y agitadamente—. Como a esos cuadros de abajo. Si ha conseguido salvar aunque sea uno, ha sido más valiente de lo que yo jamás fui.

—Entonces salvemos más —susurró Sophie, agarrando más fuerte la mano de Hausler—. Saquemos todos los que podamos del museo. Por Willi y Ernst. Por Dietrich y Paul. —«Por Greta», añadió mentalmente, dejando que la esperanza, el dolor y la angustia recorrieran su corazón a la vez—. Salvemos lo que podamos. Todo, por los que hemos perdido.

32

Abril de 1941

El sendero empedrado que bordeaba la orilla del Sena brillaba a la luz del sol de la tarde, un breve pero furioso aguacero lo transformó en una laguna poco profunda que amenazaba con desbordarse por el terraplén hacia el revuelto río marrón. Caminando con los zapatos en la mano, para protegerlos de lo peor del agua, Fabienne levantó la mirada hacia los imponentes muros de piedra que apuntalaban el Quai Saint-Michel. Mientras gran parte de París se refugiaba en los cafés y departamentos, ella disfrutaba del momento de soledad, sintiendo como si el Sena y sus tumultuosas aguas estuvieran allí para ella nada más.

Pasó por debajo del Puente Saint-Michel, escuchando el traqueteo de los carruajes tirados por caballos. Dos años atrás, el puente fue invadido por los automóviles, que transportaban a los pasajeros a la antigua y abarrotada Île de la Cité, a la serena y majestuosa Notre Dame, con su elegante torre gótica, o quizá al Palacio de Justicia e incluso al otro lado del río, al barrio del Marais, más allá. Fabienne recordaba haber visitado el Marais de niña, acompañando a mamá en sus infrecuentes visitas a París para comprar artículos de primera necesidad que no se encontraban en Bar-sur-Aube, o para ofrecer artículos del Château Dolus a la venta en las vibrantes tiendas de consignación del Marais.

Salió de debajo del Puente Saint-Michel cuando el sol se abría paso entre las nubes, y se puso los zapatos para subir los escalones de piedra hasta el Quai Saint-Augustin. A lo largo del muro de piedra, los *bouquinistes* empezaron a reabrir sus puestos, dejando que la lluvia se deslizara sobre las cajas verdes que albergaban sus libros usados.

Giró hacia Pont Neuf, apartándose de la acera mientras dos mujeres en bicicleta pasaban a toda velocidad, con sus faldas abiertas ondeando en la corriente. Siguió avanzando, saltando por encima de la Île de la Cité antes de aterrizar en la orilla derecha, donde Sophie esperaba de pie, con las manos entrelazadas mientras se inclinaba sobre la barricada de piedra caliza para contemplar el Sena.

—Llegas temprano —comentó.

Fabienne replicó la pose de Sophie.

—Tú también.

En lo alto, el sol poniente doraba las nubes de tormenta, transformando el cielo de París en un cuadro de Turner.

—Solía venir aquí cuando me mudé por primera vez a París. No conocía la ciudad lo suficiente como para no perderme. Sin embargo, siempre sabía dónde estaba si me encontraba a orillas del Sena. —Sophie sonrió levemente y sus rasgos se iluminaron con el resplandor de los rayos áureos del sol—. ¿Quién no querría un momento a solas con esta vista? —Dejó escapar un suspiro y bajó la cabeza mientras entrelazaba los dedos—. Gracias por venir, Fabienne. Te lo agradezco.

Fabienne asintió mientras Sophie volvía a centrar su atención en el río.

—¿Se trata de los papeles?, ¿están listos?

—Me temo que no. Pronto, espero.

—*Merde*. Son mis amigos. Cada día que pasa…

—¿Crees que no lo sé? —espetó Sophie—. Hago lo que puedo, yo... Estas cosas llevan su tiempo.

—Si esto no tiene que ver con los papeles, ¿por qué pediste reunirte conmigo?

—Es sobre el cuadro. —La atención de Sophie volvió y Fabienne volteó: un par de gendarmes se acercaban a ellas por el puente con sus porras colgando a los lados—. Vamos —murmuró.

Bordearon la entrada del metro, caminando despacio, deliberadamente, alejándose del Pont Neuf.

—No te han descubierto, ¿verdad?

Sophie esperó en la acera a que pasara un enjambre de bicitaxis.

—Por así decirlo —respondió ella, mirando hacia la imponente fachada Art Nouveau de los grandes almacenes La Samaritaine—, he venido a preguntarte si estarías dispuesta a ampliar los términos de nuestro acuerdo.

—¿En qué sentido?

La calle se despejó y Sophie pisó los adoquines.

—Repitiéndolo.

Condujo a Fabienne hacia las elegantes puertas dobles de los grandes almacenes y las atravesó. Dentro, su gran galería se alzaba en cinco pisos hasta un techo de cristal sostenido por vigas de hierro pintado, lo que daba al espacio una sensación ligera y aireada. Pasaron junto a puestos de guantes, bombines, medias, y Fabienne miró dos veces. ¿Desde cuándo podía alguien en París costear medias nuevas?

—Sophie —siseó cuando ésta la condujo más allá de una vitrina de alfileres de sombrero. Fabienne rodeó el brazo de Sophie con la mano y ésta última miró hacia la puerta principal como para confirmar que los gendarmes no las habían seguido.

—Lo siento —dijo Sophie mientras Fabienne rechazaba las atenciones de un dependiente de una tienda demasiado servicial—. No se puede ser demasiado cuidadosa.

Los ojos del dependiente se entrecerraron, y Fabienne metió la mano de Sophie en el pliegue de su brazo con una sonrisa demasiado brillante.

—Ni demasiado obvio —replicó en un tono bajo. La expresión del dependiente se relajó y Fabienne apartó a Sophie, con la esperanza de que a quien las viera le parecieran dos buenas amigas de excursión de compras—. ¿Podemos empezar de nuevo, por favor?

La irritación surcó el rostro de Sophie.

—Necesito tu ayuda.

—Repitiendo los... términos de nuestro acuerdo —murmuró Fabienne cuando una mujer bien vestida con una estola de piel pasó por su lado, dando instrucciones en alemán a su compañera de aspecto anémico—. Sí, eso deduje, pero, ¿no es terriblemente arriesgado? ¿No fue suficientemente arriesgado hacerlo la primera vez?

—Por supuesto —respondió Sophie—, pero vale la pena correr riesgos. —Levantó un par de guantes blancos—. Quiero reproducir tantas obras de arte como nos sea posible. Sacarlas todas del museo. —Dio la vuelta a los guantes, pasando el dedo por las costuras antes de soltarlos.

Fabienne se detuvo en seco.

—Sophie, ¿has pensado realmente en lo que pides? Lo que hicimos una vez fue bastante afortunado y sólo lo logramos por casualidad. Tú misma me has dicho que Göring entra y sale del museo con regularidad. ¿De verdad cree que se tomaría a bien lo que estamos haciendo?

—Vale la pena correr algunos riesgos —replicó Sophie con firmeza—. Además, hemos considerado todas las variables y creo que podemos hacerlo...

—¿Podemos?

Sophie levantó la cara.

—Mi colega ha ofrecido sus servicios —dijo, y Fabienne casi sintió que el suelo se abría debajo de ella—. Va a ayudar a mezclar la pintura y sacar los lienzos del museo. Tiene algunas ideas...

—¿Tu colega? —No era de extrañar que Sophie hubiera solicitado una reunión en público para poder controlar mejor la reacción de Fabienne.

—*Merde*, Sophie, ¿qué te dice que no acudirá a sus superiores? Podría estar denunciándonos ahora mismo.

—No lo haría.

Fabienne se quedó callada.

—No puedo —dijo finalmente, dejando caer los brazos a los costados—. Lo siento, pero no puedo. Apenas me queda pintura…

—Puedo hacer más pintura —intervino Sophie, pero Fabienne negó con la cabeza.

—Aun así. Es demasiado arriesgado, Sophie.

Sophie dejó escapar un resoplido de impaciencia.

—Pensé que lo entenderías. —Dio un paso atrás, sacudiendo la cabeza—. Sé que es peligroso, pero tenemos un deber.

—¿Un deber con quién?

—Con los propietarios de los cuadros, con los propios artistas. —Sophie tiró del brazo de Fabienne y siguieron caminando junto a los escaparates de ropa y joyas. Bajó la voz—. Las obras de arte del Jeu de Paume son robadas. Los alemanes han estado saqueando colecciones privadas. Eso es lo que están haciendo allí. Albergan obras que han robado a familias judías. Son miles de obras de arte… decenas de miles.

La fuerza con la que Fabienne agarraba el brazo de Sophie disminuyó.

—¿Decenas... de miles?

Sophie asintió.

—Decenas de miles —repitió con firmeza—. Muchas son de galeristas: Paul Rosenberg, Daniel Kahnweiler. Aunque también han robado de colecciones privadas. Los Rothschild escondieron sus obras de arte en cámaras acorazadas de bancos por toda Francia, pero los alemanes pudieron abrirlas y llevárselo todo. El alcance de lo que están haciendo... desafía la lógica, Fabienne.

Fabienne permaneció en silencio, dejando que Sophie la guiara por la tienda. Sospechaba que los alemanes estaban haciendo algo turbio con las obras de arte del Jeu de Paume, pero suponía que lo que buscaban era la colección pública de Francia, nunca las posesiones de particulares y familias.

—Göring ha robado obras de arte valoradas en millones de dólares para su colección privada, y millones más para Hitler, pero hay toda una sala de obras de arte separadas del resto, impresionistas, cubistas, fauvistas, expresionistas, con todas aquellas que no reflejan los valores del partido nazi. Degeneradas, las llaman. —Se detuvo en seco—. Tú eres artista, ¿te gustaría que tu obra cayera en manos de los alemanes?

Pensó una vez más en Dietrich, mostrando su obra a Paul Rosenberg con tranquilo orgullo.

—Por supuesto que no.

Sophie asintió.

—El agente de Göring está vendiendo todo lo que puede, y hay muchas posibilidades de que lo que venda se pierda para siempre para los propietarios originales. En cuanto a las obras de arte que no venda... me temo que van a destruirlas como hicieron con la colección pública en Alemania. Ya se están quejando de no tener suficiente espacio en el museo tal y como está. —Llegaron a la puerta lateral de los grandes almacenes y salieron a la acera. Al final del camino, aún se veía el Pont Neuf, y Sophie extendió el brazo hacia él, abarcando el Sena, la Île de la Cité y todo lo que había detrás—. La gente sigue hablando de cuando los Aliados recuperen Francia. ¿Crees que los alemanes entregarán París tan fácilmente? Lo destruirán antes de perderlo. Si eso ocurre, ¿qué quedará?

Fabienne no contestó. París se había librado de la violencia que asolaba el resto de Europa, se libró en los días muertos y aterradores de la falsa guerra gracias a unos políticos que creían que los edificios de la ciudad valían más que las vidas de las personas que vivían allí. ¿Valía la pena la salvación de la arquitectura, los monumentos al glorioso pasado de Francia, a cambio de la cobardía del presente?

¿O había sido la esperanza, más que la cobardía, lo que impulsó sus acciones: la esperanza en un futuro en el que los alemanes serían expulsados algún día? Tal vez fuera así, pero aún habría largas noches antes de esa mañana dorada. ¿Qué ocurriría en los peligrosos días previos al retorno de la paz a Francia? Derramamiento de sangre en las calles, bombas y disturbios.

Sophie continuó.

—Lo que quedará es lo que podamos salvar. Nuestro arte. Nuestra cultura. —Asintió una vez, con determinación—. Así es París. Pueden destruir la ciudad, reducirla a escombros, pero si podemos salvar una obra de arte y devolvérsela a su dueño, ¿no vale la pena?

Dio un paso adelante.

—No soy una persona valiente, Fabienne. No voy a cambiar el mundo ni a poner una bomba en el museo... No soy Bonsergent, que insulta a la Wehrmacht abiertamente. —Sonrió—. Trabajo en un museo. Hay muy poco que pueda hacer, pero puedo hacer esto. —Hizo una pausa—. Podemos hacerlo.

Fabienne podía oír el eco de Dietrich en las palabras de Sophie, ese mismo idealismo, esa misma noble búsqueda de principios que ella admiró y alentó alguna vez.

Dio un paso adelante y tomó las manos de Sophie entre las suyas.

—Recuerdas lo que Dietrich solía decir —dijo— en aquellos discursos que solía dar. Cómo cada uno debe hacer lo que pueda para contraatacar. —Soltó la mano de Sophie—. ¿Por dónde empezamos?

33

Mayo de 1941

La gran galería estaba abarrotada, curadores, soldados y oficiales se abrían paso entre cajas apiladas que daban a la sala el aspecto temporal de un muelle. De pie a mitad de la escalera, Sophie observó cómo el coronel Bohn clavaba la tapa de una caja que contenía una escultura de Rodin de la colección de Paul Rosenberg. Le puso una etiqueta, marcándola como destinada a la finca de Göring, Carinhall.

«¿Cómo es posible que en una casa haya sitio para todo?». Según el recuento de Sophie, ya se habían llenado al menos siete cajas con obras de Velázquez y Tintoretto, Renoir y Goya: docenas de cuadros y esculturas embalados y a la espera de ser llevados a Alemania en el tren privado de Göring.

Llegó al final de la escalera y se abrió paso entre las cajas, sonriendo a Bohn mientras avanzaba. En las últimas semanas, el cargo de Bohn en el museo se convirtió en algo principalmente ceremonial. Richter, que actuaba en nombre de Göring, era la verdadera autoridad en el Jeu de Paume, y cada una de sus acciones era autorizada por Göring en elegantes misivas manuscritas. Bohn, al parecer, se tomaba sus reducidas responsabilidades con cierto alivio, aunque seguía dirigiendo los equipos de redada del ERR mientras saqueaban casas y cajas fuertes de bancos por todo el país.

Sophie descendió al sótano que, al igual que la gran galería, estaba lleno de obras de arte. Allí abajo había bombillas enjauladas que pendían de cables eléctricos e iluminaban los reversos fantasmales de los cuadros apoyados contra las paredes oscuras. Pasó la mano por una de las cajas que llevaba estampadas las iniciales del *Einsatzstab Reichsleiter Rosenberg*, cuya prolija rotulación era un débil intento de borrar la procedencia de los propietarios originales con burocracia incruenta y moderna.

En el otro extremo del sótano estaba Rose Valland con un portapapeles en la mano sobre una caja abierta con obras de arte.

—Mademoiselle Valland —la llamó Sophie, y Rose se sobresaltó, apartándose de la caja con tal fuerza que dejó caer su portapapeles.

Sophie se apresuró hacia ella.

—Lo siento mucho —dijo mientras Rose ponía una mano en la caja abierta para estabilizarse—. Te he dado un buen susto.

—En absoluto.

Sophie se inclinó para recoger el portapapeles, echando un vistazo instintivo a su contenido —una larga lista—, pero antes de que pudiera encontrarle sentido, Rose se lo arrebató, ocultando su contenido para que no pudiera verlo.

—Me temo que estaba a kilómetros de distancia. Parece que hay una lista interminable de tareas que hacer aquí abajo. Y, para colmo, la caldera está dando problemas. —Rose apretó el portapapeles contra su pecho—. ¿Cómo va todo arriba?

—Parece la Gare du Nord —respondió Sophie.

—Supongo que no es de extrañar. El Vermeer, ¿lo han embalado? Una pena, me hubiera gustado verlo una vez más. Pero supongo que Bohn está llenando estas paredes tan rápido como Richter las está vaciando. —Aunque Rose siempre tuvo un aire reservado, algo en su conducta cambió. Se encontró con la mirada de Sophie con ojos brillantes y parecía más llena de energía que agotada por sus obligaciones.

El hecho irritó a Sophie. ¿Cómo podía Rose ser feliz allí, ayudando a los alemanes a llevar a cabo sus crímenes?

Se tragó su desaprobación.

—¿Querías que te ayudara en algo?

—Sí. —Rose consultó su portapapeles, tachando algo con mesurada eficacia—. Varias de las obras que recibimos de la colección Bacri se dañaron durante el transporte. Sigo diciéndole a Bohn que tenga más cuidado, pero los hombres nunca parecen querer escuchar. —Buscó entre las páginas de su portapapeles y sacó una pequeña hoja de papel en la que figuraban varias obras, entregándosela a Sophie—. Si pudieras llevar ese Picasso al almacén de camino, te lo agradecería mucho. —Luego se marchó en dirección a la caldera.

El cuadro era una pieza del Periodo Rosa de Picasso que representaba a un arlequín de pie en una playa, con aspecto melancólico a pesar de su colorido atuendo. «Una digna aportación a nuestra lista de candidatos», pensó mientras lo depositaba en la desbordante Sala de los Mártires. Allí era fácil sentirse hastiado por la exhibición de tanto exceso, dejar que los ojos se desenfocaran, dejar que los colores de los cuadros se confundieran en un bello remolino. Sin embargo, todos y cada uno de los cuadros merecían ser admirados por mérito propio; cada obra de arte, celebrada.

Guardado.

Se dio la vuelta al oír pasos en el vestíbulo y esbozó una sonrisa cuando la espigada figura de Konrad Richter levantó la cortina de damasco.

—Buenas tardes, doctor Richter. —Se llevó las manos a la espalda—. Ya me iba. Mademoiselle Valland me pidió que subiera un cuadro de la colección Bacri.

—¿Picasso? —Cruzó la habitación con pocas zancadas, inclinando la cabeza para examinar el lienzo—. Una pieza preciosa. —Suspiró y dirigió su atención a las paredes—. ¿Sabe, Mademoiselle Brandt? No me siento cómodo con todo esto. Este... este vilipendio del arte. Soy un hombre educado. Simplemente no veo el peligro en las obras de arte que otros ven. Tampoco mi jefe, la verdad sea dicha. —Sonrió lobunamente y hurgó en su bolsillo en busca de sus cigarrillos mientras Sophie reprimía una réplica. El vilipendio del arte ya era malo, pero, ¿qué decir del vilipendio de las personas que lo poseían?— Estoy aquí por él. A su mujer le gusta mucho el impresionismo. No le diría a nadie si algunas piezas acabaran en el tren del Reichsmarschall, ¿verdad?

—Claro que no. Su secreto está a salvo conmigo, doctor.

Satisfecho, Richter comenzó a analizar las obras de arte. «Hágase amiga de él», le aconsejó Hausler cuando discutieron su plan de falsificar más obras de arte de la Sala de los Mártires, «se sabe que a Richter le gustan las caras bonitas».

La perspectiva de entablar amistad con alguien de la talla de Konrad Richter erizaba la piel de Sophie, pero veía mérito en la idea. Su tarea sería más fácil de llevar a cabo si Richter la consideraba amiga y no enemiga.

Se acercó y empezó a buscar entre los lienzos apilados contra la pared.

—Hay una obra bastante bonita de Diane Esmond... Tome. —La sacó. El cuadro sin enmarcar representaba una velada en un cabaret, y las figuras tan detalladas del primer plano se convertían en bocetos y sugerencias a medida que su mirada se internaba en el lienzo.

Richter lo consideró brevemente antes de descartarlo con un movimiento de cabeza.

—Es un poco lujoso para los gustos de la querida Emmy. —Sacó un paisaje cercano del mismo artista, con bosques y campos representados en brillantes tonos como los de las joyas—. Éste, sin embargo...

—Es una elección excelente —replicó Sophie—. Tiene un ojo extraordinario, doctor.

—Bueno, eso esperaría —respondió bruscamente, aunque parecía complacido por el cumplido—. Mademoiselle Brandt, estoy seguro de que tiene mucho trabajo al que volver, pero, ¿me ayudaría a encontrar algunas piezas más para la esposa del Reichsmarschall? Le agradecería la compañía.

La sonrisa de Sophie se acentuó.

—Estaré encantada, doctor.

34

Julio de 1941

La lluvia caía sobre los toldos negros que cubrían los puestos del Marché aux Puces, goteando por el borde de las lonas para sorprender desprevenido a cualquiera lo bastante imprudente como para quedarse mirando un escaparate en lugar de entrar. Bajo su amplio paraguas, Fabienne no necesitaba refugiarse de la lluvia: el mercado de segunda mano era su lugar favorito desde hacía mucho tiempo, con sus laberínticas avenidas en las que se vendía todo lo que pudiera desear comprar. Dado el mal clima, estaba menos concurrido que de costumbre, y mientras paseaba entre los puestos de los vendedores, saboreaba la elegancia inconexa de todo ello: los candelabros de latón apilados en una cesta de mimbre que mostraban diversos grados de deslustre; libros viejos, jaulas de pájaros y binoculares; torres tambaleantes de porcelana fina que se balanceaban precariamente sobre mesas desvencijadas; chales de piel desgastados y polveras resecas.

Se detuvo frente a un puesto para admirar un despliegue de sedas de colores en el que el dueño de la tienda, un hombre mayor con una manga vacía prendida a su chaqueta, estaba colocando cuidadosamente un pañuelo a cuadros rojos y blancos alrededor del cuello de una chaqueta azul rey expuesta en una percha. «La tricolor», pensó, respondiendo con una sonrisa a la mirada desafiante del hombre. Los colores de la bandera francesa estaban prohibidos desde el comienzo de la ocupación: verlos allí, en ese momento, se sentía como un rayo de esperanza.

Continuó su camino, pasando junto a puestos que ofrecían chaquetas de hombre y resistentes cafeteras. A lo lejos, pudo oír el sonido de alguien tocando un acordeón. Se acercó el bolso al costado, viendo a los niños carteristas zigzaguear entre la escasa multitud como pececillos de plata, pero, ¿en realidad podía juzgar a los pequeños maleantes por hacer lo que debían para sobrevivir?

Sintiendo una punzada, pensó en Lotte y en lo vacío que se sentía su departamento sin ella. Ya sería madre si todo hubiera salido bien con el embarazo. A pesar de todo lo que pasó entre ellos, Fabienne esperaba que Hans hubiera hecho lo correcto con ella, que estuviera paseando a un niño rubio por los Champs-Élysées en una carriola, aprovechando la prominencia de su amante para emplumar un nido donde pudiera protegerse de las duras realidades del mundo que la rodeaba.

Fabienne dobló una esquina y llegó al centro del mercado, donde los puestos estaban repletos de cuadros y obras de arte, esculturas, marcos y bisutería adornada con piedras demasiado grandes para ser otra cosa que cristales. Ésa era la razón por la que Fabienne acudió al Marché aux Puces: los vendedores ofrecían cuadros baratos de una época similar a los que albergaba la Sala de los Mártires de Sophie.

Entró en el primer puesto, saludando con la cabeza a la mujer envuelta en un chal que estaba sentada en un taburete cercano vigilando su mercancía. Las delgadas paredes del puesto estaban llenas de cuadros, algunos decentes y otros terribles, pero Fabienne no iba para juzgar el mérito artístico. En lugar de ello, inspeccionó los lienzos, escogiendo los que parecían tener la edad adecuada para pasar por postimpresionistas o expresionistas. El lienzo en sí era lo que Fabienne buscaba, lienzos que pudiera raspar y sobre los que pudiera pintar para ayudar a dar una edad convincente a los reversos de sus falsificaciones.

Levantó un cuadro pequeño y bonito de unos niños jugando en lo que parecía ser el Bois de Boulogne.

—¿Cuánto? —preguntó, sintiendo una punzada de tristeza por el artista cuya obra tendría que destruir.

La mujer del chal respondió sin levantar la mirada.

—Diez céntimos.

Fabienne levantó otra pieza.

—¿Ésta?

—Siete.

Lenta y cuidadosamente, inspeccionó lo que ofrecía el puesto. Necesitaba tantos lienzos como pudiera pagar, y aunque Sophie aún no le compartía los detalles sobre cómo iba a meter y sacar los cuadros del museo, Fabienne sabía que si alguien iba a encargarse de ello sería Sophie, la cuidadosa y meticulosa Sophie, que ya le había llevado a Fabienne su segundo encargo, un van Gogh, oculto en el hueco de su maletín.

Fabienne, por su parte, también tenía que ser meticulosa. Aunque Sophie le suministraría pintura a base de petróleo como antes, Fabienne tendría que conseguir que las falsificaciones fueran convincentes, no sólo en cuanto a los cuadros en sí, sino a los lienzos como un todo. «La pintura es sólo un aspecto», pensó mientras levantaba un cuadro. El barniz se había pardeado con el paso del tiempo, desapareciendo en las condiciones de luz y humo en las que se conservaba, y dejando un pequeño borde brillante de color que en otro tiempo estuvo oculto por un marco: ¿cómo podría recrear esa franja de detalle tan convincente? Giró el lienzo para inspeccionar los clavos oxidados que lo sujetaban. Ése era otro elemento que no podía pasar por alto: el óxido transferido alrededor de cada diminuto clavo sobre el lienzo.

También tendría que ser meticulosa a la hora de ocultar los originales. Aunque no planeaba regresar al Château Dolus, sabía con incómoda claridad que sería el refugio más seguro para las obras de arte. Su corazón se desgarró ante la perspectiva de enfrentarse a Sébastien como era debido, pero, ¿qué otra opción tenía?

—¿Cuánto?

—Ocho.

Puso otro cuadro encima de los dos primeros. La confrontación nunca le resultó fácil a Fabienne, y odiaba la idea de seguir hurgando en un pasado que creía haber enterrado. Y no sólo hirió a Sébastien con sus acciones: también apartó a sus padres con el mismo cuchillazo brutal.

Había sido una forma cobarde de salir de una situación difícil. ¿Seguía siendo una cobarde?

Volvió a concentrarse en la tarea que tenía entre manos y llevó los cuadros que eligió a la mujer del chal para regatear el mejor precio posible. Lijaría la superficie de las pinturas, borrando las capas de barniz y empaste, y luego pintaría sobre lo que quedara con un nuevo y brillante fondo blanco sobre el cual trabajar, destruyendo los cuadros que estaban debajo para dar paso a sus necesarios engaños. Sin embargo, los restos de las pinturas originales seguirían ahí, escondidos bajo la superficie: una historia oculta, pero no olvidada por aquellos que supieran dónde buscar.

35

Julio de 1941

Sophie se inclinó sobre su mesa de trabajo, mirando fijamente a través de una lupa mientras unía nuevamente las fibras de un lienzo rasgado. La pieza, un gran retrato de una mujer de Frans Hals, había sido considerada por Richter como digna de ser incluida en Carinhall de no ser por la pequeña rasgadura que tenía en el rostro de la modelo. Anteriormente, Sophie parchó la rasgadura pegando un pequeño trozo de lino en la parte posterior del cuadro. Ahora trabajaba en la parte delantera de la obra para unir los bordes deshilachados de la rasgadura al parche del lienzo con unas pinzas con el fin, esperaba, de que los bordes rasgados quedaran lisos.

Terminó de acomodar las fibras en su lugar y se enderezó, arqueando la espalda para aliviar la molesta tensión que se instaló allí en el transcurso de su cuidadoso trabajo. Ya no podía hacer mucho más por la pieza. Necesitaba tiempo, tiempo para que el parche y las fibras se secaran bien.

Al otro lado del estudio, Gerhardt retocaba un paisaje pintado sobre madera por Charpin, rellenando grietas reparadas en el panel con pintura fresca. Su anillo con el sello brillaba mientras daba pequeños toques con su paleta con Maurice Chevalier en la radio.

Levantó la vista de su caballete y asintió. Sin pronunciar palabra entre ellos, Gerhardt dejó la paleta y bajó el volumen de la radio inalámbrica, con lo que el laboratorio quedó en silencio mientras Sophie daba vueltas hacia la puerta principal. Ella se apoyó en el marco de la puerta, frunciendo el ceño mientras buscaba el sonido de pasos en el exterior. Al no oír ninguno, retiró su abrigo de la percha y lo extendió sobre la mesa desocupada.

Trabajando con rapidez, abrió los broches ocultos que Gerhardt había cosido en su dobladillo y sacó un lienzo de lino que fue retirado de su bastidor y colocado entre dos capas de papel de morera japonesa.

Lo puso sobre la mesa mientras Gerhardt se acercaba para estudiar el cuadro por encima de su hombro.

—Su artista lo hizo de maravilla —dijo él en voz baja. En sólo dos semanas, Fabienne copió meticulosamente el van Gogh que le dieron, recreando cada relieve y remolino de la pintura con tal precisión que, vistos uno al lado del otro, incluso Sophie habría tenido problemas para identificar el original. Fabienne consegiguó un lienzo de tamaño y antigüedad similares a los del original, pero plasmó sus iniciales bajo la sombra de un pétalo de girasol, tan pequeñas que parecían manchas perdidas, en consonancia con el estilo propio de van Gogh.

—Para que no haya preguntas después de la guerra —le dijo a Sophie tras señalar la minúscula discrepancia—. Si acabara en manos de algún horrible comerciante de arte, no querría que hubiera ninguna duda sobre cuál es el original.

Sophie sacó el bastidor original del cuadro de debajo de su mesa de trabajo y volteó la falsificación de Fabienne para poder clavarla en la madera.

—Tendrá que llevarlo abajo. —Sophie sujetó con alfileres las esquinas del lienzo—. Rose estuvo merodeando las últimas veces que fui al almacén. No quiero que sospeche.

—Por supuesto. Déjelo ahí y lo bajaré al final del día. —Gerhardt volvió a encender la radio, inundando el laboratorio de música para que sus palabras no se escucharan—. ¿Pasó algo más? Hoy parece tensa.

Sophie se frotó las sienes, intentando ahuyentar un incipiente dolor de cabeza.

—Mi artista se está quedando sin pintura, mi pintura a base de petróleo.

—¿No puede hacer más?

—No sin los ingredientes necesarios. —Se reclinó sobre la mesa y se cruzó de brazos—. Era bastante sencillo conseguir petróleo antes de la guerra, pero el ejército francés quemó las reservas al inicio de la ocupación. Y tengo un poco de resina acrílica guardada, pero podría ser difícil conseguir más.

—Ya veo. —Gerhardt volvió a su caballete mientras el pincel temblaba en su mano—. ¿Dónde se podría encontrar resina acrílica?

—No lo sé. —Ella había repasado la pregunta en su cabeza innumerables veces y perdió el sueño por ello—. ¿En un almacén industrial? La mayor parte de la resina acrílica se utiliza para fabricar plexiglás, y respecto al petróleo...

—Ambos son necesarios para las acciones bélicas. —Hausler dejó escapar un suspiro—. No digo que sea imposible, pero puedo hacer averiguaciones por medio del partido...

—¿Y arriesgar toda nuestra operación? ¿Qué utilidad le daría al petróleo un restaurador de arte? No, si preguntara por ahí, podría arriesgarse a despertar interrogantes que preferiríamos no responder. —Ella suspiró—. Entonces, ¿qué hacemos?

Hausler guardó silencio cuando el sonido de la voz de Chevalier retumbó en la radio.

—Me dijo que se enteró de la pintura por los trabajos de un restaurador radicado en Stuttgart —dijo él lentamente—. ¿Podríamos ponernos en contacto con él? Quizá pueda proporcionarnos alguna información.

Sophie no le dijo a Gerhardt que Martin Dix era su padre... y no estaba segura si era prudente contárselo. Hacía años que no hablaba con papá, desde que ella y Dietrich salieron de Nuremberg. ¿Seguiría vivo tantos años después o la defección de Sophie y Dietrich lo condenó in absentia?

—Conocí a Dix hace mucho tiempo —dijo ella despacio—. Es miembro del partido. Si lo buscamos, deberá ser con la mayor discreción.

Hausler asintió.

—Me pondré en contacto con él, de miembro del partido a miembro del partido —empezó, pero Sophie negó con la cabeza.

—Debería hacerlo yo. —Levantó la mirada—. Si necesitamos su ayuda, debería buscarlo yo.

36

Julio de 1941

Fabienne bajó del tren, apoyando su mochila en su brazo mientras levantaba la mano para mirar hacia el andén. El vapor fluía mientras ella observaba a un puñado de otros pasajeros descender de sus compartimentos y desaparecer en la estación. Un momento después, un silbido agudo resonó en el aire y el tren avanzó bruscamente, dejando a Fabienne sola en el andén.

Su corazón se desgarró al darse cuenta de que papá no había ido a recogerla; que a pesar de haber enviado un telegrama a sus padres hacía dos días, tendría que dirigirse sola al Château Dolus. Entró en la estación y llamó a la puerta del jefe de estación, esperando poder utilizar la bicicleta de su hijo, pero no hubo respuesta. Desanimada, se acomodó el cuadro que llevaba bajo el brazo y emprendió la marcha.

En el exterior, el sol de julio brillaba sobre los verdes campos y los edificios de piedra que poblaban las afueras de Bar-sur-Aube, y aunque empezó a sudar casi de inmediato, no se quitó la gabardina. En lugar de ello, comenzó a caminar hacia los lejanos campanarios de la plaza del pueblo.

«Una bienvenida apropiada, dado que nadie me pidió que viniera», pensó con amargura.

Cruzó la calle y pasó por delante de un garaje con un Citroën oxidado en la entrada, deseando que un joven mecánico galante saliera del interior del edificio y la llevara en su motocicleta, pero la mayoría de los jóvenes de la región habían sido llevados a campos de trabajo en Alemania. No, a juzgar por el estado del coche, así como por la escasez de gasolina que afectaba a toda Francia, el taller llevaba tiempo sin abrir.

Se volvió al oír el ruido de cascos en el camino. Quizá los automóviles estuvieran descartados, pero una carreta sólo necesitaba un caballo y dos ruedas. Su corazón se animó ante la perspectiva de un viaje en carreta, pero luego bajó su mochila de golpe. «No es un mecánico galante», pensó mientras Sébastien, con su alto cuerpo encorvado sobre las riendas del viejo caballo del castillo, Lutin, se detenía.

—Gracias a Dios —dijo ella, agitando su mano libre para ahuyentar una nube de mosquitos mientras Sébastien bajaba del chasis—. Empecé a pensar que nadie había recibido mi telegrama.

Él levantó la mochila y la arrojó a la parte trasera de la carreta.

—Tuve que hacer otra parada —dijo mientras Fabienne se quitaba el abrigo—. Y tu tren llegó temprano.

—Bueno, yo no era la encargada del horario —replicó mientras dejaba el abrigo sobre la mochila. Rodeó la parte delantera del carruaje para saludar a Lutin, apoyando su frente contra el largo hocico del caballo—. Hola, viejo amigo —murmuró mientras Sébastien volvía a subir al asiento.

—¿Vienes?

Reprimiendo una réplica sarcástica, Fabienne abrió los ojos y se arrastró junto a él, abrazando el cuadro contra su pecho.

Su llegada al Château Dolus no fue más ceremoniosa.

—Tus padres están en el viñedo. Tengo que ir a reunirme con ellos —dijo Sébastien cuando Fabienne bajó ante la derruida escalinata del castillo. Sus dedos callosos jugueteaban con las riendas mientras esperaba a que ella recogiera sus cosas, con la mirada oscura fija en las paredes de piedra caliza—. Puedes entrar sola.

Fabienne se acomodó la gabardina sobre los hombros mientras él se alejaba en una nube traqueteante, dejándola sola en el patio —aunque, como apenas le dirigió dos palabras durante el trayecto, ella no podía sentir exactamente su ausencia como una pérdida.

Entró en la casa y las bisagras emitieron un gemido de bienvenida cuando se abrió paso entre las puertas oxidadas.

—Hola a ti —murmuró antes de subir las escaleras. No le importaba la abrupta partida de Sébastien, que le daba la oportunidad de deambular por su antiguo hogar sin compañía.

Subió al segundo piso, jadeando ligeramente por el esfuerzo, mientras depositaba su mochila en el rellano y continuaba ascendiendo. A diferencia de su apartamento en París, donde siempre podía oír el ruido de la gente, el castillo hablaba por sí mismo con el crujir de las tablas del suelo, como el suspiro de los viejos huesos al acomodarse. El silencio parecía casi amistoso, y aunque sabía que la ilusión se rompería en el momento en que sus padres regresaran de su trabajo, lo saboreó de todos modos.

El quinto piso, destinado en su origen a la servidumbre, estaba escasamente decorado, y el papel tapiz color violeta se despegaba de las paredes del estrecho pasillo a medida que avanzaba hacia la torreta más oriental. En ese punto abrió una puerta para subir por otra escalera de madera más pequeña. Incluso de niña evitaba el ático, con sus rincones oscuros y polvorientos, y su calor sofocante. Lleno de muebles desechados de varios siglos —armarios y cómodas antiguos, sofás y candelabros—, el desván era un depósito de las cosas olvidadas del castillo. Dudaba que nadie más que ella hubiera subido allí en décadas. Esquivó un antiguo busto de mármol con la mitad de la cara del sujeto cercenada y pensó en la maldición del edificio: una reliquia así podría haber pagado las reparaciones necesarias de los cimientos del château si no se hubiera estropeado en algún accidente ocurrido hacía mucho tiempo. El polvo se arremolinaba en un haz de luz que caía por un agujero mal reparado entre las antiguas vigas del techo y, aunque sabía que estaba sola, Fabienne no pudo evitar sentirse observada.

Miró alrededor del abarrotado espacio, intentando orientarse. Estaba mirando hacia la parte delantera del castillo, seguramente... pero si ese fuera el caso, ¿no debía haber una pequeña ventana en forma de media luna en alguna parte?

Se quitó el abrigo y lo dejó con cuidado en el suelo, luego se quitó el sombrero y el alfiler. Rápido, pero con cuidado, descosió la costura que cerraba el panel trasero del abrigo, sin apenas atreverse a respirar mientras introducía la mano en el hueco entre la gabardina y el forro de seda y sacaba un paquete grande y plano envuelto en papel de morera.

Levantó el papel y suspiró aliviada cuando el van Gogh, sacado de su bastidor pero afortunadamente intacto, apareció a la vista.

—Hola, preciosidad —susurró levantando el lienzo para admirarlo a la luz del sol. Lo dejó a un lado, volvió a centrar su atención en el papel sobre el que estaba apoyado el van Gogh y lo levantó para descubrir un Chagall; debajo de él estaba una obra de André Masson que pertenecía a la familia Arpels.

Cuando Sophie se apareció en su departamento con un abrigo poco apropiado para la época, Fabienne supuso que todo tenía que ver con la falta de sentido de la moda de su cuñada, pero quedó impresionada cuando Sophie sacó varios lienzos del forro. Fabienne tomó prestada la idea y remodeló su chaqueta para transportar no menos de cinco lienzos al Château Dolus. Para su alivio, los cinco sobrevivieron intactos al viaje.

Habían sobrevivido al viaje; ahora debían sobrevivir durante su estancia. Dada la humedad del suelo calcáreo de la región del champán, Fabienne reconsideró su anterior escondite en la bodega del castillo: el desván, con sus condiciones más secas y su desorden, era un escondite más adecuado para las obras de arte. Planeaba recuperar el Kirchner en cuanto pudiera, con la esperanza de que su estancia no hubiera sido demasiado prolongada como para dañarlo. Allí, los cuadros parecerían más bien cachivaches abandonados: reliquias de un pasado aristocrático lejano. «Ocultar a plena vista», se dijo a sí misma mientras enrollaba los lienzos y los apoyaba contra un antiguo armario.

Fabienne regresó a su habitación tras salir del desván para acomodar sus rizos sueltos bajo un turbante y retocarse el lápiz de labios. Cambió su pulcro traje color vino por unos pantalones de seda que llevó una vez de vacaciones con Dietrich. Estaban terriblemente pasados de moda, pero el calor de la tarde hacía que el conjunto fuera demasiado difícil de resistir. Sintiéndose como una flor de invernadero en un huerto, bajó la escalera, llevando el último cuadro que llevaba de París todavía en su bastidor.

La gabardina de Fabienne podía ocultar cinco cuadros a la vez, pero el forro parecía sospechosamente abultado con la inclusión de un sexto. En consecuencia, decidió llevar en mano al Château Dolus el último lienzo que replicó.

Siguió el sonido de las voces hasta la terraza de losas de la parte trasera del castillo y encontró a mamá y papá sentados en una mesa de patio de hierro forjado, acompañados de una tabla de quesos y una baguette, además de una sudorosa botella de champán en un balde. En el patio de abajo, Sébastien estaba desenganchando a Lutin de su arnés, y la parte trasera de la carreta estaba ahora llena de trozos de vides y tierra.

—Mamá —dijo Fabienne, y mamá, sin sonreír, acercó a Fabienne su huesuda mejilla.

Papá fue más efusivo en su saludo.

—Fabienne, *ma chère*. —Se levantó y Fabienne se sumergió en su abrazo—. Qué agradable sorpresa.

—No habrá sido realmente una sorpresa, espero —respondió Fabienne mientras papá le ofrecía una silla—. Sébastien tuvo la amabilidad de ir a buscarme a la estación.

—Y retrasarnos a todos en nuestro trabajo en el proceso —replicó mamá, sirviendo a Fabienne una copa de champán antes de que pudiera negarse.

Fabienne observó cómo Sébastien conducía a Lutin hacia los establos.

—¿Debería ir a ayudarle?

—No seas ridícula.

—¿Nos acompañas con una copa, Sébastien? —gritó papá, y Sébastien levantó la mano en respuesta.

—Les he traído algo —dijo Fabienne, más para aliviar la tensión que para otra cosa, y pasó el cuadro por la mesa—. Pensé que podría ser un... nuevo comienzo. —Sonrió cuando Sébastien salió de los establos y desapareció de nuevo por el lateral del castillo—. Para todos, espero.

Mamá y papá examinaron la pieza.

—¿La pintaste tú?

—De hecho, sí. —Aunque Fabienne se abrió camino por la Gare de l'Est con un Kirchner en la mano en una ocasión, no le apetecía mucho repetir el proceso; en lugar de ello, Sophie ideó un método bastante ingenioso para ocultar un cuadro debajo de otro, recubriendo el cuadro existente con papel de morera, colocando un nuevo lienzo sobre el viejo y pintando algo totalmente original sobre el nuevo.

A todos los efectos, el cuadro que estaban contemplando mamá y papá era una pintura original del Château Dolus, pero sólo ella sabía que bajo su lienzo se escondía un Picasso.

Varios minutos después, Sébastien acercó una silla, cuyas patas de hierro rasparon la losa mientras colocaba una segunda botella de champán en la cubeta. Se había dado una ducha, o al menos un chapuzón en el estanque de la finca, y se cambió de camisa. «Qué amable de su parte hacer un esfuerzo», pensó Fabienne con ironía, echándole una mirada a su pelo demasiado largo y a su mandíbula cubierta de barba.

—Han vuelto a cortar la valla superior —murmuró mientras llenaba una copa—. Tendremos que repararla antes de la cosecha. No quiero que nadie se haga daño con el alambre.

Mamá dejó el cuadro.

—¿Otra vez?

Demasiado para el intento de Fabienne de tener un momento tierno. Sin embargo, resolvió empezar de nuevo, y un nuevo comienzo implicaba mostrar interés por el viñedo.

—¿Quién haría algo así?

—En la actualidad, podría ser casi cualquiera —comenzó papá—. Hay todo tipo de actividades por estos lares que no tienen nada que ver con la viticultura.

—Maurice —dijo mamá bruscamente, y papá guardó silencio.

—No importa quién lo haya hecho. Lo que importa es que se hizo. —Sébastien se acercó la tabla de quesos y con un cuchillo sin filo cortó una esquina de un trozo—. No será una reparación rápida. El alambre no es fácil de conseguir hoy en día.

Fabienne sonrió para agradecer cuando Sébastien le acercó la tabla, sabiendo que era mejor no meterse más en una conversación de la que no estaba del todo informada. Torció la baguette entre sus manos y partió un trozo. A diferencia de los panes cada vez más adulterados que se ofrecían en la *boulangerie* de su barrio, aquel pan era sabroso, hecho para ser saboreado. El queso también era abundante, al igual que los huevos de las gallinas que escarbaban en el polvoriento patio. Allí, la comida sobraba, pero eso no significaba que el campo no tuviera sus carencias. Faltaba alambre, madera, metal, gasolina: todos los materiales necesarios para producir los alimentos que tan desesperadamente se necesitaban en las ciudades.

—Hablaré de ello con de Vogüé —respondió papá—. Tendrá una reunión con Klaebisch el martes. Quizá pueda interceder.

—¿Quién es Klaebisch? —preguntó Fabienne.

—Otto Klaebisch. El Weinführer. —Las facciones de papá se tensaron—. Está a cargo de la producción de champán para Alemania.

Ella frunció el ceño, el título del hombre le sonaba vagamente familiar.

—¿Cómo que a cargo?

—Es exactamente como lo escuchas. Suministra champán al Tercer Reich. —Sébastien bebió un sorbo de vino, con los hombros redondeados mientras apoyaba los codos en la mesa—. Era comerciante de brandy antes de la guerra, lo que supongo que lo califica para decirnos a todos lo que tenemos que hacer. Quiere que enviemos cuatrocientas mil botellas de champán cada semana a los altos mandos nazis. Requisadas, nos dice, como una necesidad en tiempos de guerra. —Sébastien levantó la mirada con una sonrisa retorcida—. Al parecer, su *Sekt* no está a la altura.

La cifra bastó para que Fabienne se mareara. ¿Cientos de miles de botellas cada semana? La mayoría de las casas de champán tenían añadas enteras en reserva, que vendían a clientes de todo el mundo mientras las más recientes maduraban en las botellas. Generar de golpe semejante demanda hacia Alemania representaba una amenaza casi mortal para la región. No sólo agotaría los almacenes de las casas de champán de toda la zona, sino que también supondría el riesgo de dejarlas en bancarrota: la requisa, después de todo, representaba un saqueo al por mayor, formulado en términos que implicaban, pero no prometían el pago en una fecha posterior.

Además, la región del champán era pequeña, tenía una capacidad limitada para producir nuevas añadas y no todas ellas eran exitosas.

—¿Cómo es posible que Klaebisch espere semejantes cantidades?

—Sospecho que no tiene muchas opciones. Recibe órdenes de los nazis, como todos los demás. —Papá suspiró y bajó su copa—. de Vogüé creó un comité en nombre de todos los viticultores, y aboga en nuestro nombre ante Klaebisch para conseguir los suministros que necesitamos para producir lo que nos ha pedido: azúcar, sulfato de cobre, levadura, gasolina, botellas. Sin embargo, es una tarea titánica, se mire como se mire.

Ella dejó escapar un suspiro, observando cómo las burbujas borboteaban en la superficie de su copa. Como viticultor por contrato, más que como casa de champán, las necesidades del Château Dolus eran un poco menos apremiantes que las de las grandes casas de champán... pero sólo por poco. Quizá no necesitaran levadura ni botellas para convertir su producción en champán, pero igualmente debían cultivar sus uvas.

—Bueno, supongo que tienen las manos atadas —dijo ella—, pero, por si sirve de algo, ésta es una cosecha magnífica. ¿Es un Moët?

—De hecho, es un Dolus. —Papá dio una paternal palmada a Sébastien en el brazo—. Un 1938. Él está decidido a convertirnos de nuevo en una casa de champán. Ha reservado un poco de nuestra cosecha estos últimos años para embotellar nuestro propio champán.

—Ya no se puede hacer, por supuesto —aceptó Sébastien mientras mamá les llenaba las copas—. La última vez que pudimos hacerlo fue en 1938, y 1939 fue una mierda.

Mamá levantó su copa.

—Dios envía una mala cosecha para anunciar la guerra.

Papá levantó la suya.

—Y una buena cosecha para marcar su final —respondió con solemnidad—. Algún día, este castillo podría volver a su antigua gloria.

«Algún día, algún día». Fabienne se llevó la copa a los labios, pensando que quizá la maldición del Château Dolus residía en el optimismo empedernido y sin remedio de sus habitantes. «Algún día, todos podríamos ser millonarios. Algún día, Dietrich podría volver de entre los muertos».

—Les deseo mucho éxito —dijo ella.

—Desear no es suficiente. —Mamá bajó su copa—. El trabajo duro es el único medio para superar los tiempos difíciles. Deberías saberlo bien.

—De hecho, sí, y por eso vine. —Fabienne miró el cuadro que le regaló a sus padres, que ahora estaba apoyado en la pared del castillo—. He estado pensando en ustedes. En todos ustedes, últimamente. —Miró hacia abajo, recorriendo el estampado floreado de sus pantalones en la parte superior del muslo—. Cuando vine aquí la última vez, no tenía intención de quedarme. Por la guerra, supongo... —Levantó la vista encogiéndose de hombros—. Uno nunca sabe qué pensar en la ciudad y con la ocupación... Quiero empezar de nuevo. Con... con todos ustedes. —Volvió a mirar hacia abajo, sintiendo, más que viendo, los ojos de Sébastien sobre ella—. Ninguno de nosotros sabe lo que esta guerra puede depararnos, y yo ya conozco el dolor de perder a alguien en ella. No podemos volver a como eran las cosas, lo sé, pero puedo enmendar la forma en que me fui. Me gustaría reparar el daño.

Se quedó callada. Preparó el comienzo de su discurso en el tren mientras sentía un escalofrío de arrepentimiento ante la idea de estar engañando a sus padres. De no haber sido por las obras de arte del Jeu de Paume, Fabienne no habría vuelto a pisar los derruidos terrenos del castillo. No obstante, mientras hablaba, se sorprendió al descubrir que lo decía en serio: la idea de reparar la relación con su familia era más importante de lo que creía.

Quizá la guerra cambió su perspectiva después de todo, o tal vez simplemente estaba dejándose llevar por el momento.

Mamá y papá intercambiaron una mirada.

—No lo entiendo —dijo mamá—. ¿Tienes intención de volver a casa?

—No —respondió Fabienne con excesiva rapidez—. Sólo quiero visitarlos y pasar tiempo con ustedes.

Mamá y papá miraron atentamente a Sébastien. Fabienne no podía culparlos por dejar que la decisión final recayera en él. Debían la supervivencia del Château Dolus a su duro trabajo.

Ella tomó la botella y volvió a llenar la copa de Sébastien. Los ojos de él vacilaron para encontrarse con los de ella, pero luego apartó la mirada una vez más.

—Tendrá que haber concesiones —dijo finalmente mamá—. Deberás trabajar cuando estés aquí, y te necesitaremos para la cosecha. No es fácil siendo que los alemanes se llevaron a tantos de nuestros trabajadores.

Ella asintió, ya temiendo la idea. La vendimia consistía en dos agotadoras semanas de trabajo en las que toda la región se reunía para recoger uvas en beneficio de todas las casas de champán. Trabajo manual. Se prometió dejarlo todo atrás cuando se mudara a París.

—Estaré encantada de ayudar en lo que pueda.

Sébastien resopló, y estaba claro que no olvidaba el odio de Fabienne por el trabajo de campo.

—¿Con qué frecuencia piensas venir? No esperarás que vaya a la ciudad de un momento a otro a recogerte a la estación.

—Vendré para la cosecha —dijo rápidamente. Faltaban dos meses. ¿Cuántos cuadros podría terminar en ese tiempo?— Y, después de eso, quizá cada pocas semanas o una vez al mes. —Miró a papá—. Sólo un par de días cada vez. No quisiera ser una molestia.

Aunque mamá aún se mostraba reticente y Sébastien harto, papá sonrió.

—Nunca serías una molestia, *ma chère*.

Ella sonrió, aliviada. Entonces Sébastien se puso de pie.

—Bienvenida de nuevo, Fabienne —dijo él—. Empezaremos mañana a las cinco de la mañana. Seguro que recuerdas nuestro horario.

Se alejó hacia los establos y papá se inclinó hacia adelante para tomar la segunda botella de champán.

—Ha salido tan bien como era de esperar, creo —dijo y retiró el corcho de la botella con un sosiego practicado.

37

Agosto de 1941

Sophie caminaba por el sendero de gravilla del Bois de Boulogne, mareada a causa de la expectativa. Tenía una nota de Martin Dix en la mano como un talismán, con la hoja tres veces doblada plegada infinidad de veces, pensando en la carta que envió y que suscitó una respuesta por su parte. «Dr. Dix, le escribo como admiradora de su trabajo y de la gloria que aporta al Reich...». Al final, decidió no delatarse demasiado pronto; más bien, dejaba que las cartas hicieran el trabajo y que varias semanas de cuidadosos halagos condujeran hasta allí, en ese momento, en los sombreados bosquecillos de las afueras de París.

Se detuvo antes de llegar al lugar de encuentro que acordaron, en el extremo más al oeste del Mare Saint-James. Aunque el estanque en otro tiempo estuvo lleno de patos que se alimentaban, ahora estaba vacío y sólo un ligero soplo de viento ondulaba suavemente la superficie del agua. «*Duck à l'orange*», pensó rápida y absurdamente antes de que su atención se dirigiera a la figura delgada sentada en un banco bajo un sauce, con el rostro oculto bajo el ala de un sombrero de fieltro.

Su corazón se aceleró.

El Dr. Martin Dix siempre fue un hombre pequeño, empequeñecido por las circunstancias de su juventud que Sophie conocía demasiado bien. El raquitismo, cuando niño, atrofió su crecimiento y lo dejó con rodillas valgas: lo suficientemente pequeño como para que se burlaran de él durante la infancia, pero no tan delgado como para no haber sido reclutado a los dieciocho años para servir como excavador de túneles en la Gran Guerra. Era una época de la que rara vez hablaba con Sophie, cambiando de tema cada vez que la conversación se desviaba demasiado hacia su servicio en los tiempos del conflicto bélico. Durante años, Sophie vio cómo él desviaba las conversaciones de las rocosas costas de la confrontación con la precisión náutica de un timonel, y quizá fue en deferencia a su servicio que su familia le permitió evitar el tipo de charlas que debían ser competencia de un padre: pláticas sobre ambición y expectativas, peleas con las que cualquier familia se encontraba en un momento u otro. Entonces, en lugar de la confrontación, Sophie y Dietrich aprendieron a tragarse lo que en realidad necesitaban decir, permitiendo que la incomodidad de papá y la veneración de mamá marcaran el tono de sus vidas... hasta que su obediencia a la tranquilidad de sus padres se convirtió en algo demasiado difícil de soportar.

Ella se sentó a su lado, mantuvo la mirada fija en el estanque.

—Papá.

Habían pasado seis años desde la última vez que lo vio, seis años de dolor y angustia. ¿Habrían sido tan difíciles para él como lo fueron para ella?

Él se acercó; con cierta tardanza, se quitó el sombrero, manipulando el ala con sus dedos.

—Mi amor. Querida mía. Si hubiera sabido que eras tú...

—Espero que puedas perdonar el engaño. —Ella volteó y se encontró con su mirada, con una vacilante sonrisa—. Tiempos difíciles, ya sabes.

Papá tragó saliva con dificultad. De tan cerca, ella podía ver los estragos que su separación causó en él en la palidez de sus mejillas surcadas y en la parte de la barba blanca que le faltaba, justo debajo de la oreja. Imaginó su rostro tantas veces que hacía tiempo que había olvidado la realidad física de quién era él, su imaginación alteraba sus rasgos sutilmente. La oquedad de su sien, la muesca de su labio superior... todas sus imperfecciones fueron eliminadas en seis años de sueños y recuerdos. Pero él se subió los lentes de montura de alambre en un gesto demasiado real, y los ojos azules de Dietrich la miraron fijamente desde detrás del cristal.

—Querida, no puedo decirte lo... feliz que estoy de verte —dijo finalmente—. Tu madre y yo... No ha pasado un día en el que no hayamos pensado en ti. —Sophie le permitió estrechar sus manos entre las suyas. Él levantó la vista esperanzado, buscando en el parque otra cara conocida—. ¿Y Dietrich?

Ella había temido esa conversación durante tanto tiempo que se engañó a sí misma pensando que nunca tendría que tenerla.

—Papá, Dietrich... murió. Hace dos años.

Las manos del Dr. Dix se debilitaron mientras la conmoción se extendía por su rostro, inmovilizando su sonrisa durante el lapso de un latido, dos, antes de desvanecerse.

—Ellos... ellos lo encontraron, papá. Su antigua unidad en la Wehrmacht. Se enteraron de que vivíamos aquí, lo acorralaron después de un... después de un discurso que dio en contra del Reich. Le dijeron que fue juzgado *in absentia* como... como desertor. —Ella apretó los ojos, deseando poder bloquear la imagen de los últimos momentos de Dietrich, atrapado en el fondo de un callejón que no era diferente de aquel del que él la rescató en Nuremberg hacía tantos años... pero aquella vez no hubo escapatoria.

Estrujó la mano de papá, esperando ofrecerle algo de frío consuelo.

—Fue... rápido. Está enterrado en Montparnasse.

La mandíbula de papá se tensó y las lágrimas recorrieron sus mejillas en silencio. Sería demasiado cruel contarle la verdad: cómo los soldados, ebrios de su propio poder, retuvieron a Sophie y Fabienne, y golpearon a Louis hasta dejarlo inconsciente cuando intentó intervenir; cómo colgaron a Dietrich de una farola mientras pataleaban y sus piernas se sacudían al irse consumiendo su vida; cómo, con aliento cargado de cerveza, hicieron que Sophie y Fabienne observaran hasta el amargo final; cómo, sollozando, ella descolgó el cuerpo de Dietrich una vez que los alemanes desaparecieron en la noche; cómo Fabienne intentó salvarlo, insuflando aire en sus pulmones sin vida mientras Sophie le golpeaba el pecho, deseando que despertara. Sophie fue la primera en saber que era demasiado tarde; tiró de Fabienne, la arrastró por el oscuro callejón hacia donde pudiera haber alguna fuente de luz en la calle.

¿De qué serviría revivirlo todo de nuevo para papá?

Papá se aclaró la garganta.

—Tu... tu madre y yo no teníamos ni idea. Ni idea de que fueras tan infeliz. Ni idea...

—¿No la tenían? Dietrich se los decía a menudo.

Papá se encorvó hacia adelante y se enjugó los ojos.

—Puede ser, pero, ¿qué hijo no se rebela? ¿Qué hijo no crece descontento con su suerte? Él no entendía...

A Sophie se le rompió el corazón. Después de tanto tiempo, ¿en realidad papá continuaba negándolo?

—Era mucho más que descontento, papá. Pudo ver lo que realmente era el partido. —Hizo una pausa—. Yo también, cuando empecé a fijarme bien.

—Nunca lo entendió —replicó papá con fiereza—. Nunca vio el propósito de todo esto, nunca... nunca tuvo que hacerlo. Los protegimos de cómo era la vida antes de que el Führer llegara al poder. Los protegimos de la pobreza y la miseria...

—Matones y bravucones los llamaste alguna vez —dijo Sophie—. Matones y bravucones. Y nos hiciste partícipes de ello.

—Siguen siendo matones y bravucones. —Se enderezó con un suspiro—. Pero debes entender que nos ofrecieron una vida mejor, *Liebchen*. Sólo queríamos lo mejor para ustedes. Sólo pensábamos en su futuro.

Incluso en ese momento, papá se negaba a ver lo que le costaba el partido, y el darse cuenta de ello rompió de nuevo el corazón de Sophie.

—¿Qué futuro, papá? —Se puso de pie, temblando— ¿Qué futuro podríamos haber tenido? El único futuro que prometieron fue el tuyo: comodidad para mamá, progreso para ti. El futuro que me prometieron fue una vida de parir hijos que no quería para hombres que no amaba. El futuro que le prometieron a Dietrich fue la muerte en el extremo de una bayoneta. Pero a ti y a mamá les dieran lo que querían...

—No lo sabíamos. —Papá levantó la cara—. No lo sabíamos.

—Sabían que mi único sueño era seguir tus pasos: ir a la universidad, convertirme en restauradora de arte, como tú. Se me negó ese sueño, pero, aun así, mamá y tú inventaron excusas para apoyar al partido. —Ella negó con la cabeza. Los intentos de papá por justificar sus lealtades eran tan débiles como lo fueron durante su infancia. ¿Cómo no lo había oído ella hacía tantos años?—. Siempre pensabas en lo que era mejor para ti, nunca en lo que era mejor para Dietrich y para mí.

Papá bajó la mirada.

—Independientemente de lo que pienses del partido, *Liebchen*, están ganando esta guerra. Son imparables.

—Sólo si nos rehusamos a contraatacar. Sólo si los dejamos ganar. —Ella se sentó una vez más. Papá la había decepcionado profundamente. ¿La decepcionaría aún más?—. Papá, necesito tu ayuda.

38

Septiembre de 1941

Fabienne se levantó de una posición de cuclillas, dejando caer sus tijeras de podar al suelo mientras entrecerraba los ojos ante el sol de la tarde. Al otro lado de los campos que conformaban el viñedo de Moët et Chandon, docenas de otros trabajadores —mujeres, principalmente— estaban repartidos entre las viñas, dejando caer racimos de uvas cuidadosamente cortados en cestas de mimbre; aunque, a diferencia de Fabienne, que llevaba varios años sin practicar, ninguno de ellos necesitaba tomarse descansos frecuentes del duro trabajo de la vendimia.

Varias filas más adelante, observó cómo mamá, que destacaba con una brillante blusa roja, levantaba una cesta rebosante de uvas de piel negra y la llevaba hasta el final de su fila, donde papá, al frente de una carreta tirada por bueyes, esperaba para depositar las uvas en un cesto más grande; la relevó de su cesta, inclinándose hacia adelante para darle un beso a hurtadillas antes de subirse a la rueda de la carreta para vaciar las uvas en el cajón de madera. Una vez que el canasto se llenó, papá conducía el buey hasta el lagar de Moët, donde las uvas se prensaban hasta convertirlas en jugo y se almacenaban en vastos barriles para su primera fermentación.

Durante la vendimia, la precisión era esencial: las uvas de champán sólo estaban en su punto óptimo durante un breve periodo, el equilibrio entre dulzor y acidez era perfecto durante unas pocas semanas antes de que se inclinaran hacia el exceso de dulzor. Por esta razón, todos los habitantes de la región tuvieron que ponerse manos a la obra para vendimiar a mano las uvas de todos los productores de la región, recorriendo como una máquina bien engrasada un viñedo tras otro en rápida y eficaz sucesión. Tal era la urgencia de la vendimia que Lev y Dufy dieron a Fabienne permiso en el atelier para ayudar. Ella se había ido, pero no sin antes poner dos juegos de papeles falsificados, por fin, en la mano de Sylvie Lowenstein.

Miró su lamentable rendimiento: sólo la mitad de su cesta estaba llena, mientras que Sébastien, a tres cuartas partes del camino hacia el final de la parra de enfrente, dejaba caer racimos de uva en su segunda cesta rebosante. Se arrodilló, recogió sus tijeras de podar y sus rodillas gimieron en señal de protesta mientras cortaba otro racimo de uvas gordas de la parte inferior de la parra. Hacía tiempo que dejó atrás esa vida de pobreza aristocrática, esa vida de salir de los campos exhausta y hastiada para volver a un castillo en ruinas que necesitaba todo tipo de reparaciones; volver a los campos al día siguiente, quemada por el sol y picada por los bichos. No obstante, había memoria muscular en sus movimientos y, por lenta que fuera, recordaba la cadencia del trabajo: agacharse, cortar, soltar, cargar.

Cuando terminó de llenar la cesta, se enderezó y se la puso en la cadera para llevarla hasta el final de la fila, donde papá, aún a varias hectáreas de distancia, regresaría pronto con su buey y su carreta. Delante, Sébastien metía la mano en el follaje, arrancando racimos de las ramas con precisión quirúrgica. En otro tiempo fueron un equipo en la época de la vendimia, trabajando a lo largo de una parra en movimiento sincronizado, aprovechando la cobertura de la actividad para coquetear sin que mamá y papá se dieran cuenta. En esa época, Sébastien era lo único que volvía soportable la monotonía de la vendimia: sus bromas, su buena compañía. Ahora, Sébastien se resistía a todo intento de Fabienne de engatusarle para entablar conversación y, aunque ella no era tan arrogante como para pensar que su rechazo era lo único que pesaba en su mente, odiaba ver lo amargado, lo huraño que se había vuelto en su ausencia. ¿Se habría vuelto la vida en el viñedo tan agobiante para él como alguna vez lo fue para ella?

¿O era simplemente la perspectiva de pasar diez días más en compañía de Fabienne lo que lo tenía tan fuera de sí?

Ella volvió a colocarse la cesta en la cadera y dio un paso adelante. «Si no podemos ser amigos», pensó con determinación, «al menos deberíamos convertirnos en algo más que enemigos».

Dejó escapar un silbido musical y él levantó la vista.

Ella sonrió alegremente y levantó su cesta para mostrarle los frutos de su trabajo.

—Es un poco como andar en bicicleta, ¿sabes? Es difícil olvidar los movimientos, aunque se quisiera.

Él gruñó, apartándose un mechón de pelo oscuro de la cara mientras seguía sujetando las tijeras de podar, y volvió a mirar su parra.

«Oh, no, no lo harás», pensó Fabienne sombríamente, sujetando con fuerza las asas de su canasto.

—Por casualidad no tendrás a mano ese viejo frasco tuyo, ¿cierto? Es un trabajo que da mucha sed y, según recuerdo, una gota de brandy ayuda a que las horas pasen un poco más rápido.

Él dejó caer un racimo de uvas en su cesta y se sentó sobre sus talones. Sin decir palabra, metió la mano en el bolsillo del pecho de su desgastada camisa y sacó un maltratado frasco de plata; ella lo tomó, pasando el pulgar por la desgastada insignia del Château Dolus antes de dar un buen trago. Ella le regaló el frasco por su decimoséptimo cumpleaños, tras haberlo encontrado entre los objetos del desván del castillo, lustrarlo con cuidado y llevarlo a un orfebre para que reparara el agujero del fondo.

—Cambiaste al calvados —dijo ella, devolviéndoselo al otro lado de la parra.

—Hace algunos años —respondió él, aprovechando que el frasco estaba abierto para dar él mismo un trago—. Desde que ese fanfarrón comerciante de brandy, Klaebisch, empezó a vaciar nuestros bolsillos, no me he sentido especialmente inclinado a llenar los suyos.

¡Una frase completa! Él le ofreció el frasco una vez más y ella lo tomó, más por el deseo de seguir conversando que por una verdadera disposición a beber.

—¿Qué piensas de él?, ¿del Weinführer?

Sébastien suspiró.

—Supongo que debería estarle agradecido —dijo—. Evitó que me llevaran a algún campo de trabajo, pero sospecho que fue de Vogüé quien habló bien de mí. Me declaró trabajador esencial, dijo que el Château Dolus no podría contribuir a la cosecha de Moët et Chandon sin mí.

—Y te has vuelto uno de los solteros más codiciados de Champagne, me imagino —se burló Fabienne—. Tú y François Tattinger.

—Sí. Estoy seguro de que todas las mujeres de estos campos me venderían por piezas de repuesto si eso supusiera el retorno de sus maridos. —Volvió a señalar la fila—. ¿Cuánto te falta?

Ella hizo una mueca.

—Me he oxidado un poco en el tiempo que he estado fuera. Voy apenas por la mitad.

Sébastien asintió mientras papá se acercaba para tomar su cesta.

—Terminaré aquí y luego vendré a ayudarte —dijo bruscamente—. Es mejor que trabajemos en una cepa cada vez en lugar de empezar a escalonar.

El château estaba a oscuras y el salón vacío a pesar de que acababa de pasar la medianoche, pero dado que todos se levantaron antes del amanecer, quizá no era de extrañar que sus padres se hubieran acostado temprano.

La oscuridad le sentaba bien a Fabienne, y aunque lo único que anhelaba era su cama, se encontró envuelta en un camisón con motivos ornamentales, caminando de puntitas por la cocina y bajando por la escalera de caracol hasta el sótano.

Aún no había tenido oportunidad de sacar el Kirchner de su escondite y ya había pasado demasiado tiempo en el sótano de piedra caliza. En su última visita se concentró en encontrar un espacio adecuado en el desván para el resto de los cuadros, y durante las últimas noches estuvo demasiado agotada para hacer otra cosa que desplomarse sobre su desgastado edredón. Esa noche luchó por mantenerse despierta hasta que el silencio la envolvió, decidida a trasladar el cuadro a un sitio más seguro.

Llegó al pie de la escalera y encendió su linterna, sin atreverse a prender la luz del techo. Como hizo en su anterior visita al castillo, Sébastien se marchó al pueblo poco después de que regresaran de la vendimia, pero siempre cabía la posibilidad de que mamá bajara a la cocina a por un vaso de leche caliente y se diera cuenta de que una luz estaba encendida en la bodega. La luz de su linterna brillaba en la parte superior de los estantes para el vino y sus pasos eran demasiado pesados y ruidosos en la oscuridad. Irresistiblemente, pensó en las historias de fantasmas de su abuelo sobre el noble ejecutado que fue dueño, en otro tiempo, de Dolus y que llevaba su cabeza bajo el brazo mientras acechaba por los pasillos que antaño fueron suyos...

«Basta», se dijo a sí misma con severidad. Dirigió el haz de luz hacia adelante, pero su imaginación echó raíces y floreció, haciéndole oír voces fantasmales en la oscuridad. «Basta», se dijo de nuevo, incluso mientras corría de nuevo al pie de la escalera y accionaba un interruptor, inundando el sótano con un tenue resplandor anaranjado procedente de algunas bombillas situadas en lo alto.

Respiró profundamente, dándose un momento para calmar los nervios. La última vez que bajó, navegó sola por el espacio a la luz de las velas, corriendo entre antiguos estantes de rotación que en ese momento había supuesto vacíos. Ahora podía ver que no era el caso. Docenas de botellas, colocadas a la inclinación habitual de cuarenta y cinco grados, descansaban en esos estantes, cerradas con tapones temporales de triaje mientras se sometían a su segunda fermentación.

«Champán del Château Dolus», pensó, respirando el aire pesado y lleno de levadura de la bodega. Detrás de las botellas aún en fermentación, pudo ver un nicho lleno de una modesta colección de botellas, todas encorchadas y embaladas, madurando en la oscuridad. Ésas eran, pues, las voces que escuchó. La maduración era un proceso vivo, después de todo, y cada botella llevaba la historia de la tierra y las uvas, la luz del sol y la levadura que transformaban el jugo en oro. Con cierta dificultad, alargó la mano, tomó una botella de la parte superior de la pila y sopló una delgada capa de polvo para leer la fecha grabada con tiza en el cristal: 1938.

Sonrió, impresionada a su pesar por la determinación de Sébastien. Aunque a causa de la insolvencia de sus padres seguían vendiendo la mayor parte de sus uvas a Moët et Chandon, Sébastien logró devolver el champán al Château Dolus, en pequeñas cantidades, sin duda, pero champán al fin y al cabo.

—Es la mejor añada —dijo una voz detrás de ella, y a Fabienne casi se le cae la botella. Se dio la vuelta y encontró a Sébastien al pie de la escalera, con una expresión inescrutable en el rostro—. Te dije que el 39 fue una mierda.

—Me asustaste. —Fabienne volvió a bajar la botella y pasó sus manos temblorosas por su parte delantera—. Creí que eras...

—No me lo digas: el fantasma del noble. —Sébastien sonrió satisfecho—. Sigues creyendo en cuentos de hadas, ¿verdad?

—Bueno, ¿quién si no bajaría aquí en mitad de la noche? —espetó Fabienne. Se ciñó el cordón de la bata—. Creía que te habías ido a la ciudad.

—Volví —replicó—. Y necesitaba rotar las botellas antes de acostarme. A diferencia de ti, mi jornada laboral no termina después de la cosecha. ¿Qué haces aquí abajo?

—No podía dormir —contestó ella—. Papá mencionó que empezaste a embotellar, y pensé…

—No deberías estar aquí abajo sola. Es peligroso. —Pasó junto a ella hacia la rejilla de embotellado y empezó a girar las botellas, sacudiendo el sedimento para producir las características burbujas del champán—. Vuelve arriba. Mañana tenemos que madrugar.

—Tú tanto como cualquiera —protestó Fabienne, pensando que una vez que él hubiera terminado su tarea, ella podría escabullirse por la cocina y volver por el cuadro—. Déjame ayudarte…

Sébastien colocó una botella en su sitio con más fuerza de la necesaria.

—Puede que a tus padres les divierta tu total desprecio por las normas de aquí, pero a mí me está resultando muy desagradable. Sube, Fabienne. ¿Por qué nunca puedes hacer simplemente lo que se supone que deberías?

Estaba claro que el Kirchner tendría que esperar otra noche.

—Mira, entiendo lo difícil que debe ser esto para ti —dijo—, y aprecio lo mucho que lo estás intentando. Lo entiendo, de verdad, pero quiero estar aquí, quiero volver a tener una relación con mis padres.

Continuó removiendo las botellas, soltando cada una después de un cuarto de vuelta con un fuerte golpe.

—Perdí a mi marido. Esta guerra... me ha hecho darme cuenta de que no quiero perder a mis padres si puedo evitarlo.

Él seguía de espaldas a ella, pero el sonido metálico de las botellas se ralentizaba.

—Sé que pedir tu amistad puede ser demasiado, pero, por favor, Sébastien, por favor, no seas mi enemigo.

Inclinó la cabeza y, a la luz anaranjada, ella lo vio darse la vuelta con una de las botellas de champán a medio fermentar aún en la mano.

—No quiero ser tu enemigo —dijo en voz baja—, pero lo que hiciste... Cómo te fuiste... No sé cómo continuar.

Ella señaló con la cabeza la botella que él sostenía.

—¿Qué tal si empezamos con un trago?

39

Septiembre de 1941

Sophie dosificó el pigmento amarillo sobre un trozo de cristal, empujando con cuidado el polvo seco hasta formar un pequeño montículo con una espátula antes de partirlo para dispersar cualquier grumo. En su forma pulverizada, el pigmento era una cosa delicada: aunque todos y cada uno de los pigmentos fueron alguna vez parte de un componente integral —animal, vegetal o mineral— si ella lo pellizcaba entre sus dedos, sabía que no sentiría ni un solo grano. Esto era el color en su forma más pura: ocre amarillo, arcilla y óxido de hierro transformados en un color primario y brillante.

Sin embargo, el pigmento por sí mismo no era más que polvo sin un aglutinante. Tomó un frasco con aceite de linaza y roció una mínima cantidad sobre el polvo, después empezó a mezclar ambas sustancias con su espátula. El aglutinante era lo que daba forma al pigmento, suspendiendo las partículas de color para conservarlas unidas. Dejó a un lado el cuchillo y empezó a elaborar la mezcla con un mortero de vidrio de fondo pesado, extendiéndola por la placa con un suave movimiento en forma de ocho. Los artistas fabricaron sus propias pinturas utilizando este mismo método durante milenios, moliendo sus pigmentos hasta convertirlos en polvo y mezclándolos con aceites o con temple —yema de huevo— para crear pinturas que resistieran el paso de los años. Y los métodos antiguos seguían siendo válidos en esa época en la que la tecnología se anteponía a todo lo demás. Se trataba de la era de la cadena de producción: de los laboratorios llenos de hombres con batas blancas; de los aviones y los radios inalámbricos; del hierro, la gasolina, el carbón; de elementos que se extraen, como los minerales de sus pinturas, de la tierra y se transforman en otra cosa, algo bello o terrible, según las manos que les den forma.

Terminó de mezclar su pintura y suspiró, deseando que el aglutinante que utilizaba fuera el que le pidió a su padre, una resina acrílica hecha a base de petróleo. Cada día que pasaba disminuía el suministro de pintura de Fabienne, pero Sophie no conseguía que su padre le prometiera más.

—No tienes ni idea —dijo papá después de que Sophie le explicara lo que necesitaba de él en el Bois de Boulogne—. Ni idea de lo que pasa en casa. Tu madre y yo tenemos todo que perder oponiéndonos al partido nazi.

—Y nada que ganar —replicó Sophie con amargura. «Salvo una relación con su hija».

Salieron de entre los árboles para adentrarse en el Boulevard Maillot, con los hermosos edificios de apartamentos del distrito 17 que daban al interminable dosel verde del parque.

—Ojalá pudiera ayudarte, *Liebchen* —dijo papá. Como para corroborar su afirmación, un inmenso Daimler negro en cuyo capó ondeaban banderas rojinegras pasó lentamente a su lado—. Es que no tiene sentido luchar cuando ellos ya han ganado.

Sophie no siguió a papá a la estación del metro al ver que estaba claro que él ya había tomado una decisión.

—Prométeme que al menos lo pensarás —le dijo—. Tenemos el deber de hacer bien lo que podamos, de la manera que podamos.

Papá sonrió.

—Eres una idealista, *Liebchen.* Tú y tu hermano, ambos. —Hizo una pausa y Sophie supo que estaba pensando en Dietrich—. Ten cuidado. Cuando acabe la guerra... espero que sepas que siempre tendrás un lugar con nosotros si alguna vez lo necesitas.

Luego se marchó, fundiéndose en el metro mientras Sophie esperaba a que desapareciera. ¿Hasta qué punto se habría empañado su mundo para creer de verdad que la vida podía continuar como antes? ¿Cómo podía seguir ignorando las atrocidades de los nazis sabiendo lo que le ocurrió a Dietrich?, ¿a sus vecinos judíos?, ¿a los que se pronunciaron dentro de su propia universidad?

Bajó los restos del mortero, asqueada ante la idea de que su padre hubiera perdido la voluntad de defender lo que era justo... o de que quizá nunca la hubiera tenido.

—Trabajando duro, por lo que veo. —Levantó la mirada cuando Konrad Richter entró por la puerta del laboratorio.

—Dr. Richter. ¿Cómo está?

Se apoyó en el marco de la puerta, señalando con la cabeza el desastre que ella había hecho.

—Podemos hacer un pedido de pintura para usted —dijo—. De las mejores tiendas de arte de París. De cualquier parte del mundo. Puede conseguir lo que quiera y tenerlo aquí, en este laboratorio, con un telegrama bien dirigido.

Ella sacó un frasco de disolvente de entre las botellas de cristal dispuestas en su mesa.

—Podría ser, pero prefiero hacer la mezcla yo misma. —Añadió una gota de disolvente a su brebaje y observó, satisfecha, cómo la pintura se unificaba aún más debajo del mortero que continuaba realizando su función—. Me permite controlar mejor mi trabajo, además de que lo disfruto.

—Ajá. —Richter se acercó para observar—. La esquiva Mademoiselle Brandt admite que hay algo en este mundo que le gusta hacer. —Sonrió—. Dígame, Mademoiselle Brandt, ¿qué más disfruta hacer?

«Engañarte, bastardo arrogante». Limpió su mortero una última vez.

—Oh, no sé, Dr. Richter... ¿qué le gusta hacer a toda mujer joven? Pasear por el Jardin des Tuileries, supongo. Deambular por el Sena. Pasar tiempo en el Louvre.

—¿Disfrutar de la compañía de sus amigos?

Ella hizo una pausa, luego tomó un tubo vacío y comenzó a introducir la pintura en su parte superior abierta.

—¿Quién no lo haría?

Richter se acercó.

—En ese caso, ¿me permitiría acompañarla a casa esta tarde? —Miró por el ventanal las copas de los árboles que se oscurecían mientras el cielo aún brillaba más adelante—. Es un atardecer precioso. Seguro que no tiene intención de quedarse hasta tarde. Permítame acompañarla a casa y compartir uno de sus sencillos placeres.

Ella reprimió un suspiro pero señaló con la cabeza la placa de cristal.

—Déjeme limpiar todo esto y luego podremos irnos.

Paseaban por la Rue de Rivoli y los cuidados árboles del Jardin des Tuileries proyectaban su sombra sobre la acera desde detrás de la verja de hierro forjado. Al otro lado de la calle, guardias armados flanqueaban a los empleados del Le Meurice, vigilando a los transeúntes con las manos en sus rifles mientras los oficiales de las SS entraban y salían por las puertas giratorias del hotel.

Richter señaló la puerta con el pulgar.

—¿Ha estado alguna vez allí? —Sophie negó con la cabeza y Richter rio entre dientes—. Yo sí, de copas con el Reichsmarschall... ambos preferimos el Ritz, pero el Le Meurice sirve unos martinis excelentes.

—¿Cómo es él? —Sophie no pudo evitar preguntar—. El Reichsmarschall Göring. Lo veo en el museo, pero nunca he hablado con él como es debido.

Richter continuó caminando.

—Es... formidable. Sé que puede parecer extravagante, frívolo incluso, pero es un estratega brillante. Hay una razón por la que Hitler lo eligió como su mano derecha. Usted no tuvo ocasión de verlo en París, pero su Luftwaffe es capaz de convertir países enteros en cenizas. —Llegaron al final del Jardin des Tuileries, y Richter puso una mano en la parte baja de la espalda de Sophie para escoltarla al otro lado de la calle—. Yo no sería quién para contrariarlo.

Sophie se estremeció, tanto por la sensación de la mano de Richter sobre ella como por su advertencia involuntaria.

—Se aloja en el Ritz, en la Suite Imperial —decía Richter—. Tiene una hermosa vista de la Place Vendôme. —Hizo una pausa—. Odio decir que mis propias habitaciones no han estado a la altura. No me importa quedarme allí, por supuesto, pero he empezado a buscar mi propio departamento. Me resulta demasiado impersonal vivir en un hotel, incluso en uno tan encantador como el Ritz.

Sophie asintió, imaginándose un departamento lleno a rebosar de cuadros robados del Jeu de Paume. No le extrañaría que Richter intentara algo así cuando ya lo estaba haciendo en nombre de su benefactor.

—Pero seguro que el Ritz tiene sus ventajas.

—Ciertamente. La otra noche estaba cenando en el salón y tuve una conversación de lo más agradable con Mademoiselle Chanel. —Hizo una pausa, con el aire de alguien que está a punto de entregar un regalo de Papá Noel—. Estaría encantado de presentarla con ella si lo desea.

—¿Con Chanel? —Sophie metió las manos en los profundos bolsillos de su abrigo—. No sé. ¿Qué haría yo con la alta costura?

—Usarla. —Richter sonrió satisfecho—. Su dedicación al Jeu de Paume es admirable, Mademoiselle, pero no olvide que hay un mundo fuera del museo, uno bastante encantador, además, si me permite decirlo.

«¿Y no es eso una cuestión de perspectiva?», pensó Sophie con amargura.

—Aprecio su opinión, Dr. Richter, pero no creo que sea apropiado gastar dinero en lujos cuando hay una guerra, ¿verdad?

—Ah... no. No, claro que no —contestó Richter mientras Sophie aprovechaba el ajetreo de un cruce para adelantarse a paso ligero. Él la alcanzó, enderezándose la corbata—. Por supuesto que tiene razón. No quisiera que pensara que soy insensible.

Ella hizo una pausa, disfrutando de la sensación de haber puesto a Richter en evidencia.

—Por supuesto que no, doctor.

Siguieron por la Rue de Rivoli y atravesaron Les Halles. La amistad fingida con Richter era algo bastante fácil de cultivar: un movimiento de cabeza en el momento adecuado o una pregunta capciosa parecían garantizarle una larga observación o una historia que Sophie sólo debía escuchar a medias. Él era alguien a quien le gustaba el sonido de su propia voz y sentirse importante. De hecho, mientras Sophie estuviera de acuerdo con él con la frecuencia adecuada, parecía poder salirse con la suya sin decir mucho a cambio.

—¿Está segura de que no preferiría caminar por la orilla izquierda? —preguntó Richter cuando pasaron junto a la torre gótica de la Tour Saint-Jacques—. Parece mucho más de su estilo.

Dejando a un lado el hecho de que no quería compartir su ruta de paseo habitual con Konrad Richter, a Sophie no se le había escapado que atravesaron las afueras del Pletzl, un barrio predominantemente judío.

—O quizá podríamos bajar hasta el muelle y cruzar a la Île de la Cité...

—Dr. Richter, no me diga que se siente incómodo. —Ella lo tomó del brazo—. Además, ¿no es encantador recorrer algún lugar nuevo en ocasiones?

Miró hacia abajo, complacido al ver la mano de Sophie en su brazo.

—Bueno, todo es nuevo para mí, supongo —dijo—. Aunque visitara París mil veces, todo seguiría siendo nuevo para mí.

Pasaron el Hôtel de Ville, dejando atrás la Île de la Cité al tiempo que el Sena serpenteaba alrededor de la punta de la Île Saint-Louis. Richter parloteaba sobre los Juegos Olímpicos de 1936 cuando Sophie advirtió una alteración en el camino que tenían delante.

El cruce de la rue de Rivoli y la rue Pavée había sido acordonado, y gendarmes y soldados alemanes se arremolinaban mientras intentaban dispersar a los pequeños grupos de curiosos. Sophie frunció el ceño y sintió en el aire un fuerte olor a pólvora. Se separó de Richter y se acercó a un gendarme.

—Disculpe, oficial. ¿Qué pasó?

Él extendió los brazos, intentando obstruir la vista de Sophie hacia la Rue Pavée.

—Nada de qué preocuparse, Mademoiselle.

—¿Sophie? —Richter apoyó sobre sus hombros su mano de propietario. Ella se la sacudió y, cuando el gendarme se volteó, vio detrás de él escombros en la estrecha calle, así como oficiales y bomberos reunidos en un compacto pelotón—. No creo que debamos involucrarnos, quizá...

—¿Qué ocurrió?

El gendarme miró por encima del hombro.

—Es la sinagoga, Mademoiselle. Fue bombardeada temprano esta mañana. No quisiera que se hiciera daño con los cristales rotos...

Sophie quedó helada.

—¿Bombardeada?, ¿por quién?

El gendarme intercambió una mirada con Richter.

—Nuestra investigación sigue en curso.

—Sophie. —Richter volvió a rodear el hombro de Sophie con el brazo y ella no se molestó en resistirse—. Tenemos que hacer lo que dice el oficial. No es seguro.

La condujo al otro lado de la calle, hasta la Rue de Fourcy, donde encontró un banco vacío. Aturdida, se sentó en él y, aunque sabía que debía ocultar sus pensamientos a Richter, no pudo evitar que se agolparan en su mente. ¿Cuántas veces vio negocios judíos y casas de culto judías profanados o destruidos en Stuttgart? ¿Cuántas veces vio a agentes de policía dar la espalda con un encogimiento de hombros o, peor aún, participar en los ataques? «Todo está ocurriendo aquí», pensó, y aunque vio los estragos de tal destrucción abrirse paso por el Jeu de Paume, de algún modo consiguió bloquear el pensamiento de la brutalidad que sin duda resultaba de ello: el dolor y la angustia de las familias judías de la ciudad.

«Todo está ocurriendo aquí y no hay nada que pueda hacer para impedirlo...».

—Sophie. —Richter tomó sus manos entre las suyas—. Sophie, ¿está usted bien?

Ella levantó la vista. Tardíamente, se dio cuenta de lo peligrosa que era su posición. ¿Qué pensaría Richter si conociera el alcance de su angustia?

—Yo... no esperaba ver... ver un bombardeo en la ciudad —dijo ella, y Richter aprovechó su ventaja, acercándosela más.

—Lo siento mucho. Si hubiera conocido mejor la ciudad, podríamos haber evitado...

Sophie levantó la cara.

—¿Lo sabía?

Richter suspiró.

—Oí hablar de ello, sí, pero no sabía que estábamos tan cerca de uno de los lugares. Había seis en total, creo. Fue una operación coordinada.

—¿Coordinada por quién? —Ella se obligó a dejar de temblar—. Pudo haber habido gente allí.

—No la hubo —respondió rápidamente Richter—. Los bombardeos tuvieron lugar en mitad de la noche. Pretendía ser una advertencia, eso es todo.

—¿Una... advertencia?

Él negó con la cabeza, dirigiendo de nuevo la mirada hacia la Rue de Rivoli.

—Uno pensaría que a estas alturas ya habrían entendido que no se les quiere —dijo con amargura.

Sophie se puso rígida al notar la molestia en su voz. Para Richter, las consecuencias del atentado no residían en el terror que pretendía infundir en la población judía de la ciudad, ni siquiera en la clara insinuación de que la policía de la ciudad estuvo detrás de ello. No, para Richter, el verdadero problema del atentado era el hecho de que interrumpió su intento de paseo romántico.

Indignada, Sophie se incorporó para encarar a Richter, y la voz de Dietrich resonó en su cabeza: «Ten cuidado».

Richter apretó la mano de Sophie.

—Acabas de sufrir un duro golpe —le dijo—. La guerra es algo terrible de ver. ¿Por qué no paramos en algún sitio para tomar una copa que te ayude a calmar los nervios?

—No. —Sophie se puso de pie, todavía temblando de rabia mientras se alejaba de la Rue de Rivoli—. No, llévememe a casa, por favor. Ahora, doctor Richter.

Poco después atravesó el patio de su edificio, sintiendo como si avanzara por arenas movedizas mientras cruzaba hasta la base de su escalera. Dejó a Richter en la puerta tras rechazar su sugerencia de tomar una taza de té. Para su alivio, él no insistió en el tema, aunque Sophie dudaba mucho que hubiera oído la última de tales ofertas de él.

Allí, en la intimidad de los muros de su edificio de apartamentos, Sophie se apoyó en la barandilla y se dobló sobre sí misma, llevándose la mano libre a la boca para ahogar sus sollozos mientras pensaba, una vez más, en la sinagoga en ruinas. El silencio que rodeaba la rue Pavée fue lo más escalofriante de todo: aunque decenas de personas se aglomeraron en la intersección, nadie lloraba, nadie gritaba ni protestaba, nadie irrumpió en la calle intentando pedir cuentas a quienes cometieron semejante acto de violencia. No, los rostros de quienes la rodeaban eran sombríos porque, como Richter, sintieron la destrucción bajo sus ojos o porque, como Sophie, sabían que su indignación los pondría en peligro. ¿Habría habido miembros de la congregación de la sinagoga allí de pie, en la calle Pavée, observando cómo los gendarmes de la ciudad se negaban a investigar el crimen? Quizá sabrían que cualquier reacción sería tomada como una victoria por parte de los agresores. Quizá sabrían que no se podía hacer justicia en una ciudad en la que sus vecinos ya habían presenciado, en silencio, la pérdida de sus negocios y de sus posesiones.

Se dio la vuelta en el estrecho rellano y su mente volvió a la pareja cuyas fotografías le entregó a Louis para que le diera los papeles falsos: el hombre, con sus mejillas perfiladas y sus ojos bondadosos; la mujer, mirando fijamente a la cámara con una gracia arrolladora. Louis le dio los papeles hacía ya casi un mes, y Sophie se los pasó de contrabando a Fabienne en el forro de su abrigo, junto con un magistral Matisse. ¿Los habría entregado Fabienne a sus dueños?

—Sean quienes sean, diles que utilicen estos papeles cuanto antes —murmuró Louis cuando le entregó a Sophie los documentos falsificados dentro del pliegue de un periódico—. Mis fuentes me dicen que esto acaba de empezar, para su suerte.

¿Era eso lo que había querido decir?

Tomó aliento. ¿Qué podía hacer ante tanto odio?

Llegó a su rellano y se detuvo al ver un maltratado paquete apoyado contra su puerta. Parecía como si hubiera sido entregado a mano, y la etiqueta no llevaba remitente ni sellos, sólo su nombre escrito con la letra estrecha de su padre.

«Lo correcto». Lo recogió, aliviada al sentir su considerable peso y notar el ligero olor a gasolina a través del papel. «Podemos esforzarnos por hacer lo correcto».

40

Septiembre de 1941

Sébastien guió a Fabienne por la escalera de caracol. La cocina —una apresurada ampliación victoriana improvisada en una habitación que antes había sido un salón— era estrecha, pero acogedora, con ollas de cobre que se oxidaban lentamente y colgaban sobre una antigua estufa. El fregadero, repleto de los platos sin lavar de la noche anterior, estaba situado bajo una inmensa ventana con cortinas pintadas —uno de los primeros experimentos artísticos de Fabienne— y, aunque la ventana estaba cerrada, las cortinas seguían ondeando con la brisa nocturna debido a que el cristal tenía una grieta. Si hubieran estado en París, aquel hilillo de luz que se filtraba al exterior habría bastado para justificar una visita de la policía local, pero allí, en el campo, las restricciones de oscurecimiento parecían importar menos. Sébastien, desde luego, lucía despreocupado mientras cruzaba hacia el armario con una botella de champán en la mano. Echó un vistazo a la alacena vacía y luego dejó la botella para enjuagar dos copas del montón que estaban en el fregadero.

Fabienne se sentó en la pequeña mesa de la cosecha aprisionada entre la nevera y la estufa sin saber qué decir, pero consciente de que le correspondía a ella romper el silencio. Sébastien quería una disculpa, eso estaba claro. Pero, ¿cómo podía ofrecérsela sabiendo que, si volviera atrás en el tiempo, lo haría todo de nuevo?

Él bajó las copas y destapó la botella de champán, amortiguando el sonido del corcho con un paño de cocina. Sin su sempiterno ceño fruncido, Fabienne pudo comprobar que los años le sentaban bien: sus facciones maduraron y sus mejillas estaban hundidas bajo el crecimiento de una barba incipiente de algunos días. Sus hombros eran anchos debajo del lino desgastado de sus mangas de camisa arremangadas, mientras que su cabello oscuro apenas empezaba a encanecer. Pensó en lo que se había burlado de él antes, en los campos. Sin duda tuvo muchas novias a lo largo de los años. ¿Habría alguna chica en particular responsable de sus desapariciones nocturnas?

Pero esos eran pensamientos a los que ella ya no tenía derecho. Se aclaró la garganta y observó cómo Sébastien llenaba su copa, haciendo que las burbujas se elevaran precariamente cerca del borde antes de bajar.

—¿Sabes? —dijo ella cuando él terminó—, últimamente casi nunca bebo champán. Cuando me mudé a París, me prometí que nunca... ¿qué?

Sébastien se dejó caer en una silla, poniendo los ojos en blanco en un gesto tan exagerado que parecía propio de un escenario.

—Ahí está —dijo—. Apenas nos sentamos y ya te estás quejando de este lugar. —Se inclinó hacia adelante, apoyando los codos en la mesa—. ¿No se te ha ocurrido que tus constantes lloriqueos no contribuyen precisamente a que queramos darte una cálida bienvenida a casa?

Ella se sentó, sintiendo el ardor de la reprimenda de Sébastien. En su mente, siempre fue estoica en cuanto a su aversión por el Château Dolus... pero, claro, siempre tuvo la costumbre de ignorar rasgos suyos a los que prefería no enfrentarse.

—Supongo que puede que tengas razón. —Se llevó la copa a los labios—. Si te sirve de consuelo, esto está bastante bueno. Creo que ninguno de nosotros pensó que valdría la pena embotellar nuestras uvas por sí solas.

Él volvió a burlarse.

—No he hecho nada especialmente innovador —respondió—. Creo que llevábamos tanto tiempo vendiendo nuestras uvas que perdimos de vista lo que tenemos aquí, pero es el suelo, el entorno, lo que las hace especiales. Yo sólo las coseché.

—Nunca te diste suficiente crédito —replicó Fabienne, y fue el turno de Sébastien de parecer escarmentado—. Sé que la gente dice que la humildad es una virtud, pero, de verdad, siente algo de orgullo por lo que has logrado. —Levantó su copa, observando cómo bailaban y efervescían las burbujas—. Has hecho lo que generaciones de mi familia no pudieron. Has hecho champán de verdad: de nuestros pinot noirs, de nuestros chardonnays. —Aunque Sébastien no levantó su champán, ella alargó la mano al otro lado de la mesa y acercó su copa a la de él—. Combinados, como debe ser, al servicio del Château Dolus.

Miró hacia abajo y sacó tierra de debajo de la media luna de la uña de su pulgar.

—Puede que sí —concedió encogiéndose de hombros—, pero no hay garantía de que vaya a servir de algo. Vender uvas a de Vogüé... eso es una apuesta segura. Sin embargo, elaborar champán por nuestra cuenta... no lo es tanto. —Miró a Fabienne a los ojos durante una fracción de segundo antes de volver a bajar la mirada hacia sus anchas manos—. De todos modos, ahora todo eso es irrelevante. No vale la pena arriesgarse cuando todo el mundo está bajo tanta presión de Klaebisch.

—¿Acaso no vale la pena correr el riesgo por perseguir tu sueño?

—Bueno —respondió con una sonrisa burlona—, tú sabrías un par de cosas sobre arriesgarlo todo por un sueño, ¿no?

La observación dolió más de lo que Fabienne estaba dispuesta a dejar traslucir. Se arriesgó, sí, pero no fue suficientemente valiente para afrontar las consecuencias de sus actos. ¿Era de extrañar que Sébastien estuviera resentido con ella ahora?

Ella dejó el champán.

—Nunca quise hacerte daño, Sébastien, pero la idea de vivir aquí, en una vida planeada desde el principio... ¿No te asustaba a ti también?

—¿Crees que no era obvio para todos que querías una vida diferente a la de tus padres?, ¿que tenías sueños que querías perseguir? —Su expresión adusta se desmoronó antes de que pudiera volver a apuntalarse—. ¿Nunca se te ocurrió que si me hubieras hablado de ello, me habría alegrado de construir esa vida contigo en otro lugar?

Aunque su respuesta resonó claramente en su cabeza, ella tuvo la templanza suficiente para no expresarla en voz alta; era evidente, sin embargo, que Sébastien sabía con exactitud lo que estaba pensando.

—Lo que me parece tan duro es que nunca me hablaste realmente de ello —continuó—. Hiciste demasiadas suposiciones. En los años posteriores a tu partida, tuve que preguntarme... ¿alguna vez nos diste en realidad una oportunidad o estabas siempre demasiado preocupada por lo que querían los demás?

—¿Cómo podría no haberlo estado? —Fabienne se puso de pie—. Mamá y papá siempre estuvieron ahí, poniendo demasiadas expectativas en nosotros. Estaban muy orgullosos cuando mostraste interés por el viñedo, muy felices cuando empezamos a cortejarnos. ¿Cómo no iba a tener en cuenta sus deseos? Y tú... —Pensó en Sébastien tal y como lo había conocido, torpe y alegre—. Te encanta esta vida, las viñas, el castillo... la agricultura. ¿Quién era yo para alejarte de eso? —Hundió la cara entre las manos, sintiendo esa misma sensación de exasperación, de frustración, que la impulsó en aquellos largos años antes de París—. Todos hicieron muchísimos planes para mí. ¿Cómo iba a seguir adelante con nuestra boda sabiendo que al final decepcionaría a todos?

—Tus padres nunca esperaron nada de ti más allá de tu amor, Fabienne. Dios sabe que yo tampoco. —Dejó escapar un suspiro y Fabienne pudo ver el esfuerzo que le significó aferrarse a ese dolor durante tantos años, su angustia al decir por fin lo que sin duda pensó decir innumerables veces, o que de otro modo resolvió no decirle nunca—. Desde que éramos niños, lo único que siempre quise fue hacerte feliz. A ti, Fabienne, no al Château Dolus, no a tus padres. Me habría ido a París contigo si me hubieras dado la oportunidad.

—¿Y dejar a mis padres sin alguien con quien contar?

—Habrían encontrado otra forma de salir adelante. —Suspiró, bebiendo lo que quedaba de su vaso—. Pero ahora es demasiado tarde.

Fabienne volvió a sentarse y posó su mano sobre la de él.

—Lo siento —dijo dulcemente—. Te merecías más. Y sé que no es lo que quieres oír, pero encontré la vida que estaba destinada a vivir. En París.

—Y al hombre con el que estabas destinada a vivirla. —Sébastien no retiró su mano de debajo de la de ella, y algo en el corazón de Fabienne se estremeció muy ligeramente cuando sus ojos se encontraron con los de ella—. Háblame de él, de Dietrich.

El sonido del nombre de su marido saliendo de la boca de Sébastien era casi demasiado para soportarlo. Con el pretexto de volver a sentarse en su asiento, apartó la mano.

—¿Qué quieres saber?

—¿Cómo era?

Fabienne sabía lo que él quería escuchar: que Dietrich era un bruto, que fue un mal marido.

—Era un buen hombre —respondió sencillamente—. Un buen hombre que creía en la lucha contra la injusticia.

Sébastien rellenó sus vasos y su expresión se endureció.

—Alemán —respondió él, como si eso bastara para condenar a Dietrich.

—Él no eligió dónde nació, así como tú tampoco lo hiciste —replicó ella—. Pero Dietrich se negó a que eso le definiera. Abandonó Alemania. Hizo todo lo que pudo para advertir a la gente sobre Hitler.

Él levantó las cejas.

—Era un hombre de principios, entonces.

—Sí. —Fabienne se tranquilizó. Durante un breve y luminoso momento, desde el día en que hizo sus votos matrimoniales hasta el día en que estuvo de pie junto a la tumba de su marido, fue una buena persona. Pero, ¿y sus acciones antes y después de aquello? ¿Había sido Dietrich lo único que la vinculaba a una vida de principios?—. Fue un buen hombre. Y un buen marido.

—¿Y te quería?

Ella inclinó la cabeza.

—Sí.

Sébastien suspiró.

—Me alegro por eso, al menos. —Dejó su vaso y se levantó—. Mañana tenemos que madrugar.

—Oh... por supuesto. —Ella se levantó, llevó sus vasos al fregadero y abrió el grifo para que el agua cayera en cascada sobre la montaña de platos que dejaron sus padres—. Sube. Yo... terminaré de lavar estos platos. —Pasó la mano bajo el agua, dejando que oscureciera la manga de su bata antes de correr la tela por su brazo. Sonrió, buscando una nota desenfadada con la cual terminar su conversación—. Puede que nunca volvamos a ser amigos, lo sé, pero quizá éste sea un primer paso hacia algo que no sea el odio activo.

Pudo oír sus pasos detrás de ella y un suave golpe cuando él dejó la botella de champán vacía.

—Una vez más, has sumado dos y dos, y de alguna manera has terminado con veinte —dijo él en voz baja—. ¿En qué momento he dicho que te odiaba?

Ella se dio la vuelta, pero él ya había desaparecido en el oscuro pasillo.

41

Mayo de 1942

La gran galería estaba en silencio y las palmeras en las macetas resplandecían bajo la brillante luz del sol que entraba por los ventanales. Hermann Göring estaba sentado en el centro de la sala ante un caballete cubierto, con la mano llena de anillos sobre el extremo de un bastón enjoyado. Observó cómo un comerciante vestido con un traje oscuro levantaba la cortina del caballete con una practicada floritura para revelar un cuadro de una casa con techo de paja enclavada a sotavento de un frondoso valle.

—Karl von Blochen —anunció el comerciante, y Göring se inclinó hacia adelante—. *Molino en Sajonia.*

—Magnífico —exclamó Göring mientras sus ojos azules brillaban. Preparando otros dos caballetes cubiertos detrás de él, Sophie estudió el cuadro. Personalmente, no era de su agrado, los vívidos verdes y amarillos del bosque sacarino le hacían pensar en «Blancanieves y los siete enanos»; sin embargo, no le sorprendía mucho que el cuadro de cuento de hadas apelara al amor de Göring por los mitos y la grandiosidad.

Ladeó la cabeza para mirar a Richter.

—Bien hecho, Konrad —dijo, y luego se volvió hacia el comerciante de arte—. Y usted, mi querido von Frey, le agradezco mucho que haya venido desde Lucerna en tiempos tan difíciles.

—Sólo espero que haya valido la pena —respondió von Frey con amabilidad. El comerciante, delgado y alto, con el pelo engominado y un bigote ralo, llevaba el von Blochen, junto con un cuadro de Makart, desde su galería suiza para la consideración de Göring—. Estando usted, estoy seguro, tan preocupado por los acontecimientos en Rusia.

La sonrisa de Göring se congeló. No era ningún secreto que después de tantas victorias iniciales, el poderoso Reichsmarschall experimentaba sus primeros verdaderos fracasos militares. En Rusia, el ejército alemán sufrió pérdidas considerables de hombres y suministros en una invasión de Moscú y Leningrado condenada al fracaso; en Gran Bretaña, mientras tanto, la RFA de Churchill combatió a la Luftwaffe hasta paralizarla.

—Preocupado sin duda, mi querido von Frey, pero un hombre de cultura siempre puede hacerse tiempo para el arte. ¿Konrad?

Richter dio un paso adelante y asintió bruscamente a Sophie. Una a una, levantó las sábanas que cubrían los caballetes adicionales y reveló dos cuadros de la Sala de los Mártires: un paisaje de Cézanne y el retrato de una joven de Renoir.

La engreída compostura de Von Frey flaqueó ligeramente ante estas obras maestras.

—Madre mía —dijo mientras Göring se incorporaba.

—Vaya par, ¿verdad? —Göring puso su manopla sobre el hombro redondeado de von Frey—. Y ambos podrían ser suyos.

Sophie dobló las sábanas sobre su brazo mientras los tres hombres empezaban a regatear. Había asistido a Richter en más intercambios de los que podía contar, normalmente dentro de los discretos confines de la Sala de los Mártires; sin embargo, la llegada de Göring exigía un poco más de pompa, por lo que Richter optó por trasladarse a la gran galería. Los caballetes cubiertos fueron una sugerencia de Sophie, aparentemente para apelar al gusto de Göring por lo dramático, pero en realidad eran un medio conveniente para asegurarse un asiento en primera fila en las negociaciones.

—El Makart y el von Blochen, entonces, a cambio del Cézanne y el Renoir —dijo Richter mientras servía tres copas de coñac de una jarra de cristal.

—Un Cézanne y un Renoir de dudosa procedencia —respondió von Frey dubitativo mientras aceptaba una de las copas.

—¡Pero un Cézanne y un Renoir de cualquier modo, mi querido amigo! —exclamó Göring—. Su valor no hará más que aumentar.

—No puede negar que se está llevando la mejor parte del trato —añadió Richter.

—Y piense en el servicio que estaría prestando al Reich. —Göring sonrió, concediéndole a von Frey todo su encanto—. Makart y von Blochen son artistas arios de renombre que muestran la auténtica maestría de nuestra ilustre cultura. ¿No es su deber devolver estas obras de arte a su patria? —Dio un paso atrás, mirando el von Blochen con un júbilo que apenas pudo contener—. De hecho, obsequiaré el von Blochen al Führer: una escena que le recuerde por qué lucha... y le haré saber el nombre del comerciante que le prestó tal servicio. —Apoyó una mano en la trabilla de su cinturón—. ¿Qué le parece?

—Pensaría que eso aumentaría el valor de las obras para usted, Reichsmarschall —respondió von Frey con ecuanimidad, y Sophie levantó la cara sorprendida. Quizá no fuera tan pusilánime como parecía.

Richter se puso rígido, pero Göring soltó una risita.

—Es usted un duro negociador, von Frey. Admiro eso —dijo—. Konrad, tal vez su encantadora ayudante pueda traer nuestra tercera oferta.

Sophie asintió y se dirigió a la galería contigua, donde sobre una mesa esperaba un tercer cuadro de la Sala de los Mártires. Richter reservó la pieza, sin duda, con la esperanza de hacer un trato equitativo —dos cuadros por dos cuadros—, pero no era tan tonto como para negociar sin una carta adicional bajo la manga.

Volvió a la gran galería y Richter dejó que sus dedos rozaran los de ella mientras lo tomaba.

El Picasso era, sin duda, el más magistral de los cuadros de la sala. Se trataba de una pintura suave, casi sensual, de una manzana, donde la figura de la fruta imitaba las curvas del trasero de una mujer.

—Ahora —dijo Göring, dando un codazo a von Frey con la expresión de alguien que acaba de dar en el clavo—, ¿qué hombre normal rechazaría un cuadro así, eh?

Von Frey asintió.

—El Renoir, el Cézanne y el Picasso —respondió tendiendo la mano a Göring—, a cambio del Makart y el von Blochen.

Göring bebió de un trago su copa de coñac.

—Un placer hacer negocios con usted, mi buen amigo. Bien, hay un hotel no muy lejos de aquí que prepara un maravilloso filete frito. ¿Qué le parece si usted y yo vamos a aprovechar esta bonita tarde mientras Konrad se encarga del papeleo?

Richter acompañó a ambos hombres hasta la puerta con sonrisas y obsequiosidad, pero cuando volvió hacia la gran galería, dejó que su elegante expresión desapareciera.

—Hombre odioso —murmuró. Sacó su cigarrera y la abrió—. Esa jugarreta que hizo con el von Blochen... —Suspiró, metiéndose un cigarrillo en la boca—. Lástima lo del Picasso. Esperaba poder quedármelo.

Sophie dio un paso adelante, tomó su encendedor y lo abrió para él. Él se inclinó hacia adelante, ligeramente sorprendido por el gesto, pero la mente de Sophie iba a toda velocidad. Richter había estado robando en nombre de Göring durante meses y cada transacción fue cuidadosamente registrada para darle un ligero barniz de legitimidad, pero si Richter estaba robando de la Sala de los Mártires para su propio beneficio, ella dudaba mucho que existiera algún registro de sus robos.

Ella llevaba un registro de todos los intercambios que Richter hizo en nombre de Göring. No obstante, si Richter simplemente guardaba cuadros bajo el brazo y salía del museo, ¿cómo podría ella saber lo que había robado?

—Habrá otras obras de arte —dijo ella mientras apagaba el encendedor—. Otros Picassos.

—Claro que tiene razón —respondió Richter. Acarició con una mano el brazo de Sophie, provocándole un escalofrío de desagrado a su paso—. Pero ése era uno de mis favoritos. Lo veía a menudo en el almacén y pensaba en usted... —Sus ojos estaban oscuros de lujuria, y Sophie se retorció para zafarse de sus manos.

—Ha tenido un día duro, Konrad. ¿Por qué no se va temprano? —Miró el von Blochen—. Estaré encantada de redactar la factura de venta si así lo desea.

Por un breve y aterrador momento, Sophie tuvo la certeza de haberse excedido, de que expresó un interés demasiado vivo en los asuntos de Richter.

—No, pero agradezco la oferta. —Sonrió, sujetando su cigarrillo entre dos dedos—. Es usted demasiado buena conmigo, Mademoiselle Brandt. Mi trabajo es... complicado, y usted de alguna manera lo hace más llevadero. —Hizo una pausa—. Supongo que no me dejará llevarla a la inauguración de la exposición de Arno Breker en la Orangerie la semana que viene, ¿verdad?

Su expresión albergaba tanta esperanza que Sophie casi se sintió mal por seguirle el juego, pero permitir que Richter la llevara a la exposición le daría a Gerhardt valioso tiempo a solas en la Sala de los Mártires para determinar qué se llevó Richter.

—Estaré encantada.

Richter se acercó más, el aroma de su colonia era empalagoso y caro, y Sophie resistió el impulso de dar un paso atrás cuando él le puso la mano en la parte baja de la espalda para llevarla hacia él. El pánico se apoderó de ella cuando él cerró los ojos y sus rasgos se desdibujaron al sentir ella su aliento, cálido y húmedo, en la mejilla...

En algún lugar cercano, se abrió una puerta y Richter se apartó.

—*Scheisse* —murmuró amargamente, pasándose una mano por el pelo mientras la secretaria de Bohn se escabullía.

Sophie aprovechó el momento para deslizarse fuera de su alcance, pero sabía que su indulto era sólo temporal. Pronto, Richter se cansaría de que ella lo mantuviera a distancia.

—La exposición de Breker, entonces —dijo ella sin aliento, deteniéndose en la puerta—. La espero con impaciencia.

42

Mayo de 1942

Fabienne elaboraba una pulsera de baquelita y admiraba el verde vibrante de la resina mientras grababa en ella un diseño geométrico con una minúscula sierra eléctrica. Hacía meses que le cedieron el escritorio vacante de Myriam, pero, a pesar de ello, sólo trabajaba en los encargos más básicos del atelier. Dada la permanente ausencia de Myriam, Beatrice era ahora la artista más hábil del Atelier Dufy, pues su trabajo era más intrincado que cualquier cosa que pudiera realizar Fabienne. Parecía que su habilidad con el pincel no se traducía en la fabricación de joyas, sin embargo, en sus descansos para comer, Fabienne esbozaba diseños a pesar de todo, con la esperanza de comprender mejor el material con el que trabajaba.

Dicho esto, había algo placentero en crear los diseños más sencillos. Le permitía volcar su mente en otras preocupaciones: el lienzo imprimado para poder recrear una obra de Chagall; los tres originales, un Dalí, un Masson y un Franz Marc, que se escondían bajo los tablones de su cocina.

Los llevaría al Château Dolus cuando hubiera terminado el Chagall. Con la siguiente entrega, ya serían quince los cuadros que hubiera conseguido replicar y ocultar. En el gran esquema de las cosas, no era una gran contribución a los esfuerzos de la guerra —no estaba dinamitando líneas de ferrocarril—, pero era algo. Pensó en aquella primera conversación que tuvo con Sophie, cuando llegó al apartamento de Fabienne con un Kirchner robado, sobre el concepto de la legalidad en tiempos de guerra.

Lo fácil que era romper las reglas cuando las hacían quienes carecían de cualquier tipo de brújula moral.

Olvidó, en aquellos largos meses después de que perdieran a Dietrich, lo mucho que disfrutó alguna vez de la compañía de Sophie, lo mucho que la echaba de menos, no sólo como cuñada, sino también como amiga. La última vez que llegó con un cuadro, Sophie en realidad se quedó más de quince minutos, pues su misión compartida significaba más para ambas que su dolor compartido. Aunque el recuerdo de Dietrich siempre se interpondría entre ellas, tenía la sensación de que las agudas aristas del pasado se atenuaban hasta convertirse en algo menos punzante que antes.

Hizo el corte final en la pulsera y dejó la sierra eléctrica, soplando el polvo de resina de las ranuras para inspeccionar su obra. Creó un patrón entrecruzado en la pulsera y estaba satisfecha con el resultado. Una vez que hubiera lijado los bordes ásperos y la hubiera pulido, estaría lista para el joyero.

Se puso la pulsera en la muñeca, preguntándose qué diría Sébastien si la viera. Pondría los ojos en blanco, sin duda, por la innecesaria ornamentación, pero ella sospechaba que respetaría la habilidad que requería hacerla. A él nunca le gustó la moda. Mientras Fabienne revolvía los armarios del castillo para encontrar batas apolilladas y cortinas bordadas que pudiera transformar en blusas y faldas, Sébastien se ponía lo que le resultaba más fácil: pantalones oscuros y camisas de lino desgastadas. En su visita más reciente al Dolus, Fabienne estaba segura de que incluso le vio con una camisa que recordaba de sus años de adolescencia, pero había algo en su falta de pretensiones que la impresionaba, algo sólido en su firme forma de afrontar la vida.

Quizá esa firmeza era lo que ella encontraba atractivo cuando eran jóvenes: una firmeza para equilibrar su propio impulso de volar. ¿No compartía Dietrich esa misma cualidad?

Se quitó la pulsera y la dejó junto a su estación de trabajo, escuchando el zumbido de la maquinaria a su alrededor. Cada vez le resultaba más difícil pensar en Dietrich cuando no podía negar que aún había algo allí con Sébastien: alguna chispa latente, enterrada hacía tiempo, que volvía a encenderse. Lo sintió en su último viaje al Château Dolus, cuando él llegó en un camión gasógeno a recogerla a la estación, ella se rio de un chiste que él hizo y sus labios esbozaron una sonrisa de mala gana. Sólo se quedó esa noche, pero lo volvió a sentir cuando a la mañana siguiente bajó a recoger los huevos de las gallinas que empollaban y lo vio caminando hacia el viñedo, lo vio volverse y mirar hacia el castillo como si esperara un movimiento de las cortinas en su ventana.

—No le des falsas esperanzas —le dijo mamá con expresión dura cuando Fabienne regresó al castillo con una cesta de huevos—. No le rompas el corazón. —No tenía intención de hacerlo cuando la idea de retomar su relación con el que fue su prometido le parecía un rechazo de todo lo que tuvo con Dietrich.

Porque eso es lo que sería una vida con Sébastien: un rechazo, dado que estaba ligado en cuerpo y alma al Château Dolus. No se permitiría a sí misma volver a una vida de arduos esfuerzos y decepciones, una vida desprovista del arte que le daba aliento. Su atracción por Sébastien era una reacción a la incertidumbre de la guerra, estaba segura de ello; una tentadora vuelta a la previsibilidad del pasado. Lo que ella sentía era el fantasma de un recuerdo, un dulce recuerdo de un amor que hacía tiempo se esfumó. No se permitiría complacer tales sentimientos cuando ello conllevaba un riesgo tan alto.

Suspiró y empezó a trabajar en una segunda pulsera a juego con la primera. Al cabo de varios minutos, sintió una nariz pequeña y húmeda que le acariciaba el tobillo, seguida del cálido roce de una lengua, bajó la vista y vio a Hugo, el caniche de Lev.

—¿Vienes a inspeccionar mi obra? —Se inclinó y hundió las manos en el pelaje blanco y negro del caniche, disfrutando de la sensación de sus rizos entre sus dedos.

Desde detrás de su silla oyó la risita divertida de Lev.

—Es su deber. Cada piso necesita un encargado. —Pasó la mano por encima del hombro de ella para tomar el brazalete terminado, sosteniéndolo en alto para examinar la artesanía. Ella se acomodó en su asiento para ver su reacción y el estómago se le revolvió violentamente: allí, cosida a la parte delantera de su chaqueta, estaba una estrella amarilla.

Leyó en los periódicos sobre la nueva ley que obligaba a todos los judíos a llevar la estrella de David, una marca de identificación destinada, sin duda, a facilitar a las autoridades su continua persecución. Ella vio aparecer esas cosas feas por las calles, pero nunca de cerca. Era una bofetada en la cara, una innegable expresión de hostilidad por parte de quienes tomaron el control de la ciudad. Se le rompió el corazón al pensar en Sylvie Lowenstein cosiendo el odioso parche en las chaquetas Chanel que llevaba con tanta dignidad.

Él bajó el brazalete y Fabienne, horrorizada, se dio cuenta de que estaba mirando fijamente.

—Muy bien hecho, querida —dijo él—. Debo decir que estás logrando tener una mano más firme.

—Me temo que todavía encuentro mi mano más firme cuando empuña un pincel. —Ella se encontró con su mirada, negándose a bajar los ojos hacia el destello amarillo que aún veía persistentemente por el rabillo del ojo. Era lo que querían los alemanes: que la gente viera a los judíos de Francia como diferentes, inferiores.

Pero estaban muy equivocados si pensaban que un trozo de tela podía destruir amistades y familias tan fácilmente.

Estaba claro que Lev sabía lo que Fabienne estaba pensando. Se inclinó hacia ella y le acarició la muñeca con su cálida mano.

—Esto también pasará, querida —murmuró. Sus ojos marrones se entrecerraron—. Esto también pasará.

43

Mayo de 1942

Al igual que su institución hermana, el Musée de l'Orangerie estaba situado en los terrenos del Jardin des Tuileries, y su esbelta fachada de piedra era un reflejo del Jeu de Paume con su agradable y cuidada simetría. Tras la muerte de Dietrich, Sophie encontraba consuelo allí, en las salas ovaladas que albergaban los *Nenúfares* de Monet. Se sentaba durante horas, observando los cuadros mientras el sol se abría paso a lo largo del techo de claraboya, con la esperanza, por medio de algún mecanismo desconocido, de absorber alguna sensación de calma en las pinceladas de Monet: de dejar a un lado la terrible pena que llevaba dentro; de olvidar por un momento que se había quedado sola en el mundo.

Quizá Monet también encontraba el mundo exterior demasiado abrumador, demasiado sujeto al cambio, y ese era el motivo por el que fijó sus cuadros de forma permanente a los muros construidos a medida del museo, ofreciendo un lugar de respiro a los ciudadanos de París con la garantía de que, aunque sus propias circunstancias pudieran alterarse en las arenas del cambio, sus nenúfares siempre estarían allí, esperando para calmar sus almas atribuladas.

¿Qué pena sentiría entonces al ver sus nenúfares ocultos tras pesadas cortinas rojas, cediendo su tranquila soledad a un bullicio de dignatarios y artistas, esvásticas y flashes? En lugar de los suaves tonos verdes y azules de los lienzos de Monet, el Musée de l'Orangerie lucía ahora los ásperos mármoles y bronces del escultor alemán Arno Breker, cuyas inmensas estatuas y bajorrelieves daban a los edificios de la Alemania nazi su carácter vigoroso y despiadado.

Del brazo de Konrad Richter, Sophie miró la inmensa estatua de bronce de un hombre sentado, cuyo cuerpo desnudo era imposiblemente perfecto, imposiblemente musculoso: era una perfección indomable, que borraba las líneas clásicas de la escultura griega y las sustituía por algo más, algo inalcanzable. Levantó más la mirada para concentrarse en el rostro de la figura: su fuerte mandíbula y su pelo estridentemente moderno; sus ojos eran dos discos en blanco y serenos. Ése era, pues, el *Übermensch* alemán: el humano ideal, la élite aria, la monstruosa esperanza de Hitler de lo que podría producir un linaje alemán puro. Al instante, Sophie se vio transportada de nuevo a Nuremberg, escuchando a Ella explicar la importancia de dar al Reich un niño que pudiera moldearse hasta convertirse en ese conquistador imposible.

—Magnífico, ¿verdad? —Richter aprisionó la mano de Sophie entre el pliegue de su codo y su mano libre. ¿Era su imaginación o se erguía más entre aquellos ejemplos de perfección humana?—. No en vano, Breker es el escultor oficial de Estado del Führer.

Sophie asintió, volviéndose incómodamente consciente de la aglomeración a su alrededor: Göring, siendo el centro de atención ante un imponente busto de Hitler; el propio Breker, apuesto y moreno, lanzando una mirada satisfecha a todos sus admiradores.

—Es todo muy abrumador —respondió ella—. Esculturas como éstas deben exponerse al aire libre, donde los elementos puedan potenciar su belleza.

Richter la observó por un instante.

—Sigo olvidando lo mucho que le disgustan las multitudes —dijo—. ¿Por qué no buscamos un lugar un poco más tranquilo?

La condujo al ala Luxemburgo. Allí, la galería seguía muy concurrida, pero al menos había ventanas a lo largo de la fachada sur del museo que dejaban entrar la luz opalescente de la tarde lluviosa.

Ella se detuvo y se quedó mirando la lluvia. Estuvo allí en una ocasión con una amiga especial poco antes de los últimos días de Dietrich: una joven socialista del círculo de incendiarios de Louis y Fabienne, hermosa, ágil y tremendamente inteligente. Se sentaron, una al lado de la otra, en medio de los nenúfares y dejaron que sus manos se juntaran al encontrarse a solas con la obra de arte...

Pero ella dejó que la relación se diluyera en los oscuros días posteriores.

Richter la llamó desde debajo de un bajorrelieve de bronce, con dos copas de champán en la mano.

—*Apollo und Daphne* —le dijo, ofreciéndole una de las copas. A diferencia de otras obras de Breker, aquella pieza era realmente bella: un retrato más suave de una mujer huyendo de las atenciones de un hombre, sosteniendo una rama cargada de hojas de laurel sobre su cabeza.

Esperó un momento, observando con atención cómo Sophie bebía un sorbo de champán.

—¿Mejor?

—Mucho. —Levantó la vista, dejando que los pensamientos sobre la agitadora se esfumaran mientras estudiaba el bajorrelieve: Apolo, insistente y deseoso; Dafne, rechazando sus avances—. Es una tontería, lo sé. Desde que era pequeña, las multitudes me ponen nerviosa.

—No es ninguna tontería —replicó él—. Supongo que por eso prefiere la restauración de arte a las inauguraciones de galerías.

—Supongo que sí —dijo ella con sinceridad—. Uno puede relacionarse con el arte como quiera. No... se impone sobre nadie, a menos de que ésa sea la intención del artista, y entonces uno puede simplemente apartarse.

Él sonrió.

—Ahí está —dijo, levantando triunfalmente un dedo—. Algo más que he aprendido sobre Sophie Brandt. —Él se acercó y ella luchó contra el impulso de retroceder—. Si seguimos a este ritmo, puede que sepa cinco cosas sobre usted para Navidad.

Ella le puso una mano en el brazo con una sonrisa recatada. «Esto es algo que usted no sabe», pensó con maldad. «Gerhardt Hausler está inventariando la Sala de los Mártires en estos momentos para determinar qué cuadros robó para su mugriento departamentito».

Se oyeron risas desde la otra habitación y Sophie vio cómo Göring, con su esposa de cabello rubio, Emmy, entraban tomados del brazo en el ala Luxemburgo. Estaba flanqueado por todos lados de gente: Breker y Albert Speer, Jean Cocteau y Maurice de Vlaminck.

Göring se dirigió hacia Richter como si estuviera partiendo el Mar Rojo.

—No está a la altura de su estándar habitual, Konrad —murmuró en alemán, mirando a Sophie con una sonrisa brillante, y aunque Richter hizo una mueca de dolor, Sophie se negó a permitirse sentir un instante de aflicción ante un insulto de un hombre tan repugnante—. Pero, bueno, considero que su gusto es impecable en todos los sentidos, así que debo ser yo quien no alcanza a distinguir los encantos de su adorable acompañante. Fräulein Brandt —continuó, cambiando con soltura al francés—. Por favor, permítame apartarles a usted y a Konrad de las delicias del trabajo de Arno para que vengan a tomar una copa con nosotros en el Ritz. Siempre digo que mi querido Konrad trabaja demasiado. Ayúdele a divertirse un poco, ¿quiere?

La esposa de Göring ladeó la cabeza y frunció los labios en una mueca antes de rodear el cuello de Göring con los brazos en un gesto propio de una joven ingenua de la gran pantalla más que de una matrona de mediana edad.

—Siempre le digo lo mismo a mi querido Hermann —ronroneó.

—Gracias, Reichsmarschall, pero me temo que debo declinar —respondió Sophie—. Sin embargo, el Dr. Richter no debería faltar por mi culpa.

La sonrisa de Göring se apagó con una decepción casi cómica.

—Una mujer que sabe lo que piensa —dijo con aprobación—, ¡pero no demasiado, espero, por el bien de Konrad! Muy bien, *Fräulein*, buenas noches.

Zarpó con su séquito, dejando a Sophie sola con Richter una vez más.

—¿No le importa que me vaya? —preguntó Richter, mirando a Göring como un hijo a un padre—. La ha pasado fatal en los últimos días. Al parecer, el máximo responsable del ERR se enteró de nuestro trabajo en el Jeu de Paume, y Göring se llevó tremenda reprimenda por ello. No debemos vender más obras de arte de la colección degenerada. —Richter hizo una mueca—. Supongo que no fuimos especialmente discretos con von Frey.

Sophie empezó a caminar hacia la salida.

—¿Qué significa eso para... para nuestro trabajo juntos?

Richter recibió el abrigo de Sophie de manos del empleado de la puerta principal y se lo sostuvo para que pudiera meter los brazos en las mangas.

—Oh, seguiremos adelante, por supuesto. Típica tontería burocrática. Pero, ¿qué otra cosa podríamos hacer con los degenerados? Ese almacén se está llenando demasiado. Tenemos que encontrar alguna solución para todo eso. —Apoyó las manos en los hombros de ella—. ¿Seguro que no le importa que me vaya?

—No sea tonto. —Sophie salió al Jardin des Tuileries al amparo del paraguas de Richter. De hecho, se sentía aliviada de que Göring hubiera proporcionado un final natural a su cita, pero no estaba dispuesta a admitirlo, en especial cuando quería tiempo para pensar en lo que Richter le reveló. No había mucho que hacer con la información, supuso, al menos no de inmediato, pero la idea de Richter de encontrar una solución para la Sala de los Mártires la inquietó—. ¡Por supuesto que debe ir! Estaré bien caminando de vuelta a casa.

—¿Por la Rue de Rivoli o por el Sena? —preguntó Richter. A pesar del ruido del viento y del tráfico, ella aún podía oír la voz retumbante de Göring mientras caminaba por el sendero en herradura hacia la Rue de Rivoli.

—Por el Sena, creo. —Entrelazó las manos—. Gracias, Konrad, por invitarme a la exposición. Me pareció muy esclarecedora.

—A mí también —respondió Richter mientras le entregaba su paraguas—. Y así, este Apolo dirá buenas noches a su Dafne.

Le dio un beso en la mejilla y se dirigió trotando hacia las pesadas verjas de hierro que separaban el Jardin des Tuileries de la Place de la Concorde. Sophie, mientras tanto, salió por la puerta lateral del Jardin des Tuileries, pensando en las palabras de despedida de Richter. «Parece olvidar la mitología griega, Dr. Richter. Al final, Dafne prefirió transformarse en árbol antes que rendirse a los avances de Apolo».

44

Julio de 1942

Las moscas zumbaban perezosamente en el aire sobre el verde vivo del viñedo. Agazapada ante las vides, Fabienne separó suavemente un racimo de uvas poco maduras para recortar las hojas que lo rodeaban. Recortar el follaje permitiría a las uvas absorber mejor la luz del sol estival, haciendo que los azúcares de cada uva maduraran hasta alcanzar la dulce perfección... o eso decía la teoría. Terminó de podar y suspiró, volviendo a mirar hacia arriba siguiendo las ordenadas vides. Aunque ciertamente había pequeños racimos que mostraban los cuidadosos esfuerzos del château durante el último año, casi la mitad de las uvas se secaron en la vid. Dejó el racimo donde estaba, sabiendo que la siguiente cepa se vería afectada de forma similar. ¿Cuánto de la cosecha se podría salvar llegado el otoño?

Al menos sus esfuerzos con Sophie estaban siendo más fructíferos. Pensó en el creciente depósito de obras de arte en el desván del castillo, ocultas a la vista entre las reliquias olvidadas del edificio.

Recortó un racimo marchito y lo sostuvo en alto.

—La maldición del Château Dolus —anunció.

—Esta vez, Fabienne, no estoy de acuerdo —replicó Sébastien, podando el otro lado de la vid con pulcra precisión—. He visitado Tattinger y tienen el mismo problema con sus vides. Moët et Chandon también. Toda la región se ha visto afectada por las fuertes lluvias. —Se apoyó sobre sus talones—. Los alemanes han requisado el sulfato de cobre que utilizamos para tratar el moho. ¿Pero cómo puede esperar Klaebisch que satisfagamos sus pedidos si no tenemos los productos químicos que necesitamos?

—Requisición, requisición —contestó Fabienne secamente—. Si no vuelvo a oír la palabra «requisición», será un milagro.

—Puedes taparte los oídos cuanto quieras, pero habrá requisiciones de cualquier forma. —Sébastien suspiró, observando cómo mamá intentaba persuadir a un buey implacable para que arrastrara un pesado arado entre las vides—. Francia no es más que grandes almacenes para Klaebisch y sus compinches. No les importa el esfuerzo que supone fabricar los productos que quieren mientras los consigan.

Fabienne pensó con pesadumbre en el futuro al que aspiraban los nazis: un futuro construido sobre el trabajo de esclavos y el sometimiento de poblaciones enteras. ¿Qué les importaba si todos y cada uno de los productores de champán quebraban mientras ellos tuvieran las botellas que querían?, ¿qué importaba si las obras de arte que querían pertenecían a alguien más cuando podían llevárselas sin importar nada?

—¿Por qué preocuparse por el mañana cuando puedes tener todo lo que quieres hoy? —dijo ella en tono sombrío.

Sébastien la miró de reojo.

—Así es —empezó, pero entonces se oyó un grito.

Fabienne levantó la mirada bruscamente. A varias filas de distancia, mamá estaba de pie ante el buey, que no se había movido ni un centímetro en los últimos minutos. Soltó la correa del buey, maldiciendo salvajemente mientras la criatura la miraba con desgano.

Mamá bien podría haber estado gritando a una pared de ladrillo por el nulo efecto que eso estaba produciendo. Finalmente, se le agotó la energía. Bajó los brazos, con el pecho agitado, y se llevó una mano a la cara.

—Tendrás que perdonarla —dijo Sébastien en voz baja—. Ayer recibimos la visita de Klaebisch... Al parecer, le han pedido que busque alojamiento y comida para otro regimiento de soldados.

Fabienne frunció el ceño.

—¿Crees que pretenda utilizar el Dolus?

Sébastien exhaló.

—Sin duda nos complicaría las cosas.

La idea de explorar un castillo sería demasiado difícil de resistir para un grupo de soldados alemanes relegados a la anodina campiña francesa. Seguramente descubrirían todas las obras de arte que Sophie escondía. ¿Habría algún otro lugar en la finca al que pudiera llevarlas, algún otro rincón oculto, desapercibido y pasado por alto?

—Tiene que haber alguna forma de disuadirlo —dijo, sin ninguna esperanza real—. Él dijo que el château era inhabitable antes, y nada ha cambiado...

—Nada ha cambiado salvo el número de soldados que necesitan alojamiento. Pero me temo que la decisión no será nuestra. —Recogió sus tijeras de podar y miró a mamá—. El castillo, la guerra... todo eso la agobia demasiado.

Fabienne siguió su mirada. Mamá desistió de su perorata y en lugar de ello se apoyaba en el ancho flanco del buey para encender un cigarrillo. Las cosas siempre le pesaban más a mamá que a papá, o eso le parecía a Fabienne. Ella era la que intentaba cuadrar las cuentas de la finca o llamaba a los acreedores para prorrogar los préstamos del castillo. Papá, por supuesto, tenía su propia dosis de preocupaciones, pero parecía más capaz de dormir profundamente. Mamá, sospechaba Fabienne, no había disfrutado de una noche completa de descanso en años.

Tal vez fuera porque el castillo era el trabajo de toda la vida de mamá antes que el de papá. Al igual que Fabienne, creció a su sombra ruinosa, transmitida a ella por sus propios padres. Quizá era un sentido del deber hacia el pasado lo que la impulsaba tanto como su deber hacia el futuro.

«O tal vez la idea de hospedar a soldados alemanes sea simplemente demasiado insoportable», pensó Fabienne. No fue justa con mamá. Al volver una y otra vez al Château Dolus, añadió otra complicación a la vida de su madre en el momento en que menos podía costearlo.

Se levantó y se apretó el pañuelo de seda atado a la cabeza.

—¿No te importa terminar esto tú solo?

Sébastien se encogió de hombros y manifestó su conformidad con un movimiento de sus tijeras.

Ella caminó hasta el final de la fila y se abrió paso a lo largo de las vides. Mamá consiguió hacer unos cuantos surcos antes de que el buey —llamado Otto en burlón homenaje al Weinführer— se diera por vencido, y el olor de la tierra recién removida perfumaba el aire con recuerdos de años anteriores.

Mamá estaba de pie frente a los viñedos que estaban detrás de la modesta finca del Château Dolus, y aunque su pelo estaba ahora teñido de canas, aún podía pasar por una treintañera. Darse cuenta de ello hizo que Fabienne volviera a sentirse quinceañera. La observó —bronceada y hermosa, con sus pantalones anchos y su camisa de lino— poner su puño firme sobre el hombro del buey.

—No es tu criatura favorita en la tierra en este momento, ¿verdad? —exclamó Fabienne.

Mamá se limpió la mejilla apresuradamente antes de voltear para mirar a Fabienne.

—¿Sabes?, algunas criaturas sólo son puestas en esta tierra para ponernos a prueba.

—Siento que eso va dirigido más a mí que a Otto —respondió Fabienne.

Se rio entre dientes.

—Algunos días, tal vez, pero mi pelea no es contigo en este momento en particular.

—Dale tiempo, mamá. —Fabienne siguió los pasos de Otto—. Supongo que Otto no es el único con el que has discutido últimamente.

La mujer mayor cerró los ojos y dejó escapar un estremecedor suspiro.

—Ojalá fuera así —murmuró—. Entre la lluvia, el moho, el Weinführer... todo parece a punto de venirse abajo de golpe.

Fabienne acarició la gran cabeza de Otto.

—Bueno, eso no es muy diferente a lo que estamos acostumbrados —replicó—. ¿Cuántas veces hemos estado al borde del desastre? Es la maldición del castillo, que vuelve para atormentarnos de nuevo, pero seguimos adelante.

Mamá apagó su cigarrillo en el borde del arado.

—Ha vuelto demasiadas veces como para que yo quiera seguir adelante —respondió en voz baja, y la desesperación en su voz era algo que Fabienne no había oído antes—. Ojalá fuera sólo la maldición. Eso podría ser manejable. Puede que Sébastien ya te lo haya dicho, pero hace poco recibimos la visita del Weinführer.

—Sí, lo mencionó —respondió Fabienne, esforzándose por sonar como si no fuera nada importante—. Por algo acerca de alojar soldados, ¿cierto?

Mamá negó con la cabeza.

—No tiene nada que ver con el alojamiento de soldados —explicó—. ¿Recuerdas al amigo de Sébastien, François? Lo detuvieron hace tres días por vender una cosecha de calidad inferior a la Wehrmacht.

Fabienne levantó la mirada alarmada. François Tattinger pertenecía a una de las familias más prominentes de Champagne. Si Klaebisch podía hacer que lo llevaran a la cárcel, nadie estaba a salvo de su influencia.

—¿Arrestado?

Mamá asintió con gesto adusto.

—Klaebisch ve las acciones de François como una forma de rebeldía que está decidido a reprimir. Está decidido a darle un escarmiento... junto con todos sus amigos.

* * *

Fabienne estaba sentada en los escalones delanteros del Château Dolus, envuelta en su bata mientras observaba la oscuridad. La noche vibraba con sonidos: insectos zumbando entre la hierba alta allende el camino de entrada y el viento insuflando vida a las viñas.

Pero ella escuchaba algo más. Después de lo que parecieron horas, por fin oyó las ruedas de una bicicleta y, aunque no llamó la atención hacia sí misma, observó cómo Sébastien se acercaba al castillo. Saltó de la bicicleta, apoyándose pesadamente en un pedal antes de desatar una cesta de mimbre del manillar, y luego se dirigió rápidamente hacia la puerta.

—¿A dónde vas? —gritó ella, y Sébastien arrancó violentamente, lanzándose tras la pesada balaustrada de la escalera de piedra.

Ella se rodeó las rodillas con los brazos.

—Cuando te vas después de cenar, ¿a dónde vas?

—*Merde*, Fabienne —dijo temblorosamente, irguiéndose hasta alcanzar toda su estatura—. Pudiste haberme avisado que estabas ahí sentada.

—Oh, ya me conoces. —Ladeó la cabeza para admirar el vertiginoso conjunto de estrellas, escuchando los golpes de las botas de él al subir las escaleras—. Prefiero el elemento sorpresa.

—Lo sé —contestó él bruscamente. Se sentó a su lado, desenroscó la tapa de un frasco y el olor a whisky se mezcló con el del sudor y el jabón—. ¿No deberías estar durmiendo?

Ella había dormido lo suficiente, dando vueltas en el insoportable calor de la noche.

—Debería —dijo ella después de tomar un sorbo que le ofreció—. Tú también deberías. ¿A dónde vas todas las noches?

Él se echó hacia atrás.

—No hagas preguntas que no pueda responder —contestó—. Es más seguro para todos en estos días si cada quien se ocupa de sus asuntos.

Fabienne sospechaba que sus ausencias tenían algo que ver con el incipiente movimiento de la Resistencia del que oyó hablar, pero no podía negar que se sentía un poco aliviada al saber que él no iba a ver a otra mujer.

—Fue lindo, lo que hiciste por Annette hoy —dijo Sébastien—, al ayudarla con ese maldito buey.

—No es tan malo. —Había enviado a mamá de vuelta al château cuando terminaron de hablar y pasó el resto de la tarde persuadiendo a Otto para que se moviera, con un pie firme tras otro, a través de las vides—. Sólo hace falta convencerlo poco a poco.

Observó la silueta oscura de Sébastien mientras se llevaba el frasco a los labios.

Fabienne se quedó mirando las líneas más oscuras y más claras de la noche que dibujaban el terreno y el horizonte.

—Mamá me dijo por qué vino hoy Klaebisch —dijo finalmente—. Parece que quiere requisarlos.

Sébastien se aclaró la garganta mientras tamborileaba con los dedos sobre la botella.

—Para el STO, el Service du Travail Obligatoire —dijo—. Los nazis ya han enviado a miles de franceses a Alemania para trabajar en sus campos y en sus fábricas. ¿Por qué no vendrían también por mí?

—Porque Klaebisch te eximió del servicio —respondió Fabienne—. Eres un trabajador esencial. Este lugar se vendría abajo sin ti.

—Yo era esencial —la corrigió Sébastien—. No estoy seguro de que lo vaya a ser durante mucho tiempo más. Aun así, todo podría venirse abajo. Klaebisch sólo quiere hacerse notar en el pueblo. Quiere montar una gran escena y recordarnos que él es quien controla todas las cartas. —Le tendió la botella—. Por ahora, al menos.

Odiaba la idea de que Sébastien pudiera ser arrancado del trabajo de su vida, de su hogar, sólo para que el Weinführer pudiera demostrar algo.

—Ten cuidado —le dijo—. No le des razones para que cumpla sus amenazas.

—Me conmueve tu preocupación. No hace tanto que no te importaba si vivía o moría.

—No digas eso —respondió ella en voz baja—. Me importas. Mucho. Por eso no pude soportar poner fin a nuestro compromiso cara a cara.

Sébastien levantó la mirada, e incluso en la oscuridad, ella pudo ver la expresión de sorpresa en su rostro.

Ella apretó más sus rodillas y le tendió el frasco.

—Apuesto a que no esperabas que dijera eso.

Sébastien tomó el frasco.

—No —dijo finalmente—. No, no lo esperaba.

«Ya está», pensó, «ahora lo sabes». No necesitaba nada de él, ni más preguntas, ni intentos de arreglar las cosas. Pero de alguna manera se sentía bien contándoselo ahora, para hacerle saber, aunque fuera en parte, lo que intentó negar durante tanto tiempo.

Él chocó el frasco contra su pierna y ella lo tomó sin beber.

—¿Sabes?, siendo esta guerra lo que es, hay... peligros ocultos, riesgos ocultos que todos corremos —dijo él, levantando la cara, y aunque ella no podía ver el color de sus ojos, sabía que eran verdes, de un verde imponente, de un verde insondable—. Y tanto si me llevan lejos de aquí para unirme a la STO o... o si ocurriera cualquier otra cosa, quiero que sepas que he pensado en ti todos los días que has estado fuera. Todos los días.

Él miró hacia la puerta del castillo, como si esperara que los padres de Fabienne salieran furiosos para defender su honor. Pero, ¿qué honor tendrían que defender?

—Pasé todos los días esperando que volvieras a cruzar esa puerta —dijo—, y cuando lo hiciste... necesité cada gramo de determinación en mí para odiarte en lugar de caer de rodillas y rogarte que te quedaras. —Bajó la mirada—. No espero que esto... cambie nada entre nosotros, pero si algo sucediera, ya fuera a ti o a mí, no me perdonaría no haberte dicho esto ahora.

Era todo lo que ella anhelaba oír; era lo que no merecía. Quizá, al igual que a ella, la oscuridad le facilitó decir lo que en realidad sentía.

Miró a lo largo de los terrenos del Château Dolus. El Château Mentira.

Ahora ella lo engañaba a él y engañaba también a sus padres al llevar allí obras de arte de valor incalculable sin que ellos lo supieran, poniéndolos en peligro sin haber considerado nunca los riesgos.

Juntó las manos, dispuesta a no extenderlas y entrelazar sus dedos con los de él.

—No soy una buena persona, Sébastien —susurró, sintiéndose como si estuviera al borde de un precipicio, a punto de arrojarse por él—. No soy la chica de la que te enamoraste hace tantos años.

—Eras la chica que amaba entonces y eres la mujer que amo ahora. —Sébastien se retorció en la escalera y le puso la mano en la mejilla, dejando un pequeño rastro de fuego en la estela de las yemas de sus dedos, familiar y nuevo, todo a la vez—. No fingiré que el pasado no importa, y ninguno de los dos puede garantizar el futuro, pero ambos estamos aquí ahora. Hoy. Y, para mí, eso es suficiente.

La acercó y pegó su frente a la de ella, esperando una respuesta a la pregunta que formuló con todo menos con palabras. Con el recuerdo de Dietrich aún tan vivo en su mente, ¿estaba Fabienne dispuesta a responderla?

Ella levantó las manos y pasó los dedos por todo el pecho de él, sintiendo cómo los músculos bajo su camisa respondían a sus caricias como alguna vez lo hicieron hace tantos años.

—A mí también me basta —susurró y posó sus labios sobre los de él.

45

Julio de 1942

Sophie despertó sobresaltada al oír los puñetazos que golpeaban su puerta. Con el corazón palpitante, buscó la lámpara en la mesita de noche; la habitación era una mancha borrosa en la penumbra. ¿Qué hora sería? La encendió y arrojó las sábanas, todavía luchando por escapar de su sueño.

La habían encontrado —Bohn y sus hombres—, descubrieron una falsificación en la Sala de los Mártires y la relacionaron con ella. Era demasiado tarde para salvarse, eso estaba claro, pero, ¿y Fabienne?, ¿y Gerhardt? Ella mantendría a los lobos alejados de sus puertas aunque le costara la vida.

Salió a trompicones de la cama, pero al estar más alerta se dio cuenta de que el aporreo del pasillo no era contra su puerta. No obstante, se arrastró hacia ella al escuchar el sonido de voces. Abrió la puerta un poco, sin apenas respirar. En el rellano estaban dos gendarmes con uniformes planchados y las manos en las armas mientras se dirigían a Monsieur Nowak, el vecino de Sophie, que vivía al otro lado del pasillo.

Al igual que Sophie, Pavel Nowak llevaba su pijama, sin duda tras haber sido despertado de un sueño reparador. Siendo un joven académico, Pavel estaba acostumbrado a trasnochar, y era su naturaleza libresca lo que lo convertía en un vecino ideal. Al igual que Sophie, llegó a París para asistir a la universidad, y a menudo le contaba historias de su educación en Polonia o le hablaba elocuentemente de su disertación sobre las vigas de los puentes.

En los últimos meses, Pavel perdió su puesto en la universidad y las cuotas recién impuestas contra los estudiantes judíos lo obligaron a buscar un trabajo en una fábrica que le permitiera mantener a su mujer y a su hija pequeña. Sus desvelos fueron cambiados por madrugadas, y Sophie echaba de menos sus tranquilas conversaciones.

Pavel protegió a Anna, su mujer de ojos muy abiertos, con un brazo sobre el marco de la puerta.

—¿Qué pasa? ¿Qué quieren?

—Pavel y Anna Nowak, tienen que venir con nosotros.

—¿Por qué? —Él miró de un gendarme a otro—. ¿Bajo la autoridad de quién?

El gendarme parecía casi aburrido.

—Si se niegan a venir voluntariamente, estamos autorizados a usar la fuerza. —Apretó con fuerza la empuñadura de su arma—. Traigan comida y ropa para dos días, pero nada más.

—¿A dónde nos llevan? —Anna sonaba aterrorizada pero firme mientras se apretaba el cuello de la bata.

—A un centro de procesamiento de judíos. —Con la mano aún en el arma, el gendarme apartó a Pavel, haciéndoles volver a él y a Anna a trompicones al vestíbulo para que pudiera entrar a su departamento.

Sophie permaneció en la puerta, rígida por el miedo, escuchando cómo otros gendarmes interrogaban a los residentes judíos de los pisos superior e inferior a su apartamento. Se trataba de la *Kristallnacht* otra vez, pero mucho, mucho peor. La *Kristallnacht* fue una noche de disturbios y saqueos en la que la policía perdió el control de las ciudades de toda Alemania y permitió que los soldados de la SA arrasaran con los negocios de los habitantes judíos. Esta vez era la propia policía la que sacaba a la gente de sus camas con un caos controlado.

Los recuerdos de Stuttgart volvieron a su mente, recuerdos que intentó enterrar durante mucho tiempo: de violencia y odio, persecución y culpa.

Podía oír camiones parados en la acera en el exterior: un aluvión de sonidos, gritos y protestas. Se trataba de un ataque coordinado contra los residentes judíos de la ciudad: una desaparición coordinada que debía concluir antes de que los oficiales alemanes del Ritz se sentaran a tomar su café matutino.

Poco podía hacer desde su lado de la puerta, pero Sophie sabía una cosa: si Pavel y Anna Nowak se marchaban a ese supuesto centro de procesamiento, nunca volverían al Barrio Latino.

Pavel apareció de nuevo en el vestíbulo, vestido con pantalones y un abrigo con una estrella amarilla. Transportaba una pesada maleta y miró hacia atrás al tiempo que Anna llevaba en brazos a la pequeña Isobel al pasillo.

Sophie no podía hacer nada: nada porque ambos gendarmes llevaban pistolas a los lados; nada porque podía oír a los agentes de policía en el resto de los pisos, acorralando a familias judías igualmente desconcertadas.

Nada porque a ella le faltaba la valentía de su hermano.

En algún lugar de la caja de la escalera descubierta, alguien soltó un grito desgarrador.

Los gendarmes hicieron una pausa y luego se acercaron al hueco de la escalera para ver qué ocurría. Sophie aprovechó la fracción de segundo para abrir más la puerta.

Miró a Anna y pronunció una sola palabra:

—Corre.

Los gendarmes se volvieron hacia Anna y Pavel y les sujetaban con sus pesadas manos la parte superior de los brazos. Pavel seguía balbuceando protestas mientras bajaba la escalera, pero Anna estaba pensando y el zumbido de su cerebro era casi audible para Sophie mientras los conducían a las escaleras. No había esperanza de escapar entre las paredes del edificio de departamentos, pero quizá una vez que llegaran al patio, a la calle...

El gendarme que estaba detrás de ella la empujó por la espalda con su pistola, pero Anna volteó, registrando el pasillo, y Sophie le abrió la puerta. Anna la miró a los ojos y asintió una vez —con decisión, desafiante— y luego se llevó a la pequeña Isobel escaleras abajo.

Sophie cerró su puerta y se tumbó al suelo, deseando con todo su corazón que hubieran sido Bohn y sus hombres los que estaban en el vestíbulo, que se la hubieran llevado a ella en lugar de a una joven familia que no hizo nada para merecer su destino.

Afuera, los gritos se intensificaron.

46

Julio de 1942

Fabienne se coló en el metro cuando las puertas se estaban cerrando, aliviada al encontrar tantos asientos vacíos para elegir mientras empezaba a alejarse de la Gare de l'Est. Colocó su mochila en el asiento contiguo, gratamente sorprendida: esperaba tener que luchar por el espacio en el pasamanos, dado que era viernes por la tarde, pero no iba a quejarse del lujo de tener el compartimento casi enteramente para ella. No había parisinos agolpándose, ni soldados acosándola, sólo Fabienne, todavía disfrutando del resplandor de lo ocurrido en el Château Dolus. No tenía mucho de qué quejarse aquel día cuando mamá le dio un auténtico abrazo al marcharse y cuando papá le metió en el bolso un cesto de alambre con huevos recién puestos. Y tampoco cuando se despertó esa mañana en los brazos de Sébastien.

Sonrió al recordar el sabor de los labios de él sobre los suyos y la sensación de su barba rasposa contra su piel. Hubo familiaridad con él, por supuesto, pero también una novedad, al descubrir cosas de Sébastien que ella sólo imaginaba: sus cuerpos moviéndose juntos y el sonido que él hacía en el momento culminante.

Soñó con un momento así en sus años mozos, pero la realidad era mucho mejor de lo que jamás creyó posible.

El metro avanzaba sobre los rieles, sacudiéndose mientras serpenteaba bajo el Sena. Había abandonado la habitación de Sébastien a última hora de la mañana, después de que él bajara a desayunar con mamá y papá, confiando en que su anticuada reputación de dormir hasta tarde la protegiera de incómodos hallazgos en el pasillo. Sébastien había convenido mantener en secreto lo sucedido entre ellos dos, al menos por ese momento.

—Después de todo —dijo Fabienne mientras Sébastien apoyaba la cabeza en su vientre, enredando los dedos entre sus rizos oscuros—, mamá acabará conmigo si piensa que puedo volver a romperte el corazón.

Él giró la cabeza buscando su mirada y le pasó los labios por el ombligo con un movimiento deliberado y agonizantemente lento.

—No me importa si lo destrozas mientras podamos volver a hacer todo esto.

El tren entró en la estación y ella salió al andén de baldosas blancas, sintiéndose como si caminara sobre las nubes. Quizá al final se rompieran el corazón mutuamente; quizá sólo se aferraran al consuelo del pasado. Tal vez no hubiera un mañana, pero Fabienne sabía que nunca lamentaría lo que pasó entre ellos.

El estruendo del tren que partía resonó a través del túnel, chirriando a lo largo de las vías cuando ella llegó a lo alto de las escaleras. De algún modo, algo en el andén vacío le recordaba los primeros e inciertos días de la *drôle de guerre:* aquellas largas semanas después de que Alemania declarara la guerra, pero antes de la invasión, cuando la gente se encerraba en sus departamentos por miedo a que cayera una bomba del cielo y los aplastara a todos.

Aunque el andén estaba vacío, la entrada a la estación de metro estaba concurrida. Había gendarmes y soldados alemanes de pie, con rostro severo, en grupos de tres y cuatro, como si esperaran que estallaran problemas en cualquier momento. Se detuvo, inquieta, junto a la taquilla. ¿Habría ocurrido algo en los dos días que llevaba en el Château Dolus?

Mientras caminaba hacia la escalera que daba a la calle, un gendarme se adelantó.

—Documentación —le dijo, y Fabienne dejó su mochila y le entregó su documento de identidad. Mientras él lo estudiaba, Fabienne leyó un cartel recién pegado a la pared detrás de él.

Por orden del comandante militar Carl-Heinrich von Stülpnagel:

-Los parientes varones más cercanos, cuñados y primos de los alborotadores mayores de 18 años serán fusilados.

-Todas las mujeres parientes del mismo grado de parentesco serán condenadas a trabajos forzados.

-Los hijos menores de 18 años de todas las personas antes mencionadas serán internados en reformatorios.

A Fabienne se le heló la sangre.

—Disculpe, oficial. ¿Ha ocurrido algo?

El gendarme le devolvió los papeles.

—Nada de lo que deba preocuparse, Mademoiselle.

En el exterior, la sensación de inquietud de Fabienne aumentaba. Las calles y los patios de los cafés estaban casi vacíos, y los dueños de los negocios miraban por las ventanas mientras Fabienne pasaba. Caminaba deprisa, deseando únicamente entrar en casa, refugiarse... pero de qué, no lo sabía. En las calles pasaban autobuses oscuros, blasonados con las insignias de la gendarmería; las cunetas estaban atascadas de basura, papeles, ropa y alguna que otra maleta abandonados en los cimientos de los edificios de departamentos cerrados.

Cruzó la calle y un destello de metal en el suelo llamó su atención. Miró hacia abajo y vio la fotografía de un niño que le sonreía entre los restos de un marco destrozado.

Algo ocurrió allí, y fuera lo que fuese, la angustia del momento flotaba en el aire como el polen.

En el patio de su complejo de departamentos, Madame de Frontenac estaba inclinada sobre su pequeño huerto, cuidando de sus zanahorias. Arrancaba las malas hierbas de la tierra con determinación; a su lado, los conejos de Monsieur Minci se agitaban en su conejera mientras devoraban toda la verdura que Madame de Frontenac introducía.

—Buenos días —dijo Fabienne, y la mujer mayor levantó la mirada—. ¿Qué ha pasado?

—Oh. Es usted. —¿Era la imaginación de Fabienne o Madame de Frontenac parecía decepcionada? Volteó hacia sus zanahorias con la parte trasera de su desgastado delantal manchada de sudor al arrancar las malas hierbas con firme determinación—. ¿Dónde estaba usted? Es difícil haberse perdido todo el alboroto.

—Estaba en el campo —respondió Fabienne—, visitando a mis padres.

La cabeza cubierta por un pañuelo de Frontenac se levantó.

—¿En el campo, dices? —Miró por encima del hombro a Fabienne y sus ojos castaños brillaban mientras arrojaba un puñado de malas hierbas más cerca de la conejera—. Debe ser agradable tener a alguien a quien visitar en el campo. Seguro que comiste como una reina.

Fabienne suspiró y metió la mano en su mochila. Con cuidado de no mostrar a Madame de Frontenac lo mucho que le regaló papá, extrajo dos huevos y esperó a que su vecina se pusiera de pie.

De Frontenac tomó los huevos, sopesándolos en la mano como si dudara de su contenido; luego, frunciendo los labios, los metió en el bolsillo de su delantal.

—Fueron los judíos —dijo displicentemente—. Los gendarmes vinieron por ellos al amanecer. —Sacudió la cabeza y sus ojos se entornaron—. Armaron tal alboroto que despertaron al pobre Monsieur de Frontenac de un profundo sueño.

Las rodillas de Fabienne se convirtieron en agua.

—¿Los-los judíos?, ¿quiénes?, ¿cuántos?

Madame de Frontenac se encogió de hombros.

—Quién sabe. Extranjeros, en su mayoría, creo. Monsieur Minci y su hijo armaron un escándalo que ni se imagina, pero supongo que es la latinidad que llevan dentro... Los nervios de Monsieur de Frontenac no pudieron soportarlo. Ha estado en cama todo el día.

Horrorizada, Fabienne pensó en el cartel que vio en la estación de metro. ¿Qué habría hecho Monsieur Minci para merecer semejante destino? Y su hijo, de sólo siete años...

—¿Cuántos? —volvió a preguntar Fabienne, interrumpiendo la perorata de de Frontenac sobre el malestar de su marido.

Madame de Frontenac enmudeció por un momento, indignada ante lo que claramente percibía como una falta de tacto por parte de Fabienne.

—No lo sé —respondió malhumorada—. Unos cientos, supongo, de este barrio, pero me han dicho que hubo redadas por toda la ciudad. Se llevaron a las familias todas juntas, así que al menos se tendrán los unos a los otros dondequiera que vayan.

Cientos. Miles. Judíos arrancados de sus camas, mujeres y niños entre ellos, acorralados como criminales, culpables únicamente de compartir una fe y una ascendencia.

—¿A dónde... a dónde se los llevaron?

—¿Cómo voy a saberlo? —Madame de Frontenac reanudó su deshierbe—. No es que no esperáramos todos que algo así ocurriera. Ahora bien, no tengo nada en contra de esa gente, pero hay un lado positivo en todo esto: tendremos más variedad en la *boulangerie*. Fabienne atravesó el patio a toda velocidad. Subió las escaleras que llevaban a su departamento, sintiéndose como si fuera a vomitar, pero no pudo detenerse hasta llegar al segundo piso.

«Extranjeros, en su mayoría», dijo Madame de Frontenac.

«La mayoría», pero no todos.

Llegó al departamento de los Lowenstein, esperando contra toda esperanza encontrarlo cerrado, que Lev se hubiera tomado el día libre en el trabajo, que él y Sylvie estuvieran sentados en su balcón, mirando a la calle a través de las puertas francesas abiertas, pero en el fondo de su corazón sabía que tal esperanza era inútil, incluso antes de ver que su puerta se quedó entreabierta.

La abrió de un empujón y dejó caer su bolso, conteniendo un sollozo mientras atravesaba su vestíbulo. El bonito departamento estaba hecho jirones y los elegantes muebles —tan cuidadosamente curados por Sylvie Lowenstein— volcados, como si el lugar hubiera sido escenario de algún crimen violento. Los cuadros colgaban chuecos de las paredes, hechos jirones. Los libros, sacados de las estanterías empotradas, fueron arrojados por la habitación, con los lomos partidos y las páginas arrancadas. En el aire flotaban plumas, y cuando entró en el dormitorio, Fabienne pudo ver por qué: las almohadas fueron destrozadas y sus entrañas revueltas, como si alguien hubiera estado buscando objetos de valor entre las costuras. Mientras iba de habitación en habitación, esperaba no encontrar lo que más temía ver: Lev y Sylvie, heridos, o peor, entre los escombros.

Poco después salió del apartamento vacío y cerró la puerta con manos temblorosas. «Pudieron haber escapado», se dijo a sí misma. Después de todo, ella les dio los papeles falsos; tal vez Sylvie habría convencido finalmente a Lev para que se marchara, para que saliera al amparo de la oscuridad y huyera a Suiza o a algún lugar más lejano. Tal vez habrían recibido el aviso de la redada de algún amigo bien posicionado, habrían salido antes de que los gendarmes aporrearan la puerta. Tal vez los gendarmes habrían destruido el departamento en represalia por la ausencia de los Lowenstein, y no como resultado de una lucha.

Llegó a la última curva de la escalera y se detuvo para enjugarse los ojos; entonces miró hacia arriba al oír un gemido procedente de lo alto.

Hugo, el caniche de Lev, estaba sentado en lo alto de la escalera, con la correa enrollada en la balaustrada. Se puso de pie y ladró, el sonido fue frenético y desesperado mientras se lanzaba a sus brazos.

Ella apretó la nariz contra su pelaje, conteniendo más lágrimas mientras el perro aullaba miserablemente.

—¿Dónde está Lev, *chérie*? ¿Dónde está Sylvie?

No volvió a dejar al perro en el suelo mientras buscaba a tientas las llaves de su casa, sino que optó por acunarlo con un solo brazo mientras abría la puerta con el otro. ¿Cuánto tiempo llevaría Hugo esperándola allí, al final de la escalera? ¿Lo habría dejado Lev allí para que lo encontrara Fabienne, o habría sido algún gendarme que intentó desaparecer al perro mientras saqueaban el departamento?

Independientemente de cómo hubiera llegado hasta allí, Fabienne cerró la puerta tras de sí y se desplomó en el sofá, dejando que Hugo le lamiera frenéticamente la mejilla. Se imaginó a Lev y Sylvie donde esperaba que estuvieran: en la proa de algún barco de vapor, viendo cómo los restos humeantes de Europa quedaban atrás. Sylvie con la cabeza apoyada en el hombro de Lev; Lev, sin duda, preocupado por aquéllos que dejaba en París.

—No te preocupes —susurró ella mientras Hugo se hacía un ovillo en su regazo—. Tú y yo somos una familia. Te mantendré a salvo hasta que tu papá vuelva a casa.

47

Mayo de 1943

El viñedo era una explosión de verdor, meses de temperaturas constantes y lluvias regulares propiciaron una explosión de follaje que, si se cuidaba adecuadamente, daría lugar a una cosecha espectacular. De pie al final de una larga hilera de vides, Fabienne levantó un sarmiento cargado de duros racimos que se convertirían un día en uvas. A diferencia de la pésima cosecha del año anterior, los racimos de esta cosecha eran pequeños y estaban perfectamente formados, y ella sonrió mientras fijaba el sarmiento a un largo alambre que atravesaba de manera horizontal la parte superior del tronco, permitiendo que los racimos nacientes colgaran graciosamente del mismo. Hecho de forma correcta, levantar las vides favorecería la circulación del aire y prepararía a los nuevos brotes del sarmiento para crecer hacia arriba, posicionando mejor a las uvas para que crecieran grandes y dulces a la luz del sol primaveral.

Terminó de sujetar el brote al alambre y levantó la mirada. Habían pasado casi dos años desde aquella primera vendimia, Fabienne regresaba al Château Dolus casi mensualmente con pinturas ocultas, y cada breve viaje era un bienvenido respiro de la atmósfera cada vez más hostil de París y una oportunidad para mejorar sus relaciones con los habitantes del castillo. Mamá y papá estaban al otro lado de la larga hilera de vides. Sébastien, mientras tanto, estaba abajo en el patio. Para su intenso alivio, aún no era llamado a filas en el Service du Travail Obligatoire, aunque sabía que su indulto dependía de que el Weinführer siguiera teniendo buena voluntad. Apoyó un codo en el lomo de Otto mientras lo enganchaba a la carreta; cerca, el perro de Lev, Hugo, dormitaba en la larga sombra que proyectaba el granero.

A Fabienne aún le resultaba imposible pensar en él como otra cosa que no fuera el perro de Lev. En las semanas que siguieron a los horribles acontecimientos de la redada, Hugo lloriqueaba en la puerta de su departamento, arañando para que lo dejaran salir a buscar a Lev y Sylvie. Ella lo llevó al viñedo poco después, con la esperanza de que un cambio de aires pudiera ayudar a aliviar su mente atribulada.

Se le rompió el corazón ante la fidelidad del perrito. Sus propios intentos de localizar a Lev y Sylvie fracasaron, al igual que las constantes indagaciones de Dufy sobre su bienestar en la prefectura de policía. El corpulento socio de Lev persiguió a Lev y Sylvie con la tenaz determinación de un abogado hasta que la Milice le hizo una visita en el atelier fuera del horario laboral. Fabienne y Beatrice lo encontraron en los escombros del taller a la mañana siguiente, tan golpeado que entró en un coma del que aún no se recuperaba.

Tal vez fuera lo mejor que Lev y Sylvie se hubieran esfumado; al menos sus nombres no aparecieron en ninguna de las listas de personas que fueron deportadas del Vélodrome d'Hiver en vagones de ganado. Aquello dio a Fabienne la esperanza de que algún día Hugo pudiera reunirse con Lev; de que algún día pudiera volver a ver a Sylvie.

Papá apareció en el lado opuesto de la parra.

—Parece como si estuvieras a kilómetros de distancia, chérie —dijo—. ¿Hay algo en lo que pueda ayudar?

Ella suspiró, desviando su atención de Hugo con una sonrisa superficial.

—No particularmente —respondió, agachándose para recoger otro sarmiento largo—, pero gracias por preguntar.

Ella levantó la enredadera y papá la tomó, enrollando el extremo alrededor del largo alambre.

—Recuerdo haber plantado todos estos rizomas después de la última guerra —dijo, pasando la mano por las hojas con una cuidadosa caricia—. Los alemanes diezmaron la región por completo. Reims, arrasada... Había trincheras y alambre de espino hasta donde alcanzaba la vista. —Miró hacia el Château Dolus y Fabienne siguió su mirada. Sébastien, aún en el patio, se subía a la carreta tirada por bueyes. Lanzó un agudo silbido y palmeó el asiento. Hugo, que hasta ese momento parecía haber estado profundamente dormido, se puso de pie y saltó a la carreta—. Recuerdo volver a casa después de la guerra, preguntándome si alguna vez podríamos recuperarnos de todo aquello. Es un milagro que Dolus sobreviviera, un milagro que consiguiéramos que las vides volvieran a crecer.

Fabienne ya había oído muchas veces la historia de cómo la Gran Guerra cambió la suerte del Château Dolus.

—Tuvieron que empezar todo de nuevo, desde cero —respondió Fabienne, sabiendo que era lo que papá quería oír.

—Tuvimos que empezar de cero —estuvo de acuerdo—. Y necesitábamos dinero para ello. Vendimos terrenos, muebles... todo lo que pudimos. Decidimos vender nuestras uvas a Moët et Chandon en lugar de embotellarlas nosotros.

—Lo recuerdo —dijo Fabienne, pensando en los años de vacas flacas de su propia juventud—. Pudieron haber elegido tener una finca más pequeña, un cultivo diferente. ¿Qué los impulsó a quedarse?

Papá rio entre dientes.

—¿Qué te impulsó a marcharte? Es lo que tu madre y yo amamos. Es el trabajo de nuestra vida. —Miró hacia el château, con su tejado de pizarra dorado a la luz del sol que maduraba—. Todo el proceso de elaboración del champán está lleno de adversidades. Gran parte escapa a nuestro control. Las cosechas fracasan, el tiempo cambia. Pasan años antes de que podamos degustar una cosecha y saber si hemos conseguido crear algo que valga la pena, pero míranos ahora. —Levantó otra vid hacia el alambre—. Sébastien y yo hemos decidido que este año reservaremos toda nuestra cosecha en lugar de vendérsela a Moët et Chandon.

Fabienne hizo una pausa.

—¿Qué quieres decir con reservar la cosecha? —La perspectiva era una locura: la supervivencia del Château Dolus dependía de los ingresos periódicos que recibían a cambio de sus uvas.

—Vamos a embotellar nuestra propia cosecha. Sébastien cree que valga la pena vender la cosecha de este año con nuestra propia etiqueta. —Por entre el verde exuberante de las hojas, pudo ver la sonrisa satisfecha de papá—. Es nuestra oportunidad de volver a ser una casa de champán de verdad, más que un productor. Tenemos lo suficiente guardado para que valga la pena.

—¿Y qué hay del Weinführer? ¿Qué pasará con Moët et Chandon? ¿No contará de Vogüé con nosotros para ayudarle a completar la producción de este año?

—Hemos hablado con de Vogüé. Está de acuerdo en que este es el año para hacerlo. En cuanto al Weinführer... cruzaremos ese puente cuando lleguemos a él.

Era una locura reservar la cosecha y jugarse la supervivencia en un año de guerra. Reservarla significaría tener que esperar tres años antes de ver algún retorno de inversión.

Sin embargo, papá estaba demasiado orgulloso, demasiado firme en su decisión para que Fabienne pudiera advertirle de ello.

—Si estás seguro… —dijo ella, y papá asintió.

—Estoy seguro —respondió—. Querida mía, sabes tan bien como yo que una cosecha puede tener éxito o fracasar dependiendo enteramente de factores que escapan a nuestro control. Y, por supuesto, la maldición del Château Dolus puede volverse contra nosotros, pero hay una cosa que necesitamos por encima de todo. Ahora bien, hay algo que necesitamos por encima de todo para tener éxito en lo que deseamos. —Separó las hojas y sus ojos marrones brillaron—. Esperanza.

El apetecible olor a pichón asado llevó a Fabienne escaleras abajo aquella tarde tan pronto hubo limpiado la suciedad y el polvo del viñedo. En la cocina, una luz cálida hacía resplandecer la habitación de color ámbar. Mamá, de cara a la ventana, sacaba un plato burbujeante del horno mientras papá, tarareando una melodía desconocida, fregaba los platos.

Ajena a la presencia de Fabienne, mamá también empezó a tararear con papá. Tomó un paño de cocina y dejó caer con suavidad la cabeza sobre el hombro de papá mientras empezaba a secar una taza de té.

Fabienne se detuvo en el marco de la puerta, sin querer interrumpir a sus padres en aquel raro momento de intimidad. No los recordaba tan unidos cuando era más joven, aunque de niña estuvo tan envuelta en sus propias preocupaciones, en su propio sentido de la injusticia, que nunca les prestó verdadera atención. Ahora podía ver en mamá y papá un eco de la vida que había llevado con Dietrich y, para su sorpresa, el recuerdo no la entristecía. En vez de eso, podía admirar el amor entre ellos, tan palpable y raro; la vida que construyeron, modesta y hermosa a la vez.

Entró en la habitación y papá se dio la vuelta.

—*Chérie* —dijo—, la cena está casi lista. Creo que Sébastien está abajo. ¿Podrías ir a buscarlo?

Bajó al sótano, guiada por la luz amarilla que colgaba sobre las desocupadas tablas para rotar las botellas. En el sótano, Sébastien apilaba cajas con botellas vacías una encima de otra, y Fabienne se detuvo en lo alto de la escalera, imaginando las tablas para la rotación gimiendo bajo el peso de las botellas llenas. ¿Estarían realmente preparados para embotellar su propia cosecha? La idea seguía dando que pensar a Fabienne, pero observó cómo Sébastien contaba las botellas, acercándolas una a la luz para asegurarse de que estuvieran en buen estado.

—¿Sabes?, François y su hermano tienen una máquina que remueve las botellas por ellos —dijo. Puso la botella en un cajón y se pasó la mano por la manga de su desgastada camisa—. Una máquina que gira las botellas, congela el depósito y se encarga del encorche. —Dirigió la mirada hacia la bodega vacía y Fabienne supo que estaba viendo el futuro, cuya promesa estaba conformada por las miles de botellas rebosantes que acumulaban polvo mientras su contenido maduraba—. Todo tipo de mejoras a la eficiencia conseguidas con sólo pulsar un botón.

Fabienne miró las botellas vacías y vio el ineludible presente: mal colocadas y marrones, estaba claro que no eran botellas de champán de la mejor calidad. Sin embargo, podían contener vino, y eso era lo que importaba.

—Creo que la producción de Tattinger es un tanto superior a la nuestra —respondió ella con ironía.

Sébastien se encogió de hombros.

—No para siempre, espero. —Se acercó a una de las cajas—. ¿Te lo ha dicho Maurice entonces?, ¿qué te parece? ¿Podremos recuperar el Château Dolus?

—Me parece admirable que quieras hacerlo —respondió Fabienne—, ¿pero estás seguro de que es el momento adecuado?

Jaló a Fabienne a sus brazos.

—¿Es alguna vez el momento oportuno para emprender una nueva aventura? Creo en la cosecha de este año. Puede que pasen años antes de que volvamos a tener otra oportunidad de producir una cosecha como ésta. —Hizo una pausa—. Aunque no puedo afirmar que vaya a ser fácil. A la mayoría de los hombres del pueblo se los ha llevado el STO. Tendremos que trabajar duro para sacar la cosecha.

Fabienne dejó que sus manos se encontraran con las de él. El Service du Travail Obligatoire fue durante mucho tiempo una plaga en el pueblo, llevándose a la mayoría de los hombres sanos de Francia a campos de trabajo en Alemania; sin embargo, a Sébastien le otorgaron un indulto porque las uvas que vendía a Moët et Chandon les ayudaban a cubrir las insaciables cuotas alemanas. ¿Conservaría el indulto si reservaba la cosecha para el Château Dolus?

Fabienne le pasó los dedos por el antebrazo quemado por el sol.

—¿Qué harás si te llaman a filas?

—Huir, supongo —suspiró—. Mucha gente preferiría unirse a la Resistencia que al STO, pero es arriesgado de cualquier manera... y tanto si lo reservamos como si lo vendemos, odio la idea de dejar que tus padres levanten la cosecha solos.

Fabienne guardó silencio. No le importaba visitar el Château Dolus, pero, ¿qué responsabilidad tendría con su familia si se llevaban a Sébastien?

Era medianoche cuando Sébastien despertó a su lado, levantando su pesado brazo de la cintura de ella. Ella sintió el frío soplo del aire nocturno sobre su piel e instintivamente volvió bajo las sábanas, buscando el calor de él.

—¿Tienes que irte?

Él le besó la mejilla.

—Sin preguntas, sin mentiras —susurró. A esas alturas, ella ya estaba acostumbrada a sus salidas nocturnas, segura de que tenían algo, todo, que ver con el movimiento regional de la Resistencia.

Ella volvió a darse la vuelta en las sábanas, dejando que él la besara a lo largo de los hombros. En la habitación iluminada por la luna, pudo ver su rostro de perfil y sintió el impulso de tomar su pincel. Aunque siempre pintó a Dietrich con los tonos más brillantes de su paleta, azules acianos y amarillos vibrantes, Sébastien era más oscuro: morados taciturnos y verdes musgosos atenuados con gris.

—Vuelve a mí —murmuró.

Ella esperó a que sus pasos se alejaran por la escalera y se quitó las sábanas. Se envolvió en una bata, luego abrió el forro de su gabardina y sacó dos lienzos envueltos en papel de morera. Se los metió bajo el brazo y salió de puntitas al pasillo.

Mientras subía al ala de servicio, el castillo estaba en silencio y Fabienne se estremeció cuando una tabla del suelo crujió bajo su pie calzado. No se atrevió a encender una luz, pero nunca lo necesitaba... no cuando había hecho ese recorrido tantas veces antes, subiendo por el pasillo y hacia la desvencijada escalera que llevaba al desván. En la oscuridad, los muebles abandonados del castillo parecían vivos: candelabros y armarios que se transformaban en gárgolas que adornaban los canalones del edificio. Se apresuró a seguir adelante, pasando entre los cachivaches hacia el pesado armario donde guardaba docenas de obras de arte...

Detrás de ella se encendió una antorcha y Fabienne se dio la vuelta. En el implacable fulgor, no pudo distinguir quién la sostenía, pero su corazón casi se detuvo al oír la voz de Sébastien: ya no tierna ni cariñosa, sino áspera y brutal.

Furioso.

Apuntó con la pistola al pecho de ella, con la mira firme y segura.

—Tienes que decirme qué haces aquí arriba. Ahora mismo.

48

Mayo de 1943

Sophie intentaba hacer funcionar un foco fundido desde lo alto de una escalera plegable cuando Konrad Richter irrumpió por la puerta del laboratorio de restauración.

—Ha ocurrido —dijo, sosteniendo una botella de Dom Pérignon con una floritura—. ¡Por fin ha ocurrido!

Sophie se afianzó en la escalera mientras la bombilla parpadeaba por encima de ella.

—¿Cómo dice?

Richter le ofreció la mano y ella descendió, intercambiando una mirada desconcertada con Gerhardt Hausler.

—¡Después de tres largos años de búsqueda, Sophie, por fin ha sucedido! —La estrechó en un abrazo, con la botella de champán fría contra la delgada tela de su blusa.

Ella dio un paso atrás, palmeando a Richter en el pecho en un intento de hacer que el movimiento pareciera menos lo que era: una manera de apartarse con asco.

—Dios mío —dijo Sophie con ligereza—. ¿Qué lo tiene tan emocionado?

Richter dejó el champán.

—La colección Schloss —respondió—. La hemos encontrado. ¿No pudo conseguir unas copas, verdad, Hausler? —Sacó una silla de debajo de la mesa de trabajo de Sophie y se sentó, doblando sus largas piernas una sobre la otra.

Sophie se apoyó en el borde de la mesa mientras Richter empezaba a descorchar el champán. Desde su llegada al Jeu de Paume tres años antes, Richter estuvo buscando la renombrada colección de maestros antiguos holandeses y flamencos de Adolphe Schloss, una selección de valor incalculable de más de trescientas obras de arte, entre las que se encontraban los mejores ejemplos de maestros antiguos de Francia, mejores incluso que las obras de arte amasadas por la poderosa familia Rothschild. Habiendo caído en manos de los nazis, Sophie sabía que la familia Schloss probablemente nunca volvería a ver las obras de arte que su patriarca reunió con tanto esmero.

Se estremeció cuando Richter hizo volar el corcho con un movimiento del pulgar.

—Estaba en la zona desocupada... bueno, lo que solía ser la zona desocupada —explicó mientras el corcho golpeaba la pared del fondo con un ruido sordo—. Espere a verla, Sophie. Rembrandt, Christus, de Velours... De verdad, es sublime.

Gerhardt deslizó tres tazas de té por la mesa.

—¿Cómo demonios se las arregló para localizarla?

—Mis contactos pudieron proporcionarme información sobre el paradero de la colección. —Richter se reclinó en su silla, dejando que su pierna rozara la rodilla de Sophie mientras llenaba las tazas de té a rebosar de champán—. Tengo conocidos bien situados en algunos canales más sórdidos... Pudieron confirmar que la colección estaba escondida en un château cerca de Laguenne.

Sophie se movió, alejando la pierna unos centímetros de la de Richter.

—¿Y no habrá problemas para conseguirla?

—Bueno, hay algunas sutilezas legales que tenemos que acatar. —Richter suspiró—. Jaujard, en el Louvre, ha estado parloteando sobre la jurisdicción, pero todos sabemos quién tiene la verdadera autoridad en este tipo de asuntos. —Miró a Sophie y pasó uno de sus largos dedos por la costura de su media, desde la rodilla hasta el tobillo—. Espero que me permita llevarla a cenar para celebrarlo como es debido.

Sophie miró a Gerhardt, que estudiaba su taza de té con una concentración absoluta. Había logrado mantener a Richter en vilo durante más de un año, permitiéndole que la acompañara a casa o a un museo, pero sin dejar que la llevara a cenar o a bailar. Sin embargo, ella notaba que su paciencia se estaba agotando y que el triunfo del descubrimiento de ese día lo envalentonó como nunca.

—Estaba pensando, quizá, en el Maxim's —continuó—. Ostras para empezar, y una botella de Salon de 1937. Brindaremos por el viejo Schloss y su impecable gusto.

Ella alzó su copa de Dom Pérignon, sabiendo que sólo se le permitiría una respuesta.

—Y a sus impresionantes poderes de investigación —respondió—. ¿Cómo podría negarme?

Gerhardt se aclaró la garganta.

—Me dan mucha envidia —intervino con tono apacible—. ¿Podría haber sitio para uno más en la mesa?

Richter contempló a Sophie con la expresión de un gato que juega con un ratón.

—Me temo que no —dijo, y su mirada era tan insoportable, inaguantable, como sus dedos alrededor del tobillo de Sophie.

Ella se puso de pie de un salto.

—El Maxim's, Dios mío, qué delicia —dijo ruborizada—. Tendré que buscar en mi armario algo elegante que ponerme.

—Será la mujer más atractiva de la sala lleve lo que lleve, aunque espero que decida dejar ese viejo abrigo suyo en casa. —Richter bebió lo que quedaba en su taza de té y se puso de pie—. Bueno, hay mucho que hacer. El Reichsmarschall quiere un informe completo por escrito de todo lo que ha ocurrido hoy, pero no he podido resistirme a celebrar. Le avisaré cuando haya hecho la reservación, ¿de acuerdo?

Guiñó un ojo y salió del laboratorio, cerrando la puerta tras de sí con un suave golpe.

—El Maxim's —murmuró Gerhardt mientras Sophie subía de nuevo por la escalera—. ¿Está segura de que quiere ir sola?

—Está bien, Gerhardt. —Sophie jugueteó con el foco un momento más antes de retirarla finalmente del casquillo con un resoplido de frustración—. No podía seguir posponiéndolo, ¿cierto?

—No me gusta. —Gerhardt dejó su taza—. ¿Sabe que una rápida patada en los bolas lo derribará como a un elefante toro sedado?

Sophie sonrió satisfecha mientras bajaba por la escalera con la foco fundido en la mano.

—Gracias por el consejo —respondió—, pero dudo que llegue a eso. Se enorgullece de ser un caballero.

—Aun así. Mejor saberlo y no necesitarlo.

Sophie se dirigió a la puerta.

—Sabe que crecí con un hermano, ¿verdad? No sería la primera vez que le doy un rodillazo en las bolas a un hombre.

Él volvió a su puesto de trabajo.

—¿Qué ha sido de ese tímido ratoncito con el que solía trabajar?

Ella esbozó una sonrisa triste para Gerhardt.

—Me temo que se ha curtido.

Atravesó el vestíbulo y bajó la escalera del personal con el foco en la mano mientras bajaba al sótano del museo. Aunque Rose Valland se instaló inicialmente en el despacho del curador, cedió su escritorio a Bohn tras su nombramiento como jefe del ERR y regresó a su armario de escobas en el sótano. Sophie recordó la insistencia de Rose en que la guerra hacía extraños compañerismos y que podía ser una oportunidad para ascender en el escalafón del éxito. ¿Cómo resultó para Rose o para Sophie? Rose, un ama de llaves glorificada; Sophie, un adorno en el brazo de Konrad Richter. ¿Era eso lo que Rose quería decir cuando afirmó que podían hacer una diferencia?

Llegó al despacho de Rose y tocó la puerta; después, al no escuchar más que silencio, entró.

El despacho de Rose era pequeño y de proporciones eficientes, con apenas espacio suficiente para apretujarse más allá del escritorio hasta el archivero que había detrás. Sophie palpó en la oscuridad en busca de un cordel oscilante, del que jaló para encender la luz del techo, y se encendió un solo foco, cuyos filamentos parpadearon en color amarillo en la oscuridad.

Pasó por delante del escritorio y abrió el cajón superior, con la esperanza de encontrar un juego de focos. En los últimos meses, Rose asumió la responsabilidad del mantenimiento cotidiano del museo, incluido el arreglo de la caprichosa caldera del edificio. Dado su trabajo, Sophie sospechaba que no sería imposible encontrar un foco de repuesto. Sin embargo, el cajón no reveló nada más que bujías y unos cuantos sobres abiertos esparcidos en un desorden sorprendentemente caótico.

Abrió el siguiente conjunto de armarios y encontró un caos más ordenado: expedientes alineados pulcramente en una colección que la mejor bibliotecaria podría considerar envidiable. A pesar de sí misma, Sophie no pudo evitar husmear, sólo un poco. Pasó los dedos por las pestañas, leyendo las prolijas letras de Rose: «Galería Uno, Galería Dos, Galería Cinco».

Su dedo se detuvo al llegar a un archivo etiquetado como «*Entartete Kunst*».

Miró hacia la puerta sintiendo que el corazón le latía con fuerza. Seguramente, ese expediente pertenecía a las obras de arte de la Sala de los Mártires. Lo sacó del armario mientras escuchaba el ruido de pasos en el pasillo al abrirlo.

El expediente era grueso y las hojas sueltas amenazaban con desbordarse más allá de los límites de la carpeta de papel manila. Ya había visto anteriormente la información contenida en el expediente, tecleada en duplicado por las cuidadosas mecanógrafas del ERR. Allí, sin embargo, cada obra de arte de la Sala de los Mártires fue registrada por la delicada mano de Rose: artista, tipo de obra y breve descripción meticulosamente apuntados junto con los detalles de compra de los supuestos intercambios de Richter.

Sophie frunció el ceño. ¿Estaría Rose transmitiendo esta información a la Resistencia?

Si era así, haría bien en guardar los registros en su despacho. Sophie hojeó las páginas, buscando el registro correspondiente al primer Kirchner que le dio a Fabienne.

Lo encontró y dejó escapar un profundo suspiro: nada en el registro indicaba que Rose supiera que el Kirchner era una falsificación. La obra fue clasificada por tamaño, procedencia, artista y técnica. Cada columna era un talismán, un consuelo, mientras ella respiraba las palabras.

Entonces se le cortó la respiración al ver una pequeña columna adicional soldada al registro.

La columna era estrecha, con espacio suficiente para una sola marca, una cruz o una tilde. Pasó el dedo por la parte superior de la página sintiendo cómo la bilis se acumulaba en la boca de su estómago al leer el encabezado:

VERNICHTUNG.

Destinado a la destrucción.

El Kirchner tenía una pequeña marca junto al registro, una aniquilación ordenada. Hojeó los registros, sin importarle que estuviera alterando las páginas al encontrar una marca de verificación tras otra.

VERNICHTUNG.

VERNICHTUNG.

VERNICHTUNG.

49

Mayo de 1943

Sébastien bajó la antorcha, haciendo que un largo arco de luz recorriera las tablas del suelo cubiertas de mugre. En el silencio, Fabienne escuchó cómo su propio corazón latía con fuerza en sus oídos mientras se encontraba con la frágil mirada de él. ¿Qué era tan importante para que estuviera patrullando el castillo con un arma en la mano?

—Casi me matas del susto —le dijo ella—. ¿Qué demonios te ha poseído para...?

—Te lo preguntaré de nuevo. —La pistola temblaba en su mano y la luz brillaba en el cañón—. ¿Qué haces aquí?

Ella no quería hablarle de los cuadros cuando estaba claro que Sébastien tenía lealtades que se encontraban en un lugar distinto al Château Dolus. ¿Sería miembro de la Resistencia? Fabienne lo sospechaba, pero no tenía ninguna garantía de que no formara parte de alguna otra organización más siniestra: la *Milice*, tal vez, delatando a hombres y mujeres a los alemanes a cambio de un trato preferente. La mente de ella se fue hacia la repentina resolución de Sébastien de embotellar su propia cosecha, con su despreocupada confianza en que ello no supondría un problema con el Weinführer. ¿Podría ser ése el precio que él fijó a cambio de su cooperación?

—Fabienne.

—¿Podrías bajar esa... esa cosa? —Fabienne entrecerró los ojos a la luz de las antorchas—. *Mon Dieu*, Sébastien. Dormimos juntos. No creo que la pistola sea necesaria.

—Eso depende de lo que tengas que decirme. —Ella nunca había visto a Sébastien tan enfadado. Él desvió la pistola hacia su costado pero la mantuvo firmemente apuntada hacia ella.

Podría no ser un informante de la *Milice*, pero incluso si Sébastien fuera miembro de la Resistencia, eso podría suponer sus propias complicaciones. La Resistencia era un grupo muy duro sin financiación ni liderazgo regulares. Si conseguían hacerse de los cuadros, ¿cómo podría Fabienne estar segura de que no los venderían para pagar las armas y provisiones que necesitaba el creciente movimiento?

—Mira, no pude volver a dormirme después de que te levantaste de la cama —dijo finalmente—. Sólo quería dar un paseo. ¿Es eso un delito? Quería recordar viejos lugares a los que solíamos ir...

—Mentira. Nunca pasamos tiempo aquí arriba. —Dio un paso hacia ella, y ella se estremeció cuando el haz de luz de la antorcha le iluminó la cara—. ¿Qué estás buscando?

—¿Buscando? No busco nada.

—No te creo. Una vez también te encontré merodeando por los sótanos, ¿recuerdas? Y en la puerta, la noche que... —Se detuvo y bajó la pistola, manteniéndola suelta a su lado—. Has estado registrando el castillo, ¿verdad? Habitación por habitación, esperando encontrar... —Enrojeció y en sus facciones se mezclaron el desprecio, la ira y la consternación—. Entonces, ¿qué? ¿Eres una informante?, ¿una operadora de radio? —La señaló con la pistola, observando su bata, con los lienzos enrollados bajo el brazo—. Transmitiendo información a los compatriotas de tu marido...

Fabienne quedó boquiabierta.

—¿A los alemanes?

—¿A quién si no? Hice averiguaciones a través de mis contactos en la Resistencia, y tenían toda una historia sobre ti. Imagina mi sorpresa cuando me dijeron que pasaste los primeros días de la guerra como calientacamas de los oficiales alemanes... —Se rio sin gracia, haciendo que la luz de la antorcha titilara—. Debí haberlo sabido desde el principio. El marido de una alemana, luego la puta de un alemán.

Sin importarle la pistola que llevaba, Fabienne cruzó el espacio que los separaba y abofeteó a Sébastien con fuerza. ¿Estuvo planeando enfrentarse a ella todo ese tiempo?, ¿cuando estuvo en el sótano con él?, ¿en su cama esa misma noche?, ¿esperando, escondiéndose, ocultando su disgusto por las conclusiones a las que llegó basándose en conjeturas?

—No sabes nada de mí —espetó mientras Sébastien levantaba la pistola una vez más—. Mataron a Dietrich. Lo mataron. ¿Crees que traicionaría a mi país por ellos después de eso?

La consternación recorrió las facciones de Sébastien.

—¿Lo... lo mataron los nazis?

—Porque desertó de la Wehrmacht.

Sébastien bajó la pistola.

—No lo sabía.

—Sí, bueno, no me entusiasma mucho hablar de ello —respondió Fabienne. Ya sin la pistola de Sébastien apuntando, se apoyó en una mesa cercana para ocultar el temblor de sus rodillas—. Fue ahorcado en la calle por miembros de su antiguo regimiento. Nos localizaron en París. —Cerró los ojos, imaginándose el callejón oscuro que nunca abandonó del todo—. Hice lo que me fue necesario después de perderlo para llegar a fin de mes, y no estoy orgullosa de ello, pero Dietrich nunca fue un nazi. Y yo tampoco.

Sébastien guardó silencio. Había más cosas que contarle, siempre habría más cosas que contarle de las que ella jamás podría hablar, pero el silencio no le había servido en el pasado, ni le servía ahora. Ella puso en peligro a Sébastien y a sus padres al llevar los cuadros al Château Dolus. ¿No era motivo suficiente para decirle la verdad?

Ella se enderezó.

—Deja que te enseñe lo que hago aquí arriba.

Sébastien la siguió hasta el armario, sosteniendo su antorcha mientras ella descorría el pestillo de la puerta de madera. Ella la abrió y se hizo a un lado, permitiendo que la luz de la antorcha de Sébastien brillara sobre los lienzos, colocados en columnas enrolladas dentro del armario, docenas de ellos, que esperaban un público.

Le permitió inspeccionar un momento, luego fue a abrir un baúl cercano blasonado con la insignia del Château Dolus para revelar una docena más de lienzos enrollados. Dio media vuelta hasta la mesa en la que estaba apoyada y, sintiéndose como una exploradora desplegando un mapa, desenrolló los dos lienzos que subió al desván.

Sébastien se acercó, dejando que su haz de luz iluminara las líneas sombreadas de un pajar pintado.

—¿Qué estoy viendo exactamente?, ¿es uno de los tuyos?

—Éste es un cuadro de Vincent van Gogh —dijo, recordando irresistiblemente el momento en que Sophie volvió a su vida con un Kirchner bajo el brazo. Alisó los bordes del cuadro, dejando que sus dedos se deslizaran sobre un agujero en el borde del lienzo donde en algún momento estuvo clavado a su bastidor—. Pertenece a un hombre llamado Louis Weinburger.

Sébastien se inclinó sobre la mesa y su flequillo cayó sobre sus ojos.

—Si pertenece a Louis Weinburger, ¿qué hace aquí?

Ella se apoyó firmemente en la mesa.

—Los alemanes se lo robaron a Monsieur Weinburger y lo pusieron en un museo llamado Jeu de Paume —explicó—. Los nazis robaron las obras de arte de miles de judíos en toda Francia. —Señaló un sillón desvencijado—. Siéntate y te lo contaré todo.

50

Junio de 1943

La luz roja se reflejaba en las insignias de las cabezas de la muerte de los oficiales de las SS sentados en banquillos afelpados, cuyos brazos grises pendían sobre los hombros artificialmente cuadrados de las mujeres vestidas de negro y cromo. Caminando con la mano de Richter en la parte baja de su espalda por el exclusivo comedor del Maxim's, Sophie se quedó mirando las paredes cubiertas de espejos, observando cómo su reflejo se mecía bajo el techo de vidrieras: desde sus idilios pintados en tonos pastel, suaves murales de ninfas de río con el torso desnudo observaban cómo Richter la conducía hasta su mesa. En una sala como ésa, las mujeres estaban destinadas a ser adornos, bellos accesorios que sonreían estúpidamente mientras sus compañeros remodelaban París a su propia y monstruosa imagen.

Richter acercó la silla de Sophie al borde de la mesa cubierta por un mantel de lino y luego se dirigió al banquillo de enfrente. Se sentó, tocándose el nudo de la corbata mientras contemplaba el comedor. Con su aspecto de estrella de cine y su esmoquin oscuro, Richter parecía estar en casa, anidado junto a nazis de buen gusto y hampones.

Levantó la mano en el aire y, segundos después, un camarero anciano se materializó detrás de la silla de Sophie.

—Empezaremos con el caviar y los espárragos escalfados —dijo Richter sin preámbulos—, y el roast beef como plato principal, poco cocido pero no demasiado rosado. Y una botella de Salon del 37. —El camarero se alejó y Richter se inclinó sobre la mesa—. Le gusta el caviar, ¿verdad?

—No lo he probado —respondió Sophie.

En su rostro se dibujó una sonrisa.

—Espere. Es un manjar poco común.

El camarero regresó con una botella de champán y una cubeta de hielo en un enjuto soporte de tres patas, y Richter observó cómo empezaba a desenroscar el alambre del cuello de la botella con sus dedos artríticos.

—¿Me permite? —Extendió la mano y el camarero, con sus rasgos afilados entrenados en una expresión de serenidad, le entregó la botella.

Richter levantó la botella a la luz roja de la lámpara colocada en el borde de la mesa y retiró el polvo acumulado en la etiqueta.

—Los franceses piensan que los alemanes somos unos filisteos en lo que se refiere a las cosas buenas de la vida, que nuestros gustos no van más allá de la pilsner y los pretzels en una cervecería. —Por encima de él, el camarero permanecía de pie, con las manos entrelazadas a la espalda mientras observaba a Richter inspeccionar la botella—. Me han dicho que algunos restaurantes incluso han intentado hacer pasar su bazofia más barata por finas cosechas. Cambian las etiquetas y espolvorean polvo de la tapicería sobre las botellas para impresionarnos, hacen que las botellas parezcan más viejas de lo que son. —Le devolvió la botella al camarero y su sonrisa se tornó más intensa—. Algunos de mis compatriotas podrían dejarse engañar por tales trucos callejeros, pero yo he pasado suficiente tiempo en París como para refinar mi paladar. *Pour, Monsieur.* A ver si mañana tengo un cuento que contarle al Reichsmarschall Göring sobre la hospitalidad francesa.

Sophie contuvo la respiración mientras el camarero, con el rostro pálido, sacaba el corcho de la botella y vertía un chorrito de champán en la copa de Richter. Seguramente, un restaurante tan ilustre como el Maxim's no sería tan insensato como para intentar algo así.

Richter se llevó la copa a los labios y bebió un sorbo.

—Excelente —dijo y con un elegante gesto permitió que el camarero terminara de servir—. Pero bueno, nunca se es demasiado precavido.

Una vez que el camarero sumergió la botella de champán en la hielera y se retiró, Richter levantó su copa.

—Por la Colección Schloss.

—Por... Schloss. —Sophie chocó su copa contra la de él—. ¿Qué pasará ahora con la colección?

—El Reichsmarschall está de camino desde Berlín en estos momentos —respondió él, extendiendo su largo brazo por encima del banquillo— para apoyarnos en nuestra batalla con el Louvre. Jaujard cree que la colección debe permanecer dentro del área de influencia de la colección nacional francesa.

—¿Y no debería ser así? —replicó Sophie.

Richter negó con la cabeza apenas disimulando su irritación.

—Es una colección que perteneció a un apátrida y, como tal, entra en el ámbito de la ERR. La ley no puede ser más clara al respecto.

«Una ley corrupta», pensó Sophie mientras bebía otro sorbo de champán, pero sabía que no debía expresar su opinión en voz alta.

—Y una vez que se eliminen todas las complicaciones... ¿a dónde irá a parar?

Richter frunció el ceño.

—Al museo de Hitler en Linz, por supuesto. La colección pertenecerá al pueblo alemán.

—Con algunas excepciones. —Sophie arrastró el pie por el suelo para tocar ligeramente la pierna de Richter, y la expresión petulante de éste último se suavizó.

—Quizá una o dos —admitió—. El Reichsmarschall les ha echado el ojo a algunas piezas para Carinhall. Hay un van Ruysdael en particular que sé que le gustaría para su comedor. Y espero poder adquirir cierto van der Neer como muestra de agradecimiento por todo mi duro trabajo. —Parecía complacido ante la perspectiva—. No ha visto mi nuevo departamento en la avenida Matignon, ¿verdad? Debería venir a tomar el té. Una conocedora como usted sabría apreciar mi colección.

Richter pasó un dedo de su pie por la pantorrilla de Sophie y ella apartó la pierna.

—Háblemе de Carinhall —dijo, esperando dirigir la conversación hacia terrenos más seguros—. La casa de campo de Göring. ¿En realidad es tan grandiosa como la gente dice que es?

—Mucho más —respondió Richter cuando el camarero regresó con un plato de panqué ruso cubierto de reluciente caviar—. Es un pabellón de caza, aunque no creo que el Reichsmarschall cace mucho últimamente. Es toda vigas de madera y chimeneas humeantes. Pero las obras de arte... Es un santuario, Sophie. Verdaderamente, pone al Jeu de Paume en vergüenza. —Richter sonrió y tomó un panqué—. Y luego está Hermann, sentado con todos sus tesoros, como la viva imagen del esplendor bávaro.

«Un santuario y un mausoleo», pensó Sophie. Göring era todo opulencia y ambición, codicia y rabia. Se imaginó las selecciones de Göring saliendo del Jeu de Paume: cajas y cajas con obras de arte, apiladas sin fin en un tren serpenteante que conducía al corazón vacío de Alemania. ¿Le tranquilizaría caminar entre bellezas mientras sus tenientes cometían atrocidades en su nombre?

—Es... formidable —reconoció Sophie.

—Es un gran hombre. Es un privilegio trabajar para él. —Richter le tendió la bandeja de caviar—. Estoy siendo descortés. Me comeré todo este plato yo mismo si no tengo cuidado. Por favor.

Ella tomó un panqué y se lo metió a la boca: el sabor era abrumador y salado, en absoluto lo que esperaba, y no era de su gusto. Richter la observó expectante mientras masticaba, tragaba...

—Es sublime —dijo ella, pasándolo con un generoso trago de champán.

Él asintió.

—Sabía que le gustaría. —Volvió a acomodarse en el banquillo, y Sophie resistió el impulso de seguir su mirada por encima del hombro para observar la habitación detrás de ella—. Ahora, dígame, ¿cómo alguien como usted se convierte en restauradora de obras de arte? Parece una ocupación bastante singular para una mujer.

Sophie se tragó la condescendencia de Richter con un segundo panqué.

—Bueno, siempre me ha atraído el arte —empezó despacio—, pero nunca me consideré una artista.

—¿Demasiado bohemio para usted? —adivinó Richter con una sonrisa.

—Demasiado imprevisible —respondió Sophie—. No creo que posea la creatividad necesaria para crear algo totalmente original. Sin embargo, preservar la originalidad de otra persona, su visión... hay algo valioso en ello.

—Vamos, no se subestime —dijo Richter, y Sophie bebió otro sorbo de champán. «No era consciente de que lo estaba haciendo», pensó, y él continuó—. Hay verdadero arte en lo que hace. ¿No quiere que la gente se sienta asombrada por su talento? ¿No quiere que todos en este restaurante caigan rendidos ante la oportunidad de tener un Sophie Brandt colgado en sus paredes?

—Cuidado, Konrad. Seguro que su Führer tendría algo que decir sobre una mujer cuyas ambiciones están fuera del hogar. —

Demasiado tarde, Sophie se dio cuenta de que el champán le había soltado la lengua hasta el punto de la amargura. Levantó la mirada, alarmada, pero Richter sonreía.

—Quizá le sorprenda saber que no comparto los puntos de vista de Herr Hitler sobre todos los asuntos, y menos aún, sobre el lugar de una mujer. —Alargó el brazo por encima de la mesa y aprisionó la mano de Sophie bajo sus largos dedos—. Creo que es admirable que haya encontrado trabajo en un campo que le apasiona.

«Sería fácil», pensó mientras miraba fijamente los ojos azules de Richter, «dejarse llevar por sus bonitas palabras; fácil caer rendida ante su hermosa sonrisa y la seguridad que prometía», si no estuviera también al tanto de las creencias sobre el Führer que él sí compartía.

—Me alegro de que piense así —respondió ella. El camarero regresó con los espárragos enseguida y Sophie apartó la mano para hacer sitio al plato—. Dígame, ¿cómo llegó a trabajar para el Reichsmarschall?

Se dio cuenta de que dio con uno de sus temas de conversación preferidos.

—Estaba en el lugar correcto en el momento indicado —dijo—, y resultó que poseía una habilidad que era valiosa para un gran hombre. No puedo decirle lo mucho que el Reichsmarschall ha llegado a confiar en mi experiencia. La semana pasada estuvo a punto de ser engañado por una falsificación.

Sophie cortó sus espárragos y arrastró el pincho por la salsa holandesa.

—¿Ah, sí?

—Efectivamente. —Richter agitó su cuchillo en el aire, con la atención centrada en su plato—. Un comerciante en Polonia que intentaba vender un supuesto Cranach. Hermann habría pagado un dineral si yo no hubiera estado allí para ofrecer mi experiencia. —Sonrió mientras masticaba—. Pero todos prestamos nuestro talento al Reich como podemos, supongo.

—Extraordinario —murmuró Sophie—. ¿Se encuentra con muchas obras de arte así?, ¿falsificaciones?

—No tantos. El ocasional Vermeer ostensible, que aparece en el desván de alguna anciana. Aunque supongo que hoy en día todo el mundo intenta hacer su agosto. Además, esto es un pequeño inconveniente cuando paso mis días rodeado de verdaderas obras de arte.

—Verdaderas obras de arte —replicó Sophie, pensando en la Sala de los Mártires—. Dígame, Konrad. Sólo entre nosotros dos, ¿qué piensa en realidad de los... degenerados? De las obras de arte que hemos estado catalogando en el almacén bajo el laboratorio de restauración.

Richter suspiró y bajó su cuchillo.

—Sabe que no estoy de acuerdo con las opiniones del Führer sobre el arte moderno —dijo—, y tampoco lo está el Reichsmarschall, la verdad sea dicha. No obstante, conozco mi deber. Soy un buen soldado. Sigo las órdenes que se me dan, por mucho que me duela hacerlo.

Sophie hizo una pausa.

—¿Qué quiere decir con eso?

—Entre los dos, me temo que la paciencia del ERR se está agotando —dijo Richter—. Hemos recibido órdenes de Berlín de que hagamos espacio en el Jeu de Paume para futuras adquisiciones. Me temo que ya no podremos albergar la colección degenerada. —Para su escaso crédito, Richter parecía preocupado—. ¿Por qué cree que me he centrado tanto en vender las obras del almacén? Van a destruirlo todo. Todo lo que no tenga una oportunidad decente de ser vendido. Más temprano que tarde, odio decirlo.

Levantó la cara, aparentemente ajeno a la gravedad de lo que acababa de comunicar. Sophie, mientras tanto, permanecía sentada y paralizada sobre su plato que se cuajaba, con la mente corriendo en mil direcciones diferentes.

VERNICHTUNG, VERNICHTUNG, VERNICHTUNG.

Richter levantó su cuchillo de mantequilla, arrugando la nariz con disgusto.

—En un restaurante como éste, uno pensaría que no tendría que preocuparse por las manchas de agua en sus cubiertos... ¿*Garçon*? *Garçon*, esto es totalmente inaceptable, ¡y la copa de mi acompañante está casi vacía! ¿Y dicen que son un establecimiento de alta cocina? De verdad, Sophie, le pido disculpas...

51

Junio de 1943

Fabienne se bajó de la bicicleta a las puertas del cementerio de Montparnasse y se detuvo, mirando los sombríos muros de piedra que evitó durante tantos años. A ambos lados de las puertas colgaban glicinias, fragantes y púrpuras. ¿Habrían florecido el día que enterraron a Dietrich?

Atravesó las verjas, dirigiendo su bicicleta por el manillar sobre la grava. En sentido estricto, no existía ninguna norma que prohibiera atravesar el cementerio en bicicleta, pero a pesar de ello, a ella le parecía una falta de respeto, y ya había demostrado ser una viuda lo bastante irrespetuosa como para provocar la desaprobación de los fantasmagóricos habitantes del Montparnasse.

Las estrechas avenidas estaban bordeadas por árboles emperatriz en flor, que creaban un primoroso dosel violeta en lo alto, y Fabienne observaba cómo las mujeres —jóvenes y viejas, ricas y pobres— pastoreaban a los niños pequeños de un lado al otro de los senderos.

¿Cuántas de ellas habrían perdido maridos, padres e hijos en los últimos años? Siendo la guerra lo que era, dudaba que la mayoría de las mujeres que caminaban a su lado tuvieran tumbas propias que visitar: la mayoría, sospechaba, recibieron cartas, fechadas y firmadas por algún burócrata, en las que se les informaba de la muerte de sus seres queridos en algún campo de batalla o en un campo de trabajo alemán. Pero quizá les reconfortara un poco pasear por allí, entre las tumbas, encontrar la paz entre las lápidas de desconocidos.

Al menos Fabienne sabía dónde yacía su ser querido. Giró por una última avenida que desembocaba en el muro occidental del cementerio y detuvo su bicicleta.

—Hola, cariño —murmuró.

La lápida de Dietrich seguía nítida de lo nueva que era, pero empezaba a mostrar signos de la intemperie: el liquen se había colado, delgado y discreto, por las esquinas de las letras acanaladas. Apoyó su bicicleta contra un árbol y se agachó para recoger los restos marchitos de un ramo envuelto en papel periódico, deseando que se le hubiera ocurrido llevar algo, cualquier cosa, para adornar la lápida, para mostrar a las mujeres que caminaban sin un ancla para su dolor que allí yacía un hombre que fue amado, que seguía siendo amado. Sin embargo, aunque se reprendía a sí misma por su descuido, sabía que llevar flores era un gesto destinado a los vivos más que a los muertos. ¿De qué servían las flores cuando lo que de verdad importaba eran sus recuerdos?

Depositó el ramo marchito en la cesta de mimbre de su bicicleta y luego se volteó para ver a Sophie, que caminaba del brazo con un hombre mayor que utilizaba un delgado bastón.

Sophie le ofreció a Fabienne una sonrisa a medias, y Fabienne se la devolvió. Se veía bien: más alta, de algún modo, menos la violeta que se encogía, que había sido en los meses posteriores a la muerte de Dietrich. Su trabajo le dio un propósito, y Fabienne abrió la boca para hacer algún comentario inteligente, pero luego la volvió a cerrar. ¿Acaso su trabajo no la cambió a ella también?

Fabienne pensó en lo que su cuñada le dio en esos últimos años: un renovado compromiso con el arte y una reconciliación con sus padres. Una relación con un hombre que creía tan perdido para ella como Dietrich, a su manera.

—Un lugar de encuentro bastante dramático. —Fabienne miró la lápida de Dietrich con una sonrisa—. Aunque estoy segura de que a él le habría gustado participar.

—Me pareció apropiado —respondió Sophie—. Lejos del museo. Preferiría que no nos oyeran.

Sophie eligió bien su lugar de encuentro: tan cerca de la tapia del cementerio y rodeadas de sepulturas a ras de suelo en lugar de austeras criptas, sería difícil que alguien se acercara lo suficiente para escuchar sin ser visto.

Señaló al hombre que tenía a su lado.

—Este es mi socio, el Dr. Gerhardt Hausler, del Jeu de Paume.

—Usted es la artista, supongo. —Hausler dio un paso adelante y colgó su bastón en el pliegue de su codo antes de tender la mano para que Fabienne la estrechara. Era un hombre de rostro demasiado amable para París en esos días, atractivo y arrugado, pero suavizado por sus gafas redondas—. Es un honor conocerla.

—Yo soy la artista, usted es el ingeniero —contestó Fabienne, simpatizando al instante con Hausler—. Me han dicho que debo agradecerle la modificación tan ingeniosa de mi abrigo.

Hausler rechazó su contribución con un gesto de la mano.

—Un invento nacido de la necesidad —replicó—, sin embargo, usted es la que está haciendo el verdadero trabajo aquí. Debo decirle, querida, que sus habilidades son realmente notables…

—Sí, todo es muy bonito —interrumpió Sophie—, pero me temo que tenemos muy poco tiempo para sutilezas. Los he convocado a ambos porque me he enterado de que se destruirá el contenido de la Sala de los Mártires.

Fabienne miró de Gerhardt a Sophie.

—¿Todo?

—Todo. —Sophie se dejó caer sobre el borde de piedra de la tumba de Dietrich—. Van a liquidar el contenido de la Sala de los Mártires en algún momento de las próximas semanas. Creí que teníamos más tiempo.

—¿De las próximas semanas? —Fabienne observó cómo Sophie arreglaba el desgastado puño de su abrigo. Sacaron docenas de obras de arte de la Sala de los Mártires, más de sesenta al menos, pero su trabajo era lento, minucioso. Por lo que Sophie le contó, la sala contenía cientos de pinturas y esculturas, muchas de las cuales superaban por mucho las capacidades de Fabienne para recrearlas—. Bueno, pues ya está, ¿no? Hemos hecho todo lo que podíamos hacer.

—Tal vez no. Hace poco pude echar un vistazo a un libro de contabilidad que contiene los registros de la Sala de los Mártires. Hay unos quinientos, en total.

—¿Quinientos?

Sophie asintió, con gesto adusto.

—Los que no estén marcados para su destrucción serán retirados de la sala para su intercambio, pero el resto… —Se interrumpió y se frotó los ojos mientras aumentaba furiosamente el enrojecimiento de sus mejillas—. Probablemente serán quemados, para hacer espacio para más colecciones privadas.

Fabienne sintió que el mundo se oscurecía, que la cantidad de obras de arte en peligro era demasiado para asimilarla de golpe. Quinientas obras de arte —quinientos ejemplos de creatividad, pasión, legado— desaparecerían en un abrir y cerrar de ojos. Pensó en las mujeres que caminaban por el cementerio. ¿Qué quedaba de los hombres que perdieron? Cartas, ropa, cuentas bancarias, la pipa con que fumaban, la pluma que alguna vez utilizaron.

El arte que los conmovió, un recuerdo de la persona que fueron, el lugar donde colgaron en su casa, cómo les dio una idea del mundo.

—Pero, ¿y si pudiéramos sacarlas? —Sophie se puso de pie—. Al principio de la guerra, ayudé a sacar la colección nacional del Louvre. Contamos con la ayuda de decenas de estudiantes de la École du Louvre, y los grandes almacenes Samaritaine nos prestaron sus camiones para que pudiéramos sacar miles de obras de arte...

—Aunque dispusiéramos de la totalidad de la École du Louvre, no podríamos reemplazar quinientos cuadros —señaló Fabienne—. Simplemente no hay forma de que pudiéramos falsificar a esa escala y menos con sólo unas pocas semanas de trabajo.

—Entonces, no las falsificaremos. —Gerhardt Hausler enroscó los dedos alrededor de la parte superior de su bastón y se ajustó los lentes, con todo el aspecto de estar discutiendo una espinosa hipótesis en una sala de conferencias—. Las robaremos.

TERCERA PARTE

52

Junio de 1938

El piso del salón de baile estaba cubierto de aserrín y la gente se agolpaba alrededor de barriles de vino demasiado secos para ser utilizados en un viñedo pero que aún servían como mesas baratas. Asomándose desde detrás de una cortina de arpillera que separaba el escenario del público, Fabienne escuchó a la multitud que se iba congregando lentamente. En la puerta, Louis anotaba nombres en un portapapeles y repartía panfletos que pregonaban los peligros del fascismo.

Ella sintió la mano de Dietrich, grande y reconfortante, sobre su hombro e instintivamente giró la cabeza para besar sus dedos. Aún no se acostumbraba a ver el destello dorado de su anillo de casado y todavía se encontró volviéndose hacia éste, hipnotizada como una urraca, cuando él posó sus labios en su pelo.

—Es una multitud más numerosa que la de la semana pasada —murmuró él.

—Es la multitud más numerosa a la que te hayas dirigido —respondió ella, dejando caer el telón—. Louis estará eufórico.

—Estaría eufórico si alguien se ofreciera a sustituirlo en el escenario —dijo Dietrich con una risita.

—Sí, bueno, hablar en público no es precisamente su fuerte —replicó Fabienne—. Menos mal que sí es el tuyo.

La sonrisa de Dietrich se desvaneció.

—¿De verdad lo crees? Cada vez que me pongo delante de un grupo pienso en lo que pasaría si hiciera el ridículo... si será el momento en que todos se den cuenta de que no tengo nada que decir.

Fabienne se encontró con su mirada preocupada.

—Tienes todo que decir —respondió—. Tienes experiencia de primera mano viviendo bajo un gobierno fascista. Eres el canario en la mina de carbón. Todo el mundo está aquí para escucharte hablar, y sé que lo último que harás será hacer el ridículo. Además —añadió, acercándose aún más—, si lo hicieras, quiero que sepas que nunca jamás dejaré que superes la vergüenza.

Dietrich volvió a reír y estampó sus labios contra los de ella. El ruido del público se apagó y Fabienne se dejó ir embriagada en su beso. ¿Alguna vez dejaría de desearlo tanto como en ese preciso momento? Esperaba que no; esperaba vivir todos los días de su vida tan enamorada de Dietrich como lo estaba en ese momento.

Se separaron, con las frentes aún apoyadas.

—A los negocios —susurró Fabienne, fingiendo una seriedad que en realidad no sentía.

—A los negocios —asintió Dietrich, dejando que su mano se deslizara por debajo de la pequeña espalda de ella.

—¡Dietrich!

Fabienne pegó un brinco al oír la voz de Sophie que se acercaba por el lateral de la cortina.

—Dietrich, hay mucha gente ahí afuera. ¿De verdad crees que sea seguro...?

Sophie siempre mostró recelo ante el hecho de que Dietrich hablara en público, y el ceño fruncido de su rostro se acentuaba a medida que aumentaba el volumen del público de Dietrich. No era que Fabienne no comprendiera los riesgos que corría Dietrich al criticar tan abiertamente a Alemania, pero, ¿qué peligro había en decir lo que se pensaba en un país democrático?

—Lo dices cada vez que Dietrich sube al escenario —dijo Fabienne con ligereza. Buscó una copa de champán en una mesa auxiliar cercana y se la ofreció a Sophie—. No estés tan tensa. Tu hermano está haciendo un buen trabajo. Es un trabajo necesario.

—Trabajo que lo convierte en un objetivo —replicó Sophie—. Dietrich, hay algunas caras entre la multitud que no había visto antes. No estoy segura...

—¿No es eso lo que queremos?, ¿atraer a gente nueva? —Dietrich corrió la cortina para inspeccionar al público—. Ciertamente, Sophie. Ya no estamos en Stuttgart.

—Lo que hacemos aquí es importante —añadió Fabienne—. Estamos deteniendo la expansión del fascismo.

—¡Haciendo de Dietrich un testaferro!, ¡un objetivo! No sabes cómo era Alemania. No tienes ni idea...

Dietrich tomó las manos de Sophie entre las suyas mientras Louis, que seguía aferrado al portapapeles, subía al escenario.

—¿Estás listo? —preguntó Louis.

—Ya no estamos en Stuttgart —repitió Dietrich con firmeza—. Y Fabienne tiene razón. Lo que estamos haciendo aquí... Si podemos cambiar aunque sólo sea una opinión, valdrá la pena arriesgarse un poco.

53

Julio de 1943

Banderas rojinegras colgaban de la entrada abovedada del Le Meurice y ondeaban débilmente con la brisa vespertina. Cinco años atrás, el Le Meurice fue el hotel más lujoso de París, sólo comparable al ilustre Ritz; ahora, como cuartel general involuntario de las fuerzas alemanas en París, había adoptado una clientela notablemente diferente. Al pasar junto a los guardias con cascos de balde que custodiaban la puerta principal, Sophie pensó en las historias que escuchó sobre el legendario pasado del Le Meurice: el agasajo a Picasso y su novia ucraniana la noche de su boda; lacayos que recibían cinco francos cada uno de Salvador Dalí a cambio de moscas vivas capturadas en el Jardin des Tuileries; el duque y la duquesa de Windsor cenando *à deux* tras su escandalosa salida de Inglaterra; Coco Chanel organizando deslumbrantes recepciones en el bar de la azotea.

Con la mano de Konrad Richter en la parte baja de su espalda, Sophie se dejó guiar hacia el vestíbulo, resistiendo el impulso de echar una mirada atrás hacia la oscuridad entintada que era el Jardin des Tuileries, apenas visible en el crepúsculo cada vez más intenso. En lugar de ello, levantó el brillante dobladillo de su vestido de noche prestado y siguió adelante, deteniéndose a leer un modesto caballete colocado en el centro del vestíbulo.

«El Einsatzstab Reichsleiter Rosenberg le ofrece una velada con la Colección Schloss. Sólo con invitación».

Richter se inclinó cerca de Sophie y sus labios rozaron su cuello mientras le susurraba al oído.

—Sonría, querida. Esta noche es una victoria para ambos.

Era una victoria, pero no en el sentido que Richter quería darle, o eso esperaba Sophie. Aceptó acompañarlo a aquella farsa de recepción para mantenerlo convenientemente distraído, y pretendía hacer lo que fuera necesario para lograr dicho objetivo: cualquier cosa que desviara su atención de los acontecimientos que, esperaba, estuvieran sucediendo en el Jeu de Paume en ese mismo momento.

Siguió a Richter hasta una gran sala con espejos. Unas columnas corintias sostenían una inmensa claraboya abovedada artificialmente iluminada, mientras unos jarrones gigantes rebosantes de rosas aromatizaban el aire con su empalagoso perfume. Por toda la sala estaban guardias dispuestos junto a los caballetes que exhibían las obras de arte más selectas de la colección de Adolphe Schloss mientras los invitados reunidos contemplaban embelesados los lienzos: hombres y mujeres cuyos elegantes atuendos apenas disimulaban el hielo que se escondía tras sus sonrisas.

Era algo audaz que Richter hubiera decidido organizar una recepción de obras de arte robadas a una de las familias judías más notables de París; era más audaz aún que el ERR lo hubiera aprobado. Pero, ¿quién en esa sala se opondría a algo así cuando el crimen ya había sido firmado tanto por los corruptos legisladores alemanes como por el gobierno de Vichy?

Richter metió la mano de Sophie en el pliegue de su brazo, asintiendo periódicamente ante uno que otro invitado mientras se encaminaba, lenta pero significativamente, hacia Hermann

Göring. Como era su costumbre, Göring aprovechó la ocasión para estrenar otro opulento uniforme, éste de un blanco impoluto adornado con hombreras doradas y una pesada cruz de hierro bajo el cuello.

—Allí, junto a la barra. Ese es Heinrich Himmler —murmuró Richter en voz baja, y el estómago de Sophie dio un vuelco precipitado al ver al teniente más aterrador de Hitler mientras sus ojos muertos se encontraban con los de ella durante una fracción de segundo desde detrás de sus quevedos—. Y el general von Choltitz, allí con el monóculo...

Sophie apretó con fuerza el brazo de Richter, resistiendo el repentino impulso de salir corriendo. ¿En qué habría estado pensando al meterse en un nido de víboras como ése?

—Y aquí, por supuesto... —Richter dio unas palmadas de camaradería a Göring en la espalda—. ¡El Reichsmarschall!

—Richter, querido muchacho —murmuró Göring, estrechando la mano de Richter entre las suyas—. Se ha superado a sí mismo. Me temo que empezaba a encontrar sus exposiciones en el Jeu de Paume un poco rancias, pero esto... —Extendió la mano, contemplando los cuadros, a los soldados, a los invitados—. Magnífico.

Richter sonrió y su confianza se transformó en obsequiosidad.

—Me siento honrado con su presencia —dijo—. Verdaderamente, ésta es una velada trascendental.

—Una velada trascendental disfrutada en compañía de una mujer encantadora —dijo Göring, volviendo su atención hacia Sophie. Levantó la mano enguantada de ella hacia su boca y pegó sus gordos labios a los dedos de Sophie—. Es un placer conocerla, *Fräulein*...

—¿Recuerda a Mademoiselle Brandt, del Jeu de Paume? —interrumpió cortésmente Richter.

—¡Por supuesto! Mademoiselle Brandt. —Su expresión ligeramente inquisitiva cambió—. Apenas la reconocí sin sus pantalones de tweed, y con un nuevo adorno resplandeciente...

—Es un regalo —intervino Richter mientras Göring examinaba el brazalete de diamantes y platino en la muñeca de Sophie—. Para conmemorar esta maravillosa velada.

—Precioso —murmuró Göring—. Sabe que soy algo así como un experto en lo que se refiere a joyería fina...

—Es usted un experto en muchas cosas, Reichsmarschall —replicó Sophie con delicadeza mientras Göring le manoseaba la muñeca. Richter le dio el brazalete al inicio de la velada, y Sophie lo aceptó con bastante inquietud. ¿A quién habría pertenecido antes de caer en manos de Richter?

—¿Cartier? —preguntó Göring, Richter asintió—. Bien. —Volvió su sonrisa vítrea hacia Sophie, y quedó claro por su mirada que ya se encontraba sumergido en algo considerablemente más fuerte que el champán—. Detesto las últimas tendencias hacia las piedras artificiales. ¡Nada más que calidad, querida!

—Es usted demasiado amable, Reichsmarschall —replicó Sophie. Ella pudo advertir cómo surgía de lo más profundo de su ser un pánico familiar al sentir la mano de Göring alrededor de su muñeca y se zafó de su agarre mientras su corazón latía con fuerza, amenazando con abrumarla—. Konrad, si me disculpa un momento...

Se apresuró a salir de la sala, pasando por delante de los Rembrandts expuestos y de la mirada perdida de Himmler. «Respira», se dijo a sí misma. Metió la mano en su bolso de noche y sacó el viejo reloj de bolsillo de Dietrich, maltratado pero preciso. Si todo iba según lo previsto, los demás estarían llegando al Jeu de Paume en ese mismo instante.

Entró al tocador para damas y pasó una toalla de mano bajo el chorro de agua fría antes de aplicarla sobre sus mejillas ardientes. «Respira», se dijo a sí misma de nuevo. Era una locura lo que intentaba hacer, una locura cuando estaban miembros de los altos mandos nazis reunidos allí, a tiro de piedra del Jeu de Paume. Arrojó a un lado la toalla, deseando que sus manos dejaran de temblar mientras repasaba el plan en su mente. La distracción de la Colección Schloss era su gran esperanza, su única esperanza para apoderarse del contenido de la Sala de los Mártires. Todas las miradas estaban puestas en el Le Meurice y toda la atención centrada por una única noche en las obras de arte de valor incalculable expuestas allí en lugar de en el Jeu de Paume. Era una oportunidad que no debía desaprovecharse, y por esa razón, Sophie tuvo que serenarse, fingiendo una confianza que no sentía en absoluto.

«¿Cuál es el mejor lugar para esconder algo?». Miró fijamente su reflejo en el espejo y sus manos se estabilizaron. «A la vista».

Se secó las mejillas y se arregló el lápiz labial, luego salió para reunirse con Richter y Göring junto a la barra.

54

Julio de 1943

Fabienne se agazapó en la oscuridad del pórtico sur del Jardin des Tuileries, escuchando al Sena salpicar alegremente contra sus riberas. Agitó una mano delante de su cara y vio apenas el contorno de sus dedos. Satisfecha, se enderezó, sintiendo que la oscuridad la envolvía como un abrigo. Aunque nada más saliera según lo previsto esa noche, al menos el cielo nocturno, densamente cargado de nubes, conspiraba a su favor.

Escuchó en la oscuridad el rumor del jolgorio procedente del Le Meurice. Cerró los ojos, imaginándose a Sophie con el elegante vestido azul que le pertenecía, y le pareció una ironía especial que fuera Sophie, y no ella misma, quien interpretara el papel de la glamorosa distracción. Sophie siempre le pareció demasiado tímida, frágil y deseosa de complacer. Pero, ¿no había demostrado Sophie su fuerza una y otra vez? Fue ella quien huyó de Alemania con Dietrich; fue ella quien sacó los cuadros de contrabando de un bastión nazi; fue ella quien desarrolló pinturas capaces de imitar las cualidades de los óleos y quien planeó el audaz atraco de aquella noche.

Sintió, más de lo que vio, que Sébastien se deslizaba en el postigo junto a ella.

—Hay guardias por toda la Rue de Rivoli —susurró, dando un apretón reconfortante al codo de Fabienne—. Están concentrados en el hotel, como dijo Sophie. Hay tantos dignatarios allí, tantas obras de arte...

—¿... quién se preocuparía por el Jeu de Paume? —terminó Fabienne. Se inclinó hacia él y le besó la mejilla rastrojada, agradecida por su devoción no sólo hacia ella sino hacia las obras de arte que se propusieron salvar.

Sébastien asió las barras de hierro que separaban el Jardin des Tuileries de la Place de la Concorde.

—Con un poco de suerte, estarán todos tan concentrados en el Le Meurice que habrán dejado expuesto el museo.

—Yo no me fiaría —murmuró Fabienne. El Jeu de Paume estaba protegido no sólo por las altas verjas que rodeaban el jardín, sino también por vigilantes nocturnos en todo el recinto y sus alrededores. Miembros de la *Milice* con casacas azules patrullaban los distritos de París, imponiendo el cumplimiento del toque de queda en toda la ciudad. Por su parte, soldados alemanes merodeaban por el exterior del Le Meurice, el Hôtel de la Marine y la Place de la Concorde.

Fabienne sabía que era una misión suicida intentar infiltrarse en el museo, haber llegado al distrito 16 al amparo de la oscuridad, escabulléndose de callejón en callejón, para encontrarse encerrados frente a las altas verjas del Jardin des Tuileries. Sabía que ya era suficientemente arriesgado sustituir los cuadros por falsificaciones, pero todo lo que hicieron con anterioridad palidecía ante lo que estaban a punto de intentar aquella noche. Pero ahora estaba allí. Era demasiado tarde para permitirse dudar.

En la oscuridad, observó cómo una sombra se acercaba a la entrada desde el interior del jardín. De la colilla de un cigarrillo brotó un destello anaranjado que iluminó la blancura de una sonrisa amplia y franca.

—Apaga eso —siseó ella cuando Louis, con un pesado juego de cizallas al hombro, llegó al postigo—. ¿Quieres alertar a la *Milice*?

—Aguafiestas. —Louis apagó el cigarrillo en la pared—. Además, pensarán que soy el vigilante nocturno, quien, por cierto, está noqueado bajo el Carrusel. —Encajó la cizalla en la pesada cerradura de la puerta—. Los muchachos inspeccionaron los terrenos. Estarán solos ahí dentro.

—Sola salvo por los guardias del propio museo —murmuró Sébastien mientras Louis rompía la cerradura.

—Hemos roto la cerradura de la puerta al final de la Esplanade de Feuillants —dijo Louis mientras Fabienne se deslizaba junto a él y subía las escaleras—. Esperaremos treinta minutos antes de empezar a disparar cerca del Louvre. Con suerte, llamaremos su atención y podrán escabullirse sin que se den cuenta.

Fabienne hizo una pausa.

—Ese no es el plan, Louis. Debes cortar las cerraduras y marcharte.

—¿Y perderme toda la diversión? —En la oscuridad, Louis sonaba incrédulo—. He reunido a unos cuantos amigos para que me ayuden... Provocaremos una distracción idónea, te lo aseguro.

—No lo dudo —respondió Fabienne—, pero, ¿y Eline?, ¿y sus hijos?

Louis encendió otro cigarrillo, ocultando la brasa con la mano ahuecada.

—Soy muy consciente de los riesgos —dijo con serenidad—, pero esto es importante. Eline lo entiende tan bien como yo.

Fabienne estrechó a Louis en un fuerte abrazo mientras Sébastien corría hacia el imponente muro del Musée de l'Orangerie.

—No sabes cuánto significa contar con tu ayuda. De verdad, Louis.

—Bueno, fue un buen motivo para volver a reunir a la vieja pandilla —respondió Louis—. Y para volver a tener una causa por la que luchar. He tenido suficientes líos con fascistas en el pasado. Creo que esta noche podremos resistir. Y siento que ayudar como podamos te lo debemos a ti, a Sophie... y a la memoria de Dietrich.

Fabienne sólo podía ver el contorno del rostro de Louis en la oscuridad, con la gorra calada sobre la frente.

—Eres un buen amigo, Louis.

—También lo fue tu marido. —Louis señaló con la cabeza hacia la pared de la Orangerie—. Será mejor que te des prisa. Yo vigilaré.

Fabienne se agachó mientras corría para alcanzar a Sébastien. Entraron en el Jardin des Tuileries por la puerta más cercana al Musée de l'Orangerie, y Fabienne se imaginó los pasos que aún tenían que dar a través de la herradura inclinada que separaba el Musée de l'Orangerie del Jeu de Paume. Deseó poder tomarse un poco más de tiempo para orientarse, pero conocía el jardín mejor de lo que ella misma creía. ¿Cuántas veces habría recorrido ese mismo sendero con Dietrich?

Sébastien salió corriendo a toda velocidad, encorvado al doble mientras se internaba entre los castaños. Ella lo siguió mientras su corazón latía desbocado en su pecho. Aunque Louis le aseguró que los terrenos estaban libres, no pudo evitar sentir que había alguien detrás de ella con un rifle apuntándole a la espalda. Cerró los ojos y descendió por la pendiente, tratando de hacer el menor ruido posible al pisar la tierra compacta.

Llegó al fondo y se enderezó en el amplio terreno descubierto que rodeaba el estanque octogonal que separaba el Jeu de Paume de la Orangerie. A un lado se alzaban los castaños en ordenadas hileras; al otro, las puertas doradas de la Porte de la Concorde.

Corrió hacia el agua, y al llegar a ella, un delgado haz de luz de una linterna atravesó la puerta. Se tiró al suelo, rezando para que la superficie reflectante y las orillas poco profundas del estanque la ocultaran a la vista.

Sus palmas se rasparon con las piedras del suelo mientras la luz de la linterna iba y venía por el estanque. «Sébastien», pensó, sin atreverse a levantar la mirada. Entonces, tras unos instantes angustiosos, la luz desapareció.

Se puso de pie y corrió hacia los escalones de piedra que conducían a la terraza baja del Jeu de Paume, donde Sébastien estaba agazapado tras los escalones de poca altura. Él le tendió un brazo y Fabienne se agachó a su lado, refugiándose por un momento en la reconfortante calidez de su pecho.

—¿Estás bien? —susurró, y Fabienne asintió—. No falta mucho.

Recorrieron el último tramo de su trayecto a la carrera, subiendo con prisa los escalones y dirigiéndose hacia la parte trasera del museo. Había varios camiones cubiertos de lona estacionados frente a la puerta trasera del museo: sin duda los utilizaron para llevar la Colección Schloss a la recepción a primera hora de la tarde. Desde ese lado del parque, Fabienne podía ver el contorno oscuro de los edificios a lo largo de la Rue de Rivoli, todos ellos acatando el apagón obligatorio, pero más allá, en el camino, una luz brotaba, brillante y audaz, de la puerta abierta del Le Meurice.

Ella volvió a centrar su atención en el Jeu de Paume y tocó la puerta.

Ésta crujió al abrirse y Gerhardt Hausler, vestido con un uniforme de la Luftwaffe, hizo señas a Sébastien y Fabienne para que entraran en la oscuridad del museo.

—Hoy ha sido una locura esto —dijo Hausler mientras Fabienne se desplomaba aliviada contra la pared. Encendió una linterna para revelar que se encontraban en una modesta entrada—. Todo el mundo estaba tan preocupado con la Colección Schloss que nadie pareció darse cuenta de que decidí trabajar hasta tarde. —Miró su atuendo y sonrió—. Ni que decidí tomar prestado un uniforme de uno de los guardias.

No se molestó en bajar la voz, y Fabienne echó un vistazo a la oscura galería más allá de la entrada.

—¿Y el vigilante nocturno...?

La sonrisa de Gerhardt se ensanchó.

—Todavía tengo algunos trucos en la manga de mis días de servicio —dijo en un tono algo parecido a la fanfarronería. Lanzó a Sébastien una chamarra gris, cuyas insignias relucían en amarillo desde el cuello—. Está atado en el despacho de Mademoiselle Valland... No vio mi cara, así que estaremos a salvo cuando despierte. Me pareció prudente despojarle de su chamarra. Espero que así haya menos preguntas cuando ocupen el vehículo. Fabienne, por favor, sígame...

Sébastien volvió a salir por la puerta de servicio, poniéndose la chamarra mientras avanzaba. Fabienne, mientras tanto, siguió a Gerhardt hasta un estrecho vestíbulo, y doblaron ante el marco de una puerta cubierta por una pesada cortina brocada. Gerhardt levantó la cortina e hizo pasar a Fabienne.

La Sala de los Mártires era todo lo que Sophie dijo que era: todo y más, repleta de arriba abajo de lienzos, esculturas y tapices. El aire crepitaba dotado de una silenciosa y extraña electricidad, como si las propias obras de arte fueran la fuente de ello. Gerhardt recorrió la sala con su linterna, iluminando un pequeño lienzo, y Fabienne lo recogió. Retrataba a un trío de cisnes en un paisaje extranjero y sus reflejos mostraban a tres elegantes elefantes meciéndose en un sereno estanque.

—Dalí —murmuró ella en voz baja, pero Gerhardt ya estaba cargando cuadros en sus brazos.

—No tenemos mucho tiempo —dijo, y Fabienne asintió, pensando en las instrucciones de Louis. Sólo disponían de treinta preciosos minutos, cinco de los cuales ya habían transcurrido. Ella apiló con cuidado el Dalí sobre un segundo y un tercer cuadro, y los sacó hacia la noche.

Afuera, Fabienne siguió a Gerhardt hacia los camiones del patio y, cuando sus ojos se adaptaron a la oscuridad, pudo ver a Sébastien en la cabina del más cercano, trabajando bajo el volante con una linterna de bolsillo aprisionada entre los dientes. Oyó el sonido apagado de sus maldiciones, pero saltó al chasis cubierto del camión, apoyando con cuidado los cuadros contra el lateral de la caja; luego retrocedió y subió también los cuadros de Gerhardt al camión.

Miró por encima del hombro hacia el Le Meurice antes de colarse de nuevo en el museo, trabajando deprisa, en silencio, esperando contra toda esperanza que pudieran terminar su tarea antes de que acabara la recepción de la Colección Schloss.

55

La multitud en el salón de recepción del Le Meurice se volvía más ruidosa y bulliciosa, y sus voces ahogaban el canto de la cantante de lounge cuyo micrófono crepitaba por sobre la interpretación de un pianista de una canción de Édith Piaf. De pie junto a Richter, Sophie echó un vistazo a su reloj de pulsera: ya era más de medianoche. Si todo iba según lo previsto, Louis se habría ido hacía tiempo y Fabienne y los demás estarían ya dentro del Jeu de Paume.

No había forma de que Sophie lo supiera con certeza, no allí, donde cada uno de sus movimientos se efectuaba bajo la atenta mirada de la Luftwaffe.

Repasó el plan en su mente una vez más, siendo cada paso sencillo en teoría, pero sin duda más complicado en la práctica: Louis, forzar las puertas del Jardin des Tuileries; Gerhardt, asegurar el acceso al museo; Fabienne, sacar las obras de arte al amparo de la oscuridad; Sébastien, hacer un puente en una de las furgonetas del ERR.

No por primera vez, se preguntó por la participación del acompañante de Fabienne. ¿Sería para ella algo más que un amigo? La partidaria de la lealtad que había en ella se encolerizó al pensarlo, indignada ante la idea de que Fabienne pudiera haber pasado página con Dietrich, pero la pragmática dentro de ella sabía que no era así. Si Fabienne encontró a alguien con quien compartir sus años, ¿quién era Sophie para juzgarla?

Volvió a dirigir su atención al pequeño grupo de gente a su alrededor: Richter; Gustav Rochlitz; Hildebrand Gurlitt y su esbelta esposa, Helene. Al otro lado de la sala, Hermann y Emmy Göring admiraban un cuadro de Cranach el Viejo, pero Sophie y Richter se engancharon en una conversación encabezada por el coronel Bohn.

Resultaba evidente que Bohn disfrutaba ser el centro de atención, aunque no pudiera importarle menos la Colección Schloss. Para él, con la rara aparición de su esposa a su lado en lugar de su amante, ser el centro de atención en esa sede del poder nazi era todo lo que siempre había deseado.

Como sólo escuchaba a medias, Sophie se perdió la broma que hizo estallar en carcajadas a Richter y a los demás; automáticamente, siguió su ejemplo, dejando que una sonrisa tardía cruzara sus labios.

—De verdad, Bohn, ¿de dónde saca esas historias? —Richter soltó una risita y miró su copa como sorprendido de encontrarla vacía—. Me temo que debemos excusarnos. Parece que necesitamos refrigerios, pero qué placer ha sido charlar con todos ustedes. Clara, debe estar muy orgullosa de su marido. —Condujo a Sophie lejos, y una vez que estuvieron a distancia, abandonó su agradable comportamiento—. Pequeño hombre odioso. Siempre adulando al Reichsmarschall, dándose aires… No sé de qué estará tan orgulloso. En realidad es sólo un manipulador de pianos.

Sophie rio ante la observación, pero no pudo evitar advertir las similitudes entre Bohn y el propio Richter. ¿No hacían ambos todo lo posible por ganarse el favor de aquellos con más poder? ¿No se enorgullecían ambos de su ruina moral, todo por la oportunidad de alcanzar un puesto más alto?

—Es casi tan desagradable como esa mujer Valland —continuó Richter, levantando dos dedos mientras se apoyaba en la barandilla del bar.

—¿Rose? —Sophie observó cómo el camarero, cuyo pelo relucía por la brillantina que llevaba, sacaba copas de una pirámide reluciente—. No lo sé, Konrad. A mí me parece bastante inofensiva.

Richter sonrió satisfecho.

—Ella puede ser muchas cosas, pero yo no la consideraría inofensiva entre ellas.

—¿Por qué? ¿Qué hizo?

Richter tomó las dos copas rebosantes de champán.

—Oh, no lo sé. Nada, supongo. Pero hay algo en ella de lo que no me fío... Siempre está merodeando por el museo, husmeando en cada esquina con su portapapeles y sus horribles zapatos.

Sophie tomó la copa que le ofrecía y pensó en la discreta Rose Valland y en el libro de cuentas que encontró en su despacho; en su presencia junto a Jacques Jaujard mientras éste supervisaba el vaciado del Louvre; en ella poniendo a Sophie a cargo de la Sala de los Mártires. No se le ocurrió pensar en si las actividades de esa noche podrían comprometer a alguien más que a ella misma y a Gerhardt.

—Seguro que está usted bromeando —dijo—. ¿Una solterona como ella suponiendo algún tipo de amenaza para el museo?, ¿para usted?

Richter observó a Göring al otro lado de la sala.

—A eso me refiero exactamente: una mujer como ella —dijo—. ¿Qué sabemos de ella realmente?

—Ella se encarga del mantenimiento del edificio —señaló Sophie—. Hizo reparar la caldera, y no fue poca cosa, dado el invierno que tuvimos. También ha organizado todos los préstamos de muebles del Louvre para las exposiciones del Reichsmarschall...

—Todo eso lo podría hacer un orangután —contraatacó Richter—. No sé, tal vez estoy siendo poco razonable, pero ella siempre está en el camino. Siempre está vigilando... Göring me dice que la deje en paz, pero no puedo evitar la sensación de que me está juzgando, de que nos está juzgando.

Sophie aceptó los riesgos que ella y sus cómplices corrían esa noche, pero si sus acciones terminaban teniendo consecuencias para una espectadora inocente como Rose, nunca se lo perdonaría. Se acercó más, sabiendo que sus intentos de disuadir a Richter podrían hacer toda la diferencia al día siguiente.

—Yo también estoy siempre en el camino, ¿verdad? —Levantó la mirada hacia Richter, dejando que su mano cubierta de diamantes flotara hasta la solapa de su chaqueta de esmoquin—. Y a usted no parece importarle mucho.

Richter le pasó la mano por la muñeca.

—Sí, pero la diferencia es que a mí me gusta tenerla a usted en mi camino. —Su mano se desvió de nuevo y sus dedos se arrastraron despacio hasta la delicada piel en el pliegue del codo de ella.

Ella resistió el impulso de estremecerse. «Éste es el trabajo», se dijo a sí misma con severidad, plasmando en su rostro una expresión de lo que esperaba fuera admiración. «Distraer. Desviar».

—Espero que no piense que soy demasiado atrevido, pero pensé que podríamos retirarnos antes —murmuró Richter—. ¿Qué le parece si volvemos a mi departamento? Está justo frente a los Champs-Élysées... Podría enseñarle mi colección privada mientras tomamos una copa...

«Apuesto a que sí».

—Qué idea, Konrad... pero, ¿qué hay del toque de queda? Más bien supuse que estaríamos aquí hasta que amaneciera.

Él sonrió complacido.

—Los toques de queda no aplican para los hombres como yo —replicó, y el borde frío de su copa de champán rozó la piel desnuda de la parte superior de la espalda de ella, obligándola a acercarse más—. Ni a las mujeres como usted, siempre que se junte con la gente adecuada.

«Va a besarme», pensó ella con una claridad adormecedora. Como si la experiencia le estuviera ocurriendo a otra persona, lo vio inclinar la cabeza para encontrarse con la suya. Cerró los ojos con una expresión de absurda e insoportable suavidad...

—Richter. —Él se apartó y, aunque dejó escapar un leve gruñido de frustración, Sophie nunca se había sentido tan aliviada al ver al coronel Bohn de pie detrás de ellos. Miró a Sophie y continuó en alemán—. Nos necesitan en el vestíbulo.

El corazón de Sophie casi se detuvo mientras Richter y Bohn conversaban en susurros escuetos.

—Konrad, ¿qué ocurre? ¿Qué pasó?

Ella esperaba que él se deshiciera de ella, pero él lanzó una rápida mirada alrededor de la habitación y luego la tomó de la mano.

—Venga con nosotros.

Salieron de la sala de recepción despacio, como para no levantar sospechas, y la mente de Sophie se arremolinó presa de la preocupación al imaginarse a Fabienne y Gerhardt atrapados como ratas en una trampa dentro de las altas verjas del Jardin des Tuileries.

Pensó en Dietrich en sus últimos momentos. ¿Cómo pudo haber puesto a alguien más en riesgo de correr esa suerte?

Salieron de la sala de recepción a un estrecho vestíbulo. Más adelante, el vestíbulo estaba lleno de soldados, apiñados con los rifles preparados, pero ella sólo los vio durante una fracción de segundo antes de que se apagaran las luces del lugar, lo mejor, supuso, para ver lo que ocurría en la oscuridad del fondo.

—Konrad, por favor —susurró ella, tirando de Richter para que se detuviera—. ¿Qué está pasando?

—Hay agitadores en el Louvre —dijo Richter, intercambiando una mirada con Bohn—. Se han oído disparos...

—¿Disparos?, ¿en el museo?

—En el Louvre. —Bohn frunció el ceño, mirando a los soldados mientras apuntaban con sus rifles hacia la noche—. Parece que intentan llegar a la Colección Schloss.

«Louis», pensó Sophie con el corazón encogido al comprender de repente. Su trabajo era sencillo: asegurarse de que no hubiera vigilantes nocturnos en los terrenos del Jardin des Tuileries, y después romper las cerraduras de dos puertas para que Fabienne pudiera entrar y salir. ¿Lo habrían capturado o habría hecho justicia por su propia mano?

Richter pasó una mano por el brazo de Sophie.

—Quizá debería usted volver a la fiesta —le dijo—. Nunca me perdonaría si algo le ocurriera.

—Si van tras la Colección Schloss, quiero estar aquí, con usted —dijo ella—. Para... ayudar. No quiero estar en otra parte, preguntándome qué está pasando...

—No se acercarán a menos de cien metros del hotel, puede estar segura —dijo Bohn en tono apaciguador. Cambió al alemán—. No tenemos tiempo para esto, Richter. Deshágase de ella.

Si Richter salía, existían muchas posibilidades de que buscara primero la seguridad del Jeu de Paume: su tesoro, sus ahorros. Con un poco de suerte, Fabienne y Gerhardt ya se habrían escapado con su botín de la Sala de los Mártires, pero, ¿y si no?

Desesperada por detenerlo, Sophie tomó con sus manos las solapas de la chaqueta de Richter y lo jaló. Cerró los ojos y le plantó un beso en los labios; el aroma de su colonia era abrumador y la barba incipiente de su barbilla produjo una sensación áspera en su suave mejilla.

Ella se apartó.

—No me deje aquí preocupada por usted —susurró, y a pesar de lo confuso del momento, Richter parecía deslumbrado, como si todos sus sueños se hubieran hecho realidad a la vez—. Por favor, Konrad.

Dudó un segundo más y luego asintió. Sin palabras, la condujo al vestíbulo en penumbra.

En las puertas delanteras abiertas, seis soldados permanecían con los pies firmemente plantados mientras apuntaban con sus rifles hacia la oscuridad. Más adelante, ella pudo ver los cuidados árboles del Jardin des Tuileries, negros en la oscuridad de la noche; al este, pudo oír el rugido de los disparos.

El ruido de la refriega resonaba en los altos edificios de la Rue de Rivoli y Sophie se dio cuenta de que Louis estaba alejando a los alemanes del Jeu de Paume en dirección al extremo opuesto del Jardin des Tuileries. No había nada que ella pudiera hacer, ni allí ni en ese momento. Su corazón se rompió por la mujer y los hijos de Louis, sabiendo que si ella no lo hubiera buscado, él no estaría allí, entregando su vida por unos ideales por los que Sophie le pidió que luchara.

Richter se dirigió al oficial al mando.

—¿Cuántos son?

—Por lo menos diez, por lo que sabemos —respondió—. Son combatientes de la Resistencia. Ya hemos identificado a dos de ellos. Hemos pedido apoyo a la *Milice* para que nos ayude a acorralarlos, pero aún no sabemos si esto forma parte de un complot mayor de los Aliados.

«Resistencia». Ella sospechaba que Louis tenía alguna relación con la Resistencia, pero nunca confirmado rotundamente. La revelación de que Louis tenía compañeros de armas en la noche fue alentadora, aunque no del todo tranquilizadora, como lo fue saber que el equipo del Jeu de Paume tenía cierto cobijo mientras emprendían la huida.

Desde detrás de ella, Sophie oyó el ruido de unos pasos pesados y giró cuando Hermann Göring entró a la carrera en el vestíbulo.

—¿Qué demonios significa esto? —gritó antes de abalanzarse sobre la unidad de soldados de la puerta principal. Aprovechando la ruptura de la línea, Richter y Sophie siguieron su estela, y Sophie se refugió bajo la arcada del Le Meurice mientras Göring y Richter conversaban con el oficial al mando.

Aunque la noche aún era oscura, Sophie pudo ver disparos iluminando la esquina oriental del jardín, tiñendo las lejanas paredes del Louvre con relámpagos fugaces. Resistió el impulso de mirar hacia el Jeu de Paume. ¿Habría escapado ya Fabienne o estaría inmovilizada tras las verjas de hierro del jardín?

—Quiero todas las salidas de este edificio cubiertas y los caminos de acceso a lo largo de la Rue de Rivoli bloqueados —ladró Göring, y por primera vez Sophie pudo ver ecos del formidable estratega que se suponía que era el Reichsmarschall—. Su deber, ante todo, es con las obras de arte del Le Meurice, ¿me entienden? Dejen que la *Milice* ahuyente a esos miserables. Concéntrese en defender nuestra posición. —Hizo una pausa, mirando a su alrededor mientras se encendía un pesado reflector en el tejado del Hôtel de la Marine y se dirigía su haz hacia el Louvre. Entrecerrando los ojos ante el repentino fulgor, Sophie pudo ver la determinación asesina de Göring, su furia de acero—. Limiten los daños colaterales si es posible, pero hagan lo que deban hacer para impedir que alcancen nuestra posición. ¡Que me cuelguen antes de dejar que esta colección caiga en manos de rebeldes y réprobos!

Apretó con fuerza su cetro enjoyado, y sus lustradas botas brillaban mientras retornaba tras la línea de soldados. Hizo ademán de volver a la sala de recepción, y Richter se colocó de nuevo junto a Sophie.

—Debería usted ir con él. Aquí afuera no es seguro —empezó él, pero entonces un estruendo de disparos desde el oeste hizo que ambos voltearan.

En medio del *staccato* de disparos, Sophie oyó un fuerte rugido cuando se puso en marcha un motor.

—Viene del museo —exclamó Richter, y a contraluz del vestíbulo, ella pudo ver cómo se dibujaba en su rostro la comprensión, terrible y clara—. ¡Es en el museo! ¡En el Jeu de Paume!

Ella intentó agarrarlo del brazo, pero Richter fue demasiado rápido para ella. Salió a la calle, corriendo tan rápido como sus pies podían llevarle. Maldiciendo, Sophie se quitó los tacones y se levantó el dobladillo del vestido para seguirlo. Podía oír a soldados y gendarmes corriendo para alcanzarla, y a Göring gritando furioso desde la puerta del Le Meurice. Corrió tras la oscura figura de Richter mientras las balas pasaban volando al tiempo que los soldados reorientaban sus disparos hacia el Jeu de Paume.

En lo alto, el reflector del tejado del Hôtel de la Marine giró para fijarse en un pequeño camión sin matrícula —uno de los vehículos del ERR— que atravesaba a toda velocidad el Jardin des Tuileries. Se perdió de vista y descendió por la herradura inclinada, luego reapareció en la Allée de Castiglione, subió un conjunto de escalones de poca altura y llegó a la Terrasse des Feuillants.

«Gerhardt», pensó ella, corriendo tan rápido como podía. Richter no conocería la cara de Fabienne, pero reconocería el pelo salpicado de canas de Gerhardt Hausler y su distintiva cojera. Redobló sus esfuerzos y sus pulmones estallaban a medida que alcanzaba a Richter, asombrada de no haber sido alcanzada por alguna bala perdida. Richter se detuvo en seco, observando cómo el camión aceleraba a través del jardín —«Va a chocar contra la verja», pensó Sophie absurdamente—, pero el vehículo no aminoró la marcha. Golpeó la verja con un estruendo terrible, y ésta se abrió de golpe, ya que su cerradura fue cortada por Louis y sus hombres.

Richter se paró bajo los arcos de un edificio de la Rue de Rivoli y gritó en medio de la noche.

—¡Deténganlos! ¡Deténganlos!

Ella jaló de su brazo, con la esperanza de distraerlo mientras el camión atravesaba la Rue de Rivoli.

—Konrad, no es seguro…

El hombre se volteó con un gruñido aterrador y, por encima de su hombro, Sophie observó cómo el camión desaparecía por la calle Saint-Florentin con el rostro pálido de Fabienne asomando por la ventana.

56

El camión avanzaba con dificultad por las calles vacías de París, y Sébastien parecía conducir sólo por instinto mientras pasaban sin encender los faros por delante de los edificios oscuros de la ciudad. Gerhardt iba sentado a su lado, maldiciendo con los dientes apretados cada bache y elevación del camino. Con sus uniformes robados de la Luftwaffe, los dos hombres parecían, a distancia, legítimos soldados alemanes sacando un cargamento de París. Sin embargo, si alguien se fijara más de cerca, podría notar el brillo del sudor en el rostro ceniciento de Gerhardt y a la mujer acuclillada en el espacio para los pies del lado del pasajero.

Fabienne se quitó su suéter oscuro y lo presionó contra la parte superior del muslo de Gerhardt para detener el flujo de sangre de la herida de bala. Fabienne se dio cuenta, aliviada, de que no le alcanzó la arteria femoral. En la oscuridad, no podía ver si la bala atravesó limpiamente, pero sospechaba que no. Se desplazó por el suelo del vehículo y recolocó el suéter, lo que provocó una mueca de dolor en Gerhardt.

—Sigue sangrando —dijo ella cuando Sébastien dobló hacia el distrito 10—. Debemos parar. Necesita atención médica.

—Estoy bien —consiguió decir Gerhardt—. ¿Cree que esto es doloroso? Ya vio lo que pasó debajo de la rodilla. Créame, esto no es nada. Es un rasguño.

Sébastien apartó los ojos del camino para mirar a Gerhardt.

—¿Está seguro de que no hay ningún sitio donde pueda dejarlo?, ¿un hospital?

Negó con la cabeza.

—Si nos paran los alemanes, querrán que esté aquí para hablar por nosotros. Vayamos donde vayamos, puedo tomar el tren de vuelta a París cuando sepa que las obras están a salvo.

Fabienne se levantó del hueco para los pies para mirar por la ventanilla trasera, esperando ver un camión lleno de soldados siguiéndoles, pero no había nada más que el camino vacío detrás de ellos.

—¿Está seguro? Puede que haya una parada de metro donde podamos dejarlo salir.

—¿Y qué tan lejos creen que llegaría con esta pierna? —Dejó escapar una risita forzada y señaló la parte inferior de su prótesis—. Mala suerte que no apuntaran diez centímetros más abajo.

Torciendo torpemente, Fabienne arrancó la pierna de su pantalón y rasgó la tela suelta en tiras.

—Al menos le dieron en la pierna mala y no en la buena —bromeó, intentando distraerlo del dolor mientras le metía uno de los trozos de tela por debajo del muslo. Lo ató tan fuerte como pudo, pensando que un par de sus medias habrían servido mejor como torniquete improvisado—. Quizá mañana hubiera sido un poco difícil explicar por qué cojeaba de ambos lados.

—Veo que mira el lado bueno de las cosas —respondió Gerhardt con una sonrisa irónica y adolorida—. ¿Es usted siempre tan optimista?

El resto del trayecto hasta el Château Dolus transcurrió en silencio, y Fabienne sabía que Sébastien y Gerhardt estaban tan perdidos en sus pensamientos como ella en los suyos. A pesar de todos sus intentos de mostrarse alegre, Fabienne se imaginaba a Louis y a sus amigos de la Resistencia que acudieron en su ayuda al Jardin des Tuileries. ¿Habrían sobrevivido? ¿Habrían escapado? El tranquilo viaje de Sébastien para salir de París sugería que habían hecho frente a los alemanes. ¿Seguirían luchando o se habrían dispersado en la oscuridad?

Eran casi las cuatro de la mañana cuando llegaron a Bar-sur-Aube, y en los confines del horizonte, el cielo negro empezaba a clarear. Milagrosamente, no los detuvieron, aunque cada giro en el camino les provocó nueva ansiedad por toparse con un retén. ¿Habría sido Dietrich, de alguna manera, quien les despejó el camino? Fabienne no podía saberlo, pero mientras se adentraban en el largo camino de entrada al Château Dolus, igualmente le elevó una plegaria.

Sébastien estacionó el camión y saltó al exterior, rodeando hasta la puerta del copiloto para ayudar a Gerhardt.

—Tenemos que descargar las obras de arte y deshacernos de la furgoneta lo antes posible —dijo, y Fabienne asintió mientras salía del camión.

Prestó sus fuerzas a Gerhardt para ayudarle a subir los escalones delanteros del castillo y entrar en el vestíbulo, luego subió la gran escalera hasta el segundo piso. A través de la ventana en forma de media luna del rellano, pudo ver que el cielo nocturno se iluminaba aún más y que la negrura daba paso a un añil profundo que delineaba la silueta del viñedo y de los árboles que había más allá. Estaban perdiendo la ventaja de la oscuridad, y por mucho que no hubiera querido implicar a sus padres en las actividades de la noche, estaba claro que necesitaba de su ayuda si querían conseguir que el robo pasara inadvertido para cuando el sol se asomara por el horizonte.

Abrió la puerta de la habitación de sus padres y entró con sigilo. En la oscuridad, parecía que no había cambiado desde sus años de juventud: grande y destartalado, con una antigua cama de cuatro postes arrimada a una pared de damasco agrietada. Entrecerró los ojos en la oscuridad, reconociendo la forma del cuadro que colgaba sobre la cama. Era la pieza que Fabienne llevó al château como ofrenda de paz, su propio lienzo que ocultaba un Picasso. Papá roncaba y ella apoyó una mano en el suave montículo que era mamá, profundamente dormida bajo las sábanas.

Mamá se movió y Fabienne se arriesgó a encender la lámpara de la mesita de noche.

—¿Fabienne? —La voz de Mamá sonaba ronca mientras entrecerraba los ojos ante la repentina irrupción de la luz. A su lado, papá carraspeó y se dio la vuelta, con el pelo blanco revuelto—. ¿Está todo bien?, ¿estás herida?

—Todo bien, pero necesitamos de su ayuda —respondió Fabienne—. En el patio, tan rápido como puedan.

Para su fortuna, mamá y papá reaccionaron sorprendentemente bien ante la escena que les recibió abajo: ante el camión repleto de obras de arte robadas, de valor incalculable, y ante el hombre que sangraba profusamente en el vestíbulo.

Papá fue el primero en bajar las escaleras, y cruzó hacia la puerta, observando cómo Sébastien saltaba a la parte trasera del camión.

Dudó.

—¿Es ilegal?

Fabienne no estaba segura de si ello era fruto del agotamiento o de la histeria, pero sonrió.

—Creo que podemos estar de acuerdo —dijo, recordando una conversación escueta que tuvieron con Sophie hacía varios años—, en que la legalidad es un concepto algo fluido en tiempos de guerra.

Papá exhaló como si se armara de valor y luego asintió.

—Será mejor que nos pongamos a trabajar entonces.

Empezó a bajar las escaleras para ayudar a Sébastien, y Fabienne se volvió hacia la escalinata.

Mamá estaba de pie en el rellano, con la bata ceñida alrededor de su delgado cuerpo. A pesar de que acababa de despertar, de alguna manera, mamá lucía elegante mientras miraba a Fabienne en el clarear del alba.

Fabienne le devolvió la mirada y, durante una fracción de segundo, se preguntó si había hecho lo correcto. Sus padres eran mayores; pasaron la vida trabajando duro, honradamente. ¿Era justo implicarlos en su propio crimen?, ¿llevar el caos y el peligro a sus puertas?

Entonces mamá empezó a moverse. Con los ojos fijos en Gerhardt, descendió la gran escalera lentamente mientras la cola de su vieja bata se deslizaba por los escalones tras ella como si estuviera a punto de asistir a un baile en Versalles.

—¿Herida de bala?

Gerhardt, desplomado contra la pared, asintió. Tenía una mano presionando el suéter que Fabienne utilizó para cubrirle la pierna, pero la sangre goteaba sobre el suelo de mármol, estropeando el diseño de tablero de ajedrez.

Mamá levantó la barbilla.

—Muy bien. Fabienne, necesito que hiervas agua y traigas ropa limpia del armario, no uno de mis manteles buenos, por favor, y mi kit de costura. Hay pinzas en el baño. También las necesitaré. —Se arrodilló frente a Gerhardt e inspeccionó con cuidado su pierna.

Hizo una pausa, mirando por encima del hombro a Fabienne.

—¿Qué esperas? De verdad, *chérie*, tu amigo está sufriendo.

Para cuando salió el sol, el camión que robaron a los alemanes estaba completamente vacío y Fabienne no pudo evitar sentir alivio al ver a Sébastien conducirlo hacia el bosque al otro lado del viñedo.

—Qué pena —dijo papá cuando se acercó detrás de ella con dos tazas de sucedáneo de café en la mano. Le dio una y se apoyó en el marco de la puerta mientras el camión desaparecía entre los árboles—. Habría sido útil en la época de la cosecha.

Juntos, Fabienne y papá se volvieron para mirar la sala. Decenas de cuadros estaban ahora alineados contra las paredes, o bien apoyados en el suelo: Klees, Picassos y Gauguins, Braques y Dalís. Óleos, acuarelas, collages, esculturas e incluso un tapiz.

Cuántas obras de arte lejos de las manos de los alemanes, a salvo para que sus dueños las recuperaran algún día.

—Supongo que tendremos que apoyarnos en Otto —respondió Fabienne. Salieron a la terraza y Fabienne, permitiéndose finalmente sucumbir al cansancio, apoyó la cabeza en el hombro de papá—. ¿Dónde está Gerhardt?

—Tu madre lo está llevando a la cama —contestó papá.

Fabienne suspiró, pensando en el caos que dejaron en París.

—Supongo que deberíamos llevarlo a la estación de tren —dijo—. Estoy segura de que habrá preguntas para todos los miembros del personal del museo.

—¿En domingo? —Papá se llevó la taza a los labios—. Supondrán que ha ido a la iglesia o a visitar a la familia.

—Aun así...

—Oh, deja que tu madre se haga cargo. —Papá bajó la mirada y su barba rozó la frente de Fabienne—. Hace años que no tiene un invitado de verdad que cuidar.

A lo lejos, Fabienne pudo ver a Sébastien salir del bosque. Levantó la cabeza del hombro de papá, observando cómo se dirigía hacia el viñedo.

—¿De qué estás hablando? He estado volviendo a Dolus durante casi dos años, y nunca se ha preocupado por mí.

Papá se encogió de hombros y terminó lo que quedaba de su café.

—Bueno, ¿por qué lo haría? No eres una invitada. —Se volteó hacia la sala, pasando con cuidado por encima de las obras de arte que estaban en el suelo—. Eres parte de la familia.

57

Julio de 1943

Sophie encadenó su bicicleta a la verja que rodeaba el Jardin des Tuileries. Resistió el impulso de mirar el herraje retorcido de la verja al final de la Terrasse des Feuillants, encadenada y cerrada con candado. En lugar de ello, se volvió para sonreír vacilante a los numerosos guardias que flanqueaban el Jeu de Paume. Dados los sucesos del sábado por la noche, a Sophie no le sorprendió ver que se triplicó la seguridad en torno al museo, que los alemanes estaban decididos a que no volviera a ocurrir una vergüenza semejante.

Entró al museo y entregó su *Ausweis* al centinela de la puerta, preguntándose por el paradero del vigilante nocturno que permitió semejante robo mientras estaba en servicio. ¿Habría sido reasignado, tal vez, para servir como carne de cañón en una de las fallidas líneas del frente alemán? ¿Habría recibido una baja deshonrosa, o habría sido simplemente fusilado, condenado por su fracaso en impedir uno de los robos de arte más importantes de la historia?

En su interior, el museo lucía tan ordenado como solía hacerlo antes de una visita de Göring, con los cuadros cuidadosamente colgados en las paredes de las galerías. Los curadores del ERR deambulaban por los pasillos y Sophie saludó con la cabeza mientras se dirigía al laboratorio de restauración. ¿Sabrían lo que ocurrió allí el sábado o se les habría ocultado algo? Con prudencia, evitó la Sala de los Mártires, dado que, oficialmente, no había sido informada de la magnitud del robo, ni de cuáles obras de arte fueron el objetivo. Pensó en la noche del sábado. Richter estuvo tan angustiado que apenas se despidió mientras metía a Sophie en la parte trasera de un Citroën confiscado.

Abrió la puerta del laboratorio y Gerhardt Hausler, encaramado en un alto taburete junto a su mesa de trabajo, levantó la vista. Estaba más demacrado y canoso de lo que Sophie lo había visto antes, con las gafas ligeramente torcidas, pero a pesar de ello, sonrió y se puso de pie.

Ella cerró la puerta y, sin decir palabra, Gerhardt se acercó cojeando para estrecharla en un largo abrazo.

Igual de silenciosa, Sophie le devolvió el abrazo, dejando que sus labios esbozaran una sonrisa contra la sarga blanca de su abrigo. A diferencia del contacto con Richter, que sólo toleraba a efectos de subterfugio, el abrazo de Gerhardt significaba todo para ella. Era todos los abrazos que siempre quiso dar siendo tan tímida; todos los abrazos que quería recibir al no sentirse lo suficientemente cómoda para compartir sus verdaderos sentimientos. Era consuelo y hogar, y cuando Gerhardt se apartó, ella ya sabía la respuesta a la pregunta que ardía en deseos de formular.

—Está cojeando —dijo en tono apacible mientras dejaba a un lado su maletín.

—¿Más que de costumbre? —Gerhardt se apoyó pesadamente en su bastón con una sonrisa socarrona—. Me temo que tuve una fea caída el sábado por la noche... caí por las escaleras de mi departamento.

—Esas odiosas escaleras —respondió Sophie—. Todos esos peldaños, toda esa coordinación... Puede ser complicado. —Apoyó las manos en la mesa, estudiando los círculos azules bajo los ojos de Gerhardt—. ¿Seguro que está bien?

Gerhardt volvió a su taburete y dejó su bastón delicadamente a un lado.

—Estoy bien, querida —respondió con dulzura—. Al igual que nuestros amigos. Ciento siete de ellos, para ser exactos.

Sophie hizo una pausa, la magnitud de la noticia de Gerhardt la azotó como una ola, de golpe.

—¿Ciento... ciento siete? —respondió débilmente— ¿De verdad?

Él asintió, y en su expresión Sophie pudo ver un reflejo de su propia incredulidad, de su propia alegría.

—Lo logramos —susurró—. Lo logramos.

Ciento siete obras de arte, ciento siete artefactos culturales que ahora estaban fuera del alcance de los alemanes. Ciento siete cuadros un paso más cerca de volver a sus propietarios.

—No es todo —advirtió Gerhardt, incluso cuando el corazón de Sophie parecía a punto de estallar ante su logro—. Habíamos avanzado poco antes de que los alemanes nos alcanzaran, pero Louis los contuvo lo suficiente para que pudiéramos tomar todo lo que pudimos.

—Eso no importa —le susurró Sophie con los ojos llenos de lágrimas—. Siguen siendo ciento siete cuadros lejos de las manos de Richter.

—Los llevamos a un castillo en Champagne —susurró Gerhardt—. El Château Dolus, a las afueras de Bar-sur-Aube. Están con Fabienne, junto con el resto de los cuadros que sustituimos. —Le apretó el brazo y Sophie sintió una punzada de pesar por no tener la oportunidad de agradecer a Fabienne en persona. Acordaron, antes de los acontecimientos del último fin de semana, que era más seguro, tanto para los cuadros como para ellas mismas, interrumpir el contacto entre ellas hasta el final de la guerra.

Sophie sacó del almacén su encargo más reciente, una obra de Bonvin. En el apacible silencio, supo que Gerhardt pensaba en su amor perdido, Willi, igual que ella pensaba en Paul Rosenberg, en Dietrich y en Greta. Se hicieron una promesa, Sophie y Gerhardt, en memoria de las personas que amaron: salvar lo que pudieran de la Sala de los Mártires, evitar que esas obras de arte se convirtieran en más víctimas del Reich.

No era el fin de la guerra. No era la salvación de una vida. Sin embargo, era la conservación de legados familiares y la posibilidad de devolver bienes robados a quienes habían perdido demasiado, de reparar, en alguna pequeña medida, un crimen y una humillación contra los ciudadanos judíos de Francia.

Era, también, la conservación de una cultura, de una ideología que Hitler consideraba degenerada, la salvaguarda de lo que consideraba demasiado peligroso para que sobreviviera. Era la preservación de las voces que desafiaban a las del propio Hitler, que iluminaban a quienes cuestionaban todo lo que él y sus seguidores intentaban, y no conseguían, inculcar en la propia Sophie.

Era resistencia; era esperanza. Y si Francia aún albergaba dentro de sus fronteras a aquellos que creían en los mensajes que el arte moderno pretendía enseñar, aún existía una posibilidad de que pudieran ganar esa guerra.

Era poco más de mediodía cuando Richter entró en el laboratorio de restauración con aspecto de no haber dormido en días. «Quizá no lo ha hecho», pensó Sophie. ¿Cómo iba a hacerlo cuando su exposición triunfal en el Le Meurice fue tan desastrosamente arruinada? Casi lo sintió por él, sabiendo lo orgulloso que estaba de su trabajo. Sophie sabía que él habría visto como un fracaso personal que le robaran cualquier colección bajo su responsabilidad mientras Göring observaba desde media manzana de distancia.

—Konrad —dijo ella, inyectando en su tono una fingida compasión. Rodeó la mesa y extendió los brazos. Richter miró, distraído, a Gerhardt antes de ofrecer a Sophie un beso superficial en la mejilla—. ¿Cómo está?

—Bien —respondió él, dando un paso atrás, y Sophie sintió un piquete de inquietud. ¿Desde cuándo le importaba a Konrad Richter la corrección profesional?—. Siento interrumpir su trabajo, pero nos necesitan abajo. A todos.

Ella miró de nuevo a su mesa, encontrándose con la mirada de Gerhardt.

—¿En realidad es necesario? Tenemos mucho que hacer...

—Es obligatorio —respondió Richter—. El coronel Bohn insiste.

Mientras Gerhardt se quitaba la bata de laboratorio y se alisaba la corbata, Sophie se acercó a Richter para dirigirse a él en un tono discreto.

—¿Se trata de...?

—Me temo que no puedo decirlo —respondió Richter—. Hausler, querido amigo, ¿se encuentra bien?

Gerhardt sonrió mientras seguían a Richter por la escalera de servicio.

—Perfectamente, Dr. Richter —dijo—. Mi vieja herida de guerra está haciendo de las suyas, pero afortunadamente no es nada que afecte a mis habilidades con el pincel.

Llegaron al primer piso. En el rellano, la cortina de damasco que cubría la entrada a la Sala de los Mártires estaba bien cerrada. Sophie se volteó como si fuera a atravesar la galería, pero Richter mantuvo abierta la puerta de servicio, revelando el azul brillante del día de verano que estaba al otro lado.

Sophie se estremeció.

—¿Quiere reunirse con nosotros afuera?

La expresión de Richter era inescrutable.

—Por favor, Sophie.

Ella sintió como si caminara por la arena, con las tripas retorciéndose ante la certeza de lo que se encontraría en el patio, pero temiéndolo igualmente. Richter le puso una mano en la parte baja de la espalda para instarla a avanzar. No sabía si el gesto era de coacción o de afecto, pero resistió el impulso de salir corriendo.

En el espacio situado detrás del museo, donde solían estar estacionados los camiones del ERR, el contenido restante de la Sala de los Mártires —todo lo que Fabienne, Gerhardt y Sébastien no consiguieron rescatar— estaba apilado en una terrible y apabullante pila.

—No —susurró mientras Richter la empujaba hacia adelante, hacia la fila de soldados que se alineaban en la pared trasera del Jeu de Paume. Desde el extremo más alejado del museo, el resto del personal del Jeu de Paume se acercaba al montículo, algunos con muecas y otros con miradas de satisfacción engreída.

El volumen era abrumador, tanto que la satisfacción previa de Sophie se esfumó por completo. ¿Qué eran ciento siete cuando dejaron cientos más?

Parpadeó, y por un instante volvió a estar frente al Reichstag, observando la destrucción de la exposición *Entartete Kunst*. Tomó aire y miró a Gerhardt, que asintió sombríamente. Ese era el destino que aguardaba a todas y cada una de las obras de arte de la Sala de los Mártires; ella conocía ese horrible hecho desde el principio. Al menos salvó lo que pudo. Eso tendría que servirle de consuelo.

Richter puso a Sophie y a Gerhardt junto a Rose Valland antes de ir a reunirse con el coronel Bohn. Bohn llevaba su uniforme de la Cruz Roja, el símbolo rojo y gris en el cuello indicaba su compromiso de curar, pero una esvástica colgaba igualmente sobre su corazón. Sophie giró y vio el destello oscuro de una pistola, metida en una funda de cuero en su costado y pulida hasta alcanzar un brillo intenso.

Bohn consultó su reloj de pulsera y los músculos de su mejilla se tensaron mientras tragaba saliva.

—¿Son todos? —Alzó la voz, con las manos entrelazadas a la espalda—. Hace dos noches se cometió un crimen aquí, en el Jeu de Paume —anunció—. Agentes de la Resistencia robaron obras de arte en un acto que cobró la vida de cuatro valientes soldados alemanes. —Hizo una pausa y su mirada se posó sobre Sophie antes de desplazarse hacia Rose—. Me complace informar que antes de que ofrendaran sus vidas al servicio del Führer, nuestros hombres ejecutaron al cabecilla, así como a varios de sus coconspiradores en ese fallido intento de subversión.

Sophie sintió como si le hubieran dado una patada en el pecho, pero no se atrevió a demostrarlo. ¿Louis, muerto?

—Tras una exhaustiva investigación encabezada por el propio Reichsmarschall Göring, ha quedado perfectamente claro que la Resistencia no actuó sola, contó con la ayuda de alguien de los suyos, alguien con amplios conocimientos del funcionamiento interno del ERR. —Bohn volvió a hacer una pausa y un feo rubor afloró en sus mejillas—. ¡Los crímenes que cometieron no sólo han puesto en peligro varias valiosas obras de arte bajo nuestra protección, sino que también constituyen un insulto inexcusable al Reich, al Reichsmarschall Göring y al propio Führer!

Un soldado avanzó transportando un bidón de gasolina. Junto a Sophie, Rose Valland se precipitó hacia adelante, y Sophie rodeó con una mano la muñeca de Rose en señal de advertencia para que permaneciera quieta.

—Es evidente que este acto de traición fue un complot judío, orquestado por las fuerzas aliadas para socavar nuestra autoridad y el duro trabajo que realizamos. No descansaremos hasta descubrir las identidades de todos y cada uno de los coconspiradores implicados. —La mano de Bohn se tensó sobre la culata de su pistola—. He hecho todo lo que he podido para dirigir esta administración de acuerdo con los principios establecidos por nuestro Führer, pero ahora veo que mi liderazgo ha sido laxo. Permití que bajos instintos de lucro y beneficio descarrilaran mi compromiso con la pureza ideológica del partido nazi. —Inclinó la cabeza y, si Sophie no lo hubiese conocido mejor, habría jurado que dirigió una mirada de repugnancia por encima del hombro a Richter—. Durante demasiado tiempo, permitimos que la degeneración supurara bajo nuestra atenta mirada y ahora vemos la cosecha que hemos recogido: engaño, insubordinación. —Avanzó hacia la fila de curadores, y a Sophie se le hicieron agua las rodillas—. Pero la degeneración no tiene cabida en el Reich de la Gran Alemania; tampoco los traidores.

«Mantén la calma». Sophie cerró los ojos, esperando el piquete del cañón de una pistola en su espalda. «Simplemente, mantén la calma...».

—Mademoiselle Valland —ladró Bohn, y Sophie abrió los ojos. «No», pensó, «Rose no»—. Se la acusa de conspirar con las fuerzas de la Resistencia para robar bienes valiosos del Jeu de Paume...

La risa desdeñosa de Rose tomó desprevenido a Bohn, y Sophie volteó asombrada.

Bohn balbuceó y sus oscuras cejas se alzaron en señal de sorpresa.

—¿Tiene... tiene algo que decir en su defensa?

—Claro que sí —espetó Rose. Detrás de sus lentes redondos, sus ojos grises irradiaban una indignación fría y brillante—. ¿Cree sinceramente que me arriesgaría a que las piezas de esta colección sufrieran algún daño? Permítame recordarle, coronel, que en repetidas ocasiones he llamado su atención sobre la seguridad de esta colección, una colección de la que usted se lleva todo el mérito, para mantenerla protegida de los malos tratos y de la incompetencia más rancia. ¿De verdad cree que pondría en peligro cualquier parte de ella organizando algún intento equivocado de sabotaje? —Miró por encima del hombro a Bohn mientras su desaliñado traje con falda brillaba como una armadura—. Realmente no me conoce en absoluto, ¿verdad?

Bohn se veía como si lo hubieran abofeteado. Por un momento, Sophie pensó que podría levantar su arma y disparar a Rose a bocajarro por el puro desafío.

—¿Y tiene alguna explicación, por cierto, sobre su paradero la noche del sábado?

—Estaba en casa —respondió Rose—. Con mi coinquilina. ¿Le gustaría conocer detalles sobre ella?

Bohn apartó la mirada.

—No —murmuró—. No, no será necesario.

Le dio la espalda a Rose y se detuvo, pero no antes de que Sophie captara la expresión de humillación en su rostro carmesí. «Rose», pensó con asombro. ¿Quién habría dicho que la tranquila Rose Valland tendría semejante temple de acero? Bohn lucía avergonzado, y Sophie pudo reconocer la naturaleza de sus acciones: pura fanfarronería, un intento de fingir una contundencia que en realidad no poseía. Amenazar a su personal, vandalizar el contenido de la Sala de los Mártires... todo era un espectáculo y Rose tiró la fachada, exponiéndolo como el hombre débil e ineficaz que era.

Pero mientras Sophie disfrutaba de su asombro, Bohn cuadró los hombros y se dio la vuelta para encararse de nuevo con el personal.

El corazón de Sophie enloqueció.

Rose no lo había escarmentado, lo incitó a la furia.

Se volteó y asintió al soldado que sostenía el bidón, que desenroscó la tapa y empezó a empapar de gasolina las obras de arte de la Sala de los Mártires. El olor acre de la gasolina se elevó en el aire, y Sophie pensó en toda la pintura que creó con la misma sustancia que ahora se utilizaba para destruir.

De pie a un lado de la pila, Richter observó mientras el soldado sacaba una caja de fósforos de su bolsillo, con sus rasgos cuidadosamente entrenados hasta convertirse en una máscara impasible. A Bohn no le importaban las obras de arte que tenía a su cargo; nunca le importaron, nunca se molestó, en sus tres largos años en el Jeu de Paume, en aprender. Pero, ¿cómo podía Richter permanecer indiferente y contemplar la destrucción de las obras de arte que afirmó, al igual que Sophie, amar?

Casualmente, como si encendiera un cigarrillo en un cabaret, el soldado prendió un cerillo utilizando la mecha y lanzó la diminuta llama sobre la pila.

Las pinturas se encendieron de inmediato, y la gasolina, los disolventes y el aceite actuaron conjuntamente para crear un súbito y furioso infierno.

«*Entartete Kunst*», pensó Sophie, dejando que las lágrimas llenas de humo corrieran por sus mejillas. Una vez más, se sintió como si hubiera sido catapultada al pasado, viendo un incendio similar arder frente al Reichstag. A pesar de todo lo que hizo para evitar que la historia se repitiera, ocurrió de todos modos: una destrucción inevitable y sin sentido. Por el rabillo del ojo, vio a varios otros curadores estremecerse, horrorizados. ¿Estarían experimentando ellos también la fantasmagórica sensación de *déjà vu* de Sophie?

El espectáculo del fuego pareció envalentonar a Bohn. Sonrió y sus ojos brillaron con una convicción aterradora.

—¡Robar al Reich es robar al propio Führer! —gritó, esforzándose por hacerse oír por encima de la conflagración—. ¡Dr. Hausler! Un paso al frente.

Gerhardt apretó con fuerza su bastón.

—Sin el bastón, por favor.

Gerhardt hizo una pausa. Estaba claro que sabía lo que le esperaba, consciente de que, a diferencia de Rose Valland, no podría librarse con descaro de las sospechas. Dio un paso adelante y otro, sin poder evitar hacer una mueca de dolor por su reciente herida.

Los labios de Bohn esbozaron una sonrisa.

—La vieja herida de guerra haciendo de las suyas, ¿verdad?

Richter estaba mirando, pero no hizo ningún intento de ayudar mientras Gerhardt avanzaba cojeando, ningún intento de ocultar el desdén en su rostro cuando Gerhardt se acercó a Bohn.

—Vaya vieja herida para estar jugueteando de esa manera —Bohn puso su pesada mano sobre el hombro de Gerhardt y éste ahogó un grito de dolor—. Casi cuesta creerlo.

Con un rápido movimiento, Bohn hizo girar con fuerza a Gerhardt para que quedara frente a la fila de curadores. Detrás de él, la hoguera seguía ardiendo y las llamas crecían mientras el humo negro se extendía hacia el cielo azul.

—Diga los nombres de sus cómplices —siseó Bohn, y Gerhardt, mirando hacia el segundo piso del museo, negó con la cabeza. Bohn sacó la pistola de su funda y golpeó a Gerhardt en un costado de la cabeza, y aunque el cuello de Gerhardt se dobló hacia atrás con el movimiento, permaneció erguido, firme.

—Nómbrelos —repitió Bohn, presionando el cañón de la pistola contra la sien de Gerhardt—. Usted hizo un voto de lealtad al Reich, Hausler. Hónrelo ahora y saldrá de aquí con vida.

Sophie dejó escapar un jadeo ahogado, sin importarle que las lágrimas que corrían por sus mejillas pudieran implicarla. No podía soportar la idea de dejar que Gerhardt asumiera la responsabilidad de un complot fraguado por ella misma. Gerhardt se encontró con su mirada angustiada durante un instante antes de volver a mirar hacia la fachada del museo, y en ese momento supo que su sacrificio no significaría nada si ella daba un paso al frente, que Gerhardt había aceptado su destino hacía mucho tiempo: el día que firmó su juramento de lealtad a Hitler; el día que se enteró de la muerte de Willi.

Gerhardt sonrió.

—Mi lealtad nunca estuvo con el Reich.

Bohn dejó caer la cabeza y volvió a guardar la pistola en su funda, mostrándose casi decepcionado ante la negativa de Gerhardt a hablar. Cuando Bohn se dio la vuelta, Sophie contuvo la respiración: no creía que Bohn fuera capaz de dispararle a bocajarro. Gerhardt sería arrojado a la Luftwaffe en ese momento…

Bohn puso su mano en el pecho de Gerhardt, delicadamente, como si quisiera ofrecerle un consejo fraternal.

—Los encontraremos —dijo, y con un rápido movimiento empujó a Gerhardt Hausler hacia las llamas.

58

Junio de 1939

Era un día de verano de una belleza radiante cuando Fabienne enterró a Dietrich en el cementerio de Montparnasse, y los ruiseñores de los árboles disimulaban, con su alegre canto, la horrible y farsesca tragedia del momento. Dietrich no era religioso, pero Fabienne pagó para que un sacerdote dijera unas palabras sobre la tumba, más por un sentido de superstición que por una verdadera convicción de que iría a algún más allá bañado por el sol. ¿Cómo podría ser así cuando estaba en cada adoquín de las calles de Saint-Germain-des-Prés? ¿Cómo podría ser así cuando estaba en el agua espumosa del Sena? Si existía la vida después de la muerte, Fabienne sospechaba que se parecía a París: la ciudad que Dietrich amó como si hubiera nacido en ella, la ciudad en la que un día vio la vida que deseó en la forma de una mujer de pelo oscuro pintando en el Louvre.

El sacerdote terminó de hablar y Sophie, de pie frente a Fabienne junto a la lápida, soltó un gemido agudo. Desprevenida, indigna, era todo lo que Fabienne hubiera deseado poder hacer: tal vez se habría sentido mejor por ello, por liberar su dolor punzante en un aullido primitivo, dejar que drenara de ella como un grifo que se deja abierto. Pero si se desprendía de su pena, lo único que le quedaría sería la culpa, y Fabienne aún no estaba preparada para enfrentarse a eso.

El sacerdote le señalaba con un gesto, aunque su voz sonaba amortiguada en su cabeza, como si la oyera desde el extremo opuesto de un pozo. Ella asintió, dio un paso adelante y extendió la mano para soltar un puñado de tierra sobre la tapa pulida del ataúd de Dietrich. Sophie la siguió, luego Louis y después Paul Rosenberg, que acudió a prestar su apoyo a Sophie.

Habían sido hombres del antiguo regimiento de Dietrich en la Wehrmacht quienes le siguieron la pista como desertor. Un hombre llamado Schmidt fue el cabecilla, un bruto con el que Dietrich tenía historia, aunque Fabienne no recordaba los detalles. Llegó a París con unos amigos de permiso y se toparon por casualidad con uno de los carteles de Fabienne que anunciaba una velada con Dietrich Brandt, célebre socialista y activista. Fabienne fue tan tonta como para pensar que utilizar el apellido falso de Dietrich bastaría para protegerlo, incluso después de haber contado su historia innumerables veces a innumerables audiencias, a periodistas franceses. Pudo haberse reído de su ingenuidad al pensar que las leyes francesas lo protegerían contra quienes ya lo habían condenado con sus propias leyes o que sería intocable en una ciudad tan grande, tan cosmopolita como París.

Bueno, ya había pagado por su ingenuidad, ¿no? Los hombres que asesinaron a Dietrich desaparecieron en la noche y sin duda regresaron a Alemania como héroes. Fabienne, mientras tanto, tuvo que cargar con el peso de sus acciones, así como con el de las suyas. El mundo estaba siendo brutalmente reconstruido por aquellos que se negaban a seguir la ley, que creían en el poder de la turba y en la fuerza bruta, y a los que se les dijo desde la infancia que las consecuencias no tenían sentido mientras contaran con los requisitos del pelo rubio y los ojos azules.

¿De qué servía el socialismo frente a una ideología tan despiadada? ¿De qué servía la esperanza cuando el miedo y la ira eran mucho más poderosos?

¿De qué servía seguir luchando cuando el mal ya había ganado la partida?

Tembló cuando el sepulturero arrojó la primera palada de tierra sobre la tumba y los demás dolientes empezaron a alejarse. Deseó tener a alguien a su lado: mamá, tal vez, pero Fabienne no comunicó al Château Dolus lo sucedido. Miró a Sophie, que estaba enfrente: las lágrimas corrían por su rostro, y mientras Paul Rosenberg se alejaba con tacto, Fabienne le tendió la mano.

Eran las únicas dos que quedaban en ese momento. Las únicas dos que amaron a Dietrich y compartieron los ideales que él defendía.

Sophie entreabrió la boca.

—¿Tú... esperas que te tome de la mano?, ¿que te consuele? —Levantó la mirada con los ojos enrojecidos y las mejillas humedecidas por las lágrimas—. ¿Esperas eso cuando tú eres la razón de que esté muerto?

Fabienne apartó la mano de un tirón como si Sophie se la hubiera quemado.

—Le dijiste que hablara, lo persuadiste de que era su... su destino, y ahora míralo. —La voz vacilante de Sophie ganaba fuerza y velocidad mientras hablaba, como un tren en marcha que desciende por una colina hacia el desastre—. ¿Es este héroe suficiente para ti, Fabienne? Es un mártir de una causa muerta. —Volteó; detrás de ella, Paul Rosenberg observaba desde una respetuosa distancia con una mirada preocupada—. Querías de él más de lo que podía dar, pero él siempre fue suficiente para mí tal como era. Siempre fue suficiente.

59

Abril de 1944

Fabienne y Sébastien caminaban de la mano por el viñedo hacia el nudoso castaño que Hugo, en su larga estancia en el Château Dolus, había llegado a considerar suyo. Sin que el pequeño caniche lo supiera, el árbol guardaba una historia más larga para Fabienne: era allí donde ella y Sébastien solían esconderse cuando no querían hacer sus tareas en el viñedo, donde Sébastien llevó a Fabienne en su primera cita. Bajo la copa verde del castaño, Fabienne besó a Sébastien por primera vez —a los catorce años, cansada de esperar a que él diera el primer paso— y allí, a los diecisiete, donde Sébastien pidió su mano en matrimonio.

Hugo corrió hacia adelante, moviendo con furia la cola mientras hurgaba cerca del ancho tronco del árbol, antes de que Fabienne sacudiera un mantel de lino marrón que antaño era verde y lo colocara sobre la tierra. Mientras tanto, Sébastien dejó en el suelo una vieja cesta de mimbre, cuya tapa entreabierta dejaba ver el cuello de una botella y la punta de una baguette.

Se sentaron y Fabienne arregló con ingenio su larga falda sobre sus piernas enroscadas mientras Sébastien servía vino en copas.

—¿Qué celebramos?

Sébastien abrió la botella con una floritura.

—De Vogüé lo ha logrado. Ha convencido a Klaebisch para que nos conceda una licencia para operar como casa de champán independiente.

Fabienne soltó un grito triunfal y tendió las copas para que Sébastien las llenara.

—¡Gracias a Dios!

—Gracias a Robert-Jean. Por supuesto, tendremos que vender todas nuestras existencias a los alemanes cuando estén suficientemente maduras, pero aun así.

—Eso suponiendo que los alemanes sigan aquí para entonces. —Fabienne sonrió, acercando su copa a la de él. Como jefe de Le Comité interprofessionnel du vin de Champagne, de Vogüé dio la batalla en nombre de los viticultores de Champagne durante toda la guerra e intercedió, más de una vez, para detener la mano de Klaebisch en lo referente al reclutamiento de Sébastien para el STO. Pensó en las botellas del 43 que maduraban en la bodega, y que ella y mamá guardaron con cuidado el año anterior—. ¿Qué habría pasado si él hubiera fracasado?

Sébastien se acomodó de nuevo contra el tronco del árbol.

—Habríamos entregado nuestras existencias a de Vogüé y dejado que las incluyera en el envío de Moët et Chandon a Klaebisch, supongo. Pero ahora que tenemos licencia, está todo arreglado. —Hizo una pausa mientras Fabienne se recostaba en su pecho—. ¿Sabes qué más significa esto?

Fabienne sonrió y sintió cómo la invadía el alivio.

—Que vuelves a ser un trabajador esencial.

Podía sentir cómo el pecho de Sébastien subía y bajaba a su espalda mientras contemplaban las sombras que se alargaban sobre el tejado torreado del castillo. Cerró los ojos, disfrutando del calor del sol de la tarde en su rostro.

Estaba tan relajada que casi se pierde el repentino cambio de conversación de Sébastien.

—¿Te molesta estar de vuelta aquí?

Ella no respondió de inmediato, no quería parecer que protestaba demasiado alto, demasiado rápido. Había batallado con su regreso al Château Dolus, por supuesto. ¿Cómo no iba a hacerlo? Representaba demasiado de su pasado, demasiado de su propio egoísmo y angustia. Aquellas primeras semanas deambuló por los pasillos del Dolus, preocupada cada vez que tomaba un par de tijeras de podar por estar renunciando a algo de la persona en la que se convirtió en París, porque cada paso que daba hacia su antigua vida en el Dolus era uno más que la alejaba de la vida que construyó con Dietrich.

La idea la perturbaba y se volvió huraña, retraída... hasta que Sébastien la llevó una tarde a la torrecilla orientada al sur mientras mamá y papá los seguían por el vestíbulo.

—No queremos que te retrases con tus obras de arte —dijo Sébastien al abrir la puerta para revelar una habitación recién decorada: un caballete y un taburete colocados ante el ventanal, y una mesa llena de pinceles, lienzos y frascos de licores. Mamá se adelantó para entregarle un precioso juego nuevo de pinturas al óleo con el nombre de Sennelier reluciendo en los tubos—. No queremos que pienses que aquí no puedes tener las cosas que te dan alegría.

Descubrió, también, que no echaba de menos París tan desesperadamente como pensaba que lo haría. A Fabienne le parecía como si, habiendo vivido allí, siempre pudiera volver; mientras que el Château Dolus le reveló por fin su naturaleza auténtica y mágica. De algún modo, el castillo hizo sitio para los cuadros que llevó de París, los ciento siete ocultos en el vasto desván, escondidos con la ayuda de mamá y papá en viejos armarios y bajo los tablones del suelo.

Durante demasiado tiempo, se detuvo en los dolorosos recuerdos que el Château Dolus guardaba para ella. Sin embargo, ahora valoraba la oportunidad de crear otros nuevos y hermosos.

Volteó para besar a Sébastien, cuyos labios se sentían suaves e infinitamente dulces contra los suyos.

—No me arrepiento de estar aquí —respondió ella—. No me arrepiento de nada de lo que me trajo de vuelta a ti.

Casi se terminaban su botella de vino cuando Fabienne oyó el rugido mecánico de motores a lo lejos. Levantó la mirada, frunciendo el ceño.

—¿Has escuchado...?

—Sí. —Sébastien bajó su cuchillo de mantequilla, con semblante serio. Un momento después, silbó llamando a Hugo y recogió al perrito en brazos.

Fabienne sujetó los dedos de Sébastien mientras una fila de tres Volkswagen verde oliva aparecía por la curva del camino, cada uno de ellos blasonado con una cruz de hierro. Iban encabezados por un Mercedes-Benz negro, cuyas ruedas levantaban polvo al girar por el camino de acceso al Château Dolus.

—¡Los cuadros! —Fabienne se puso de pie de un salto, pero Sébastien tiró de ella hacia abajo con tanta fuerza que casi le arrancó el brazo de su sitio. En un instante, la obligó a tirarse al suelo con su brazo pesado sobre el hombro de ella mientras se envolvía a sí mismo, a Fabienne y a Hugo bajo la manta de picnic.

—No están aquí por los cuadros —susurró.

Debajo, la fila de vehículos se detuvo en el patio del Château Dolus y una docena de soldados salieron portando rifles y pistolas. Un soldado con casco de balde salió del Mercedes, abrió la puerta trasera y Fabienne vio salir del vehículo una bota brillante y luego otra. Llegaron al suelo, seguidas de un hombre alto con uniforme negro y gorro de ala que llevaba en el brazalete el destello rojo de una esvástica.

—No —gruñó Fabienne, y forcejeó para liberarse, pero Sébastien la sujetó con fuerza—. Tenemos que bajar…

—No podemos —le susurró Sébastien. Abajo, el hombre con el uniforme de las SS dirigió a los soldados de infantería hacia el interior del castillo y luego se reclinó contra el capó del Mercedes. Encendió un cigarrillo y tiró el cerillo al suelo—. Sería un suicidio bajar…

—¡Mis padres están ahí abajo!

—¿Crees que no lo sé?, ¿crees que no me importa?

—No estarían en este lío si no fuera por mí —dijo Fabienne con una voz que era mitad susurro y mitad sollozo, irreconocible ante sus propios oídos. Sophie debía haber hablado; Gerhardt debía haberse quebrado. ¿Qué otra cosa podría haber llevado allí a los alemanes?

El agarre de Sébastien alrededor de sus brazos era viril y tierno, todo a la vez.

—Te lo dije —respondió él miserablemente—, no están aquí por los cuadros.

Demasiado pronto, los soldados volvieron a salir del castillo y Sébastien puso una mano sobre la boca de Fabienne para ahogar su grito mientras mamá y papá, con las manos atadas a la espalda, salían al patio a punta de pistola. Estaba claro que los interrumpieron en la cena, pues sus padres aprovecharon la ausencia de Fabienne y Sébastien para tener su propia velada romántica. Su madre iba vestida con un vestido de noche rojo rubí y su padre con su viejo frac. Se veían elegantes y refinados mientras los soldados les pateaban las piernas por detrás para dejarlos arrodillados en el suelo.

—No —gimió Fabienne, y pudo sentir las lágrimas de Sébastien, calientes y húmedas, sobre su hombro—. Por favor, no…

El oficial de las SS apagó la colilla de su cigarrillo, se enderezó y gritó algo que Fabienne estaba demasiado lejos para oír bien.

Papá negó con la cabeza y Fabienne sollozó, aterrorizada pero incapaz de apartar la vista de su bondadoso padre a merced de un monstruo. El oficial retrocedió y levantó el brazo en una especie de señal descuidada, y otro grupo de personas salió del castillo.

Fabienne jadeó cuando una familia de cuatro miembros —una madre y un padre, un hijo desgarbado y una hija bajita de pelo oscuro— salió dando tumbos al patio. Nunca los había visto antes, no tenía ni idea de que estaban escondidos entre los muros del edificio, pero no importaba que fueran unos completos desconocidos y menos cuando ella quería gritar y lanzarse al ataque desde el viñedo para salvarlos a todos. El oficial de las SS sacó una pistola de su funda y examinó el cañón despacio, con cuidado. Al otro lado del campo, podía oír el timbre grave de la voz de papá mientras hablaba, y Fabienne sabía que intentaba razonar, encontrar una salida no sólo para él sino para todos ellos, para la familia que ocultaba tan bien que la propia Fabienne no sabía de su existencia, pero el oficial colocó el cañón de su pistola en la sien de papá y apretó el gatillo.

Sus palabras se disolvieron en el aire.

Fabienne gritó contra la mano de Sébastien y vio cómo el oficial apuntaba la pistola a la cabeza de mamá a continuación: mamá, que afrontó su destino con ferocidad y dignidad, que nunca se habría permitido sucumbir con nada menos, pero que merecía mucho más. El oficial prosiguió, ejecutando a la familia uno a uno, y mientras el convoy se alejaba, Fabienne supo que habría cambiado cada obra de arte escondida en el Château Dolus, cada obra de arte que hubiera pintado, por salvar a una —sólo una— de las víctimas de abajo; por ver una vez más la sonrisa de sus padres.

60

Abril de 1944

Sophie oyó un zumbido lejano y alzó la vista. Allí, en el cielo distante de las afueras de París, planeaba una formación de aviones de fondo pesado estampados con los círculos concéntricos de la Royal Air Force.

Resistió el impulso de saludar. Al otro lado de la calle, en la Place de la Concorde, los soldados alemanes murmuraban entre ellos mientras patrullaban alrededor del Obelisco de Luxor. Los aviones aliados volaban cada vez más cerca de París en esos días; todavía no lo suficientemente cerca como para dar esperanzas a Sophie, pero sin duda era motivo de satisfacción. Los rumores de una invasión aliada eran cada vez más fuertes. Por todo el país, las fuerzas de la Resistencia cortaban las líneas telefónicas y saboteaban las vías férreas, mientras las fuerzas aliadas llevaban las bombas cada vez más lejos hacia los territorios controlados por alemanes e italianos. Estudió los rostros de los alemanes que le pedían sus papeles, percibiendo una nueva tensión en sus mandíbulas cuadradas y en la colocación de sus hombros.

La gran galería estaba llena de cajas de transporte, y Sophie navegó por el laberinto que resultaba de ello con cierta dificultad. Saludó con la cabeza a Rose Valland, que estaba ayudando a dos miembros del personal del ERR a sacar una estatua de mármol de su envoltorio protector, y siguió subiendo las escaleras.

Llegó al segundo piso y bordeó aún más cajas de transporte. A diferencia de las cajas de abajo que llegaban y que contenían obras de arte recientemente robadas a coleccionistas de Dordoña, éstas iban de salida y estaban marcadas para ser transportadas a Carinhall como parte de la siempre creciente colección de Göring. De pie junto a una caja medio llena, Konrad Richter levantó la mirada ante la llegada de Sophie; luego, enrojeciendo, volvió a centrar su atención en su libro de contabilidad.

En los meses que siguieron a la destrucción de los cuadros degenerados, Richter, al parecer, abandonó todo intento de dar un brillo gentil a los crímenes patrocinados por el Estado por parte del ERR. En lugar de preparar las galerías del museo para proyecciones privadas bañadas en champán, Richter se obsesionó con la conveniencia, embalando cargamentos de arte para Berlín tan rápido como Bohn podía llevarlos. «Presumiblemente para animar a su preciado Reichsmarschall», pensó Sophie ácidamente. Hacía poco, la RAF se vengaron de la Luftwaffe de Göring por sus ataques Blitzkrieg contra Londres, arrasando ciudades de toda Alemania. No obstante, aunque Richter estaba deseoso de realizar envíos regulares a Carinhall, se vio obstaculizado por una frustrante regularidad. Como la Resistencia dinamitaba las líneas de ferrocarril alrededor de la ciudad, se retrasaba un envío tras otro, convirtiendo las galerías del piso superior en una especie de sala de espera para el ansiado botín de Göring.

Para Sophie, la cuestión de las vías férreas presentaba una especie de enigma. Por un lado, volar las vías férreas era una bendición, ya que mantenía las obras de arte de propietarios franceses dentro de las fronteras galas. Sin embargo, la disrupción de las líneas ferroviarias tenía implicaciones que iban más allá del arte. A París llegó una grave escasez de alimentos, más grave que el ya de por sí punitivo sistema de racionamiento. ¿Cuánto tiempo más podrían resistir los habitantes de la ciudad contra el hambre, sin envíos periódicos de granos desde el campo asolado?

Por el rabillo del ojo, Sophie vio cómo Richter se metía el libro de contabilidad bajo el brazo y se dirigía hacia ella.

Rodeó una pila de cajas de transporte.

—Sophie —dijo—. ¿Cómo está?

Ella siguió por la galería sin detenerse.

—Estoy bien.

Agitó la mano cuando entraron en otra galería, con una sonrisa a medias en la cara.

—Esto es un caos, ¿verdad? Vuelvo de un viaje a Polonia y es un caos. Parece que siempre que estoy fuera de la ciudad, el orden sale por la ventana. Y con la colección Neumann a punto de llegar mañana, estaremos en problemas. —Hizo una pausa, arqueando su largo cuello en un intento de captar la atención de Sophie—. Me vendría muy bien que alguien con sus aptitudes organizativas me ayudara a gestionarlo.

—Me temo que estoy demasiado ocupada, doctor —respondió Sophie. Introdujo su llave en la puerta del laboratorio de restauración e hizo ademán de girarla, pero Richter puso su mano sobre la de ella, inmovilizando con suavidad su palma contra el picaporte.

—¿Cuánto tiempo piensa alejarme? —Rodeó su cintura con la mano libre—. Le dije lo mucho que sentía lo que les pasó a los degenerados, pero hice lo que tenía que hacer.

Sophie se apartó de su alcance y Richter tuvo la sensatez de no tentar a la suerte. Durante el último año, su dolor se endureció hasta convertirse en furia, pero mantuvo su temperamento bajo control, tragándose las palabras que repiqueteaban en su cabeza: «¿Qué hay de Gerhardt?»

—Deje de castigarme, Sophie. La echo de menos.

¿Qué sentido tenía volver a ponerse en la órbita de Richter ahora que la Sala de los Mártires estaba casi vacía?, ¿ahora que Fabienne custodiaba lo que consiguió salvar en el Château Dolus?

«Autopreservación», pensó sombríamente. Richter seguía al mando del Jeu de Paume y Bohn seguía a la caza de los cómplices de Gerhardt. «Información». Miró hacia la galería, donde había cajas apiladas esperando a ser transportadas a Berlín. Sabía que no podría impedir que los alemanes lo enviaran todo al Reich, pero si trabajaba junto a Richter podría ayudar a recuperarlo algún día.

Ella le tendió la mano con una sonrisa reticente.

—Deme el libro de contabilidad, Konrad —dijo, y Richter se iluminó.

61

Abril de 1944

El ático, como el resto del Château Dolus, fue saqueado y su contenido revuelto por los alemanes con descuido, pero por fortuna no examinaron con detenimiento los numerosos lienzos que habían desenterrado del interior de armarios y baúles. Como Sébastien le dijo a Fabienne apenas cuarenta minutos antes, las obras de arte no eran su objetivo.

Sin palabras, la condujo a través de los escombros hacia una oscura cavidad en la pared del fondo, detrás de una estantería destrozada, y ella recordó su primera visita a ese lugar, extrañada por la ausencia de la ventana en forma de media luna que vio desde el exterior.

—Fue idea de tu madre —murmuró Sébastien—. Los Cohen. No los conocías. Se mudaron al pueblo después de que te fueras, pero Annette los conoció durante la cosecha. Ella y Camille, en particular, se hicieron muy amigas…

Fabienne se quedó mirando la cavidad, pensando en la joven madre cuyo cuerpo yacía en ese momento en el patio, bajo el mantel que ella y Sébastien bajaron del castaño. Camille Cohen. No parecía mucho mayor que Fabienne, con su pelo rubio arenoso recogido bajo un pañuelo; lo mismo que su marido, Ossip, pálido y delgado. ¿Qué habría visto mamá en Camille Cohen para hacerle una oferta tan peligrosa?

Sébastien se metió en el escondite de los Cohen con una linterna en la mano y Fabienne lo siguió. Era un pasillo oscuro y estrecho, largo pero de sólo metro y medio de ancho, que recorría toda la buhardilla. Sábanas y mantas arrugadas se alineaban en el suelo, y había libros metidos en el espacio entre las vigas que se unían con los tablones del suelo en un ángulo pronunciado. Del hilo de pescar colgaban grullas de papel, hermosas y serenas, demasiadas para contarlas. Sébastien desvió la luz de la linterna y Fabienne pudo ver rompecabezas y juguetes de su propia infancia que hacía tiempo que olvidó y que mamá, sin duda, reunió para ayudar a los niños a pasar las largas horas.

—El día que Francia cayó, Annette los trajo a casa. Hizo *coq au vin* para cenar y puso la mesa del comedor... Después bajaron al sótano y se quedaron allí hasta que Maurice y yo construimos el escondite aquí arriba. Su hijo, Georges, tenía una afección pulmonar, y Camille y Annette pensaron que estaría mejor aquí arriba, en lo seco.

Fabienne se avergonzó de lo asombrada que se sintió al saber que mamá se dedicó con tanta abnegación a mantener a salvo a una familia. ¿Por qué le sorprendería saber que su digna madre tenía tal sentido del deber y de la compasión? Sabía muy poco sobre mamá, y ahora que ya no estaba, Fabienne lamentaba todas las preguntas que nunca le hizo.

Sébastien se agachó sobre un colchón en el rincón más alejado del escondite y apartó varias almohadas y un peluche que indicaban que el espacio para dormir era utilizado por uno de los niños Cohen. ¿Habría sido por Georges o su hermana, Hannah? A esa distancia en las vigas inclinadas, la pared tenía apenas medio metro de altura y Sébastien pasó la mano a lo largo de ella hasta que encontró un pestillo. Con tristeza, empujó la pared hacia un lado para revelar otro minúsculo espacio para dormir.

—Conservamos el otro escondite en el sótano, donde se alojó la familia cuando llegó por primera vez al Dolus —explicó Sébastien mientras metía la mano con cuidado en el agujero—. Lo utilizamos como estación de paso para la gente que salía de Francia: aviadores derribados, judíos, operarios aliados... Somos... éramos, una casa de seguridad, parte de una red que llevaba a la gente a Suiza. Sin embargo, dado el estado de Georges, habría sido demasiado para él hacer el viaje. Camille y Ossip se negaron a separar a la familia. No querían... —Hizo una pausa mientras se enderezaba con un bulto en los brazos.

Fabienne supo lo que sostenía antes de que se diera la vuelta, y su respiración se atascó en su adolorida garganta mientras seguía a Sébastien y al bebé dormido a la salida del escondite. Camille debió haber empujado al niño a la cavidad de la pared cuando oyó a los alemanes. Era un espacio demasiado pequeño como para salvar a sus otros hijos, pero debió saber, en el fondo, que Sébastien sabría dónde encontrar al último de sus hijos.

—Su... su nombre es Isaac —susurró Sébastien con la voz entrecortada mientras retiraba la manta. Era un milagro que no hubiera llorado durante el operativo. ¿Le habría dado su madre algo que lo ayudara a dormir tranquilo? Ella estudió sus rasgos suaves y los oscuros mechones de pelo que cubrían su coronilla como plumas. No tendría más de cuatro meses. Camille debió haber dado a luz allí arriba, asistida, sin duda, por la madre de Fabienne.

Extendió los brazos mientras las lágrimas corrían por su rostro al abrazar a Isaac. Apoyó la mejilla del niño contra la suya, respirando su dulzura de bebé e intentando darle el consuelo que tan desesperadamente deseaba para calmar su propia pena.

La mera magnitud de lo que Sébastien y sus padres lograron mientras ella entraba y salía del Château Dolus con cuadros bajo el brazo... qué frívolas, qué inútiles parecían sus propias acciones en comparación con aquello.

—La semana pasada dimos refugio a un piloto estadounidense que saltó en paracaídas sobre Épernay. Fue el último en utilizar nuestra red. No sé si... si fue capturado o si era un agente doble de los alemanes, pero no puedo pensar que sea una coincidencia. —Sébastien pasó su mano por sus ojos enrojecidos—. No sabía nada de los Cohen, pero como casa de seguridad de la Resistencia, éramos un blanco fácil. Dudo que seamos los únicos dentro de la red que han sido visitados hoy por los nazis.

Era sobrecogedor y espantoso darse cuenta de que alguien, por miedo o por malicia, estuvo dispuesto a poner en peligro a tanta gente inocente. No obstante, las guerras se construyen sobre el miedo y se nutren de la malicia. ¿No se lo había enseñado Dietrich?

Isaac se retorció, frunciendo su rosado rostro mientras dejaba escapar un suave quejido, y Fabienne pasó despacio un dedo por su frente, calmando al niño para que volviera a dormirse. Detrás de ella, Sébastien apoyó las manos en sus hombros, con su aliento cálido contra su piel mientras miraba al bebé.

—No puedo quedarme, Fabienne —susurró—. Fue sólo por casualidad que no me atraparan en la redada de hoy. Si los estadounidenses hablaran, ellos sabrían que yo también estaba involucrado en la red.

—¿A dónde irás?

—La Resistencia tiene una unidad en el bosque al norte de aquí. Puedo unírmeles esta noche. Te ayudaré... te ayudaré a enterrar a... tus padres y a los Cohen, antes de... antes de irme.

Fabienne se balanceaba suavemente de un lado al otro con el bebé en brazos, deseando no girarse, no rogarle a Sébastien que se quedara.

Aunque creía que lloró hasta secarse, Fabienne pudo sentir cómo sus ojos se llenaban de nuevo de lágrimas. Ya había perdido demasiado ese día. ¿Cómo podría soportar perder también a

Sébastien? Pero así como sabía que él debía irse, estaba segura de que no lo haría a menos de que pensara que ella podría soportar el dolor de ser abandonada.

—No puedo ir contigo, Sébastien. Le hice una promesa a Sophie de proteger las obras de arte... No puedo ignorar esa promesa. Simplemente no puedo. —Miró a Isaac, dejando que sus lágrimas cayeran sin obstáculos—. Y la Resistencia no es lugar para un niño.

Sébastien dejó escapar un suspiro.

—Lo sé —dijo en voz baja—. ¿Qué harás si Klaebisch vuelve?

—No tuve nada que ver con los Cohen, ni con la Resistencia. Con suerte, podré librarme de cualquier acusación, pero déjame tu pistola.

Sébastien le agarró la nuca y se inclinó hacia adelante, apoyando con suavidad una mano en la coronilla de Isaac mientras posaba sus labios en la frente de Fabienne.

—Isaac te necesita. El arte te necesita —dijo en voz baja—. Pero volveré, eso te lo prometo.

62

Mayo de 1944

El apartamento de Konrad Richter estaba en un elegante edificio de la avenida Matignon, a media manzana del bullicio de los Champs-Élysées.

—Me alegro mucho de que por fin haya aceptado mi oferta de visitarme —dijo, abriendo la puerta principal. Sophie entró, con las manos entrelazadas sobre la correa de un pequeño bolso mientras observaba el elegante tapiz colgado en el vestíbulo. Francés. Del siglo XVI.

Permitió que Richter le besara la mejilla.

—Bueno, me ha hablado numerosas veces de su colección privada —respondió ella, siguiéndolo por un estrecho pasillo que se abría a una amplia sala de estar—. Pensé que ya era hora de verla en persona. Qué departamento tan encantador.

Los zapatos lustrados de Richter se hundieron en una alfombra blanca afelpada.

—¿Le parece? —La habitación era luminosa y de generosas proporciones, decorada por completo en tonos crema y marfil, con cortinas blancas que enmarcaban un conjunto de puertas de cristal que dejaban entrar la brisa de la plaza Marigny.

Él se detuvo frente a un carrito de bar repleto de decantadores de cristal que brillaban a la luz del sol de la tarde.

—Me temo que no puedo atribuirme el mérito de la decoración. Una amistad mía me ayudó a montarlo todo.

«Una amistad con gustos muy particulares», pensó Sophie, observando su prístino entorno. Los equipos de redada de Bohn confiscaron tanto muebles como obras de arte. ¿Habrían sacado todos esos hermosos muebles al por mayor de la sala de estar de alguna familia judía o tendría Richter alguna amante con buen sentido de la estética?

Por supuesto, esas dos posibilidades no eran mutuamente excluyentes. Se imaginó a Richter del brazo de una mujer sin rostro, señalando muebles en uno de los innumerables almacenes del ERR con uñas con manicura.

Él arrancó la tapa de un balde con hielo que transpiraba.

—Sé que es temprano, pero creo que esta visita amerita un trago, ¿no cree?

—Oh, ¿por qué no? —Ella sonrió mientras contemplaba el apartamento y su lujoso contenido, sus tapices y estatuas, y los cuadros colgados con esmero, como en una galería, en las paredes blancas. «Un Toulouse-Lautrec cerca de la puerta abierta del dormitorio; un Frans Hals junto al balcón».

Se acercó y le tendió un pesado vaso de cristal lleno de whisky.

—He rebajado el suyo con agua. Espero que no le importe —le dijo—. Sé que el Reichsmarschall disfruta del champán, pero yo siempre he preferido algo un poco más suave. —Se sentó en un inmenso sofá de color crema y cruzó una pierna sobre la otra, estirando el brazo en una invitación inequívoca.

Si Richter en efecto tenía una amante, Sophie podría tener motivos para estar agradecida. Eso explicaría por qué se contenía en perseguirla a un ritmo tan relajado. Bebió un pequeño sorbo y dirigió su atención a un pequeño retrato colgado sobre el carrito de bar: un joven vestido con un birrete negro, pintado de perfil sobre un panel de madera.

«*Renacimiento*», observó con firmeza. «Un Dossi».

—Impresionante, ¿verdad? —Aunque ella estaba de espaldas, pudo oír el resoplido de orgullo en la voz de Richter—. Es una de mis piezas más recientes. Un Dosso Dossi, aunque estoy seguro de que reconoce su estilo. Se la compré a un coleccionista holandés.

Ella asintió. Holanda era otro de los territorios de caza del ERR. ¿Cuán fácil habría sido para Richter hacerse con esa obra de arte?

—¿Qué le ocurrió al coleccionista?

Sophie oyó el tintineo del vidrio contra el cristal.

—¿A Guttman? Quién sabe. Era banquero, creo.

«Era». Sophie recorrió con el dedo los surcos de su vaso de whisky, elevando una plegaria de protección para Guttman, quienquiera que fuera. «Guttman», se repitió a sí misma, memorizando el nombre. «Holanda. Dosso Dossi».

—Y ese que está detrás de usted —dijo Richter, disfrutando claramente de la oportunidad de mostrar sus tesoros— es un Rembrandt. El Reichsmarschall me lo regaló personalmente, en agradecimiento por haberle conseguido ese Tiziano a Gustav Rochlitz. ¿Lo recuerda?

—¿Cómo podría olvidarlo? —replicó Sophie—. Once cuadros de la colección degenerada, ¿no fue así? ¿Por el Tiziano y el... el Weenix?

Richter rio entre dientes.

—Todavía me arrepiento de haberle dado ese Picasso —dijo—. Pero hacemos lo que debemos hacer, ¿no?

Se detuvo frente a un collage cubista colgado en una extensa pared.

—Renunció a ese Picasso, pero se las arregló para encontrar otro, por lo que veo.

Richter se puso de pie.

—Bastante decente, ¿no le parece? —Se colocó detrás de ella y le puso una mano en el vientre para acercarla delicadamente a él. «Tranquila». Ella aspiró el aroma de su loción de afeitar cuando él posó sus labios en su cuello, resistiendo el impulso de huir. Trabajó junto a Richter las últimas semanas, tomando notas minuciosas sobre cada obra de arte que él embalaba para transportar a Berlín: retratos renacentistas y antigüedades griegas, maestros holandeses y tapices persas. Lenta y meticulosamente, copió la totalidad del extenso libro de contabilidad de Richter, transportando cada hoja de papel a casa en el forro de su gabardina, utilizando la tendencia natural de Richter a la condescendencia para sonsacarle información: hacia dónde se dirigían las cajas, cuándo esperaban que estuviese reparado el ferrocarril. Anotaba todo lo que podía con la esperanza de que sus notas pudieran serle útiles algún día, aunque aún le quedaba un depósito de cuadros robados en el que debía sumergirse.

Gerhardt Hausler empezó a identificar las obras de arte que Richter se llevó para sí de la Sala de los Mártires, pero no podía informarse de lo que Richter se llevó del Jeu de Paume en general, obras de arte robadas que el ERR consideró ideológicamente puras. Ella le debía a Gerhardt terminar lo que comenzaron, identificar lo que Richter se robó para su apartamento parisino, y soportaría las insinuaciones de Richter, si fuera necesario, para conseguirlo.

Ella agarró su mano errante y se desplazó más allá de la ventana. Richter la siguió, replicando sus movimientos como si estuvieran bailando. Ella dirigió su atención a la siguiente obra de arte: un tapiz ornamentado de Artemisa matando a un ciervo. «Siglo XVII», pensó ecuánime.

«Retrato, escuela holandesa, siglo XVI. Escena bíblica, Renacimiento italiano. Renoir, *dos muchachas junto a un lago*. Kirchner, *retrato de un joven llamado Willi, héroe de guerra, riendo junto al amor de su vida…*».

Hizo una pausa, estudiando una pequeña mancha en la esquina del Kirchner que parecía una serie de iniciales.

Richter le pasó la mano por la cintura y Sophie apretó con fuerza el vaso de whisky mientras el frío cristal se clavaba en la suave piel de sus dedos.

—Tiene aquí muchas obras de arte de la colección degenerada… Dígame, Konrad, ¿qué las hace tan diferentes de las obras que dejó que Bohn arrojara al fuego?

Konrad hizo una pausa.

—Pensé que ya habíamos superado todo eso.

Aunque sabía lo peligroso que era desafiar a Richter en su propia casa, Sophie no pudo evitar hacer la pregunta. Cada noche volvía en sueños a la hoguera frente al Jeu de Paume y a los últimos momentos de Gerhardt Hausler.

—¿Se puede en realidad superar la destrucción del arte?

Richter miró a Sophie con algo semejante a la preocupación.

—Usted es una persona muy sensible —le dijo—. Sé lo mucho que le importaba la colección degenerada. A mí también, la verdad. Y pensar en lo que pudimos haber hecho con todo ello si ese criminal de Hausler no lo hubiera estropeado…

—Lo que no entiendo es por qué fue tras el Dr. Hausler —dijo ella—. ¿Cómo supo que fue él?

Richter suspiró.

—Eché un vistazo a su expediente personal —dijo secamente, como si el tema le pareciera muy poco importante—. Bohn se horrorizó al enterarse de que tenía a un homosexual trabajando en su plantilla. ¿Quién sino un degenerado cometería semejante crimen?

Dentro de ella brotó una fría furia.

—Usted no sabía nada de él. Nada. Era mi amigo. No se lo merecía.

Richter suspiró.

—Eso sólo sirve para demostrarlo, supongo. Y no debería sentirse avergonzada. Cualquiera podría haberse dejado embaucar por un hombre así. No obstante, no hay por qué darle tantas vueltas. —Jaló de ella para acercarla—. Está claro que yo sé juzgar mejor el carácter.

Sophie sonrió.

—Claramente —dijo, dejando que los labios de él rozaran su cuello.

—Aquel primer día que llegué al museo había muchas cosas que me entusiasmaban —murmuró, acariciándole el vientre y las caderas—. Trabajar con el Reichsmarschall tan de cerca... adquirir un Vermeer en persona. Sin embargo, lo mejor de ese día, lo más inolvidable, fue verla a usted. Ahí de pie en el patio con un aspecto tan... tan auténtico... tan inalcanzable. —Sophie se quedó mirando al Picasso, paralizada, mientras él le pasaba uno de sus largos dedos por la mejilla—. Supe entonces que sería yo quien se abriría brecha a través de esa armadura que lleva con tanta diligencia, quien encontraría a la mujer que había debajo de todo ese aplomo...

El Picasso era un retrato de Dora Maar: una mujer escindida, ante la mirada del artista, en las partes del cuerpo que la componían: cadera, brazo, pecho.

—Sabía que sería yo quien se abriera brecha —repitió. Acomodó la tela de su falda, buscando el broche de su liguero—. Esa armadura de tweed e indignación. Perfecto, abyecto decoro...

Planeó hacer lo que fuera necesario para catalogar las obras de arte del departamento de Richter, pero allí y en ese momento, la mera idea de sus manos sobre ella le resultaba insoportable, aborrecible, y su fría furia se convirtió en un fuego impetuoso.

Para Richter, ella no era más que otra obra de arte que añadir a su colección.

Ya lo había aguantado bastante, y sabía que moriría antes de que él la adquiriera también.

—Supongo, entonces, que le sorprendería saber cuán espectacularmente ha fracasado. En eso, y en mucho más.

El tono romántico de Richter se desvaneció.

Se apartó, frunciendo el ceño.

—No-no estoy seguro de estar entendiendo —contestó—. ¿Por qué no nos sentamos? Ha sido un día largo...

—En realidad, han sido cuatro largos años, Konrad —replicó ella, pasando del francés a un perfecto alemán—. Cuatro largos años jugando limpio con usted, mientras usted y sus amigos saqueaban y destruían. Pero he estado observando, Konrad, observando cómo disfrazaban sus crímenes de civilidad, observando cómo sacaban las obras de arte robadas del museo, ¿y sabe qué? Yo misma hice algunos cambios en la colección.

Richter dio un paso atrás mientras en sus atractivos rasgos se dibujaban la conmoción y el dolor.

—Su Kirchner, por ejemplo. ¿Sabe lo más mínimo sobre él? Está claro que no, o se habría dado cuenta de que es falso. El Renoir también. ¿Y ese Picasso? Odio tener que decírselo, Konrad, pero es falso, igual que usted.

Richter palideció y Sophie supo que nadaba en aguas peligrosas, pero simplemente no pudo soportarlo más: el hecho de hacerse la amable, el tener que fingir.

—Difícil de oír para usted, estoy segura. Son todas falsificaciones. La mayoría de las piezas que tanto le gustaban de la colección degenerada, las que vendió, las que destruyó, son falsificaciones. ¿Creyó que el atraco era el peor de sus problemas? —Ella se echó a reír y el sonido fue estridente y punzante, perfecto para la burla.

Richter guardó silencio un momento y su rostro sin sangre enrojeció repentina y violentamente de un tono carmesí.

—Confié en usted —murmuró. Ése, para él, era el peor, el más imperdonable de los crímenes de ella: desdeñar sus avances, humillarlo tan completamente en un mundo que creía controlar—.

¡Confiaba en usted con toda mi alma! La-la protegí, la amé. Era mía, ¿y así es como me lo paga?

Se abalanzó y Sophie se apartó corriendo, pero no lo suficientemente rápido. Los largos dedos de él rodearon su cuello, apretándolo con fuerza.

—No dejaré que me tomen el pelo —gruñó.

Sophie podía sentir que su vida se consumía mientras su visión se oscurecía y estallaban pequeños destellos de estrellas en la oscuridad. «Voy a morir», pensó con notable claridad, y para su sorpresa, no tuvo miedo de hacerlo. «Voy a morir...».

Una voz atravesó su mente, clara y contundente como una campana. «No, no lo harás», dijo, y en su conciencia cada vez más apagada se escuchaba como Dietrich.

Con la poca fuerza que le quedaba, Sophie levantó su vaso de whisky y lo rompió bruscamente sobre la cabeza de Richter. Su agarre se aflojó lo justo y ella se liberó.

Su visión se cristalizó y lo vio encorvado, con las manos sobre la cara mientras bramaba de dolor. Ella dio un paso adelante y la adrenalina la invadió mientras levantaba de nuevo el vaso...

Richter cayó con fuerza y sus largas extremidades se desparramaron por el suelo mientras se desplomaba, inconsciente, sobre la alfombra blanca.

Ella tosió y respiró con dificultad por su garganta destrozada. Temblaba, pero no de miedo, y se enderezó, apoyando una mano en la pared para estabilizarse.

—Yo... nunca fui suya —resolló antes de incorporarse.

Miró el cuerpo inerte de Richter hasta que sus manos dejaron de temblar y entonces, satisfecha de que no fuera a despertar pronto, se abrió paso por el departamento, rápida y silenciosamente, tomando nota de todos y cada uno de los cuadros que poseía.

63

Mayo de 1944

La madrugada azul se convirtió en amanecer y Fabienne observaba las grietas de yeso del techo mientras la luz del sol se colaba en su dormitorio a través de las cortinas que no cerró la noche anterior. En el extremo de su cama, una mosca doméstica zumbaba perezosamente sobre la figura adormilada de Hugo. Se posó en el hocico del perrito, y éste se agitó, espantando a la mosca. Hugo se dio la vuelta sobre su lomo, con las patas en alto mientras cerraba los ojos, y Fabienne lo observó, deseando poder compartir su tranquilo retorno al sueño.

Un llanto interrumpió la apacible mañana y Fabienne contuvo sus propias lágrimas mientras caminaba descalza por el suelo hasta el improvisado moisés de Isaac, un cajón que sacó del armario de mamá y papá, y que forró con mantas. Sacó al bebé y éste se tranquilizó, acurrucándose en su pecho mientras ella lo mecía para que volviera a dormirse. Lo único que parecía querer era que lo abrazaran, y a Fabienne se le partía el corazón al saber que los suyos no eran los brazos que buscaba.

Pese a eso, ella podía consolarlo. Llevó a Isaac escaleras abajo y Hugo se adelantó dos pasos hasta la cocina.

Buscó en el refrigerador y frunció el ceño al ver que la botella de leche estaba vacía. Tendría que ordeñar a la cabra ese día, por poco que le gustara el trabajo. No sabía con exactitud con qué alimentar a un bebé, pero sabía que la leche era un buen comienzo. Sumergió un paño de cocina limpio en la leche y lo sostuvo entre los labios de Isaac, dejando escapar un suspiro de alivio cuando empezó a beber.

Se dejó caer en una silla y remojó el trapo una vez más, apretando los labios para evitar que se le salieran las lágrimas ante la perspectiva del día que tenía por delante. Lo único que quería era volver a meterse en la cama y sollozar sobre el pelaje de Hugo sin interrupción, pero, ¿cómo iba a hacerlo cuando tenía que cuidar de Isaac? Tenía que alimentar a Hugo, levantar las enredaderas, reparar la rueda de la carreta de bueyes y arreglar el castillo, que aún estaba hecho un desastre tras la redada. La perspectiva de todo ello la abrumaba ahora que era la única adulta dentro de los muros del Château Dolus.

Habían pasado dos semanas desde que ella y Sébastien enterraron a sus padres y a los Cohen bajo el castaño; dos semanas desde que Sébastien se marchó, escabulléndose en medio de la noche hacia el bosque detrás de la finca con una bolsa de lona colgada al hombro. Su partida se sintió tan definitiva, a su manera, como la de Dietrich, y Fabienne se quedó en el patio trasero mucho después de que él hubiera desaparecido, observando los árboles negros.

Sin embargo, al menos hubo tiempo para una despedida adecuada. Al menos no dejaron nada sin decir entre ellos.

Le dio un beso en la frente a Isaac, concediéndose un momento más de autocompasión antes de levantarse a lavar los platos.

Fabienne empezó a ordenar el salón mientras Isaac se retorcía en su cajón en el suelo cuando escuchó el ruido de ruedas en la entrada. Levantó la cara cuando Hugo se puso de pie de un salto y corrió hacia la puerta principal, soltando un aluvión de ladridos; apresuradamente, metió la pistola de Sébastien, nunca lejos de su alcance, en la parte trasera de los pantalones, que tomó prestados del armario de mamá.

Sabía quién sería la persona que tocaba y dejó escapar un suspiro mientras lo estudiaba un momento a través de los cristales de la puerta principal. Era alto e inmensamente ancho, con la nariz recta y el pelo engominado hacia atrás. Para su alivio, llevaba un traje oscuro en lugar de uniforme, y aunque técnicamente no era un nazi, a Fabienne la tranquilizó el peso de la pistola a su espalda.

Abrió la puerta.

—Otto Klaebisch, supongo.

El Weinführer la saludó con una sonrisa autocomplaciente.

—Y usted, creo, es la hija pródiga. Me enteré de que volvió a casa para siempre. ¿Puedo pasar?

Fabienne lo condujo a la sala de estar, observando cómo Klaebisch contemplaba el espacio en ruinas con expresión mesurada: las plumas de las almohadas hechas trizas acumuladas en montones en los rincones; el armario roto. Por un momento, se alegró de no haber hecho mucho por limpiar lo que los alemanes destruyeron. Si Klaebisch tenía alguna intención de alojar soldados, tal vez su falta de limpieza lo haría reconsiderarlo.

Atravesó hacia la chimenea para mirar a Isaac, con las manos entrelazadas alrededor del ala de su sombrero.

—¿Puedo ofrecerle algo? —preguntó Fabienne, y Klaebisch levantó la mirada.

—No, no. Se trata sólo de una visita relámpago, me temo, y es demasiado temprano para beber vino, lástima. —Se dejó caer en el sillón, soltando al aire una nube de plumas procedentes de la tela rasgada—. Es su hijo, supongo.

El miedo se apoderó del corazón de Fabienne, pero asintió.

—Sí. ¿Qué puedo hacer por usted, Herr Klaebisch?

Se acomodó en el asiento, con las manos entrelazadas sobre el abdomen.

—Por dónde empezar... Se trata de promesas hechas por sus padres, mademoiselle... sus difuntos padres, por supuesto.

—Herr Klaebisch, debe comprender...

—Mademoiselle. —Klaebisch levantó una mano y las protestas de Fabienne se apagaron en sus labios—. No me interesa discutir los detalles de lo que les ocurrió. No soy ningún fanático como tantos de mis compatriotas. No tuve nada que ver con todo este lamentable asunto, y está totalmente fuera de mi alcance. Lo que me importa es el vino.

Fabienne vaciló.

—El vino.

—El vino, mi querida señora. —La sonrisa de Klaebisch se ensanchó—. Soy el Weinführer, ¿cierto? He hecho promesas a mis superiores y pienso verlas cumplidas.

Fabienne se sentó en la esquina de una silla y observó cómo él sacaba una pipa de entre su amplio abrigo y la llenaba de tabaco.

—¿No debería estar aquí Monsieur de Vogüé? Él es su intermediario con las casas de champán, ¿no es así?

—De Vogüé ha sido arrestado. —Klaebisch se llevó la pipa a los labios y la encendió, dando una calada, dos—. Se descubrió que estaba en contacto con las fuerzas de la Resistencia. Me dejó una tarea bastante difícil, se lo aseguro. —A través del humo, Klaebisch dirigió una mirada severa a Fabienne—. Confío en que pueda contar con que tomará mejores decisiones que sus antecesores.

Su corazón se agitó una vez más, pero Fabienne se cuidó de no dejar entrever sus sentimientos. ¿De Vogüé arrestado?

—De Vogüé parecía tener la impresión de que el Château Dolus podría aportar sus propias cosechas para ayudar a satisfacer los pedidos del ejército alemán. Siendo sus circunstancias las actuales... —Klaebisch contempló significativamente el estado de la sala de estar—, está bastante claro que no podrá cubrir dichos pedidos. Por ello, tengo la intención de requisar el Château Dolus y ponerlo a disposición de las autoridades del ejército alemán.

Desde el improvisado moisés, Isaac lanzó un grito y Fabienne se levantó para calmarlo, aprovechando la distracción para disimular su repentina consternación.

Hizo rebotar a Isaac en sus brazos mientras Klaebisch fumaba de su pipa. Sola no sería capaz de sacar las obras de arte del castillo. ¿Debía entregarse a su misericordia y rogarle que lo reconsiderara? No, se trataba de un hombre que no sucumbiría a las súplicas ni a la piedad. Vivía en un mundo de glamour y fiestas, sofisticación y excesos. Conocía a los de su tipo de los días solitarios y duros del comienzo de la ocupación, de los bares de los hoteles y los restaurantes, buscando el placer de la compañía de alguna sonriente mujer. Había aprendido a salirse con la suya con los hombres que se sentían superiores a los demás.

—Tendrá que buscar una alternativa de alojamiento —dijo—, tal vez en el pueblo...

—No.

Klaebisch levantó la cabeza.

—¿Cómo dice?

Fabienne le lanzó una sonrisa deslumbrante, deseando tener un toque de labial rojo para completar el efecto que perfeccionó hacía tantos años.

—Eso no será necesario, mi querido Herr Klaebisch. Tengo el viñedo totalmente bajo control.

Él sonrió satisfecho.

—Perdóneme, mademoiselle, pero me resulta imposible de creer.

Ella apoyó a Isaac en su cadera y buscó la mirada del hombre.

—Crea lo que quiera, pero es cierto. La cosecha del 43 está madurando en mis bodegas y, dada la modesta superficie de la finca, yo misma podré recoger la cosecha de este año.

—Usted misma —repitió Klaebisch dubitativo.

—Claro.

Klaebisch quedó boquiabierto un momento y luego se quitó la pipa de los labios y soltó una estruendosa carcajada.

—Debo decir, querida, que me encantan las mujeres con sentido del humor.

—¿Qué tal una mujer con algo que demostrar? —El corazón de Fabienne latía desbocado, pero se acercó—. Deje que se lo demuestre, Herr Klaebisch. Sólo faltan cuatro meses para septiembre. Deme hasta el final de la cosecha.

—Mi querida señora, es una locura. Usted sabe cuánto trabajo se necesita para recoger una buena cosecha. Incluso un viñedo tan modesto como el suyo requiere la máxima atención. Dadas sus... otras prioridades, no creo que sea posible. —Levantó la barbilla y su sonrisa se amplió.

—No estoy de acuerdo. Si la cosecha fracasa, le... le daré el Château Dolus. —Irresistiblemente, pensó en su bisabuelo, apostando una mano de cartas contra un noble burlón—. La tierra, la escritura, las llaves. Todo ello. Si gano...

—Seguirá suministrando el champán de su finca al ejército alemán. —Klaebisch volvió a colocarse la pipa, con aire pensativo.

Era pura fanfarronería de parte de Fabienne. Ella lo sabía, y sospechaba que Klaebisch también. Sin embargo, él no rechazó abiertamente su oferta, así que ella aún tenía motivos para albergar esperanzas.

Klaebisch se puso de pie.

—De acuerdo. Hasta la cosecha —dijo, y le tendió la mano.

Sin aliento, Fabienne la estrechó.

—Hasta la cosecha.

Momentos después, vio el vehículo de Klaebisch alejarse en medio de una nube de polvo. Sabía que era una broma cruel para el Weinführer, una oportunidad de conseguir un negocio familiar propio en Champagne, de intimidar y sobornar para que le devolvieran el vasto viñedo que rodeaba el pequeño castillo. No obstante, para Fabienne era un indulto, un indulto y una esperanza. Tenía motivos para pensar que en septiembre las mareas habrían cambiado en la guerra, que Klaebisch y los de su calaña se habrían marchado ya o, si se equivocaba, para hacer nuevos planes para sacar las obras de arte de la Sala de los Mártires.

Tenía motivos para confiar en que, con mucho trabajo, podría lograrlo.

La demanda de su familia al Château Dolus llegó con tal alarde, y aunque Sébastien pudiera pensar que estaba loca por correr semejante riesgo, Fabienne sabía que el Château Mentira jugaría a su favor en esa ocasión.

Se apartó del edificio y miró hacia el castaño donde Sébastien y ella enterraron a sus padres y a los Cohen. Había subido allí apenas el día anterior para presentar sus respetos y pasó sus dedos por las enredaderas, que acababan de empezar a florecer.

La voz de papá resonó en su cabeza: «La guerra trae malas cosechas».

Pensó en las vides en flor: capullos duros, colgando dulcemente, perfectos, entre las hojas.

No tenía nada que temer porque ya sabía cómo sería la cosecha de ese año.

«La guerra trae malas cosechas, y una buena para anunciar su final», pensó.

64

Mayo de 1944

Sophie escuchaba a través de la ventana entreabierta los sonidos de Saint-Germain-des-Prés que despertaban lentamente en la calle de abajo. Por sobre el traqueteo de las ruedas sobre los adoquines, podía oír la voz chillona de la vecina de Fabienne reprendiendo a su sumiso marido y el roce de la ropa húmeda colgada de un alambre. Ansiaba asomarse al sol y disfrutar, pero no se atrevía a salir cuando hacerlo a plena luz del día suponía el riesgo de alertar a los vecinos de Fabienne de que una desconocida estaba entre ellos.

Sophie se refugió en el apartamento de Fabienne tres semanas atrás, y fueron las tres semanas más largas de su vida, en las que la incertidumbre, el miedo y la ira se mezclaban en una nauseabunda espiral que le impedía conciliar el sueño. Sabía que no había matado a Konrad Richter, pero la atormentaba la idea de que le habría resultado más fácil si lo hubiera hecho. Ella lo humilló, humilló y emasculó, y él nunca se lo perdonaría.

¿Habría enviado ya a los hombres de Bohn a su apartamento, lo habría vaciado en busca de pruebas de sus crímenes? Si fue así, no habría encontrado ninguna. Se fue a casa inmediatamente después de salir del apartamento de Richter y se llevó sus registros del Jeu de Paume, y su libreta de direcciones, junto con cada pizca de comida de su despensa.

En un intento por distraer su mente de sus problemas, Sophie hizo lo posible por mantenerse ocupada. Había copiado sus notas del Jeu de Paume por triplicado, junto con cualquier otra cosa que pudiera recordar de sus conversaciones con Richter sobre intercambios de arte y envíos a Alemania.

Una vez que terminó de copiar sus notas, Sophie dirigió su atención al departamento de Fabienne: el fregadero mugriento y los platos sucios; el polvo acumulado en todas las superficies. Fabienne nunca tuvo aptitudes domésticas. Sophie sospechaba que Dietrich era el encargado de mantener la casa limpia. Sacó la botella de jabón de Fabienne y trapeó el departamento hasta dejarlo reluciente, sacando de la bañera con patas estilo garra la ropa sucia y limpió la porcelana, lavó las blusas de Fabienne y, con cuidado, las colgó sobre las vigas del techo para que se secaran.

Se dirigió por último al estudio de Fabienne, abriendo la puerta con el tipo de reverencia que la propia Sophie hubiera esperado de cualquiera que entrara en su laboratorio. Dentro, un caballete salpicado de pintura mostraba un retrato a medio terminar, con los ojos del sujeto en un cerúleo llamativo. De la parte trasera de la puerta colgaba una bata de hombre, y Sophie la bajó para añadirla a su pila de ropa sucia; luego se detuvo, percibiendo en su tejido un ligero aroma a la colonia de Dietrich, y la colocó reverentemente de nuevo en su gancho.

Siguió adelante, quitando el polvo de los lienzos que revestían la habitación y limpiando viejos pinceles, quitando la pintura endurecida de los extremos de las espátulas que reposaban sobre un viejo y maltrecho escritorio. En la esquina del escritorio, estaba una fotografía en un marco de plata deslustrada, y Sophie la tomó. Mostraba a Dietrich y Fabienne el día de su boda, con el vestido color vino de Fabienne apagado hasta alcanzar un suave tono gris y Dietrich con su mejor traje. Sophie recordó cómo planchaba la raya en la parte delantera de sus pantalones; lo nervioso que estaba, aunque seguro de sí mismo, mientras pronunciaba sus votos.

Sophie también estaba en la fotografía, de pie detrás de la pareja en los escalones de la pequeña iglesia. Sostenía el ramo de Fabienne y recordó el embriagador olor de las peonías.

Sophie había compartido toda una vida con su hermano, pero Fabienne sólo tuvo tres años de felicidad. Debió haber tenido muchos más. Sin embargo, Sophie sabía que los tres mejores años de la vida tan corta de su hermano fueron los que pasó con Fabienne.

El dolor había nublado la mente de Sophie durante demasiado tiempo, el dolor y la culpa por la muerte de Dietrich. En aquellos largos meses que siguieron al funeral de Dietrich, Sophie sólo pudo ver en Fabienne sus insuficiencias, sus debilidades. No obstante, al trabajar con ella durante los últimos cuatro años —más tiempo del que llevaba conociéndola cuando Dietrich estaba vivo, incluso—, Sophie recordó a la mujer de la que Dietrich se enamoró: feroz e inteligente, creativa y audaz.

Cualidades que Sophie llegó a admirar también en sí misma.

Dejó la fotografía y siguió sacudiendo.

65

Junio de 1944

Las pesadas cortinas del vestíbulo rechinaban sobre las varillas de hierro, reprendiendo a Fabienne tan claramente como lo habría hecho mamá por permitir que la luz del sol cayera sobre el descolorido papel tapiz victoriano. «Pero mamá no está aquí, ¿verdad?», pensó Fabienne melancólicamente mientras abría con fuerza la antigua ventana. Las moscas trazaban embriagadas círculos por el techo de yeso moldeado mientras las arañas creaban catedrales de seda en el espacio vacío entre las barandillas de la escalera, y había algo hermoso, en su opinión, en permitir que la naturaleza invadiera el desmoronado château, pues, ¿qué otra cosa podía hacer cuando había tantas otras tareas que requerían su atención?

Se ató a Isaac a la espalda con un trozo de sábana, pensando en su estudio sin utilizar. No tenía ni tiempo ni ganas de pintar, y menos mientras su apuesta con Klaebisch aún resonaba en sus oídos. En lugar de eso, pasaba los días en el viñedo, deshierbando y cuidando las pequeñas flores verdes de las vides.

Subió al viñedo con las tijeras de podar en la mano y empezó donde terminó el día anterior, podando los brotes verdes. A lo lejos retumbaban los truenos en el cielo nublado, prometiendo una tormenta de verano, y aunque ella agradecía la idea de la lluvia, Hugo parecía inquieto mientras daba vueltas entre los surcos.

—Érase una vez —dijo ella, mientras Isaac eructaba alegremente sobre su hombro—, una princesa que vivía en una torre. —Miró a Hugo y sonrió—. La custodiaban un dragón feroz y devorador de nazis, y un joven y apuesto príncipe llamado...

Isaac la interrumpió con un repentino y ensordecedor alarido, y ella dejó caer las tijeras de podar y aflojó el tirante para balancearlo en sus brazos.

—Está bien, de acuerdo —dijo ella, meciéndolo de un lado a otro mientras él gritaba de indignación—. Cuenta tú la historia si puedes hacerlo mejor.

Para su sorpresa, Isaac y Hugo resultaban ser la mejor compañía posible que una chica podía pedir: un par de caballeros andantes que acudieron en auxilio de Fabienne cuando más lo necesitaba. En las mañanas en las que se desesperaba ante la simple idea de levantarse de la cama, Hugo estaba allí para lamerle la cara, sacándola de ella con la determinación de un perro pastor más que de un caniche, y en las tardes en las que prefería caer rendida de cansancio antes que bajar a las bodegas a ocuparse de las botellas añejadas del 43, Isaac extendía sus regordetes brazos para recordarle por lo que luchaba.

Le ofreció a Isaac su dedo y él empezó a chuparlo, satisfecho. Sus constantes cambios de humor la asombraban, con sus fáciles transiciones de feliz a furioso y viceversa. Se le revolvió el estómago ante la idea de perderlo... pero lo perdería, algún día, si Dios quería. Una vez terminada la guerra, buscaría a los parientes de Isaac, en París y en otros lugares, y se lo devolvería a su familia. Hacerlo le rompería el corazón. ¿Se acordaría Isaac de ella, de la extraña mujer con la que vivió durante un breve periodo?

Le dio un beso en la frente, apartando esos pensamientos. Esperaba reunirlo con su familia algún día, igual que esperaba devolver a Hugo a Lev y Sylvie Lowenstein. Ella les salvó la vida, supuso, tanto al niño como al perro.

Pero ellos también la salvaron.

En el establo, podía oír a Otto, el buey, bramando en su pesebre. ¿Habría tumbado de una patada su abrevadero? Maldiciendo, acurrucó a Isaac cerca de ella y bajó al patio donde las gallinas rascaban en el polvo húmedo, escuchando los truenos a lo lejos.

Llegó al establo y encontró a Otto de pie en un charco de lodo cerca de su abrevadero volcado. Suspirando, se liberó de las mantas de Isaac y lo dejó en la parte trasera del camión de Sébastien, envuelto y demasiado lejos del borde como para meterse en problemas. Levantó el abrevadero y comenzó la larga tarea de acarrear cubetas de agua fresca del pozo cercano.

Una vez lleno el abrevadero, salió del granero, enjugándose la frente sudorosa con su mano húmeda. Recogió a Isaac y se volteó hacia el château, donde Hugo se había apostado en la terraza para tomar una siesta. Casi esperaba ver a mamá detrás de él, barriendo la terraza de la repentina ráfaga de hojas húmedas que caían alrededor del perrito como nieve.

Se acercó, frunciendo el ceño ante el remolino de folletos amarillentos que revoloteaba por el patio.

Levantó uno y éste mostraba un mapa de Europa, con los territorios conquistados por Alemania delimitados por gruesas líneas negras. Se había acostumbrado a ver las fronteras del Reich en constante crecimiento, en los periódicos controlados por Vichy, pero el folleto —¿habría sido arrojado por los británicos?, ¿por los estadounidenses?— mostraba una historia diferente. El territorio alemán en Rusia era casi inexistente. En el oeste, mostraba un nuevo conflicto que estallaba a lo largo de la costa francesa y allende ella: las fuerzas aliadas avanzando por Europa a través de un frente inquebrantable e interminable.

A lo lejos, volvieron a retumbar los truenos. ¿Podría ser cierto?, ¿habrían desembarcado por fin los Aliados en Francia?

Volvió a entrar, con la sensación de recién haber despertado mientras Hugo trotaba pisándole los talones. En la cocina, la radio inalámbrica de papá estaba acumulando polvo en el armario, y Fabienne la sacó, girando el sintonizador en busca de la siempre inestable señal de la BBC.

Un locutor irrumpió la estática, anunciando que las tropas aliadas desembarcaron en Normandía hacía casi una semana, que hicieron retroceder a los alemanes de las playas, estableciendo un frente a lo largo de toda la zona norte de Francia.

Que los paracaidistas que desembarcaron a lo largo de toda la costa, combatían en pueblos y ciudades de la propia Francia.

Que estaban cerca de tomar la ciudad de Caen.

Subió el volumen, acercándose a Isaac. ¿Podría ser cierto? Miró a Hugo y su corazón se animó por primera vez en semanas cuando la emisión enmudeció y luego revivió con la voz metálica de Charles de Gaulle.

«Es totalmente cierto que fuimos y seguimos siendo avasallados por las fuerzas mecanizadas... pero, ¿se ha dicho ya la última palabra? ¿Debemos abandonar toda esperanza? ¿Es nuestra derrota definitiva e irremediable?».

Los ojos de Fabienne se llenaron de lágrimas al escuchar resiliente y desafiante al líder de los franceses libres. Se imaginó las playas de Normandía invadidas por soldados, barcos de desembarco y aviones.

«Porque, recuérdenlo, Francia no está sola, no está aislada».

Tampoco Fabienne, con sus dos caballeros andantes. Sophie y Gerhardt luchaban por salvar la cultura de Francia. Sébastien estaba con la Resistencia, todavía buscando razones para continuar.

«La guerra no se limita a nuestro desafortunado país. El resultado de la lucha no lo ha decidido la batalla de Francia... Podemos vislumbrar un futuro en el que una fuerza mecanizada aún mayor nos traerá la victoria».

La victoria.

Fabienne había perdido la batalla una y otra vez. Pero, ¿no les debía a los que perdió —y a los que había encontrado— seguir luchando?

«Pase lo que pase, la llama de la resistencia francesa no debe morir ni lo hará».

La voz de de Gaulle crepitó en el silencio, y Fabienne apagó el receptor inalámbrico.

Fuerzas aliadas en el norte de Francia. Alemania acorralada en múltiples frentes.

Le picaban los dedos ante la falta de un pincel y pensó en su estudio torreado y en un inmenso lienzo en ruinas.

La batalla había terminado para los habitantes del Château Dolus... pero la guerra seguía.

66

Agosto de 1944

Sophie se quedó mirando el techo del departamento de Fabienne, observando cómo se arremolinaban las grietas entre las vigas sobre la cama, mientras intentaba, sin éxito, pensar en otra cosa que no fuera comida. Cerró los ojos, imaginándose platos apilados de mariscos con mantequilla, ostras en su media concha y panecillos recién horneados, suaves como almohadas y humeantes. Soñó con acercarse a la mesa, sentarse ante manteles blancos y relucientes, y champán espumoso, fresas brillantes en copas de plata…

Su estómago dejó escapar un gruñido de protesta, devolviéndola al ineludible presente. Aun viviendo en el ático de Fabienne, Sophie consiguió escabullirse a las calles de París unas cuantas veces para comprar las provisiones que podía en el mercado negro, pero hacía tiempo que se había gastado hasta el último de sus francos. Salvo los pocos tarros de conservas que estaban en el fondo del armario de Fabienne y un puñado de zanahorias que robó del huerto del patio, Sophie casi se había quedado sin comida. Escuchó la radio durante semanas, animándose con las noticias del *débarquement* aliado en Normandía, pero en las últimas semanas el impulso del avance aliado parecía haberse frenado. La marea de la guerra cambió, Sophie estaba segura de ello, pero, ¿sobreviviría para verlo?

«Aguanta, Sophette».

Se incorporó al escuchar el eco de la voz de Dietrich en sus oídos. ¿Habría ido para llevarla a casa?

En la calle se escuchó un disparo, y luego otro.

Agarró el estribo de hierro y se levantó, estabilizándose mientras el mundo se arremolinaba a su alrededor. Se acercó a la ventana con las manos temblorosas mientras abría los postigos.

Abajo, dos hombres con ametralladoras volaban por la calle, perseguidos por una jauría de soldados alemanes. Abrió la persiana un poco más y vio cómo se internaban en un callejón al otro lado de la calle. Desde algún lugar no muy lejano oyó un grito de guerra —«*¡Vive la France!*»— y una ráfaga entrecortada de disparos.

A Sophie le pareció como si los soldados alemanes hubieran sido repentinamente lanzados al aire y la fuerza de las balas los hubiera inmovilizado allí durante una fracción de segundo antes de que cayeran hacia atrás en medio de un rocío de su propia sangre.

Cayeron en la calle adoquinada y un grito de respuesta retumbó desde las ventanas cerradas del 6° arrondissement: «*¡Vive la France! ¡Vive de Gaulle!*».

Se apartó de la ventana. ¿Combatientes de la resistencia en las calles de París?

Se vistió rápidamente y se dirigió a la pequeña cocina, luego metió en una bolsa de cuerdas todos los tarros de conservas que le quedaban excepto uno. Abrió el último tarro —¡oh, cielos! Nabos en vinagre— y se obligó a ingerir un bocado.

Si la batalla de París había comenzado, sólo quedaba un lugar en la ciudad en el que Sophie podía estar.

Aporreó la puerta del Jeu de Paume, asiendo el marco mientras intentaba asomarse por el ojo de la cerradura. Llegó al Jardin des Tuileries sin mucha dificultad; los combates, al parecer, se libraban principalmente en las afueras de la ciudad, aunque el ruido del conflicto aumentaba cada hora. A lo lejos resonaban disparos que le recordaban con terror la noche de la exposición del Schloss, y miró hacia atrás, imaginándose a Gerhardt, Fabienne y Sébastien saliendo de la ciudad en un camión robado.

Golpeó la puerta, ésta se abrió y el rostro de Rose Valland emergió de la penumbra.

—Adentro —siseó, agarrando el codo de Sophie.

Cerró la puerta y echó el cerrojo mientras los ojos de Sophie se adaptaban al oscuro vestíbulo.

—¿Dónde están los guardias?

—Se fueron —dijo Rose, metiéndose la culata de una pistola en la cintura—. Se fueron hace días, junto con todo lo que pudieron llevarse. Un cargamento más de arte para Carinhall, a menos de que la Resistencia actúe con rapidez. Pero supongo que, en cualquier caso, eso está fuera de mi control. Al menos pusieron sacos de arena en las ventanas antes de irse. —Sus ojos eran duros tras el brillo de sus gafas—. ¿En qué estabas pensando al volver aquí? Si Richter supiera dónde estás...

—¿Te enteraste? —Sophie bajó hasta los escalones de la gran galería, sintiendo como si sus piernas fueran a ceder si continuaba de pie—. Pensé que podría intentar fingir que se cayó por las escaleras o algo así.

—Yo no diría que lo ha hecho de conocimiento público —respondió Rose—. Sin embargo, el conocimiento práctico del alemán me ha sido útil una y otra vez en estos últimos años.

Sophie recordó la llegada del ERR al Jeu de Paume, la despreocupada negativa de Rose de conocer el idioma y su sutil advertencia a Sophie para que hiciera lo mismo.

—¿Así que has estado...?

—Vigilando el museo, sí —terminó Rose—. En nombre de la red de la Resistencia que opera desde el Louvre. Llevo años informando sobre las actividades del ERR. Estoy aquí por orden de ellos, para proteger el arte restante hasta que París sea liberado. —Hizo una pausa cuando un estruendo de disparos, más cercano ahora de lo que Sophie lo había oído hasta entonces, sacudió los cristales de la ventana—. Bohn cortó la electricidad mientras se marchaban. Esperaba poder reclutarte en nuestra célula, pero cuando te acercaste a Hausler y Richter, no estábamos seguros de dónde estaba tu lealtad. Sin embargo, dados los acontecimientos del verano pasado... ¿Qué haces aquí, Sophie?

Sophie levantó la mirada. La firme y decidida Rose, ¿era miembro de la Resistencia?

—Lo que pudimos haber logrado si hubiéramos trabajado juntas —dijo finalmente, esperando que la red de la Resistencia del Louvre hubiera pensado en equipar a Rose con una cesta de picnic para su larga vigilia—. Siéntate, Rose. Te lo contaré todo.

Sophie despertó con el eco de un martillo, persistente y estridente, por todo el museo. Desorientada, tanteó en la oscuridad hasta que su mano rozó el cuerpo metálico de una linterna. La encendió para hacer visible el largo sótano del Jeu de Paume.

Se frotó los ojos para quitarse el sueño mientras el haz de su linterna se clavaba en un cuadro de Fernand Léger, cuya composición vertiginosa y cubista le resultaba tan familiar como un viejo amigo. Formaba parte de la colección permanente del Jeu de Paume, una colección pasada por alto, al parecer, por el ERR en su prisa por marcharse. Durante los últimos días, Sophie y Rose trabajaron juntas para llevar todas las obras de arte —temporales y tradicionales, de propiedad privada o parte de la colección del museo— al sótano con la esperanza de que pudieran permanecer allí, ocultas, hasta que terminara la guerra. Esas obras de arte sobrevivieron al ERR, incluso a la purga de la Sala de los Mártires, no obstante, con la intensificación de los combates en París, ¿sobrevivirían a la batalla final?

Salió del sótano, siguiendo el implacable golpeteo del martillo contra la madera hasta la gran galería. Incluso si los alemanes perdían París, ello no necesariamente implicaría que las obras de arte del Jeu de Paume estarían a salvo. No había ninguna garantía de que las fuerzas aliadas que avanzaban fueran a ser más escrupulosas con el contenido del museo que los alemanes. El saqueo, después de todo, era una consecuencia consabida de la guerra, independientemente del bando que ganara.

Rose estaba de pie en lo alto de la escalera central, iluminada por la escasa luz que se filtraba por las ventanas tapiadas con sacos de arena. Mientras el martilleo continuaba en lo alto, ella miraba el polvo que caía en finos hilillos desde el techo.

—¿Qué hora es? ¿Qué está pasando? —preguntó Sophie.

Sin apartar su atención del techo, Rose sacó un panecillo duro como una roca de su bolsillo y se lo lanzó a Sophie.

—Los aliados han tomado el Barrio Latino y los alemanes están preparando el tejado del museo para utilizarlo como atalaya. Sin duda planean defender la Rue de Rivoli. —Apoyó la mano en la culata de su pistola—. Querían utilizar el propio museo como punto de reunión, pero les dije que se fueran al infierno.

Sophie metió la linterna bajo el brazo para abrir el panecillo. Por muy divertido que fuera pensar en Rose reprendiendo a un batallón de soldados de infantería de la Wehrmacht, ello no disminuía en nada el peligro tan real al que se enfrentaban. Si la Wehrmacht estaba utilizando el tejado del Jeu de Paume como torre de vigilancia, el propio museo era ahora un objetivo para los aliados, y dado el número de oficiales alemanes que vivían en los hoteles de la Rue de Rivoli, era inevitable que el Jeu de Paume quedara en medio de ambas fuerzas contrarias.

El museo... y la propia Sophie.

Rose bajó la mirada.

—Si quieres irte, ahora es el momento —dijo con firmeza—. No te culparé por ello.

Sophie se tragó el último panecillo.

—Será mejor que bajes a descansar —respondió. Extendió la mano para recibir la pistola—. Yo vigilaré aquí arriba.

Los ojos de Rose se llenaron de lágrimas, pero las disimuló sacudiendo enérgicamente la cabeza.

—Dudo que pueda dormir —dijo—, pero gracias.

En lo alto retumbó una ráfaga de disparos y Sophie se estremeció. De repente, el museo le pareció tan endeble como un castillo de naipes, con apenas unos centímetros de ladrillo y cristal y unos cuantos sacos de arena conteniendo el traqueteo de las ventanas. Escuchó una andanada de ametralladoras como respuesta e imaginó su amado Jardin des Tuileries reducido a escombros y a la Ciudad de las Luces sumida en la oscuridad.

Rose extendió la mano y apretó los dedos de Sophie mientras el Jeu de Paume temblaba tras una interminable ronda de disparos.

—Lo digo en serio —dijo Rose cuando el silencio del museo se quebró a su alrededor—. Gracias.

67

Septiembre de 1944

El Château Dolus permaneció en calma mientras el sol asomaba por sobre las lejanas colinas de Champagne. Tras bañar en oro los bordes de las nubes, sus rayos alcanzaron los aleros del castillo, despertando a las golondrinas que anidaban bajo las fantásticas siluetas de las retorcidas gárgolas. La luz se extendió más lejos, destellando en la ventana de media luna del desván antes de atravesar los cristales desvencijados de las ventanas para iluminar el Picasso escondido en el dormitorio de mamá y papá.

La luz continuó penetrando, iluminando los derruidos cimientos del Château Dolus mientras inundaba el vestíbulo de la entrada. Dentro, una mujer con botas de goma descendía por una escalera en la que colgaban grullas de papel, cuyas alas plegadas danzaban graciosamente en el aire. Llegó al final de la escalera y se detuvo, admirando la nueva luminosidad de la habitación. La luz del sol la embellecía al máximo, concluyó, complacida de ver que su trabajo daba gloriosos frutos.

Tras escuchar el apasionado discurso radiofónico de Charles de Gaulle, Fabienne pasó todo el tiempo que pudo creando un mural magistral que abarcaba la totalidad del vestíbulo de la entrada: una interpretación arremolinada y abstracta de La Libertad guiando al pueblo de Eugène Delacroix, la figura de la Libertad envuelta en cortinas azules que Fabienne prendió a la pared en elegantes drapeados y pliegues. La Libertad sostenía en alto la prohibida bandera tricolor y, con su pelo castaño y su cara redonda, guardaba un parecido inconfundible con Sophie Brandt.

Detrás de la Libertad se erguían desafiantes figuras solidarias, una con el pelo oscuro y la barba incipiente de Sébastien y otra con los ojos azules de Dietrich. Fabienne extendió la composición por todo el espacio, llenando de figuras el vestíbulo entero. En la pared junto a la puerta se encontraba Gerhardt Hausler con la mano en torno al cabezal de un bastón. Frente a la Libertad estaban mamá y papá, tomados del brazo con Lev y Sylvie Lowenstein. Pintó a Camille, Ossip, Hannah y Georges Cohen junto a la escalera, e Isaac sonreía satisfecho en brazos de sus padres. Myriam, Dufy y Louis. Remolinos de añil ascendían bailando por las altas paredes, culminando en un techo que simulaba el cielo nocturno estrellado.

Era abstracto y colorido, y reunía innumerables estilos artísticos de artistas cuyas obras Fabienne copió a lo largo de los años: los diamantes de arlequín de Picasso y las formas refractadas de Braque; los cielos arremolinados de Van Gogh y las delicadas pinceladas de Cézanne; los colores salvajes de Kirchner y las criaturas fantásticas de Dalí. Era rebeldía, dolor y alegría; degeneración en su máxima expresión.

Salió al patio, con Isaac atado a su pecho mientras Hugo trotaba tras sus talones. Hacía semanas que no tenía noticias de nadie fuera de los muros del Château Dolus y, dadas las escasas emisiones por la radio, no estaba segura si la guerra iba mal o bien. Desde el *débarquement* en Normandía, Fabienne sabía que las fuerzas aliadas se abrían camino hacia París, pero aún no escuchaba si la ciudad había sido liberada o si aún seguía bajo la ocupación alemana.

El único signo de esperanza al que se aferraba era el de los aviones aliados que sobrevolaban en formación hacia Alemania, con paracaídas blancos que se desplegaban a medida que se acercaban a la tierra.

¿Estaría Sophie a salvo?, ¿lo estaría Gerhardt?, ¿Louis?, ¿Sébastien?

Se había resignado a la posibilidad de que lo hubieran matado. La Resistencia era simplemente demasiado activa y los alemanes demasiado brutales para que ella albergara esperanzas en la supervivencia de Sébastien. Por mucho que le rompiera el corazón, había una especie de consuelo en el pensamiento de que Sébastien hubiera muerto por aquello en lo que creía, al igual que Dietrich antes que él.

Sostuvo por un momento la cabecita de Isaac, imaginándose la sonrisa fácil de Sébastien, y luego se metió las tijeras de podar en el bolsillo y enganchó a Otto al yugo de la carreta del castillo, que ya estaba repleta de *mannequins*.

No importaba lo que hubiera pasado en otros lugares, tenía trabajo que hacer en el Château Dolus. La temporada de cosecha comenzaba y Fabienne tenía la intención de recoger la última y mejor cosecha de su familia.

Mientras sacaba a Otto del patio, Hugo soltó un ladrido penetrante y ella se detuvo al escuchar el sonido de ruedas en el polvoriento camino. ¿Serían alemanes? Soltó la correa de Otto y sujetó con fuerza sus tijeras de podar.

Rodeó por un flanco del castillo y se asomó por detrás de una de sus torretas, donde vio seis vehículos que subían por el camino de acceso: se trataba de camiones ligeros descapotados que transportaban soldados vestidos de verde y no de gris de la Wehrmacht. Cuando los primeros vehículos giraron en dirección a la casa, vio estrellas blancas estampadas en los laterales de las puertas: eran estadounidenses.

Avanzó un poco, pero no soltó las tijeras de podar. ¿Qué garantía tenía de que se comportarían como era debido? El vehículo que iba más adelante se detuvo frente a la escalera doble, y una pasajera que llevaba un casco redondo se puso de pie y soltó sus rizos castaños.

—¿Sophie?

Fabienne dejó caer las tijeras de podar y corrió a toda velocidad para lanzarse a los brazos de Sophie.

Pudo sentir las lágrimas de Sophie empapando su hombro mientras se abrazaban durante lo que le pareció una eternidad. Finalmente, Fabienne se apartó.

—No lo entiendo —dijo—. ¿Cómo supiste…?

—¿Dónde encontrar el Château Dolus? —Sophie sonrió y miró por encima del hombro—. Tuve ayuda de un guía local.

Fabienne siguió su mirada: allí, saliendo del segundo camión ligero, con aspecto polvoriento y delgado pero muy vivo, estaba Sébastien, que sonreía a Fabienne mientras saludaba a Hugo, que estaba extasiado.

Ella sintió como si sus piernas fueran a vencerse.

Dio un paso adelante, y luego otro.

—Dime que no estoy soñando —susurró cuando Sébastien posó sus labios sobre los de ella.

—Si es un sueño —respondió él—, entonces no quiero despertar nunca.

Ya habría tiempo para explicaciones, para que todo se aclarara, para champán, para trasnochar, para lágrimas y risas, para todas las cosas que hacían que la victoria fuera amarga y dulce por igual. Sin embargo, en ese momento, Fabienne se volteó hacia Sophie, que estaba parada hombro a hombro con un hombre que vestía ropa de trabajo y tenía una barba incipiente de varios días.

—Fabienne, me gustaría presentarte al agente James Rorimer, del Programa de Monumentos, Bellas Artes y Archivos —dijo Sophie—. Se les conoce también como Monuments Men. El oficial Rorimer y su división forman parte de un esfuerzo de los Aliados para devolver las obras de arte robadas a sus legítimos propietarios.

Rorimer le tendió la mano y Fabienne la estrechó.

—Tengo entendido que tiene usted aquí una colección de obras de arte bastante notable —dijo con las comisuras de los ojos arrugadas al sonreír—, y que usted y su cuñada poseen una serie de habilidades bastante singulares. Me pregunto, Madame, si estaría interesada en una oferta laboral.

Fabienne sonrió y se echó el pelo hacia atrás.

—*Chérie* —respondió, sintiendo que recuperaba parte de su vieja fanfarronería—, ¿quién dice que podría pagar mi sueldo?

EPÍLOGO

Mayo de 1949

Había un embotellamiento de tráfico en las calles entrecruzadas de Nueva York, donde largas filas de automóviles avanzaban a paso de tortuga, lo que Fabienne, consultando su reloj de pulsera con una impaciencia mal disimulada, encontraba insoportable. Estiró el cuello mientras el taxi avanzaba por la avenida Lexington, contemplando la inabarcable altura de los rascacielos de la ciudad: cuarenta, cincuenta pisos de departamentos y oficinas, todo eficacia y brillo, que hacían que, en comparación, los edificios Hausmann de París parecieran casi pintorescos.

Sentado a su lado, Sébastien tomó su mano entre las suyas y la apretó mientras el taxi se detenía finalmente en la acera, frente a una casa de piedra rojiza de generosas proporciones.

—¿Estás lista?

Ella leyó el nombre sobre la puerta, escrito en letras doradas de buen gusto, Paul Rosenberg G Co., y vio, sobre un caballete junto a la puerta principal abierta, un cartel con su nombre.

«Fabienne Brandt: El arte del engaño». Había estado allí antes, a miles de kilómetros de distancia, hacía miles de años, esperando fuera de una de las galerías de Paul Rosenberg mientras la ansiedad burbujeaba por sus venas. A través de las puertas delanteras abiertas, pudo ver una multitud. Desde allí, al menos, la exposición parecía ser ya un éxito, aunque ella no podía saberlo con certeza. No obstante, Fabienne sabía que su éxito no se mediría por los críticos que garabateasen taquigráficamente sus opiniones sobre su obra. No, el éxito de Fabienne se determinó años atrás, cuando los lienzos que ahora colgaban de las paredes de la galería neoyorquina de Paul Rosenberg estuvieron en un museo parisino, engañando a los expertos más sagaces del Tercer Reich.

Sébastien se aclaró la garganta.

—Le estamos pagando al conductor por minuto —murmuró—. ¿Podrías divagar mejor en la vereda?

—Oh, por supuesto —respondió Fabienne, que recogió los extremos de su reluciente chal y salió mientras Sébastien se encargaba de pagar la tarifa. Aunque él no dijo ni una palabra al respecto, Fabienne sabía que no le gustaba Nueva York. Los edificios altos y los barrios claustrofóbicos, la novedad y el bullicio distaban mucho de resultar ideales para un hombre que se pasaba el día recorriendo los amplios terrenos de la casa de champán del Château Dolus. En cambio, a Fabienne, Nueva York le parecía una ciudad viva, tan vibrante a su manera como París, pero de algún modo más inocente: intacta, al parecer, por el despliegue de esvásticas en la calle y la población atormentada por los recuerdos de lo que ellos hicieron durante los oscuros días de la ocupación.

Se apartó un mechón de pelo de la cara, dejando que sus dedos se dirigieran, por un momento, a los pendientes de baquelita que llevaba en honor a Lev y Sylvie Lowenstein. Cuánto anhelaba que estuvieran allí, compartiendo su felicidad, pero a pesar de sus esfuerzos, Fabienne no había logrado averiguar qué fue de ellos. Conocía la explicación más probable de su prolongada ausencia, pero se negaba, aun así, a pronunciarla en voz alta. En lugar de ello, siguió rastreando artículos de periódicos y listas del ejército en busca de sus nombres, volviendo a su antiguo edificio de apartamentos de París con Hugo detrás con la esperanza de que algún día pudieran encontrar a Lev esperando en la escalera a su querido perro.

Afortunadamente, Fabienne pudo devolver a Isaac a su familia. A través de Sébastien, se puso en contacto con la hermana y el cuñado de Camille Cohen, que escaparon a Inglaterra en 1941.

Por difícil que hubiera sido para Fabienne despedirse de Isaac, esperaba que el niño les brindara consuelo para su dolor y esperanza para su futuro.

Sébastien salió del coche, alisándose la corbata color vino que se compró para la ocasión. A Fabienne casi le divertía verlo juguetear con las solapas de su saco. Ella nunca lo había visto vestido de traje, prefiriendo en su lugar las cómodas camisas de lino y los pantalones desgastados que usaba mientras cuidaba de sus amados viñedos.

—No tienes por qué llevarla, ¿sabes? —dijo ella, observando cómo Sébastien se aflojaba el nudo de la corbata.

—Estoy aquí para apoyarte y quiero dar la mejor impresión —respondió él—. Además, todos estos americanos... esperarán de nosotros un cierto grado de sofisticación.

—Qué galante de tu parte —replicó ella mientras su viejo anillo de compromiso reflejaba la luz al tomarlo del brazo para cruzar la concurrida calle.

—Mi objetivo es complacer, pero no esperes que me la ponga en la boda. Ya tendré suficientes problemas para pronunciar mis votos sin que se me asfixie casi hasta morir en el proceso.

Llegaron a los escalones de la casa de piedra rojiza y Sébastien apretó la mano de Fabienne mientras avanzaban hacia el interior.

Adentro, la galería estaba llena de mecenas y críticos, y ella disfrutó de una fracción de segundo de anonimato antes de que Paul Rosenberg, sonriente, la viera y rompiera a aplaudir. Mientras el resto de la multitud reunida seguía su ejemplo, Fabienne pensó en la galería de Paul, en la calle La Boétie. No había vuelto a París desde el comienzo de la guerra, ni era probable que lo hiciera. Aunque su hijo, Alexandre, consiguió recuperar algunas de las obras de arte que le robaron los nazis, Fabienne sospechaba que Paul pasaría el resto de su vida trabajando para rastrear su reluciente colección, gran parte de la cual, sin duda, se encontraba en cajas de seguridad pertenecientes a antiguos miembros de la cúpula nazi.

Paul se pasaría la vida luchando por recuperar su legado en Francia, Fabienne lo sabía, pero era alentador ver que había construido algo nuevo en paralelo, algo para el futuro.

Paul besó a Fabienne en ambas mejillas y la condujo a través de la galería al tiempo que Sébastien los seguía de cerca. Le sorprendió ver cuántas de sus falsificaciones fueron recuperadas de Alemania. Ella asumió que la mayoría habrían sido destruidas en la hoguera frente al Jeu de Paume en 1943, pero docenas de sus cuadros estaban allí —sus Dalí, sus van Gogh— junto con un puñado de obras originales que pintó en su torreta del Château Dolus.

—Me pregunto si podría decir unas palabras sobre la colección —susurró Paul mientras pasaban junto a una gran reproducción en blanco y negro del mural de Fabienne en el vestíbulo del Château Dolus—. Estaría encantado de traducir.

—Si así lo desea —respondió ella.

Sophie esperaba al fondo de la galería con una copa de champán en la mano. Sonriendo, se la pasó a Fabienne.

—¿Del Château Dolus? —preguntó Fabienne.

La sonrisa de Sophie se ensanchó.

—*Mais oui.*

Fabienne discutió por escrito durante semanas para que se incluyera el nombre de Sophie en la exposición, pero Sophie, con su típica obstinación, se negó de manera rotunda a aceptar crédito alguno por su participación en la colección. Después de todo, fue Sophie quien encargó a Fabienne la creación de las falsificaciones y quien las encontró en los años posteriores a la guerra. Aunque

Fabienne rechazó el trabajo que le fue ofrecido por Monuments Men a fin de cuidar de Isaac, Sophie lo había aceptado y, junto con su antigua supervisora en el Jeu de Paume, Rose Valland, recorrieron la Europa devastada por la guerra en busca de obras de arte para devolverlas a sus legítimos propietarios. El trabajo le sentaba bien, según pudo comprobar Fabienne. Sophie lucía más feliz, más sana, como nunca la había visto.

Fabienne brindó con Sophie.

—Esta también es tu inauguración. ¿Estás segura de que no quieres que te lo reconozcan?

Sophie negó con la cabeza.

—Este es tu momento —respondió, como Fabienne sabía que haría. Sophie prefería que su trabajo fuera invisible: magistral por su ausencia misma.

Fabienne guiñó un ojo, luego se dirigió hacia el público congregado y, mientras Paul Rosenberg la presentaba, miró hacia arriba y por encima de los rostros de la multitud reunida, hacia la fotografía en blanco y negro del mural: hacia Dietrich, mamá y papá, Gerhardt Hausler, los Lowenstein y los Cohen.

«Concéntrate», se dijo a sí misma.

El público estalló en aplausos y Fabienne volvió su atención a la sala con una sonrisa ganadora con labios carmesí.

—Muy bien —dijo, sosteniendo en alto su copa de champán—, ¿por dónde comenzamos?

NOTA DE LA AUTORA

El Musée Jeu de Paume fue liberado, junto con el resto de París, en agosto de 1944. Durante sus cuatro años como depósito del ERR, unas 22,000 obras de arte robadas pasaron por el museo, desde donde fueron enviadas al Reich, intercambiadas con otros comerciantes o destruidas. Tras este oscuro capítulo de su historia, el museo albergó la colección de cuadros impresionistas del Louvre antes de una renovación en 1989. En la actualidad, alberga la primera galería nacional de arte contemporáneo de Francia. En el 2005, el Musée Jeu de Paume reconoció formalmente el heroísmo en tiempos de guerra de Rose Valland con la instalación de una placa en el lateral del edificio que describe su participación en la Resistencia francesa.

La ficción histórica vive en una especie de espectro, con novelas que caen en algún sitio del largo sendero entre los hechos históricos y la ficción creativa. Este libro, con sus protagonistas ficticios, cuenta la historia del impacto totalmente real de la Segunda Guerra Mundial en el mundo del arte, y me gustaría desarrollar esa historia aquí.

Durante la guerra, Alemania saqueó cientos de miles de obras de arte —se calcula que el 20% de todas las obras de arte de Europa— de quienes se oponían a la ideología nazi: familias judías, comunistas y masones. La gran magnitud de sus robos fue abrumadora e incluyó no sólo obras de arte, sino también libros, muebles, joyas y objetos religiosos. Sólo la colección de Hermann Göring —gran parte de la cual se encontraba en Carinhall, su finca— contenía más de 2,000 obras de arte, al menos la mitad de las cuales fueron robadas a enemigos del Reich.

En la actualidad, las familias de las víctimas siguen esforzándose por recuperar las obras maestras que les fueron robadas, no sólo de colecciones privadas sino también de instituciones públicas que, a sabiendas o sin saberlo, adquirieron obras de arte de dudosa procedencia. Muchas organizaciones, como la Organización Mundial Judía de Restitución, el Proyecto de Recuperación Cultural Digital Judía, el Proyecto del ERR, el Museo Conmemorativo del Holocausto de los Estados Unidos, la Conferencia de Reclamaciones Materiales Judías contra Alemania y la Fundación Monuments Men and Women, trabajan incansablemente para identificar las obras de arte robadas y devolverlas a sus legítimos dueños.

La noción de *Entartete Kunst* —Arte degenerado— fue desarrollada en la década de 1920 por el partido nazi como respuesta a la decadencia y el experimentalismo que florecieron en toda Alemania durante la República de Weimar. Al hacerse con el poder en 1933, los nazis, dirigidos por Joseph Goebbels y Hitler (él mismo, un artista fracasado), juraron supuestamente limpiar Alemania del arte degenerado.

En 1937 se apoderaron de más de 5,000 obras, del llamado arte degenerado, de instituciones públicas de toda Alemania y las exhibieron en una exposición deliberadamente obtusa y aborrecible que recorrió Alemania y Austria, atrayendo a más de dos millones de visitantes. En marzo de 1939, tras una subasta de las obras de arte más destacadas de la exposición en Lucerna, los bomberos de Berlín quemaron más de 4,000 pinturas, esculturas, dibujos y libros frente al Reichstag, un impactante acto de vandalismo que se repitió frente al Jeu de Paume la noche del 27 de julio de 1942.

Rose Valland trabajaba en el Musée Jeu de Paume bajo la dirección de Jacques Jaujard, director de los Musées Nationaux de France y operario de la Resistencia dedicado a salvaguardar el patrimonio cultural francés. A pesar de la amenaza constante de ser descubierta, Valland registró en secreto cada movimiento del ERR dentro del Jeu de Paume, ocultando su dominio del alemán para vigilar y transmitir a la Resistencia información sobre los saqueos del ERR. Rose fue testigo de la quema del arte degenerado en el patio del Jeu de Paume en julio de 1942, y a partir de entonces se refirió al almacén de la parte trasera de la galería como la Sala de los Mártires, un sobrenombre que Sophie utiliza en *El secreto de París*. Tras la guerra, Valland colaboró con la Fundación Monuments Men, compartiendo sus registros sobre los saqueos del ERR con James Rorimer para ayudar a localizar y devolver las obras de arte y los objetos robados a sus legítimos propietarios.

Rose Valland recibió la Légion d'honneur, fue nombrada Commandeur de la Ordre des Arts et des Lettres y se le concedió la Médaille de la Résistance de Francia, junto con la Medalla de la Libertad de los Estados Unidos, por su valentía. Murió en 1980 y fue enterrada junto al amor de su vida, Joyce Helen Heer.

Sophie, Dietrich, Fabienne y Gerhardt Hausler son creaciones ficticias, al igual que su misión en *El secreto de París*. Sin embargo, hubo un falsificador en la vida real que vendió un Vermeer falso a Hermann Göring durante la Segunda Guerra Mundial: Han van Meegeren, un pintor holandés que, según se mire, fue un héroe, un réprobo, un criminal o un beneficiado de la guerra. Comprendiendo las complicaciones por demás reales de falsificar pinturas al óleo, van Meegeren mezclaba sus pinturas con baquelita y horneaba sus lienzos para endurecer la pintura, ninguna de las cuales, irónicamente, se parecía ni de lejos a la magistral obra de Vermeer, pero Göring, pese a ello, intercambió 137 pinturas saqueadas por

La mujer sorprendida en adulterio, de van Meegeren, que creyó que era un Vermeer perdido.

El reto de falsificar pinturas al óleo es un problema que van Meegeren resolvió cociendo baquelita en la pintura; sin embargo, esa solución habría envejecido en exceso las pinturas más modernas que Sophie y Fabienne se empeñaban en salvar. En consecuencia, adelanté unos años el desarrollo de la pintura acrílica. La resina acrílica fue creada en 1934 por el químico alemán Otto Röhm, que la utilizó para crear pintura sintética para usos industriales, como la pintura de casas y aviones, por ejemplo. Gracias a su versatilidad y a su capacidad para imitar las cualidades de las pinturas al óleo o a la acuarela, los artistas empezaron a utilizar la pintura acrílica con fines artísticos a finales de la década de 1940, sobre todo en Sudamérica. Diego Rivera, por ejemplo, fue uno de los primeros en adoptar esta técnica. En 1947, Bocour Artist Colors desarrolló una pintura a base de alcoholes minerales (es decir, acrílica), Magna Plastic Colors; Golden Artist Colors desarrolló una fórmula similar, la MSA Conservation Color, que hoy utilizan los conservadores de pintura. Estas fórmulas fueron la inspiración para los acrílicos a base de petróleo de Sophie en *El secreto de París*.

Estoy verdaderamente en deuda con los numerosos estudiosos que han centrado sus investigaciones en el saqueo nazi, el París ocupado, la falsificación de obras de arte y la elaboración de vinos. Algunos títulos destacados en los que me basé mientras investigaba para *El secreto de París* son: *El hombre de Göring en París: La historia de un saqueador de arte nazi y su mundo* de Jonathan Petropoulos; *Rose Valland: La resistencia en el museo* de Corinne Bouchoux; *La violación de Europa: El destino de los tesoros europeos en el Tercer Reich y la Segunda Guerra Mundial* de Lynn H. Nicholas; *El vino y la guerra: Los franceses, los nazis y la batalla por el mayor tesoro de Francia* de Donald y Petie Kladstrup; *Les Parisiennes: Cómo vivieron, amaron y murieron las mujeres de París bajo la ocupación nazi* de Anne Sebba; *El último Vermeer: Desvelando la leyenda del maestro falsificador Han van Meegeren* de Jonathan López; *El manual del falsificador* de arte de Eric Hebborn; y *El arte de la falsificación: Las mentes, motivos y métodos de los maestros falsificadores* de Noah Charney.

A día de hoy, sigue sin conocerse el destino de alrededor de 100,000 obras de arte robadas por los nazis a familias judías.

AGRADECIMIENTOS

Este libro comenzó con un reto de mi hermano, Alec, de superar su película favorita: *El caso Thomas Crown*. Dado que en realidad nunca he visto la película, Alec tendrá que ser el juez final de mi éxito en ese sentido, pero le agradezco que me planteara el desafío y le dedico *El secreto de París*, tal como es, a él.

También me gustaría extender mi agradecimiento al Catálogo de los Archivos Nacionales, a LootedArt.com, al Museo Conmemorativo del Holocausto de los Estados Unidos, al Mémorial de la Shoah, a la Fundación Monuments Men and Women y al Dr. Enrique Mallen del Proyecto Picasso On-Line.

También hago extensivo mi agradecimiento en especial al Proyecto del ERR, que contiene una base de datos activa de las más de cuarenta mil obras de arte saqueadas por el Einsatzstab Reichsleiter Rosenberg en Francia y Bélgica.

Como siempre, expreso mi infinita gratitud a mi editora, April Osborn, sin cuya orientación y aportaciones, este libro sencillamente no sería lo que es. También agradezco a mi incansable agente, Kevan Lyon, por su inquebrantable apoyo, y a Priyal Agrawal por presentar este libro a nuevas audiencias. Mi agradecimiento también a Josh Nehme, Vanessa Wells, Evan Yeong, Ashley MacDonald, Leah Morse, Puja Lad y Sean Kapitain.

Mi agradecimiento también a mi comunidad de autoras. Estoy muy asombrada de su talento y sororidad, y cada nota, cada publicación, cada mensaje de texto de apoyo significa el mundo.

Aunque Sophie se refiere a sí misma como «restauradora» de obras de arte a lo largo de esta novela, hoy en día el término para la preservación de obras de arte es el de «conservación». Estoy muy en deuda con varios conservadores actuales que tuvieron la amabilidad de compartir sus laboratorios, su experiencia y sus puntos de vista sobre la ética de la conservación del arte, así como de permitirme ver de cerca algunas obras de arte maravillosas bajo su cuidado (incluido un Van Gogh espectacular al que no pude resistirme a echar un vistazo a escondidas en el Louvre): Kostas Xenarios de XC Art Restoration; Katharine Fugett y Michaela Paulson del Museo Americano de Historia Natural; Emily Frank y Joy Bloser del Museo de Arte Moderno; Chantal Stein del Museo Metropolitano de Arte; y Stefanie Killen y Patricia Smithen de la Universidad de Queen. Gracias a todos por su extraordinaria generosidad.

También me gustaría agradecer especialmente a alguien que permanecerá en el anonimato por sus aportaciones sobre las complejidades de la falsificación de obras de arte.

Se dice que los grandes artistas roban, y confieso que robé la idea de ocultar cuadros en el forro de una gabardina a un profesor mío, Valentin Boss, de la Universidad McGill, que hace años me compartió su método preferido para introducir de contrabando literatura prohibida a la Rusia soviética. También me gustaría agradecer a la Universidad de St. Andrews, la Universidad de Toronto, la Universidad Metropolitana de Toronto y la Universidad McGill.

En cuanto al Château Dolus, me gustaría expresar mi agradecimiento a Breck O'Neill y Kriss Speegel por aportarme sus conocimientos sobre el proceso de elaboración del vino... así como sobre la completa inutilidad de esconder obras de arte maestras en las cavas. También me gustaría agradecer a Mirte Keulen por acompañarme a través de los valles bañados por el sol de Reims y las cuevas de Champagne Taittinger durante un diligente fin de semana largo de la recherche.

Mi agradecimiento a Vicki Carruthers, mi tía de extraordinario talento, por invitarme a su estudio y dejarme hacer un absoluto desastre con sus acrílicos.

Gracias también a John Lennard por nuestras numerosas conversaciones sobre arte, expresionismo alemán, música y, por supuesto, París.

Gracias a mis amigos y a mi familia. Ustedes saben quiénes son y, espero, lo que significan para mí. Les estoy muy agradecida por haber soportado mis arranques de imaginación desenfrenada.

Alec, Coretta, Hayley, Logan, Rose. Qué privilegio tenerlos a todos en mi vida.

Por último, gracias a mis padres, como siempre. Todo lo que escribo es para ustedes.